Un paradis dans la neige

La leçon d'amour d'un Westmoreland

SARA ORWIG

Un paradis dans la neige

Traduction française de
FLORENCE MOREAU

PASSIONS

HARLEQUIN

Collection : PASSIONS

Titre original :
KISSED BY A RANCHER

Ce roman a déjà été publié en 2016

HARPERCOLLINS FRANCE
83-85, boulevard Vincent-Auriol, 75646 PARIS CEDEX 13
Service Lectrices — Tél. : 01 45 82 47 47 - www.harlequin.fr
ISBN 978-2-2804-9524-0 — ISSN 1950-2761

Composé et édité par HarperCollins France.
Imprimé en octobre 2023 par CPI Black Print (Barcelone)
en utilisant 100% d'électricité renouvelable.
Dépôt légal : novembre 2023.

MIXTE
Papier issu de sources responsables
FSC® C159065

Pour limiter l'empreinte environnementale de ses livres, HarperCollins France s'engage à n'utiliser que du papier fabriqué à partir de bois provenant de forêts gérées durablement et de manière responsable.

1

Josh Calhoun scruta à travers les flocons de neige tourbillonnants le néon rouge du Beckett Café.

Comme les vitres étaient givrées, il n'arrivait pas à voir si l'établissement était ouvert ou non. Il avait une faim de loup, mais il aurait volontiers renoncé à un repas pour un lit, car il tombait littéralement de sommeil. Il était à peine plus de 22 heures, mais il avait la sensation qu'il était 1 heure du matin. La police du Texas ayant fermé les voies, il ne pouvait même pas faire demi-tour et regagner l'aérodrome pour dormir à l'intérieur de son jet.

Le taxi laissa derrière lui les maisons, les boutiques et les enseignes de la rue principale et fut bientôt happé par un monde de blancheur où se déchaînaient le vent et la neige. L'intérieur de l'habitacle avait beau être bien chauffé, en voyant la tempête qui faisait rage à l'extérieur, il frissonna et remonta le col de sa veste.

Il repéra alors une nouvelle enseigne secouée par le vent : « Donovan Bed and Breakfast Inn ».

Malgré les tourbillons de neige, il vit qu'il s'agissait d'une demeure victorienne à deux étages. Une lampe éclairait le porche qui courait le long de l'établissement, et à travers les persiennes closes filtrait une lumière d'un jaune chaud et rassurant, en contraste avec la nuit glacée. Une affichette éclairée par un spot était apposée à côté de la porte.

— « Complet », lut-il, accablé.

Pourtant, le chauffeur s'arrêta.

— Essayez tout de même, et demandez Abby Donovan, lui

conseilla-t-il. C'est elle qui gère l'établissement. Elle est vraiment très aimable, je ne pense pas qu'elle refuse de vous héberger par ce temps.

— Entendu, je reviens tout de suite, répliqua Josh.

Coiffant son stetson à large bord, il s'arracha à la tiédeur du taxi pour affronter les éléments. Une main posée sur son chapeau afin qu'il ne s'envole pas, il se dirigea d'un pas décidé vers l'entrée et sonna. A travers la vitre, il distinguait un grand salon rempli à craquer et un feu accueillant, qui crépitait dans la cheminée.

La porte s'ouvrit, et une jeune femme élancée vêtue d'un pull bleu pastel et d'un jean délavé se matérialisa devant lui.

Sous son regard couleur azur, il oublia momentanément la raison de sa venue. D'un coup, le temps se suspendit et la tempête passa au second plan, tout comme la situation critique dans laquelle il se trouvait. Il laissait son regard courir sur elle, surpris de l'attirance qu'elle lui inspirait.

Ce n'était pas du tout son type de femme, sa queue-de-cheval lui conférait un style des plus banals. Pourtant, le regard qu'elle rivait sur lui était unique et perturbait ses sens. Totalement sous le charme de ses prunelles bleu lavande, il demeura un instant silencieux, avant de se rendre compte que son mutisme allait finir par paraître étrange.

— Abby Donovan ? demanda-t-il d'une voix rauque, toujours perdu dans ce regard si particulier.

Elle cligna des yeux comme si elle aussi était troublée.

— C'est bien moi, dit-elle.

— Josh Calhoun. Je suis venu dans la région pour l'achat d'un cheval, déclara-t-il alors d'un ton plus assuré. En raison du temps, je n'ai pas pu regagner l'aéroport, mais on m'a dit que vous pourriez éventuellement m'héberger. J'ai vu que vous affichiez complet, mais je serais prêt à dormir par terre pour échapper à ce blizzard.

— Je suis désolée, monsieur Calhoun, mais je n'ai plus la moindre place. Il y a déjà des gens qui dormiront sur des tapis, cette nuit.

— Mon chauffeur ne peut pas me reconduire à l'aéroport, les routes sont fermées, plaida-t-il.

— Encore une fois, je suis navrée, mais tous les espaces libres de mon auberge sont occupés. J'ai déjà quatre personnes en surnombre, deux passeront la nuit sur le canapé du grand salon et deux autres sur des matelas à même le sol. Je ne peux pas accepter un hôte supplémentaire. Je n'ai pas assez de couvertures, d'oreillers...

— Ça, ce n'est pas un problème, j'ai acheté des couvertures et un oreiller dans le seul magasin encore ouvert en ville, juste avant qu'il ne ferme. Je vous en prie... Je suis désespéré.

Elle fronça les sourcils, pinça les lèvres.

Que sa bouche rose était pulpeuse et attirante !

Qu'est-ce qu'il lui prenait ? C'était la première fois qu'une inconnue déclenchait une telle réaction en lui...

Il devait se concentrer sur le lit dont il avait besoin pour la nuit, pas sur la possibilité de l'embrasser !

— Abby, je ne sais vraiment pas où aller, reprit-il. Je peux dormir dans un fauteuil, sur le sol, même dans un coin de la cuisine s'il le faut. Je vous promets que je me ferai le plus discret possible, je vous paierai double tarif...

Elle plissa un peu plus le front.

— Bon, entrez. Il fait trop froid pour discuter dehors.

— Bien dit, marmonna-t-il.

Et il pénétra dans un vaste vestibule que surplombait un escalier imposant menant à l'étage.

Une merveilleuse chaleur l'enveloppa, ce qui améliora d'un coup son humeur.

— Vous ne pouvez pas savoir combien j'apprécierais que vous m'hébergiez ce soir ! J'ai séjourné trois semaines en Arizona pour affaires, et aujourd'hui, en rentrant chez moi, j'ai effectué un détour par ici pour acheter un cheval et je me suis retrouvé bloqué par la neige. Je n'ai pas dîné, je suis épuisé, j'ai froid... Je peux vous payer à l'avance, enchaîna-t-il. Votre prix sera le mien, Ecoutez, je peux même commander le petit déjeuner pour tout le monde demain matin, si cela peut vous dédommager un peu du dérangement que je vous crée.

Elle secoua la tête, et ses rides soucieuses disparurent.

— Vous ne pourrez commander nulle part de petit déjeuner

à Beckett demain matin, tout sera fermé. S'il continue de neiger, aucun établissement n'ouvrira. C'est moi qui le préparerai, cela vaudra mieux que de parier sur une commande irréalisable.

— Je veux bien vous croire, vous connaissez votre ville, et les gens d'ici vous tiennent en haute estime. J'ai entendu dire que vous étiez généreuse, compatissante, gentille…

— N'en jetez plus ! l'interrompit-elle, avec — enfin — un petit sourire. Parlez-moi plutôt de vous, puisque nous allons cohabiter de manière étroite.

Ces derniers mots signifiaient-ils qu'elle acceptait de l'accueillir ?

Il lui sourit, amusé qu'on requière des références sur lui. En général, il était connu partout où il passait.

— Je viens de Verity, Texas. Je suis à la tête d'une entreprise, la Calhoun Hotels.

Abby l'inspecta de pied en cap, de son stetson à large bord à ses boots fabriqués sur mesure. Comme elle s'était rapprochée, son parfum aux notes lilas, un peu désuet, lui chatouilla agréablement les narines.

— Vous êtes venu acheter un cheval dans la région, mais vous travaillez dans l'hôtellerie ? reprit-elle.

— Tout à fait. Et je possède également un ranch, déclara-t-il. Mes principaux hôtels se situent à Dallas, où j'ai par ailleurs une autre demeure, ce que vous pouvez facilement vérifier en appelant la réception d'un de mes hôtels. En outre, le shérif de Verity peut vous donner tous les renseignements qu'il vous faudra sur moi, on se connaît depuis toujours.

Il sortit son portefeuille de sa veste et s'apprêtait à présenter un document officiel, quand elle plaça sa main sur la sienne.

Ce contact le saisit, et il leva les yeux vers elle. Encore une fois, son regard l'hypnotisa.

— Inutile de me montrer des papiers, dit-elle. C'est entendu, vous pouvez rester ici pour la nuit. Vous dormirez sur le sofa de ma suite. Mais je vous préviens, je ne partage pas ma salle de bains avec vous ! Vous utiliserez celle qui se trouve dans le couloir.

— Vous me proposez le paradis ! s'exclama-t-il en lui adressant son plus beau sourire. Merci, Abby, vous n'imaginez pas ce que ça signifie pour moi. Vous n'allez pas le regretter, promit-il.

Elle cligna des yeux, manifestement surprise.

— J'espère bien, répliqua-t-elle.

— Je vais chercher mes affaires et payer le taxi, poursuivit-il. Je reviens dans une minute.

— Entendu. Je fermerai ensuite la porte à clé.

Tout à sa joie, l'idée d'inviter son hôtesse à dîner un prochain soir lui traversa l'esprit.

Bon sang, le froid et le soulagement d'avoir enfin un toit au-dessus de la tête avaient dû affecter son jugement ! Pourquoi commencerait-il à mettre en place une stratégie de séduction ? Cette femme n'avait rien à voir avec celles qu'il fréquentait habituellement. En outre, il ne la connaissait absolument pas, et il n'avait pas pour habitude de sortir avec des inconnues.

Posant de nouveau la main sur sa tête pour maintenir son stetson en place, il se précipita à l'intérieur du taxi.

— C'est bon, j'ai une chambre ! annonça-t-il au chauffeur en sortant son portefeuille. Merci pour votre conseil.

— Je suis bien content que vous ayez trouvé un toit. Désolé de n'avoir pas pu vous aider davantage, mais avec mes quatre enfants et mes beaux-parents qui séjournent actuellement chez moi, ça n'aurait pas été très agréable pour vous. Cela dit, si vous n'aviez rien trouvé, nous nous serions arrangés. Bon, voici ma carte, si vous voulez que je vous reconduise à l'aéroport quand les routes seront de nouveau praticables.

— Merci, Benny, dit Josh après avoir jeté un coup d'œil à la licence du chauffeur attachée au pare-soleil.

De fait, il n'aurait pas été prêt psychologiquement à dormir dans la petite maison du chauffeur.

— Je n'oublierai pas ce que vous avez fait pour moi, assura-t-il en rajoutant un généreux pourboire à la somme due.

— Hé, vous m'en donnez bien trop ! s'exclama Benny.

— Non, c'est pour vous remercier. Prenez bien soin de vous et de votre famille.

L'homme lui adressa un grand sourire.

— Merci beaucoup.

Josh s'apprêtait à descendre de la voiture, mais il suspendit son mouvement.

— Est-ce qu'Abby Donovan a un mari qui l'aide à tenir cette auberge ? questionna-t-il.

— Non, elle est célibataire. Mais elle a une grande famille. Autrefois, c'était sa grand-mère qui gérait l'auberge, et elle occupe encore le dernier étage avec d'autres membres âgés de la famille. La mère d'Abby habite juste à côté.

— Je vois. Merci encore.

Et il sortit du taxi.

Décidément, dans cette petite bourgade, tout le monde savait tout sur ses voisins.

D'un pas rapide, il se dirigea vers l'auberge.

Dès qu'il fut à l'intérieur, Abby apparut pour verrouiller la porte d'entrée et éteindre la lumière du porche.

On entendait le vent hurler à l'extérieur.

— Je vais d'abord vous montrer où poser vos affaires, dit-elle en le précédant dans un corridor.

Elle entra dans une pièce et alluma la lumière.

— Voilà ma suite.

Le parquet lustré était recouvert d'un tapis fait à la main. Du mobilier d'époque, des bibliothèques remplies de livres et de photos de famille prêtaient un air convivial à l'ensemble.

— La plupart des hôtes se sont rassemblés dans le salon. Nous allons regarder un film ce soir, étant donné que personne ne se lèvera de bonne heure demain pour s'en aller. Vous pouvez vous joindre à nous ou vous coucher tout de suite, à vous de décider. Je ne vous dérangerai pas en rentrant, car ma chambre a une porte qui donne directement sur le couloir. Je vais vous chercher votre linge de toilette et vous inscrire dans le registre avant de rejoindre les autres.

— Entendu, dit-il en déposant son oreiller et sa couverture sur le canapé, avant de retirer son manteau, sous lequel il portait un pull en cachemire et une chemise blanche.

— Vous êtes trop grand pour ce canapé, fit observer Abby en détournant les yeux. Vous ne préférez pas finalement dormir sur le tapis ?

— Ne vous inquiétez pas, votre sofa me convient tout à fait.

Ce n'est pas bien grave si mes pieds dépassent, déclara-t-il, clin d'œil à l'appui.

Le regard vif qu'elle lui décocha le cloua de nouveau sur place. Ses joues rougies ajoutaient encore à son charme.

— Je vais chercher les serviettes, annonça-t-elle.

Il la vit disparaître de l'autre côté du couloir et revenir quelques instants plus tard avec le linge promis.

— Et maintenant, si vous voulez bien me suivre, je vais vous inscrire dans le registre.

Il lui emboîta le pas jusqu'à la réception, d'un bois foncé un peu usé. Il regarda autour de lui, et l'élégante rampe de l'escalier retint tout particulièrement son attention.

— C'est du style victorien d'origine ? demanda-t-il.

— Tout à fait ! Cet hôtel appartient à ma famille depuis cinq générations, déclara Abby.

Elle lui présenta un registre en cuir.

— Voulez-vous signer ? J'ai également besoin de votre carte de crédit. Comme vous dormez sur un canapé, je vous ferai une remise. Tenez, voici les tarifs, ainsi qu'un plan de l'auberge et de Beckett, même s'il est peu probable que vous puissiez vous aventurer en ville demain. Le bulletin météo prévoit que la neige va tomber encore plus fort, et que nous aurons même du verglas.

— Effectivement, je suppose que je serai coincé ici au moins une journée...

— Tous les axes routiers ont été fermés et le resteront demain, on l'a annoncé à la télévision. Et les écoliers sont dispensés d'école lundi...

Elle sortit une lampe de poche de derrière la réception et la lui tendit.

— Selon la radio locale, la moitié de la ville est plongée dans le noir à cause de la glace sur les fils électriques. J'ai remis des lampes à tous mes hôtes : comme nous sommes dans une vieille maison, c'est plus prudent.

— Merci, dit-il en prenant la torche électrique.

Il détacha avec effort le regard de son visage pour se pencher sur les papiers qu'elle lui tendait.

Qu'est-ce qui le troublait tellement en elle ? Ce n'était pas sa personnalité, puisqu'il la connaissait à peine et qu'ils avaient très peu échangé. Par ailleurs, son pull masquait en bonne partie ses formes, de sorte qu'il ne pouvait pas avoir été séduit par des courbes féminines irrésistibles...

Allons, c'était juste une jeune femme aimable qui avait consenti à l'aider, il devrait arrêter de chercher midi à quatorze heures.

Pourtant, c'était plus fort que lui, des questions tout à fait déplacées se bousculaient dans son esprit : Comment pourrait-il s'y prendre pour l'inviter à sortir avec lui ? Comment serait-ce de danser avec elle, de la tenir contre lui, de l'embrasser et de lui prodiguer les plus tendres étreintes ?

Peut-être était-ce le surmenage qui, conjugué à cette tempête de neige, déclenchait une telle réaction chez lui. En tout état de cause, il avait trop peu dormi durant la semaine précédente.

— Vous avez indiqué votre adresse de Dallas, observa Abby en reprenant le registre. Vous sentez-vous plus chez vous dans cette ville qu'à Verity ?

— Je passe la plupart de mon temps à Dallas, expliqua-t-il.

— Donc, votre ranch, c'est un hobby ?

— Pour l'instant, oui. Mais un jour je m'y installerai définitivement pour me consacrer à l'élevage, et je déléguerai la gestion de mes hôtels. Vivre sur ce ranch, c'est mon désir le plus cher.

Et il se demanda aussitôt pourquoi il confiait cela à une personne étrangère, alors que peu de gens dans son entourage étaient au courant.

— Voici les horaires de demain, enchaîna-t-elle. Normalement, le petit déjeuner est servi de 7 h 30 à 9 heures, mais étant donné les circonstances, nous le décalerons de 8 heures à 9 h 30. En attendant, je peux vous servir une assiette de sandwichs dans la cuisine.

— Entendu, ce sera parfait pour moi avec une bière.

Quelques minutes après, il engloutissait le meilleur sandwich qu'il ait jamais goûté.

Abby sourit devant son appétit.

— Et maintenant, je vais rejoindre les autres au salon, à moins que vous n'ayez une demande précise à formuler.

— Non, merci, je vous suis avec mon assiette.

— Nous étions en train de chanter et de jouer du piano.

Le grand salon occupait presque toute l'aile est de la maison. Le mobilier en érable chatoyait à la lumière du feu qui se consumait dans l'âtre. Le parquet était, comme dans la suite d'Abby, recouvert de tapis, ce qui ajoutait à l'atmosphère cosy de la pièce. Deux bébés dormaient dans les bras de leur mère, et cinq jeunes enfants étaient blottis soit sur le tapis, soit sur les genoux d'un parent.

Deux hommes se levèrent spontanément pour laisser leur siège à Abby. Elle les remercia d'un sourire et les fit se rasseoir.

— Je vous présente un nouvel hôte, déclara-t-elle à la cantonade. Josh Calhoun, de Dallas.

Elle lui adressa alors un sourire tandis qu'il hochait poliment la tête, en balayant du regard la petite assemblée.

Les gens le saluèrent à leur tour, et Abby traversa la pièce pour se mettre au piano. Elle joua une berceuse qu'il avait apprise enfant avec sa grand-mère. Quand il se mit à chanter à l'unisson avec les autres, il fut surpris de découvrir qu'il se rappelait les paroles.

Il ne quittait pas Abby des yeux, toujours stupéfait qu'elle le trouble à ce point.

Franchement, que lui arrivait-il ? Avec sa queue-de-cheval et son visage sans maquillage, Abby Donovan était à mille lieues des femmes élégantes qu'il fréquentait habituellement. Et puis, elle tenait une auberge au fin fond du Texas, nom d'un chien ! Il ne pourrait jamais l'inviter à sortir.

Il jeta un coup d'œil par la fenêtre.

Le blizzard déchaîné déplaçait les flocons de neige à l'horizontale, et ceux-ci venaient se cogner contre les carreaux, où ils fondaient lentement. C'était une charmante scène d'hiver, mais il aurait pourtant préféré rentrer chez lui ce soir…

Allons, il devait cesser de ressasser et profiter plutôt de cette agréable soirée improvisée. Il n'avait pas assisté à une telle veillée depuis des années, c'était un peu comme s'il avait remonté le temps, pénétré dans un autre monde…

Peu à peu, il parvint à se détendre et à apprécier l'interlude.

Au bout d'une demi-heure, Abby se leva et se tourna vers son public, qu'elle salua.

— Et voilà ! dit-elle. M. Julius va s'occuper de la projection du film. Certains souhaitent-ils prendre un chocolat chaud ? Si oui, je serai ravie de vous en préparer. Il sera servi en cuisine.

Sur ces mots, elle sortit du salon.

Tout le monde suivit, sauf Josh. Il éteignit une à une toutes les lumières à l'exception d'une seule, puis il s'assit dans un fauteuil face au feu qui mourait dans le foyer.

Soudain, il entendit une sorte de toc-toc contre le carreau. Levant les yeux, il se rendit compte que de la glace tombait à présent du toit, la neige qui s'y était accumulée s'étant transformée en glaçon. Ça promettait !

Il croisa les mains derrière la tête, fataliste.

Il ne pouvait aller nulle part, et sans doute serait-ce le cas demain aussi, mais curieusement, à cette idée, c'est un sentiment de plénitude qui l'envahit. C'était comme si des vacances inattendues lui tombaient du ciel, et il avait finalement bien l'intention d'en profiter.

— Vous ne voulez pas de chocolat chaud ?

Voyant Abby s'approcher, il se leva sur-le-champ, mais elle lui fit signe de se rasseoir.

— Non, merci, dit-il. J'apprécie la tempête, maintenant que je suis à l'intérieur et au calme. Je commence à penser que j'avais besoin d'un peu de vacances.

— Vous avez raison de positiver... En général, à cette heure-ci, je ne rallume pas le feu. Avez-vous l'intention de rester encore longtemps au salon ?

— Ne vous inquiétez pas pour moi, je vais regarder les flammes mourir, et j'éteindrai la lumière quand je sortirai... D'ailleurs, ajouta-t-il sur une impulsion, si vous ne regardez pas le film, vous pouvez vous asseoir avec moi.

— C'est une bonne idée, merci, répondit Abby en prenant place sans se faire prier dans un rocking-chair.

La chance était avec lui !

— Le chauffeur de taxi m'a dit que vous étiez célibataire. C'est un grand établissement à gérer pour une personne seule, non ? risqua-t-il.

— Oh ! je ne suis pas vraiment seule ! dit-elle avec un grand sourire. Je suis entourée de gens sur qui je peux compter. J'ai un frère et une sœur qui habitent tout près, sans compter ma grand-mère qui réside au dernier étage. Je peux lui demander conseil en cas de besoin car c'était elle qui tenait l'auberge, autrefois.

— Donc, vous faites partie d'une fratrie de trois ?

— Tout à fait. Je suis l'aînée. Justin, mon frère cadet, a vingt ans. Il est inscrit en deuxième année à l'université. Il me donne un coup de main quand il revient pour les vacances. Arden, la plus jeune, a dix-sept ans et va au lycée. Elle aussi vient parfois m'aider le week-end. Et vous, avez-vous des frères et sœurs ?

— Oui, j'ai deux frères et une sœur... Cette auberge est vraiment immense. Je suis étonné qu'il n'y ait pas plus de personnel.

— L'espace attribué aux clients ne s'étend pas à tout l'établissement. Le dernier étage est réservé à ma famille : ma grand-mère y vit une grande partie de l'année ainsi que ses deux sœurs. Et puis, il y a aussi M. Hickman, un résident permanent. Ses fils vivent à Dallas, mais il tient à couler ses vieux jours à Beckett. Sa femme était la meilleure amie de ma grand-mère. Elle est morte il y a quelques années, et depuis, il s'est installé chez nous. Il y a un ascenseur privé qui mène au deuxième étage.

— Et est-ce vous qui vous occupez de tout ce petit monde ?

— Non, pas vraiment. Je les emmène en ville une fois par semaine, et à l'église le dimanche. Je leur fais parfois de petites courses, mais franchement, ils ne sont pas pénibles, ils ont juste besoin de se sentir entourés. Pour l'instant, ils sont encore autonomes, tout va bien. Les enfants de mes grands-tantes devront prendre le relais si leur état de santé se détériore.

— C'est très louable de votre part de les accueillir ici. Cela dit, je vous trouve bien jeune pour vous occuper d'une auberge.

— Je suis majeure, vous savez, répliqua Abby d'un ton pince-sans-rire. J'ai vingt-cinq ans, si vous voulez le savoir.

— Il n'empêche que cela représente une lourde responsabilité...

Il venait de remarquer que le col en V d'Abby révélait légèrement un décolleté avantageux. Et ses bottes en daim indiquèrent qu'elle avait de longues jambes quand elle les étendit pour croiser les chevilles.

— C'est un métier divertissant, et je rencontre des gens

intéressants. En fait, ça me permet de travailler à mon domicile, dans ma ville natale.

— Pour certains, ce n'est pas forcément un avantage, observa-t-il.

— Pour moi, si ! D'ailleurs, pour tout vous avouer, je n'ai jamais voyagé hors du Texas. A quoi bon, puisque tous les gens que j'aime y habitent ?

Pensant à ses déplacements incessants, il lui sourit.

— Vous êtes une véritable casanière !

— Tout à fait, répliqua-t-elle. Et j'ai bien l'impression que vous, vous ne l'êtes pas du tout. Etes-vous marié, Josh ?

— Non, je suis célibataire, et je n'ai pas de relation pour le moment. Je voyage beaucoup en raison de ma profession, et ça me plaît. Enfin, pour l'instant, car, comme je vous l'ai dit, je compte m'établir à terme sur mon ranch. D'où mon voyage à Beckett pour acquérir un cheval.

Elle l'étudia de ses grands yeux bleus, de son regard si authentique. Comme tout paraissait facile, en sa compagnie !

— Vous avez deux vocations très différentes, constata-t-elle. Il n'y a rien de commun entre la vie sur un ranch et la gestion d'une chaîne d'hôtels. Est-ce que votre famille vit au Texas ?

— Mes frères et ma sœur, oui, mais mes parents ont choisi la Californie. Et les vôtres, habitent-ils près de chez vous ?

— Ma mère, oui. Elle est divorcée et coiffeuse. Son histoire est bien connue à Beckett : mon père l'a quittée pour une femme plus jeune qu'il a rencontrée au cours d'un voyage d'affaires. C'était quand j'avais quatorze ans. Il était constamment en déplacement, à l'époque.

— Désolé pour vous et votre mère.

— De toute façon, on le voyait peu à cause de son métier.

— Eh bien, à part l'auberge et la famille, quels sont vos intérêts dans la vie ?

— Le jardinage, la natation. D'ailleurs, je souhaite faire creuser une piscine dans le jardin de l'auberge. Mais c'est un gros investissement. J'attends encore un peu. J'aime aussi m'occuper des enfants. Une fois par semaine, j'anime des ateliers de lecture pour les petits à la bibliothèque. Et puis, j'ai deux autres hobbys : le cinéma et le tennis.

De nouveau, l'idée de l'inviter à dîner quand le temps se serait amélioré le titilla, mais il se censura immédiatement.

Abby Donovan était à l'évidence une jeune femme qui prenait tout au sérieux !

Avec un discret soupir, il se remit à fixer le feu, tout en essayant d'oublier sa présence si proche, ce qui n'était pas tâche aisée.

— Est-ce que vous avez un petit ami, Abby ? demanda-t-il presque malgré lui.

— En quelque sorte, admit-elle avec un sourire. Un garçon d'ici. Nous avons grandi ensemble et partageons les mêmes intérêts. Nous sortons de temps en temps ensemble, et j'imagine qu'un jour nous nous marierons. Mais nous en parlons rarement. Nous ne sommes pas pressés.

— Voilà qui manque plutôt de passion ! s'exclama-t-il, avant de regretter d'avoir professé son opinion à voix haute.

Tout de même, quel pouvait être l'imbécile qui se contentait d'une relation aussi insipide avec une fille comme elle ?

Abby haussa les épaules.

— Nous avons la même vision de la vie, Lamont et moi. Il n'a lui non plus aucune intention de quitter Beckett. Il est comptable et travaille beaucoup lui aussi. Avec lui, c'est simple.

Après cet aveu surprenant, le silence s'installa entre eux.

Décidément, il ne connaissait aucune femme qui envisage de gaieté de cœur une vie aussi terne. Dans quelques mois, se souviendrait-il seulement d'Abby Donovan ?

— Bon, reprit-il désireux de changer de sujet, j'espère que personne d'autre ne viendra frapper à votre porte ce soir, sans quoi je serais obligé de renoncer à une de mes deux couvertures et d'accepter la présence d'un tiers par terre, dans ma pièce.

— J'ai éteint la lumière, plus personne ne viendra, lui assura-t-elle. De toute façon, je ne peux plus accueillir d'hôte, car demain, je dois déjà préparer le petit déjeuner pour trente-cinq convives !

— Je vous aiderai, déclara-t-il sans réfléchir.

Elle émit un petit rire.

— C'est gentil, mais vous ne me semblez pas être le genre d'homme qui s'attarde dans une cuisine.

Il fit la grimace.

— J'ai plus d'une corde à mon arc, vous savez, répliqua-t-il. Et je sais cuisiner. Quand j'étais enfant, j'étais scout. C'est là que j'ai appris. Il m'arrive parfois de préparer mes repas chez moi, mais assez rarement, je l'avoue. Cela dit, je peux vous aider à servir les hôtes, par exemple ?

— Attention, il se pourrait que j'accepte votre proposition !

— Mais je suis sérieux ! Je vous aiderai, affirma-t-il.

Bon sang, mais qu'est-ce qui l'attirait tellement chez elle pour qu'il lui propose de tels services ? Il aurait dû se mettre au lit en arrivant. D'ailleurs, tiens, elle lui avait fait oublier qu'il n'avait pas dîné. De toute façon, il n'avait plus faim.

— A quelle heure commencez-vous ?

— 6 heures. Mais inutile que vous vous réveilliez si tôt.

— C'est l'heure à laquelle je mets mon réveil, vous savez. Enfin, mon téléphone, dit-il en sortant celui-ci de sa poche avant d'ajouter : curieux, personne ne m'a appelé.

Décidément, il était entré dans la troisième dimension, en débarquant à Beckett. Y avait-il seulement du réseau ?

— C'est normal, il est tard, souligna-t-elle.

— Même à cette heure, il m'arrive parfois d'avoir des communications. Mais depuis que j'ai mis le pied dans votre auberge, j'ai l'impression d'être en vacances. De quoi parlions-nous ?

Ils s'entretinrent pendant encore une bonne demi-heure avant qu'Abby ne décrète qu'il était temps qu'elle se couche.

Il se mit aussitôt debout.

— Moi aussi, renchérit-il. Bon, à demain, 6 heures !

— Merci, Josh, et bonne nuit.

— Bonne nuit, répondit-il d'une voix rauque.

Il plongea les yeux dans les siens et fut une fois encore saisi par l'intensité de son regard.

Perplexe, il regagna sa chambre. Avant d'y pénétrer, il jeta un coup d'œil dans le corridor et la vit s'éloigner, sa queue-de-cheval se balançant dans son dos.

Rien chez elle n'aurait dû faire battre son cœur plus fort, mais il semblait que toute logique l'avait déserté. Il était toujours obsédé par l'idée de la prendre dans ses bras, de l'embrasser…

Ce qui le troublait le plus, c'était cette façon qu'elle avait d'écarquiller les yeux quand il la regardait, et de retenir son souffle lorsqu'ils cessaient de parler, comme si elle non plus n'était pas insensible à sa présence.

C'était décidé : il ne quitterait pas Beckett avant d'en avoir le cœur net.

2

Certaine que Josh la regardait s'éloigner, Abby sentit des frissons lui parcourir le dos jusqu'à ce qu'elle rejoigne sa chambre.

Qu'est-ce que cet homme avait de si particulier pour que, en sa présence, les battements de son cœur s'accélèrent et que son souffle se saccade ? Elle n'avait encore jamais eu ce genre de réaction face à un client. De temps à autre, elle sortait avec Lamont Nealey qui habitait à deux pas de chez elle. C'était l'ami dont elle se sentait le plus proche, mais jamais il n'avait déclenché un tel émoi en elle. Par exemple, jamais elle ne frémissait s'il lui prenait la main.

En enfilant son pyjama en flanelle, elle ne quitta pas des yeux la porte qui la séparait de Josh Calhoun.

Il était à peine arrivé qu'il l'obsédait déjà !

Elle sourit en repensant à sa proposition à propos du petit déjeuner.

Un homme aussi riche et puissant devait disposer d'un personnel qualifié qui le soulageait des tâches du quotidien. De fait, elle ne comptait pas vraiment sur son aide dès potron-minet, demain.

A son réveil, Abby enfila son peignoir et ses mules fourrées et alla tirer le rideau de la fenêtre.

La neige tombait toujours à l'horizontale, et le vent continuait de mugir à l'extérieur.

Ses hôtes n'allaient pas s'en aller aujourd'hui !

C'était déjà le troisième week-end de mars. Il était rare qu'une tempête de neige se produise aussi tard. Toutefois, l'hiver avait été très froid cette année.

Une dure journée de labeur s'annonçait, mais le travail ne l'effrayait nullement, et en général elle n'en manquait pas.

Elle jeta un coup d'œil vers la porte mitoyenne.

Josh Calhoun avait-il bien dormi sur le canapé trop petit pour lui ?

Puis son regard tomba sur le réveil sur sa table de nuit, et elle se précipita dans la douche.

Elle mit un temps fou à se décider sur les vêtements qu'elle porterait. Elle opta finalement pour un pull vert prairie, un jean foncé et ses bottes en daim, et gagna la cuisine en hâte.

A 6 heures tapantes, quand elle entendit les boots de Josh résonner sur le parquet, elle sentit son cœur cogner plus fort.

— Bonjour, déclara-t-il d'un ton enjoué.

Il lui sourit, et elle sentit un courant dynamique balayer la cuisine.

Dans son pull bleu marine, son jean et ses boots, il semblait sortir tout droit d'une publicité pour un magazine du Grand Ouest américain.

— Nous avons un matin tout blanc, ajouta-t-il. La neige est tombée en quantité.

— Oui, et je crains que vous ne puissiez pas repartir aujourd'hui. Est-ce que vous avez pu dormir un peu, sur le sofa ?

— Tout à fait, et je vous suis infiniment reconnaissant de m'avoir recueilli ! Eh bien, que puis-je faire pour vous aider ? J'ai l'impression que vous avez déjà bien avancé... Je peux laver la vaisselle, si vous voulez.

— Parfait, répondit-elle, un rien surprise qu'il choisisse ce genre de tâche. J'ai déjà préparé des œufs brouillés au bacon, des beignets, je vais lancer le café. La table est prête, nous serons dans les temps.

— Ne m'incluez pas alors que je n'ai encore rien fait ! Mais je peux vous garantir que vous ferez une bonne épouse, déclara Josh, un grand sourire aux lèvres.

— Ah bon, vous êtes intéressé ? renchérit-elle d'un ton taquin, certaine qu'il n'avait aucune visée sur elle.

Mais elle regretta sa remarque badine quand Josh, en se

dirigeant vers l'évier, s'immobilisa à sa hauteur pour la considérer, le sourcil levé.

— Si je recherchais en vous une épouse, je devrais aussi m'assurer que vous possédez d'autres qualités, à part votre vaillance, votre générosité et votre bonne humeur. D'ailleurs, sans être en quête d'une femme, je trouverais tout à fait intéressant de le savoir, répliqua-t-il, tandis qu'une lueur facétieuse dansait dans ses yeux.

Elle sentit son ventre se contracter.

— Désolée, je n'ai pas l'habitude de ce genre d'échange avec mes hôtes, murmura-t-elle, légèrement essoufflée.

— Vous voulez dire que, normalement, vous ne flirtez pas avec vos hôtes ?

Tandis que le rouge lui montait aux joues, le sourire de Josh s'évanouit et ses prunelles s'assombrirent.

— Maintenant, j'ai vraiment envie de découvrir votre véritable personnalité, ajouta-t-il d'une voix plus rauque.

— Vous risquez d'être déçu, dit-elle. Je mène une vie tranquille. Il ne s'y passe rien, le monde extérieur n'y fait jamais intrusion, et...

Elle s'interrompit.

— Et ? l'encouragea-t-il en la regardant fixement.

— Et rien ! trancha-t-elle. Je suis désolée pour cette conversation qui n'avait pas lieu d'être. Tenons-nous-en au petit déjeuner.

— Ce retranchement ne vous rend que plus intéressante, souligna-t-il.

Sans prévenir, il posa ses mains des deux côtés du comptoir, de sorte à la retenir prisonnière, puis plongea ses yeux dans les siens.

Ils étaient d'un brun foncé, tout comme ses cheveux.

L'odeur de son après-rasage la grisa. Les battements de son cœur s'accélèrent instantanément, et le souffle lui manqua de nouveau.

— Josh, il... Il serait peut-être préférable que je prépare seule le petit déjeuner.

— Je vous dérange ?

— Vous me dérangez depuis que vous avez sonné chez moi à 22 heures, hier soir ! déclara-t-elle sans ambages. Et maintenant, je dois retourner à mes fourneaux avant que quelque chose ne brûle.

Un petit sourire souleva les coins de la bouche de Josh.

— Ma matinée a bien mieux commencé que je n'aurais pu l'espérer, déclara-t-il d'un ton tranquille.

Puis il détacha les mains du comptoir et se redressa.

Dès qu'il l'eut libérée, elle se dirigea vers la salle à manger. Bien que toutes les tables soient dressées, elle ouvrit le tiroir d'un buffet, en sortit deux cuillères à thé, se déplaçant sans penser à ce qu'elle faisait, juste soucieuse de redonner à son cœur une cadence normale.

L'espace d'un instant, elle avait cru qu'il allait l'embrasser !

Etant donné la façon dont elle réagissait en sa présence, elle n'aurait jamais dû se retrouver en tête à tête avec lui. Elle n'avait pas besoin qu'on vienne la distraire de son lot quotidien, et encore moins que ce soit le fait d'un charmeur comme Josh Calhoun, un homme qui s'était arrêté à Beckett par hasard, à cause de la tempête de neige. Il représentait ni plus ni moins une autre version de son père, l'invétéré séducteur, l'éternel voyageur, l'homme d'affaires incapable de se fixer quelque part et d'être fidèle. Josh possédait le même don que lui pour se lier avec les gens qu'il rencontrait. Pourtant, dès que le temps le permettrait, il repartirait sans état d'âme et ne remettrait jamais les pieds à Beckett. Elle ne devait pas s'éprendre d'un homme qui oubliait une ville et ses habitants dès l'instant où il remontait dans son jet. Il fallait impérativement qu'elle garde ses distances avec lui.

Forte de cette décision, elle se remit au travail.

Revenant dans la cuisine, elle jeta un coup d'œil à Josh qui se tenait devant l'évier, manches relevées, les mains plongées dans l'eau mousseuse, à récurer les casseroles. Il avait posé sa montre sur le rebord de la fenêtre.

Etonnée qu'il ait entrepris cette tâche qui lui était sans doute peu familière et que rien ne l'obligeait à remplir, elle s'efforça de se concentrer sur le petit déjeuner et d'oublier sa présence, tout comme les sensations qu'elle éprouvait chaque fois qu'il se trouvait près d'elle ou flirtait avec elle.

Bien qu'il soit encore tôt, elle entendit des pas, dans le vestibule et, comme elle s'y attendait, Edwin Hickman entra dans la cuisine, un sourire aux lèvres.

— Bonjour, Abby. Tu es plus belle que jamais, ce matin !

— Bonjour, monsieur Hickman, merci pour le compliment. Que puis-je vous servir ?

Le vieil homme rajusta son gilet marron sur sa chemise blanche.

— Cette neige m'a ouvert l'appétit. Est-ce que je peux avoir un œuf poché avec un toast beurré ? Même si j'imagine que ce n'est pas au menu, ce matin.

— Pas de problème. Asseyez-vous, je vous le prépare. Vous vous rappelez notre accord, n'est-ce pas ?

— Parfaitement ! Si je demande quelque chose de particulier, je dois le manger dans la cuisine et non devant les autres convives, pour qu'ils n'espèrent pas obtenir les mêmes faveurs, récita-t-il en riant. J'ai apporté le journal d'hier, car je ne pense pas qu'il soit distribué aujourd'hui.

— Moi non plus, renchérit-elle. Josh, notre dernier hôte, me donne un coup de main en cuisine. Il va vous tenir compagnie.

A cet instant, ce dernier se retourna et s'essuya les mains.

— Josh, je vous présente M. Hickman, enchaîna-t-elle. Monsieur Hickman, voici Josh Calhoun, de Verity et de Dallas. Il est arrivé hier soir.

— Ravi de faire votre connaissance, déclara Josh en serrant gentiment la main au vieil homme.

— Asseyez-vous avec moi, nous allons prendre notre petit déjeuner ensemble.

— Voulez-vous comme lui un œuf poché et un toast beurré ? demanda-t-elle à Josh.

— J'avoue que vos œufs brouillés et vos beignets m'ont donné envie… Si vous en avez assez pour tout le monde, oui, je veux bien !

— Rassurez-vous, chacun pourra se régaler. Je vous apporte à tous les deux du café et du jus d'orange.

— Je m'en charge, annonça Josh. Continuez à vaquer à vos occupations. Et si vous avez besoin d'aide pour le service, n'hésitez pas à faire appel à moi.

— Merci, dit-elle, encore une fois étonnée de sa volonté de mettre la main à la pâte.

L'heure tournait, et les gens allaient arriver, aussi se dépêcha-t-elle de leur préparer à tous deux leur œuf poché.

Josh avait-il réellement envie de déjeuner en compagnie de M. Hickman ? se demanda-t-elle. Mais quelques minutes plus tard elle les surprit en grande conversation et vit qu'il semblait satisfait de discuter avec le vieil homme, et vice versa.

M. Hickman était toujours ravi de trouver un interlocuteur, car il souffrait un peu de solitude.

Lorsque les premiers hôtes arrivèrent dans la salle à manger, elle s'empara d'une immense poêle pour aller les servir.

Aussitôt, Josh se leva, et ses doigts frôlèrent les siens lorsqu'il lui retira la poêle des mains.

— Laissez-la ici. Remplissez les assiettes, et je les porterai aux clients. Soyez sans crainte, j'ai été serveur quand j'étais étudiant. M. Hickman pourra lire le journal pendant ce temps.

— Entendu, merci. Cette poêle est effectivement très lourde, admit-elle, avant d'ajouter en baissant la voix : C'est vraiment très gentil à vous d'avoir déjeuné avec lui.

— Il me rappelle mon grand-père, dont j'étais très proche. Je le trouve très sympathique, répliqua-t-il sur le même ton.

Ces paroles lui portèrent le coup de grâce.

Au fond d'elle-même, elle avait espéré que Josh Calhoun la décevrait et n'apprécierait pas de prendre son petit déjeuner en cuisine avec un vieil homme. De la sorte, il serait descendu dans son estime. Au lieu de quoi, il l'attirait encore plus à son corps défendant.

Elle remplit une assiette et la lui tendit.

Avait-il été serveur pour payer ses études, ou juste pour se familiariser avec le monde du travail ? Il était si tard hier soir qu'elle n'avait pas eu le courage d'effectuer des recherches sur Internet, mais aujourd'hui elle se renseignerait sur lui.

Happée par le service, elle en oublia vite de se poser des questions au sujet de Josh, et les deux heures suivantes passèrent comme l'éclair. Puis, peu à peu, la salle à manger se vida, chacun se dispersa dans l'auberge, et M. Hickman s'installa pour sa part dans le salon avec son journal.

— Je vais à présent prendre moi aussi mon petit déjeuner, annonça-t-elle à Josh. Est-ce que vous voulez encore quelque chose ?

— Je me servirai, merci, dit-il en se dirigeant vers la salle à manger. Et quand vous serez assise, je me joindrai à vous.

Il rapporta une pile d'assiettes vides qu'il plaça dans le lave-vaisselle, puis il se versa une tasse de café fumant et vint s'installer en face d'elle.

— De quoi avez-vous bien pu parler, M. Hickman et vous ? demanda-t-elle, poussée par un élan de curiosité.

— C'est un homme très intéressant. Comme il est pêcheur, nous avons notamment discuté des différentes techniques de pêche et de la plus grosse truite qu'il ait jamais attrapée, et qui se trouvait bien sûr dans un étang situé au cœur d'une réserve de pêche.

— Eh bien ! Non seulement content de posséder un ranch et une société, vous avez aussi le temps de pêcher !

— Pas aussi souvent que je le voudrais, et ça me manque.

— Peut-être que cette tempête de neige est une bénédiction pour vous, si elle vous permet de faire un break, observa-t-elle.

— Oh ! rassurez-vous ! Je sais aussi profiter de la vie, renchérit-il en lui lançant un coup d'œil entendu.

Elle fit mine de rien.

— Dans ce cas, j'espère que vous saurez apprécier la neige. Pour ma part, si je débarquais dans votre monde, je serais perdue.

Cette fois, ce fut lui qui ne releva pas.

— Abby, est-ce que vous aimez danser ? enchaîna-t-il.

— Oh oui, j'adore ! Mais je n'ai hélas pas souvent l'occasion de m'adonner à cette passion. Quand je sors avec Lamont Nealey, l'ami dont je vous ai parlé, c'est en général pour aller au cinéma.

— Si vous pensez que je ne profite pas assez de la vie, sachez que j'ai le même avis sur vous, reprit Josh. Par ailleurs, je crois que, contrairement aux apparences, nous avons des intérêts communs : vous êtes une femme pour qui la famille compte, tout comme moi.

— Sans doute, fit-elle, un rien gênée, avant d'enchaîner promptement : eh bien, parlez-moi de votre famille ?

De façon inopinée, Josh lui saisit alors le poignet, et nul doute qu'il perçut sous ses doigts les battements fous de son pouls.

— Peureuse, lui reprocha-t-il doucement. Nous reprendrons plus tard le sujet de nos points communs.

— N'avez-vous pas lu hier soir la pancarte accrochée dans l'entrée ?

— Pardon ?

— Il y est écrit que les hôtes ne doivent pas flirter avec le personnel, lui récita-t-elle avec un beau sourire.

— Ah non, je n'ai rien vu… Mais pour que j'en tienne compte, il faudrait encore que la réciproque vaille ! Je sens votre pouls battre au grand galop, observa-t-il en pressant un peu son poignet.

— Ça ne veut rien dire, se défendit-elle, troublée malgré elle par l'intensité de ses yeux noirs.

— Vraiment ? Eh bien, là d'où je viens, cela signifie quelque chose. Vous voulez savoir quoi ?

— Non, merci. Parlez-moi de votre famille, ou je vais rejoindre mes hôtes dans la salle à manger, le prévint-elle en se dégageant d'une secousse.

Un petit sourire éclaira le visage de Josh, et il s'adossa à sa chaise.

— Comme je vous l'ai dit, j'ai deux frères, Mike et Jake. Et une sœur plus jeune, Lindsay.

Elle l'écouta sagement lui parler de sa famille, mais à la fin elle n'en savait guère plus sur lui. Elle le soupçonnait de plus en plus d'être un homme d'affaires qui fréquentait les cercles mondains texans, comme son père.

Un hôte qui avait fait la grasse matinée les interrompit.

Josh versa du café à ce dernier tandis qu'elle lui préparait son petit déjeuner.

Durant la matinée, il ne cessa de lui rendre des services et lui fut d'une grande aide. A 10 h 15, la cuisine était propre et rangée.

— Merci beaucoup, Josh, dit-elle. Dans un moment, je préparerai le déjeuner, que je sers exceptionnellement à cause du mauvais temps.

— OK, je vais vous aider.

Encore une fois, elle conçut une vive surprise devant son empressement à la seconder.

— Bien, merci. Je m'accorde une petite pause, et nous pourrons nous y mettre.

— Entendu, dit-il.

Et, fourrant les mains dans ses poches, il sortit de la cuisine.

En regagnant sa chambre, elle passa devant la bibliothèque, où M. Hickman baissa son journal et lui fit signe de le rejoindre.

— Ferme la porte, s'il te plaît. Sais-tu qui est ce Josh Calhoun ? Le nom de sa société ?

— Il m'a dit qu'il tient la Calhoun Hotels et qu'il a un ranch, où il travaille occasionnellement, répondit-elle. Il séjourne ici le temps que les routes soient rouvertes, puis il repartira, et sans doute ne le reverrons-nous jamais.

— Pourtant, il a promis de revenir pêcher avec moi.

— Alors, espérons qu'il tiendra parole, car il me semble très accaparé par son travail.

M. Hickman fronça les sourcils et fixa un point dans le lointain de ses yeux bleu délavé.

— En ce moment peut-être, marmonna-t-il, l'air songeur.

Puis il porta de nouveau son regard sur elle et lui sourit.

— Il m'a posé quelques questions sur toi. C'est vraiment un homme très gentil. Et il s'y connaît, en pêche. Il me plaît beaucoup.

— Eh bien, vous m'en voyez ravie. C'est une bonne compagnie pour vous.

M. Hickman se pencha alors vers elle.

— Si j'étais Josh Calhoun, je t'inviterais à dîner, chuchota-t-il.

— Je crois qu'il a déjà une petite amie, répliqua-t-elle, à voix basse elle aussi.

En réalité elle n'en savait rien, mais elle ne voyait que cela pour que M. Hickman change de sujet.

Ce dernier hocha la tête.

— Dommage, car c'est un chic type.

— Allons, monsieur Hickman, vous aimez bien Lamont, non ? C'est avec lui que je sors de temps à autre.

— Si j'étais Lamont, je ne laisserais pas deux mois s'écouler entre chaque rendez-vous. Je n'aurais jamais conquis ma Barbara, si j'avais agi ainsi.

Elle lui sourit et lui tapota gentiment le bras.

— Lamont est charmant, et nous nous aimons beaucoup. C'est ce qui compte.

— Lamont est mon comptable, et toi ma logeuse. Mais, franchement, je ne pense pas que vous soyez aussi semblables que tu sembles le croire.

— Arrêtez de jouer les marieurs, monsieur Hickman ! Je suis très heureuse avec Lamont. Bon, maintenant, je me retire dans mes appartements. Et vous, vous montez ?

— Non, je vais lire ici la fin de mon journal d'hier. Ne ferme pas la porte derrière toi.

Elle lui sourit et sortit.

Mais une fois dans sa chambre, quand elle regarda la porte close qui menait au salon de sa suite, son sourire s'effaça.

C'était l'endroit où Josh avait dormi et où il se trouvait actuellement. Que faisait-il ?

Les yeux rivés à cette porte, elle songea à la façon dont il avait flirté avec elle ce matin. Elle s'était bien amusée en sa compagnie. C'était dommage qu'elle n'entretienne pas ce genre de relation avec Lamont. Ils étaient de vieux amis, et l'électricité qui vibrait entre Josh et elle leur était inconnue. La légèreté ne faisait pas partie de leur mode de communication.

Elle repensa à ce qu'elle venait de dire à M. Hickman.

Sa relation avec Lamont la satisfaisait-elle autant qu'elle l'avait prétendu ?

En réalité, la nature du lien qui l'unissait à Lamont la préoccupait bien avant l'arrivée de Josh. Finiraient-ils par se marier ou resteraient-ils juste amis jusqu'à la fin de leurs jours ? Et que voulait-elle vraiment ?

A bien y réfléchir, l'idée qu'ils formeraient un jour un couple s'était imposée à elle comme une sorte de fatalité. Elle n'avait jamais remis cette relation en question.

Très jeune, elle s'était promis de ne jamais souffrir à cause d'un homme, contrairement à sa mère qui avait eu le cœur brisé lorsque son père avait quitté le foyer conjugal…

Elle secoua la tête comme pour chasser Josh de son esprit.

Allons, elle savait bien que Lamont était exactement le type d'homme qu'il lui fallait ! Il était stable, sérieux, on pouvait compter sur lui, autant de qualités non négligeables, synonymes d'une existence paisible.

Tandis qu'un homme comme son père…

Soudain, elle revit son père avec ses yeux d'enfant, lorsqu'il avait le don de la faire rire et qu'il conférait de la magie à la vie.

Elle était alors tellement attachée à lui ! Mais elle se détourna bien vite de ce souvenir, car après toutes ses années la souffrance était intacte quand elle se remémorait le choc ressenti en apprenant qu'il les quittait.

Lorsqu'elle retourna en cuisine préparer le déjeuner, elle s'étonna d'y trouver déjà Josh, en train de remplir les pichets d'eau.

— Vous n'avez pas besoin de tant travailler, lui dit-elle. Vous avez le droit de vous détendre comme les autres hôtes !

Il lui sourit.

— Cette coupure représente un grand changement de rythme pour moi. J'ai besoin de m'occuper, ça me permet de ne pas trop penser aux dossiers qui sont en train de s'empiler sur mon bureau pendant mon absence.

Il jeta un coup d'œil à la fenêtre.

— Vous avez vu ? La neige a cessé de tomber.

— Pour l'instant. Selon la météo, nous en aurons encore d'ici demain.

— Bah, nous verrons bien. S'il ne s'agit que de quelques flocons, les routes seront rouvertes, et je pourrai appeler un taxi.

— Vous êtes bien optimiste ! objecta-t-elle tout en sortant les ingrédients nécessaires pour confectionner des sandwichs au jambon. A mon avis, vous êtes encore coincé ici pour deux jours.

— Vous avez probablement raison, grommela-t-il.

— Vous avez été très gentil avec M. Hickman, ce matin, dit-elle pour changer de sujet. Il a adoré discuter avec vous.

Aussitôt, elle se mordit la langue.

Pourquoi avait-il fallu qu'elle mentionne M. Hickman, alors que celui-ci essayait clairement de jouer les marieurs ?

— Edwin Hickman est un homme intéressant, et sa conversation est très plaisante, répliqua Josh en empoignant un couteau. Il m'en a notamment appris davantage au sujet de Lamont Nealey.

— Ne faites pas attention à ce qu'il raconte sur lui !

— Selon lui, votre ami ne vous emmène qu'une fois tous les

trois mois au restaurant. Malgré tout, vous lui auriez confié que vous l'épouseriez sans doute un jour.

— M. Hickman a le goût de l'exagération, et sa mémoire n'est plus très précise. Lamont et moi sortons ensemble quand nous en avons envie, voilà tout ! Et puis, le fait de ne pas se voir très souvent rend nos retrouvailles d'autant plus précieuses...

En prononçant ces mots, elle se rendit compte que, en l'occurrence, c'était elle qui amplifiait. Sortir avec Lamont lui permettait juste de rompre la routine et de voir un bon film ou un spectacle qui lui tenait à cœur. Pourtant, elle ne souhaitait pas donner à Josh l'impression qu'elle avait envie qu'on l'invite à sortir, même si elle doutait que l'idée lui passe par la tête. Comment pourrait-il s'intéresser à une simple tenancière d'auberge provinciale, lui qui parcourait le monde et dirigeait la Calhoun Hotels ?

— Il est effectivement possible que j'épouse un jour Lamont, poursuivit-elle. Nous nous entendons bien et nous nous connaissons depuis toujours. Il serait un mari idéal pour moi. Qui plus est, il ne veut pas plus que moi quitter Beckett. Il est vraiment mon alter ego.

— Ne dit-on pas pourtant que les contraires s'attirent ? objecta Josh avec un petit sourire.

— Il faut croire que cet adage ne vaut pas pour moi. Comme je vous le dis, nous avons les mêmes goûts, il est très attaché à sa famille, et je le connais bien. Et puis, ni lui ni moi ne sommes pressés de nous marier.

— Vous n'êtes pas difficile à contenter. Je n'ai jamais rencontré une femme qui se satisfasse de si peu.

— J'ai bien conscience que je n'ai sans doute rien à voir avec les femmes de votre connaissance ! renchérit-elle en souriant à son tour. Je sais qu'une vie aussi simple que la mienne ou celle de Lamont est totalement inimaginable pour vous. Mais il se trouve qu'elle me plaît. Ma mère est tombée dans le piège de la fameuse théorie des contraires qui s'attirent. Papa était un séducteur, qui voyageait beaucoup. Il était vraiment adorable, mais pas très fiable. Après avoir fait trois enfants à ma mère, il l'a quittée pour une femme plus jeune qu'il a rencontrée en Californie. Maman en a eu le cœur brisé, et nous en avons tous énormément souffert.

— Je le conçois. Mais il ne faut pas généraliser, ça ne signifie pas que tous les hommes dotés de la même personnalité que votre père sont des coureurs invétérés.

— Permettez-moi d'en douter. En tout cas, je ne veux pas d'un homme qui lui ressemble. Il en est à sa quatrième épouse, vous vous rendez compte ? Mais assez parlé de moi. Vous m'avez dit que vous étiez actuellement célibataire, Josh, mais je ne pense pas que vous recherchiez une femme qui soit aux antipodes de vous. Cela vous ennuierait à mourir, non ?

Et sur ces mots, elle lui lança un regard amusé.

— Je ne recherche pas de partenaire attitrée, admit-il. Je suis trop pris par mon travail, même si j'ai l'impression que vous l'êtes encore plus que moi.

— Vous savez, je n'ai pas vraiment l'impression de travailler, ici. J'adore le contact avec les gens qui séjournent à l'auberge et gérer tout cela m'apporte une réelle satisfaction. Et puis, je suis entourée de ma famille, ainsi que de M. Hickman, de tante Trudy et de tante Millie.

— De fait, vous êtes très douée dans votre domaine, et je vous suis toujours reconnaissant de m'avoir hébergé.

— Bon, je dois me concentrer sur la soupe à la tomate, car l'horloge tourne, trancha-t-elle.

Tandis qu'elle s'éloignait, elle sentit un frisson lui parcourir les reins, et elle dut résister à l'envie de jeter un coup d'œil par-dessus son épaule.

Elle était certaine qu'il la suivait du regard.

Non mais, franchement, à quoi pensait-il ?

Décidément, elle n'arrivait pas à s'habituer à la présence de Josh et au fait qu'il soit constamment avec elle en cuisine. Il la troublait, c'était indéniable.

Outre les sandwichs que Josh l'avait aidée à confectionner, elle proposa à ses hôtes une soupe à la tomate, une salade, ainsi que du gâteau au chocolat ou des yaourts en dessert.

Pendant le repas, elle s'efforça de ne pas réfléchir à ce qu'elle ressentait, tout comme après, quand ils prirent le café au salon, et continuèrent de bavarder un moment.

Josh l'aida ensuite à éplucher les pommes de terre qui devaient accompagner les rôtis du dîner. Et quand ils s'assirent autour de la table pour savourer une boisson fraîche, une alléchante odeur de viande braisée et de pommes de terre au four emplissait la pièce.

— Vraiment, votre aide m'est précieuse, lui assura-t-elle. Je vous serai redevable, quand vous partirez.

— Pas du tout ! Votre auberge a été ma bouée de sauvetage...

Soudain, l'horloge sonna dans le vestibule.

— Oh ! mon Dieu ! s'exclama-t-elle en se levant, il faut que je fasse les comptes avant les cocktails et le dîner.

Elle porta alors son verre dans l'évier et, en se retournant, faillit se heurter à Josh qui s'apprêtait lui aussi à y poser le sien.

— Désolée, marmonna-t-elle, les joues en feu.

Ce mini-incident amusa visiblement Josh, car un sourire éclaira son visage.

— Pas de panique ! dit-il. Je vous aiderai à servir le dîner et les cocktails. Où sont vos verres ? Avez-vous un bar ?

— Oui, dans l'autre salon. Il jouxte celui dans lequel nous nous étions rassemblés hier soir. Bon, je me dépêche, j'en ai pour une petite demi-heure.

Ils se séparèrent dans le vestibule, et elle se précipita vers sa chambre.

Elle avait passé la journée en si agréable compagnie que les heures avaient filé sans qu'elle s'en rende compte. Josh repartirait bientôt, autant profiter de sa présence ! Pourquoi s'en serait-elle privée, puisqu'il la divertissait et qu'elle savait bien qu'elle ne s'éprendrait pas de lui ?

Après avoir rapidement parcouru ses comptes — elle serait plus attentive demain —, elle prit une douche et passa sur son jean un pull angora rose pâle. Puis, après s'être brossé méticuleusement les cheveux et avoir refait sa queue-de-cheval, elle regagna la cuisine avec une impatience inaccoutumée.

Josh s'y trouvait déjà, vêtu d'un pull noir et d'un pantalon en serge de coton épais. Il ne s'était pas rasé aujourd'hui, ce qui ajoutait à son charme ténébreux. Encore une fois, il avait pris les devants et dressé la table du dîner.

Quand les premiers hôtes se présentèrent, il servit tout naturellement les cocktails tandis qu'elle s'affairait en cuisine.

Une fois de plus, il l'aida à servir le dîner, et lorsqu'elle rejoignit son petit monde après la vaisselle — elle avait insisté pour que Josh sorte de la cuisine —, elle constata que certains jouaient au billard dans la salle de jeux dont les portes étaient entrouvertes. Dans le petit salon, des enfants faisaient du coloriage, d'autres des puzzles. Deux adolescents étaient rivés à l'écran de leur téléphone. Elle remarqua aussi que Josh avait allumé un feu.

Elle le repéra en train de jouer aux cartes avec M. Hickman.

— Merci pour le feu, dit-elle s'approchant d'eux.

— Je vous en prie... A ce propos, pourriez-vous me remplacer quelques instants ? Il faut que je mette des bûches supplémentaires dans l'âtre.

— Bien entendu, s'empressa-t-elle de répondre.

— C'est le tour de M. Hickman.

— Je sais, je sais, marmonna ce dernier, un rien agacé, sans lever les yeux de son jeu.

Elle lança à Josh un coup d'œil amusé, en priant pour qu'il ne remarque pas l'effet qu'il produisait sur ses sens : son cœur cognait en effet comme un fou dans sa poitrine.

Elle se glissa sur son siège et observa patiemment M. Hickman, qui étudiait avec le plus grand sérieux les cartes qu'il maintenait de ses doigts noueux.

Quand Josh revint, il se plaça derrière elle.

— Les amis, c'est la pleine lune ce soir, et je vous garantis que le spectacle vaut le déplacement, annonça-t-il.

— Monsieur Hickman, voulez-vous aller contempler le ciel ? lui demanda alors Abby.

— Naturellement ! Mais je vais chercher mon manteau, car il doit faire un froid de canard.

— Voulez-vous que j'aille le chercher en haut pour vous ? proposa Josh.

— Inutile, il est accroché au portemanteau dans le vestibule.

Quelques instants plus tard, elle décrochait aussi le sien, et Josh le lui tint tandis qu'elle l'enfilait.

— Prêt, monsieur Hickman ? demanda-t-il.

— Prêt.

Il passa alors son bras sous celui du vieil homme, et elle l'imita de l'autre côté. Ils sortirent sous la véranda et contournèrent la demeure.

Le vent s'était enfin calmé, et la neige ne tombait plus. Il faisait très froid, mais la nuit était claire : une énorme lune flottait au-dessus de l'horizon, semblable à un gros ballon blanc marbré de gris. Personne n'avait marché sur le manteau de neige qui brillait de tous ses éclats sous l'astre argenté.

Une partie des hôtes s'étaient déjà rassemblés sur le perron pour contempler le spectacle, et certains se tenaient étroitement les uns contre les autres, n'ayant pas eu le réflexe de se vêtir chaudement. D'autres laissaient échapper des petites exclamations d'admiration devant la beauté du tableau hivernal qui s'offrait à eux.

Elle lâcha le bras de M. Hickman.

— Voulez-vous que je vous raconte une légende du Texas ? lança-t-elle à la cantonade en se détachant du petit groupe.

Tous approuvèrent.

— De l'endroit où je me trouve, poursuivit-elle, on peut voir deux chênes dont les branches s'entrecroisent.

Elle attendit alors que ses hôtes la rejoignent.

— Quand la lune monte au-dessus de ces arbres, elle projette sur le sol une ombre en forme de cœur. Une vieille légende d'ici affirme que si deux personnes s'embrassent à l'intérieur de cette ombre ils resteront amoureux l'un de l'autre pour le reste de leur vie. Si vous voulez voir le cœur, il faut que vous vous placiez de ce côté-ci du perron, ou bien dans la cour, juste en face.

— Est-ce qu'une personne résidant dans l'auberge l'a déjà vu et en a embrassé une autre à l'intérieur ? questionna un convive.

— Oui, répondit-elle. A commencer par mes grands-parents. Mon grand-père est mort très jeune, aussi ma grand-mère n'a-t-elle pas vécu avec lui très longtemps, mais elle l'a toujours aimé et ne s'est jamais remariée.

Tout en murmurant entre eux, les gens se déplacèrent pour voir les ombres évoluer peu à peu sur la neige.

— Et vous, Abby, vous a-t-on déjà embrassée dans ce cœur ? demanda une voix rauque à côté d'elle.

Elle tourna la tête et croisa le regard de Josh.

Heureusement, l'obscurité masqua le rouge qui lui empourpra les joues.

— Non, ça ne m'est pas arrivé... Oh ! regardez ! L'ombre est en train de se former.

Le silence se fit instantanément, comme si les gens étaient cloués sur place par la beauté du spectacle. Puis une exclamation collective s'éleva dans la nuit alors que l'ombre en forme de cœur devenait visible.

Les hôtes commencèrent à sortir leur portable pour prendre des photos, et un couple descendit l'escalier du perron afin de s'embrasser à l'intérieur. Deux autres les imitèrent, tandis que des enfants riaient et applaudissaient. Une personne se mit à siffler.

— Nous ne pouvons pas manquer ça, lui souffla Josh.

Et, la saisissant par la main, il l'entraîna dans l'escalier.

— Josh..., voulut-elle protester.

— Juste un baiser, coupa-t-il.

Se plantant au beau milieu du cœur, il l'attira à lui.

— C'est absurde, dit-elle en riant nerveusement. Et si le sortilège devenait réalité ? Nous ne nous connaissons même pas ! Pourquoi voulez-vous tenter le sort ?

— Nous verrons bien, trancha-t-il.

Puis il l'enlaça par la taille et captura sa bouche.

D'abord choquée et profondément troublée, elle cessa bien vite de penser, totalement consumée par le baiser de Josh, tandis qu'elle sentait un véritable feu naître en elle.

Jamais on ne l'avait embrassée de cette façon, ni tenue avec une telle vigueur. Elle n'arrivait plus à reprendre son souffle, elle n'avait plus conscience du froid ni des gens qui les entouraient, elle avait même oublié qu'elle connaissait à peine Josh. Seuls comptaient sa bouche sur la sienne, ses bras qui l'étreignaient, la force chaude et solide qui émanait de toute sa personne.

Alors, à son tour, elle noua les bras autour du cou de Josh et lui rendit son baiser avec passion, tandis qu'un désir puissant et inconnu la submergeait.

Elle nageait au cœur d'une ombre mouvante et subtile. Une soif terrible l'animait, la brûlait tout entière, irradiait tout son être. Elle s'agrippait étroitement à lui, l'embrassait avec une fièvre insoupçonnée...

Peu à peu, la réalité reprit ses droits, et elle se rendit compte de ce qu'elle était en train de faire et de l'endroit où elle se trouvait. Se ressaisissant, elle se détacha de Josh.

Encore une fois, elle se félicita qu'il fasse nuit. Ses joues la brûlaient, elle devait être toute rouge.

Josh, pourtant si prompt à sourire, la jaugeait à présent d'un air presque solennel.

— Nous nous sommes donnés en spectacle, commenta-t-elle pour se donner une contenance. L'ombre est partie, à présent.

— Effectivement, elle a disparu.

Elle se détourna alors de lui, mais il la rattrapa par la main.

— Hep là, il faut saluer notre public ! reprit-il d'un ton enjoué. Joignons-nous à la gaieté générale, et tout redeviendra normal. Ou à peu près.

Docile, elle s'inclina à l'instar de Josh sous les rires, les applaudissements et les sifflets des gens qui les entouraient.

Après quoi, ceux-ci se dispersèrent sans commenter plus avant la scène. Des enfants entamèrent une bataille de boules de neige, d'autres se mirent à confectionner un bonhomme.

Dans une sorte d'étourdissement, elle suivit Josh vers l'hôtel, écoutant le bruit ouaté que la neige fraîche émettait sous leurs pieds. Elle avait l'impression qu'elle venait d'imprimer un changement radical à son monde et à sa vie.

Ils s'arrêtèrent à la hauteur de M. Hickman pour l'aider à rentrer.

— Josh est un jeune homme entreprenant, lui glissa ce dernier à l'oreille, d'un ton entendu. Je vais essayer de le convaincre de participer à une partie de pêche avec moi.

— Bonne idée, répliqua-t-elle.

Cela dit, elle doutait fort que Josh Calhoun revienne un jour à Beckett. C'était un homme bien trop occupé pour aller pêcher. Le cas échéant, il irait probablement dans le Colorado ou dans l'Idaho, où la pêche était bien plus excitante que dans le petit étang d'une bourgade texane.

Une fois à l'intérieur, Josh demanda gentiment à M. Hickman s'il voulait qu'ils terminent leur partie de cartes.

— Entendu, dit le vieil homme. Et ensuite, il sera temps pour moi d'aller au lit.

— A tout à l'heure, lança Josh par-dessus son épaule, alors que tous deux regagnaient la table de jeux.

Un hôte demanda alors à Abby si elle ne servirait pas un peu de chocolat chaud.

— Tout à fait. Je peux en préparer pour tout le monde dès maintenant, si vous voulez.

— Merci, Abby, c'est très aimable ! Voulez-vous que l'on vous aide ?

— Inutile, je vous préviens dès que c'est prêt.

Et sur ces mots elle s'engouffra dans la cuisine.

Elle s'efforça de se concentrer sur la confection du chocolat chaud plutôt que sur le baiser de Josh. Seulement, elle avait préparé tant de fois cette boisson qu'elle aurait pu s'acquitter de cette tâche les yeux fermés. Rien ne pouvait l'empêcher de se revoir encore et encore dans les bras de Josh…

Elle finit par se réfugier dans sa chambre, referma vite la porte et s'y adossa quelques minutes, les yeux clos.

Pourquoi, oh, pourquoi fallait-il que cet homme lui fasse un tel effet, alors qu'il disparaîtrait de sa vie aussi promptement qu'il y était entré ?

3

Se redressant, Abby traversa sa chambre pour se regarder dans le miroir.

Celui-ci lui renvoya son image habituelle — ce qui était parfaitement incompréhensible après la scène qu'elle venait de vivre et qui la marquerait sans doute à jamais.

Elle avait bien conscience de mener une vie protégée, mais elle n'aurait jamais imaginé que le baiser d'un homme puisse déclencher une telle révolution en elle.

Heureusement, il allait bientôt repartir !

Il était déjà arrivé que des hommes séduisants et célibataires séjournent à l'auberge et l'invitent à dîner, mais elle avait toujours refusé, car aucun d'entre eux ne l'avait suffisamment intéressée pour remettre en cause sa relation avec Lamont.

Elle s'était toujours sentie en sécurité avec ce dernier, et il la rendait raisonnablement heureuse. Toutefois, ne se privait-elle pas de joies plus intenses ? Des réels plaisirs de l'existence ? Depuis que Josh l'avait interrogée sur ce qui l'unissait à Lamont, elle s'était rendu compte que le romantisme était quasiment exclu de sa relation avec son ami d'enfance. En était-il ainsi à cause de son père ?

Elle exhala un soupir.

Si elle était sortie avec Lamont, c'était avant tout par facilité et commodité.

Mais pourquoi se posait-elle toutes ces questions ? Après tout, Josh ne l'avait pas invitée à sortir, et elle ne s'attendait pas à une telle proposition de sa part. Il allait repartir d'un jour à l'autre, et ils ne se reverraient plus jamais.

En revanche, combien de temps lui faudrait-il pour oublier la façon dont Josh avait dévoré sa bouche ?

Passait-elle à côté de l'existence comme Josh le lui avait reproché ? Est-ce que cela allait influencer sa relation avec Lamont, dont les ternes baisers n'avaient rien d'excitant ?

Et voilà, elle recommençait avec ces questionnements.

Cependant, elle ne devait pas non plus pratiquer la politique de l'autruche : n'était-elle pas en train de se préparer un avenir morne et sans joie avec Lamont par simple confort psychologique ?

Pour la première fois, elle éprouvait l'envie de se libérer de l'arrangement tacite qui existait entre eux.

Au fond, il serait peut-être préférable qu'ils sortent chacun de leur côté et qu'ils rencontrent d'autres personnes pour mieux comprendre la nature du lien qui les unissait. Ne devrait-elle pas le lui suggérer ? Ainsi, si Josh l'invitait à dîner, elle se sentirait plus libre d'accepter et n'aurait pas l'impression de trahir Lamont.

Cédant à une impulsivité qui ne lui était pas coutumière, elle sortit son portable.

— Bonsoir, Lamont, est-ce que tu as une minute à me consacrer ?

— Oui, ton appel tombe bien. Je voulais justement faire une pause. Je me demande pourquoi les impôts inventent chaque année de nouvelles lois...

Elle prit conscience que, en dépit de l'heure tardive, il était encore plongé dans la comptabilité de ses clients.

— Ce n'est pas moi qui pourrais te répondre, déclara-t-elle. Lamont, voilà, j'ai repensé à nous, et je me suis dit que nous devrions sortir un peu chacun de notre côté, voir d'autres personnes. Je ne suis plus certaine de la relation qui s'est peu à peu installée entre nous.

— Voyons, Abby, que t'arrive-t-il ? Nous sommes faits l'un pour l'autre, nous sommes si semblables. Et puis, ce n'est vraiment pas le bon moment pour que j'envisage des changements dans ma vie. Je suis désolé de t'avoir négligée ces derniers temps, mais tu sais bien que pendant la période des déclarations d'impôts nous ne pouvons pas sortir ensemble. Elle va durer encore quelque temps, mais nous nous rattraperons par la suite.

— Je veux juste être libre de sortir avec d'autres personnes, Lamont, et je pense que ça te ferait également du bien. Nous sommes devenus trop routiniers.

Un long silence s'ensuivit.

Elle était navrée de l'avoir bouleversé, mais elle ne regrettait pas sa demande. Elle ressentait le besoin de faire le point sur ce qui les unissait.

— Si c'est ce que tu souhaites, finit-il par dire. Allons au restaurant ensemble pour en discuter, d'accord ? Mais ce ne sera pas avant deux ou trois semaines.

— Nous parlerons quand tu auras moins de travail, mais je veux avoir ton accord de principe sur le fait d'aller dîner avec d'autres que toi.

— Entendu, finit-il par concéder.

Puis elle l'entendit soupirer.

— Je dois y retourner, poursuivit-il.

— Bonsoir, Lamont, lança-t-elle, soulagée.

Elle appuya sur la touche « Raccrocher » et considéra son portable.

Ne venait-elle pas de prendre une décision susceptible de modifier radicalement sa vie ? Tout ça parce qu'un quasi-inconnu venait de l'embrasser ?

Malgré tout, elle n'éprouvait aucun remords.

Prenant une grande inspiration, elle rejoignit ses hôtes pour vérifier que tout allait bien.

Quand elle arriva à la hauteur de Josh et M. Hickman, elle constata qu'ils terminaient leur partie.

— Chacun a été vainqueur au moins une fois, annonça M. Hickman.

— Et vous, deux, précisa Josh.

Le vieil homme lui sourit d'un air débonnaire.

— Bien, à présent, je vais me coucher, annonça-t-il. On se revoie demain au petit déjeuner. Merci d'avoir été mon partenaire, Josh, j'ai passé un excellent moment.

— Je vous en prie, le plaisir était réciproque. A demain, monsieur Hickman.

— Bonne nuit, lui dit Abby.

Dès qu'il fut parti, elle se tourna vers Josh.

— Il y a du chocolat et du cidre chaud en cuisine, indiqua-t-elle.

— En l'état actuel des choses, je boirais plus volontiers une bière bien fraîche.

— C'est tout à fait envisageable, répondit-elle comme ils regagnaient la cuisine. Regardez dans le réfrigérateur. S'il n'y en a pas ici, vous en trouverez dans celui de l'arrière-cuisine.

— D'accord, merci. Je vais d'abord vérifier s'il reste de la vaisselle sale dans la salle à manger.

Après avoir rapporté les dernières assiettes qui se trouvaient sur les tables, Josh décapsula une bouteille de bière, en avala une première gorgée, émit un soupir de satisfaction et s'installa à la table de la cuisine.

Elle s'activa avec une certaine nervosité, intensément consciente de sa présence attentive.

Cinq minutes plus tard, le lave-vaisselle était en marche.

— Venez, Abby, dit-il alors. Asseyez-vous en face de moi pour que nous puissions parler tranquillement, sans nous laisser distraire par des jeux de cartes, le piano ou un film.

Elle hésita un instant, en conflit avec elle-même.

Etait-ce bien raisonnable ? Plus elle passait de temps en compagnie de Josh Calhoun, plus il lui plaisait. Cet homme représentait une réelle menace pour la tranquillité de son existence, même s'il n'en avait pas conscience et s'il ne le souhaitait pas davantage. N'était-ce pas à cause de lui qu'elle venait de prendre de la distance avec Lamont ? Elle devrait tout simplement le remercier et le fuir.

— Apparemment, ma suggestion entraîne chez vous une réflexion intense, reprit-il. Qu'est-ce qui vous tracasse ? Cela n'a rien d'extraordinaire de nous asseoir ensemble à la table de la cuisine.

— Non, bien sûr, vous avez raison, dit-elle en rougissant. Je ne pense pas que ma présence soit indispensable au salon.

Elle prit place en face de lui, un mug de chocolat chaud à la main, et affronta le regard curieux qu'il dardait sur elle.

— C'est très gentil à vous d'avoir joué aux cartes avec M. Hickman, observa-t-elle.

— Edwin Hickman est un homme charmant, et ça ne m'était pas arrivé depuis l'enfance. A propos, il a exprimé le souhait qu'on aille pêcher ensemble dans les semaines qui viennent. Malgré les apparences, c'est le printemps, les températures vont se réchauffer. La neige devrait rapidement disparaître.

Elle lui sourit, soulagée que la conversation roule sur un sujet banal.

— Vous comptez donc revenir ?

— Pour chercher Edwin, oui. Je lui ai proposé d'aller pêcher dans le Colorado le temps d'un week-end. J'y possède un chalet, et nous nous y rendrons en avion. Il est en bonne santé, n'est-ce pas ?

Cette déclaration la prit de court.

Ça alors ! Elle n'aurait jamais imaginé que Josh invite M. Hickman à pêcher dans le Colorado...

— Autant que je sache, oui, il va bien. Il... Il est juste un peu âgé, marmonna-t-elle.

— Il était ravi par ma proposition, et comme il paraît doué pour la pêche à la mouche, je crois que nous allons bien nous amuser tous les deux.

— Tout le plaisir sera pour lui... En toute franchise, ajouta-t-elle sur une impulsion, je suis surprise. Je ne pensais pas que vous étiez le genre à passer du temps en compagnie d'un vieux monsieur comme M. Hickman.

Josh lui sourit.

— J'ai plusieurs facettes, vous savez. Si nous passons un peu de temps ensemble, vous vous en rendrez vite compte.

— Je n'en doute pas un instant, dit-elle, dit-elle en le fixant. Malgré tout, je demeure impressionnée.

Non seulement Josh était séduisant, serviable, drôle et sexy, mais c'était de surcroît un homme attentif aux autres. Décidément, elle devait cesser de passer autant de temps avec lui, car elle risquerait rapidement de tomber amoureuse.

— Il n'y a franchement pas de quoi, répliqua-t-il. Il se trouve que je connais Tony, un des fils d'Edwin. Tony est dans les affaires, lui aussi. A Dallas où il a repris la société paternelle.

— Je sais, dit-elle. Il a cinq enfants, et il lui manque.

— Edwin aime vivre à Beckett parce qu'il y a de vieux amis, enchaîna Josh, mais il envisage de déménager à Dallas, d'après ce qu'il m'a dit. Selon moi, ce serait plus raisonnable, encore que je n'aie pas de leçon à donner en la matière, étant donné que mes propres parents vivent en Californie. Cela dit, ils sont plus jeunes que M. Hickman.

— En tout cas, ce week-end de pêche sera mémorable pour lui.

Chacun se remit à siroter sa boisson en silence.

— Est-ce que cette histoire d'ombre et de cœur que vous nous avez racontée tout à l'heure était vraie ? demanda Josh tout à trac.

— Bien sûr, dit-elle, étonnée par la question. Pourquoi l'aurais-je inventée ?

— C'est bon pour les affaires, ce genre de légende. Cela confère à l'auberge une aura romantique.

Elle se mit à rire.

— Loin de moi de tels calculs ! D'ailleurs, on ne sait jamais quand cette ombre apparaîtra. Il peut s'écouler une ou deux années sans qu'elle ne se forme. De nombreux éléments doivent être réunis, aussi est-ce très fugitif et aléatoire.

— Est-il déjà arrivé que des gens qui se connaissaient depuis à peine vingt-quatre heures se soient embrassés à l'intérieur de ce cœur ?

— Pas que je sache.

— Et les gens qui s'y sont embrassés, sont-ils restés mariés pour la vie ou ont-ils divorcé ?

— Jusque-là, tous sont restés ensemble. Vous avez voulu tenter le sort, mais, pas de panique, comme nous sommes quasiment des étrangers l'un pour l'autre, je ne crois pas que ce baiser que nous avons échangé compte. Enfin, j'espère qu'il sera insignifiant.

Elle vit un éclat amusé passer dans les yeux de Josh.

— Mon baiser, insignifiant ? C'est la première fois que l'on me fait un tel affront ! Je suis habitué à des réactions plus positives !

Elle dut résister à la tentation de regarder sa bouche.

— Entre vous et moi, reprit-elle d'une voix soudain voilée, en levant son regard vers lui, vous savez parfaitement que vous avez suscité chez moi une réaction très « positive ».

Et dire qu'elle s'était promis de ne plus flirter avec lui !

— Vraiment ? insista-t-il.

— Allons, cessez de jouer les innocents...

Désireuse de ne pas céder à la tentation d'un éventuel deuxième baiser, elle changea de sujet promptement :

— Demain, ajouta-t-elle, les routes seront déblayées par la municipalité, de sorte que vous pourrez repartir. Mon frère et ma sœur vont venir m'aider...

A cet instant, on frappa, et une jeune femme blonde passa la tête à la porte.

— Désolée de vous déranger, commença-t-elle.

— Il n'y a pas de mal, nous discutions. En quoi puis-je vous être utile ? demanda Abby.

— Auriez-vous par hasard le film *African Queen* ?

— Oui. Vous ne l'avez pas trouvé dans la vidéothèque ?

La petite blonde secoua la tête en signe de dénégation.

— Dans ce cas, je vais aller voir où il peut bien être. Je reviens, lança Abby.

Et elle sortit de la cuisine, émoustillée malgré elle par les éclats qui scintillaient dans le regard de Josh.

Seul avec sa bière, Josh repensait à ce baiser imprévu, et à la façon incroyable dont Abby l'avait embrassé.

Elle lui avait littéralement ravi le souffle. Avait-elle ressenti une impression aussi intense que la sienne ?

Au début, même s'il la trouvait troublante, il s'était dit qu'elle n'était pas son type de femme, mais ce baiser qu'ils avaient échangé avait radicalement modifié son avis là-dessus, et il s'en trouvait tout retourné. Bien sûr, il devait quitter Beckett, mais il y reviendrait bientôt, c'était certain. Et cette fois, non seulement il l'embrasserait, mais il lui ferait l'amour. Oui, il avait bien l'intention de la séduire !

Peut-être l'atmosphère décontractée qui régnait ici — pas d'appels téléphoniques, pas de rendez-vous, un monde différent de celui qu'il côtoyait ordinairement — jouait-elle son rôle dans le charme qu'Abby Donovan exerçait sur lui, mais peu importait.

Ce qu'il voulait, c'était être avec elle. Cette femme n'était-elle pas tout simplement formidable ? Gérer une auberge constituait un travail énorme et exigeant, et en l'occurrence elle affichait complet à cause de la neige. Pourtant, elle s'acquittait de ses tâches avec aisance et bonne humeur.

Quand elle revint dans la cuisine, il suivit des yeux sa queue-de-cheval qui rebondissait sur ses épaules tandis qu'elle traversait la pièce.

Son allure était gracieuse et leste, comme si la vie était légère et merveilleuse et qu'elle avait bien l'intention d'en profiter. Sans s'en rendre compte, il se mit à regarder fixement sa bouche, de nouveau hanté par leur baiser.

Hé, doucement.

— Avez-vous retrouvé le DVD ? demanda-t-il, se ressaisissant.

— Oui, il avait glissé sous le canapé, répondit-elle avec un sourire. C'était aussi simple que ça.

— Est-ce qu'il vous arrive de vous réserver du temps pour vous ? la questionna-t-il.

Tout en discutant, il la scrutait attentivement.

Quelle allure aurait-elle avec une autre coiffure et un peu de maquillage ?

— Une personne de ma famille me remplace si nécessaire. Et puis, il y a des jours bien plus calmes, où l'auberge n'accueille que deux ou trois hôtes. C'est ma vie, elle a toujours été ainsi. J'ai commencé à aider ma grand-mère dès l'âge de dix ans.

— Et vous n'avez jamais eu envie de voir le monde ? New York ? Paris ? Londres ? insista-t-il. Ne nourrissez-vous aucun rêve secret ?

Il n'avait jamais rencontré une personne qui affiche aussi peu d'exigences ! Mais il était vrai qu'il ne fréquentait que des femmes qui menaient une existence semblable à la sienne. Abby était une casanière invétérée, normalement elle n'aurait pas dû l'attirer.

Pourtant, le souvenir de leur baiser l'émouvait au-delà de tout.

— Votre question me prend de court, répondit-elle.

— Allons, réfléchissez bien, l'encouragea-t-il en fronçant les sourcils, comme s'il se trouvait devant une énigme qu'il ne parvenait pas à résoudre.

Elle lui adressa un sourire, et son regard parut se perdre, comme si elle fixait un point lointain.

— Bon, je dois avouer que je me demande parfois à quoi ressemble Vienne, et j'aimerais bien visiter ses palais. Quand j'étais enfant, je m'imaginais assister à un bal viennois, danser une valse dans une robe magnifique. J'ai sans doute vu un film qui m'a impressionnée. Hélas, dans les discothèques d'ici, on ne joue pas de valse !

Il revit alors les châteaux autrichiens qu'il avait visités, les valses qu'il avait dansées, même si ce n'était vraiment pas du tout sa danse préférée.

— Cela dit, le cinéma suffit amplement à ma curiosité de découvrir des contrées étrangères, poursuivit Abby. Je n'ai pas le goût des voyages.

— Vous n'êtes pas difficile à contenter.

— Comme je vous l'ai dit, ma vie est liée à ma famille et aux gens d'ici.

Elle jeta alors un regard autour d'elle.

— Vous voulez boire quelque chose ?

— J'ai encore ma bière, merci.

— Très bien. Je vais me resservir une tasse de chocolat chaud, s'il y en a encore. Sinon, je prendrai du lait avec du miel.

Mû par l'envie de se retrouver avec elle dans un endroit plus intime, il hocha la tête avec approbation.

— Je pourrais allumer un feu dans ma chambre — enfin, dans votre petit salon —, si vous voulez. Ainsi, nous pourrions discuter tranquillement en contemplant les flammes. Personne n'a plus besoin de vous ce soir, n'est-ce pas ?

— Non, dit Abby en baissant les yeux. Entendu pour le feu, Josh.

Quelques minutes plus tard, assis sur le tapis dans sa suite, ils admiraient le feu qui crépitait dans l'âtre, chacun sa boisson à la main.

Ils demeurèrent tout d'abord silencieux, et il observa son profil à la dérobée.

Elle avait de longs cils bruns, un nez droit, une bouche bien ourlée... Une bouche qui attisait son désir et le forçait à lutter intérieurement contre ses fantasmes.

Elle n'était pas son type de femme, se répéta-t-il. Pas plus qu'il n'était l'homme dont elle rêvait. Et pourtant, quand il repensait à leur baiser, un sentiment d'ivresse s'emparait de lui.

Abby Donovan était une femme sexy, sensuelle et, contrairement à beaucoup de ses anciennes partenaires, elle n'était pas superficielle. Elle commençait à bougrement lui plaire.

— Parlez-moi de vos frères et sœurs, dit-elle, l'interrompant dans ses pensées. Vivent-ils tous près de Dallas ?

— Mon frère Mike possède un ranch et s'en occupe activement. Il vient de se marier avec Savannah. Savannah est infirmière. En ce moment, elle ne travaille pas, car elle va bientôt accoucher. Mike a déjà un petit garçon, Scotty. Sa première épouse est morte d'un cancer.

— Oh ! je suis désolée ! C'est bien qu'il se soit remarié, non ?

— Oui, il semble de nouveau très heureux, et Scotty aussi. Quant à Savannah, ce mariage lui a également permis de retrouver le bonheur : elle venait de rompre avec son fiancé, le père biologique de l'enfant qu'elle porte. Mais Mike va l'adopter.

— C'est donc une bénédiction pour tout le monde.

— Vous avez raison. Mon autre frère, Jack, s'est spécialisé dans le domaine de l'énergie. Il est marié à Madison Milan, une artiste.

— Vraiment ? Je la connais, vous savez ! Je ne pense pas qu'elle se souvienne de moi, mais elle a déjà séjourné ici, et elle est très sympathique.

— Oui, c'est une femme formidable, et ils forment un couple heureux. Ils ont du mérite, car ce n'était pas gagné d'avance. Depuis des générations, nos familles se font la guerre. L'affaire remonte à la guerre de Sécession ! La querelle est liée à des histoires de terrains et de bétail. De femmes, aussi. Mais elle s'est atténuée au fil du temps, notamment depuis le mariage de Jake et de Madison. Par ailleurs, une parente de ma famille, Destiny, a épousé un Milan. Wyatt Milan, le shérif de Verity.

— On dirait que la querelle est définitivement éteinte, non ?

— Hélas non, car ma sœur Lindsay est voisine d'un Milan, et ces deux-là se disputent comme des chiffonniers. Heureusement, depuis l'arrivée de Wyatt au poste de shérif, la tension est un peu retombée, mais le feu peut se raviver à chaque instant entre eux, de sorte que ce vieux conflit familial est toujours bien vivant.

— Quelle histoire ! En tout cas, vos origines texanes remontent à bien plus loin que les miennes. Passez-vous beaucoup de temps sur votre ranch, à Verity ?

— Non, hélas. Je suis bien trop occupé par ailleurs, mais je le déplore. Un jour, je m'y installerai définitivement, car c'est ce genre de vie que j'ai toujours voulu mener.

— Difficile de s'arracher à ses racines ! observa Abby avec un petit sourire. Le passé finit toujours par nous rattraper.

— Sans doute, même si ce n'est pas encore demain la veille en ce qui me concerne ! Et maintenant, parlez-moi de votre famille, Abby.

— Ma mère habite tout près, comme vous le savez déjà. En ce moment, ma grand-mère se trouve chez elle et ses sœurs sont en visite chez une cousine, dans une bourgade pas très éloignée.

— A propos, votre mère n'a besoin de rien, avec cette tempête ?

— Non. J'ai vérifié, elle a toutes les provisions nécessaires. On se parle tous les jours au téléphone. A cause de la neige, elle a dû fermer le salon de coiffure, mais ce n'est pas plus mal, ça lui permet de se reposer.

— Et vos frère et sœur ?

Un voile de mélancolie assombrit le beau visage d'Abby.

— Ils sont normalement en vacances de printemps. Toutefois, pour l'instant, ils sont bloqués dans leur établissement respectif.

Bon sang ! De toutes les femmes qu'il avait connues, pourquoi fallait-il que ce soit une pantouflarde comme Abby Donovan qui le mette en feu par ses baisers ? C'était la rencontre la plus improbable de sa vie, mais cette femme l'attirait irrésistiblement, c'était indéniable. D'ailleurs, il ne devait pas non plus la laisser indifférente, sans quoi elle ne lui aurait pas consacré autant de temps. Ne lui avait-elle pas confié qu'elle évitait les hommes qui voyagent sans arrêt car ils lui rappelaient son père ? Et malgré tout, elle lui prêtait de l'attention.

Minuit avait sonné depuis un moment lorsqu'elle se leva.

— Il est tard, dit-elle, je vais me coucher.

— Je m'occupe du plateau, déclara-t-il.

— Très bien. Dans ce cas, je vais vérifier que tout est fermé et que les lumières sont bien éteintes.

Dans le couloir qui menait à la cuisine, elle ajouta :

— Si la météo ne s'est pas trompée, le temps devrait s'améliorer mardi, et vous pourrez alors repartir.

— Ne vous réjouissez pas trop vite, les prévisions sont souvent aléatoires ! rétorqua-t-il, taquin.

Abby haussa les épaules.

— Si ce n'est pas mardi, ce sera mercredi, mais vous repartirez, dit-elle d'un ton étrange. C'est ce que font tous les hôtes, même s'ils ont passé un séjour agréable ici.

— Je suppose que quelques-uns reviennent, non ?

— Vous avez raison. Les gens apprécient les lieux. Et beaucoup restent en contact. Pour Noël, je reçois des cartes postales de toutes les villes des Etats-Unis, ce dont je me réjouis.

— Je vous en enverrai une, moi aussi.

— Bah ! D'ici Noël prochain, vous m'aurez sans doute oubliée, lança-t-elle d'un ton badin.

Il la devança et lui bloqua le passage.

— Détrompe-toi, Abby ! dit-il d'une voix rauque.

Elle écarquilla de grands yeux, et il vit son sourire s'évanouir.

Son tutoiement spontané le surprenait lui-même, tout comme sa brusque réaction, mais il ne s'y arrêta pas. Saisi par un élan de chaleur issu d'une région bien précise de son corps, il posa précipitamment le plateau sur un guéridon et l'attira à lui.

— Voilà pourquoi je ne pourrai pas t'oublier avant très longtemps...

Et, sans plus hésiter, il l'embrassa.

Comme la première fois, Abby lui rendit son baiser avec ferveur et se pressa ardemment contre lui, ce qui incendia tous ses sens. Il l'embrassa de façon éperdue, ne pensant plus qu'à lui faire l'amour dans les plus brefs délais.

— Josh, murmura-t-elle soudain.

Et elle se détacha doucement de lui.

Elle était aussi essoufflée que lui, et ses lèvres étaient rouges et gonflées.

Il aurait voulu la reprendre dans ses bras, mais il avait bien conscience qu'il fallait qu'elle verrouille l'auberge et qu'elle procède à une ultime inspection. Il n'avait pas le droit de la détourner de son travail.

Il la laissa donc vaquer à ses tâches.

Un peu honteux de son manque de contrôle, il mit les verres dans le lave-vaisselle tandis qu'elle éteignait les lumières dans le salon et vérifiait que la porte de derrière était bien fermée.

— Tout est en ordre, déclara-t-elle en revenant. Nous pouvons aller au lit.

— Oh oui, chérie, volontiers ! s'exclama-t-il pour détendre l'atmosphère.

Elle jeta un coup d'œil par-dessus son épaule et se mit à rire.

— Je reconnais que mon choix de mots n'est pas très heureux, dit-elle. Mais sache que je vais regagner mon lit toute seule. Quant à toi, je te souhaite de reprendre le contrôle de ton imagination débordante.

Il fit la grimace.

Elle l'avait tutoyé, ce qui était déjà un bon point.

Il la rattrapa dans le couloir, et ils entrèrent tous deux dans la suite par la même porte.

— C'était une journée bien remplie, commenta Abby en se dirigeant vers la porte mitoyenne.

Il la saisit par le bras, l'obligeant à lui faire face.

— C'était une journée inoubliable, renchérit-il. Nous nous sommes embrassés dans la fameuse ombre en forme de cœur, et je te rappelle que ce baiser est censé changer nos vies. Maintenant, attendons voir...

— Bah, c'est une légende, Josh ! Je suppose qu'il faut être déjà amoureux pour que ça fonctionne.

Pourquoi s'exprimait-elle d'une voix aussi lente, comme si elle cherchait à reprendre son souffle ?

Sans doute était-elle troublée... D'ailleurs, loin de le repousser, elle l'avait encouragé.

— Nous n'allons pas finir cette journée sans un dernier baiser, dit-il dans un murmure.

Et il captura sa bouche.

Au bout de longues minutes, ce fut de nouveau elle qui s'écarta de lui.

— Je ne sais pas pourquoi nous avons cet effet l'un sur l'autre, chuchota-t-elle.

— Moi non plus, mais je trouve ça fascinant et irrésistible.

— Attention ! Ce pourrait être aussi dangereux pour ton mode de vie que pour le mien ! Tu as tenté le sort, ce soir. Et là, tu recommences.

— Mais je ne fais absolument rien, j'essaye de me tenir tranquille au contraire ! répliqua-t-il d'une voix râpeuse.

— Bonne nuit, Josh, trancha-t-elle en s'efforçant d'adopter un ton enjoué.

Puis elle passa dans sa chambre et referma la porte.

— Bonne nuit, Abby, lança-t-il à la porte refermée.

Il se coucha rongé par le désir. Un désir brûlant, à en être douloureux. Il aurait voulu lui faire l'amour pendant des heures et des heures…

Outre l'alchimie qui avait jailli entre eux, la rencontre d'Abby avait bousculé sa façon de voir l'existence, lui donnant de plus en plus envie de s'installer sur son ranch. Jusque-là, c'était un projet qu'il envisageait pour plus tard, mais le contact d'Abby lui avait inoculé la sensation qu'il passait à côté de la vraie vie. Evidemment, elle se privait de maintes opportunités, mais n'était-elle pas au fond plus heureuse que lui ?

Cette pensée le troubla.

Fébrile, il se redressa pour vérifier si de la lumière ne passerait pas sous la porte de sa chambre.

Mais non, l'obscurité y régnait, sa charmante voisine devait déjà être entre ses draps.

Tout de suite, l'image d'une Abby en nuisette sous sa couette s'imposa à lui.

Voilà qui n'allait pas l'inciter à trouver le sommeil !

Et s'il frappait à sa porte ?

Nombre de femmes l'auraient invité à entrer, mais il savait qu'Abby lui enjoindrait sèchement d'aller dormir et de disparaître de sa vue jusqu'au lendemain matin.

Il fixa un long moment le feu en train de mourir, repensant

à leurs baisers. Avant de sombrer dans le sommeil, il ne put s'empêcher de jeter un dernier coup d'œil vers la porte d'Abby.

S'était-elle tranquillement endormie sans lui accorder la moindre pensée ?

Abby enfila son pyjama, puis prépara ses vêtements pour le lendemain, obsédée par la présence de Josh de l'autre côté de la porte.

Elle brûlait de désir pour lui, elle aurait voulu être dans ses bras, qu'il l'embrasse, qu'il lui fasse l'amour…

Et à quoi cela aurait-il mené ? A lui briser le cœur ! Dès qu'il serait reparti, elle comptait reprendre le cours normal de sa vie, retrouver son calme d'avant, même si elle se doutait que rien ne serait plus tout à fait pareil. Josh Calhoun avait pénétré sans crier gare dans son univers et l'avait révolutionné. Jamais Lamont n'avait fait battre son pouls aussi vite, ni ne l'avait embrassée ainsi. Jamais elle n'avait autant parlé et ri avec lui. Certes, ils s'entendaient bien, mais souvent ils n'échangeaient pas dix mots en une heure.

Les baisers fiévreux de Josh, ses attentions, sa volubilité la conduisaient à reconsidérer sa relation avec Lamont. Elle était soulagée d'avoir discuté avec ce dernier. Maintenant qu'elle avait fait la connaissance de Josh, elle ne pouvait plus maintenir le statu quo avec lui.

Elle poussa un soupir.

Au fond, mieux valait que Josh parte, sinon elle risquait de tomber désespérément amoureuse de lui. Il incarnait la passion brûlante, les rêves sulfureux. Bref, le danger absolu.

Arriverait-elle à l'oublier ?

Le dimanche matin, le soleil filtrait à travers les persiennes quand Abby se réveilla. Elle s'étira et bondit hors de son lit pour ouvrir les volets.

Le paysage était encore recouvert de neige, mais les cristaux brillaient sous le soleil, offrant un spectacle magnifique.

Elle fila sous la douche, le sourire aux lèvres.

Quand elle arriva dans la cuisine, Josh avait déjà dressé la table dans la salle à manger, et, comme elle le constata en regardant par la fenêtre, il était dehors en train de déblayer l'allée.

Son portable vibra, et elle regarda de qui venait le message.

Lamont ? Curieux, ce n'était pas dans ses habitudes…

En lisant le texte qui lui demandait sans la moindre formule de tendresse à son égard de prévenir M. Hickman qu'il viendrait le voir le lendemain, elle secoua la tête.

Ce n'était pas Lamont qui aurait mis le couvert ou saisi une pelle pour dégager la neige !

Peu après, le vieux monsieur arriva, et elle lui transmit le message de Lamont.

— Quelle belle journée nous allons avoir ! dit-il en se servant au buffet du petit déjeuner.

— Vous avez l'air tout joyeux, ce matin, observa-t-elle.

— C'est à cause du week-end de pêche que Josh m'a proposé. Je frémis d'avance à l'idée de jeter ma canne à pêche dans le fleuve Colorado. Tu ne peux pas savoir quelle joie cela me procure. C'est vraiment un homme agréable. A propos, où est-il, ce matin ?

— Il est en train de déblayer la neige devant l'entrée. Même si je lui ai dit de n'en rien faire.

— J'ai écouté la radio, toutes les voies routières demeurent fermées pour l'instant. Mais ça ne peut pas faire de mal de dégager un peu l'entrée. Quelle gentillesse ! Je l'aiderais bien si j'en étais capable. Mais, à mon âge…

— Il ne vous laisserait même pas essayer. Il n'en fait qu'à sa tête. Commencez tranquillement votre petit déjeuner, je vous apporte du café.

Elle était en train de servir le café quand elle entendit Josh entrer par la porte de derrière.

A l'idée de le revoir, l'allégresse l'inonda : il venait de marquer de nouveaux points dans son cœur.

4

Abby sentit sa respiration s'altérer à la vue de Josh, qui ne s'était pas rasé et ressemblait à un magnifique cow-boy.

Elle l'accueillit avec un grand sourire.

— Merci, lui dit-elle, mais tu n'aurais pas dû te donner cette peine. Je n'ai pas l'habitude que l'on me choie autant... Ce n'est pas Lamont qui aurait déblayé l'allée. L'idée de prendre une pelle ne lui traverserait même pas l'esprit ! A propos, il vient de m'envoyer un SMS pour me prévenir qu'il passe demain.

— Ah bon ? Il ne le fait même pas chez sa mère ? s'enquit Josh, sans rebondir sur la dernière information.

— Il donne quelques dollars à un petit voisin pour qu'il s'en occupe à sa place. Tommy n'a que onze ans, et ce travail lui prend beaucoup de temps, mais il n'ose pas lui réclamer davantage.

— Lamont est donc un comptable qui veille étroitement sur les budgets, le sien y compris ? fit Josh avec un œil amusé.

— Effectivement. C'est aussi le comptable de M. Hickman, d'où sa visite, demain.

Josh fit une pause alors qu'il s'apprêtait à accrocher sa veste au portemanteau.

— Il ne vient pas spécialement pour toi ?

— Non, répondit-elle avec un sourire. Nous avons grandi en nous voyant tous les jours, nous sommes habitués l'un à l'autre. Et puis, à cette période de l'année, il est très occupé. Bon, viens manger à présent. Tu as besoin de reprendre des forces. Installe-toi dans la cuisine avec moi, si tu veux.

— Entendu ! Mais, rassure-toi, ce n'était pas un travail de titan. De toute façon, si les gens veulent partir demain, il fallait bien que quelqu'un s'y attèle.

Elle lui sourit.

— Je vais faire un tour dans la salle à manger pour vérifier que tout va bien, décréta-t-elle.

Comme tout le monde avait terminé, elle débarrassa avant de rejoindre Josh dans la cuisine.

Après avoir rempli le lave-vaisselle, elle se servit une tasse de café et vint s'asseoir en face de lui tandis qu'il déjeunait.

— M. Hickman est vraiment très heureux du week-end que tu lui as proposé. Il semble plus jeune et plus alerte, ce matin.

— J'en suis ravi. Moi aussi, j'ai très envie de m'y rendre.

— A propos, j'ai oublié de te demander : as-tu conclu l'affaire, concernant le cheval que tu étais venu acquérir ?

— Tout à fait. Je l'ai acheté à un certain Jim Lee Hearne.

— Jim Hearne ? Je le connais, il s'est marié récemment.

— Exact. Et son épouse et lui vendent leurs chevaux car ils souhaitent aller s'installer en Californie.

Une femme apparut alors dans l'encadrement de la porte.

— Désolée de vous déranger, Abby, mais auriez-vous des pansements ? Mon fils s'est coupé avec un jouet abîmé.

— Bien sûr, répondit-elle en se levant d'un bond. Excuse-moi un instant, Josh.

Quand elle revint, il avait disparu, et tout était rangé.

Comme de bien entendu !

Durant la matinée, Abby vaqua à ses occupations. Elle téléphona à sa mère puis entreprit de préparer le déjeuner. Quand Josh refit alors son apparition pour l'aider, elle se réjouit, à la fois de sa présence et du fait qu'il lui prête main-forte.

Dans l'après-midi, elle le vit jouer aux échecs avec M. Hickman et s'entretenir avec divers hôtes, y compris des enfants, se montrant affable et sociable à son habitude.

Tout le contraire de Lamont, qui se serait sans doute enfermé dans sa chambre.

Au moment où elle préparait le dîner, il vint l'aider comme si c'était la chose la plus normale du monde, et encore une fois elle fut touchée par son empressement.

Après le repas, quand tous furent repus et que la cuisine fut en ordre, il se tourna vers elle.

— Allons nous asseoir dans ta suite comme hier soir, proposa-t-il. J'ai envie de passer un peu de temps avec toi sans que tu ne t'affaires. Et sans que personne ne vienne nous déranger.

Elle lui sourit.

— Entendu. Et, encore une fois, merci pour ton aide.

— Tu me montreras l'étendue de ta gratitude dans ta chambre, j'espère, dit-il en la couvrant d'un regard exagérément concupiscent.

Elle éclata de rire.

— Je te tapoterai le dos, si tu y tiens.

— Ce n'est pas vraiment ce à quoi je pensais, bougonna-t-il en prenant une bière dans le réfrigérateur.

Comme la veille, Josh alluma un feu, et Abby et lui s'assirent devant la cheminée en laissant juste une lampe allumée.

Il comptait repartir le lendemain, mais il n'arrivait pas à s'imaginer en train de lui dire au revoir.

Sans doute avait-il l'esprit embrouillé à cause de l'isolement des derniers jours dans cette auberge, de la tempête, de la pleine lune, et de la subite tranquillité dont il avait pu profiter ici après la pression des deux semaines précédentes...

Il laissa son regard courir sur Abby, sur son pull bleu qui épousait ses formes sensuelles, sur son décolleté tentateur.

Les doigts lui démangèrent de défaire sa queue-de-cheval, même s'il doutait qu'elle aurait approuvé.

Assez fantasmé ! Il allait bel et bien devoir repartir.

— J'ai entendu aux infos que le temps allait s'améliorer demain, déclara-t-elle comme si elle lisait dans ses pensées. Tu vas donc pouvoir rentrer chez toi.

— Je ne suis plus si pressé, tu sais... Ces vacances inattendues m'ont bien plu.

— J'en suis très heureuse. Tu vois qu'il est bon de se reposer et de profiter de l'existence, de temps à autre.

— Absolument. Tout comme il est bon de sortir et de découvrir la vraie vie, répondit-il en effleurant ses doigts.

Cet innocent frôlement provoqua chez lui une véritable décharge électrique. Il la vit alors rougir et sut qu'elle avait éprouvé la même sensation que lui.

— Je t'invite à dîner vendredi prochain, déclara-t-il sur une impulsion.

Il avait prononcé ces paroles sans y réfléchir, mais maintenant il tenait à ce qu'elle accepte son invitation. Il avait envie de la revoir. Peut-être qu'il s'en mordrait les doigts, mais il ne regrettait pas de s'être lancé.

Elle lui jeta un regard déconcerté. Son expression l'aurait fait rire s'il n'avait pas été tant préoccupé par la réponse.

— Tu comptes revenir à Beckett ? demanda-t-elle.

— Juste pour te chercher et t'emmener dîner quelque part. Tu as beaucoup travaillé, ces derniers jours. Tu mérites de te distraire un peu, non ?

— C'est gentil, commença-t-elle d'un ton hésitant. Et où as-tu l'intention de m'emmener ?

— Comme tu sors rarement de Beckett, nous pourrions nous rendre à Dallas, si ça te convient. Avec mon jet, ça ne pose aucun problème.

Ils demeurèrent silencieux, et une nouvelle idée germa tout à coup dans son esprit. Une idée ingénieuse...

— En fait, j'inaugure un nouvel hôtel à New York, ce week-end. Pourquoi ne m'y accompagnerais-tu pas ? On passerait le week-end ensemble, et je te montrerais New York. Je te ramènerais le dimanche.

Abby se mit à rire.

— Tu me proposes d'aller avec toi à New York le week-end prochain ? répéta-t-elle comme pour s'assurer qu'elle avait bien compris. C'est gentil, Josh, mais je ne crois pas que ce soit très réaliste !

— Pourquoi pas ? Attends un peu avant de refuser. Je dois de toute façon me rendre à New York, et de ton côté tu découvriras des choses que tu n'as jamais vues. Cela nous permettra de mieux nous connaître et de bien nous amuser. Ce week-end ne t'engage à rien. Tu auras ta propre suite, je te le promets.

— Merci, mais c'est tout à fait inenvisageable. Demain, tu vas retrouver ta vie, et tu ne reviendras pas à Beckett pour m'emmener à New York.

— Ne sois donc pas si entêtée ! rétorqua-t-il, même si une part de lui-même pensait qu'elle avait peut-être raison de décliner son offre. Je t'offre l'opportunité de voir New York, de sortir de ta routine ! Je te ramènerai, tu peux compter sur moi.

Elle secoua la tête.

— Josh, nous menons des existences bien trop différentes. Je ne suis pas vraiment le genre de femmes que l'on invite à New York pour un week-end.

— C'est à moi d'en décider, il me semble. La question est de savoir si *toi* tu as envie de venir.

De nouveau, elle se mit à rougir, et il se demanda si c'était dans sa nature de s'empourprer à tout bout de champ ou si c'était lui qui provoquait une telle réaction chez elle.

— Cela fera peut-être réfléchir Lamont, argua-t-il encore en lui souriant. Allez, Abby, ne laisse pas passer l'occasion de visiter New York !

Un timide sourire éclaira alors ses traits, et il sentit une brèche se profiler.

De façon impulsive, il lui prit sa tasse des mains, la posa en lieu sûr et attira Abby sur ses genoux.

Comme elle ouvrait la bouche pour protester, il la bâillonna de la sienne avant qu'elle n'ait pu prononcer le moindre mot, et il sentit son cœur battre à toute vitesse tandis qu'il se repaissait de ses lèvres adorables.

Comment pouvait-elle le bouleverser à ce point ?

Mais il n'était pas en mesure de réfléchir, trop absorbé par le désir qui le consumait et par le fait que, loin de le repousser, Abby lui rendait son baiser avec passion : elle venait de lui nouer ses bras autour du cou, et son ardeur mettait tout son être en feu.

Doucement, il glissa la main sous son pull et, avec prudence, se mit à la caresser à travers son soutien-gorge. Puis il prit en coupe entre ses mains ses seins pleins et fermes.

Leur douceur, leur chaleur aviva terriblement son désir. L'idée de s'arrêter en si bon chemin lui était soudain insupportable, mais il redoutait d'aller trop vite, de la brusquer.

Comme Abby poussait un petit gémissement tout en l'embrassant avec ferveur, il dut se faire violence pour ne pas la déshabiller sur-le-champ ou enfouir la main dans son jean.

Il se doutait bien que de telles audaces seraient fatales à leurs étreintes.

Il devait la séduire avec lenteur, sensualité, faire naître un réel désir en elle.

Mon Dieu, sa peau était semblable à du velours, sa poitrine une véritable tentation !

Elle finit par détacher sa bouche de la sienne.

— Josh, tu vas trop vite pour moi ! Je ne suis pas prête. Je ne peux pas...

Il se heurta à son regard bleu, à ses paupières lourdes.

Elle éprouvait la même envie que lui, c'était manifeste. Alors, pourquoi lui résistait-elle ?

Visiblement, elle se livrait une bataille intérieure.

Il aurait voulu l'attirer de nouveau à lui, la serrer étroitement et mettre un terme à ses protestations, ce qui ne devait pas être bien compliqué.

Seulement, voilà : il souhaitait aussi gagner sa confiance et faire en sorte qu'elle le désire aussi désespérément que lui. Aussi n'insista-t-il pas.

Il retint un soupir.

En toute logique, Abby n'aurait pas dû l'attirer. Sa queue-de-cheval et son absence de maquillage auraient dû être rédhibitoires pour lui. Sans compter qu'elle n'avait pratiquement jamais quitté Beckett et ne s'était jamais aventurée au-delà du Texas. Par ailleurs, si elle acceptait de l'accompagner à New York, il était probable qu'elle ne lui accorderait pas plus que quelques baisers. Bref, ce ne serait sûrement pas le week-end torride dont il rêvait. Et pourtant, de façon tout à fait irrationnelle, elle l'attirait, lui plaisait, et sa bouche sur la sienne lui faisait tourner la tête, il n'y avait pas d'autres mots.

Ce fut alors qu'elle déclara, comme si de rien n'était :

— Ta bière doit être chaude et mon chocolat froid. Je vais nous chercher de nouvelles boissons.

Il hocha la tête et la laissa se lever, désireux de mettre un peu de distance entre eux.

Quand elle revint, ils discutèrent un peu de choses et d'autres, comme si de rien n'était, puis il repartit à la charge.

— Tu ne m'as pas donné de réponse pour ce week-end. Allez, Abby, viens à New York avec moi !

Se rapprochant d'elle, il l'attrapa gentiment par le menton.

— Vis un peu, poursuivit-il. La vie est courte, ne laisse pas passer les opportunités.

— Josh, je t'assure que, pour moi, l'idée d'aller à New York avec toi est une véritable folie.

— Il ne s'agit que d'un week-end, Abby, répéta-t-il, ça ne nous engage à rien.

Et il plongea les yeux dans son regard bleu qui reflétait la plus grande incertitude.

— Je t'avertis, je ne vais pas coucher avec toi, dit-elle avec le plus grand sérieux. Maintenant que tu es prévenu, est-ce que tu veux toujours m'emmener avec toi ?

Malgré lui, il fut pris d'une soudaine envie de rire.

Comment avait-il pu s'empêtrer à ce point avec elle ? Pire, à chaque minute qui passait, il la désirait davantage ! Et visiblement, plus il tentait de se rapprocher, plus elle se rétractait.

— Je viens de te dire que cela ne nous engageait à rien, non ? Nous allons nous amuser pour un week-end à New York, point.

Elle plissa soudain les yeux et se pencha vers lui.

— Tu peux me dire pourquoi je te suspecte de nourrir des arrière-pensées ?

Amusé, il s'inclina lui aussi vers elle, de sorte que leurs visages étaient juste à quelques centimètres l'un de l'autre.

— Parce que tu aimes mes baisers, et tu sais que j'aime t'embrasser. Et de toi à moi, je pense que je ne suis pas le seul à caresser des arrière-pensées, observa-t-il d'une voix langoureuse, en laissant glisser son regard vers sa bouche.

— Je me demande vers quoi je suis en train de me laisser entraîner, dit-elle en le scrutant avec attention.

— Alors, tu viens avec moi, oui ou non ? reprit-il d'un ton impatient.

— Entendu, je viens ! trancha-t-elle.

Il eut l'impression qu'elle venait pour le moins de lui donner son accord pour aller braquer une banque.

— Vendredi soir ? ajouta-t-elle.

— Si l'on part jeudi, tu pourras en profiter davantage.

— Non, ce ne sera pas possible. Restons-en à vendredi. Déjà que je n'arrive pas à croire que j'aie accepté...

Il éprouvait la même sensation, mais il ne lui en dit rien, bien sûr. Il se contenta de lui sourire.

— Alors, dans quel genre d'endroit souhaiterais-tu aller dîner, le vendredi soir ? La cuisine exotique te tente ?

Elle parut réfléchir puis secoua la tête négativement.

— Si tu me donnes le choix, j'aimerais manger français. Ce n'est pas à Beckett que j'en ai la possibilité ! Cela dit, si ça ne te convient pas, j'irai où tu veux.

— Tu viendrais chez moi ?

La question avait franchi ses lèvres malgré lui.

Elle se mit à rire.

— Non, ce n'est pas à ça que je pensais. Ta maison n'est pas au programme, ce serait trop intime.

— Je suis bien chez toi, moi !

— Oui, en compagnie d'une trentaine d'autres personnes. C'est légèrement différent, non ? Et puis, New York, c'est un peu comme si tu m'emmenais sur la lune. Ça me semble si irréel ! Ça va faire des gorges chaudes, à Beckett.

— Les gens d'ici te connaissent, ils savent que même à New York tu resteras toi-même.

— Merci, Josh. Finalement, je suis comme Edwin : je vais vivre un rêve... Je n'arrive pas à y croire.

Lui non plus. Mais il se garda de formuler cette pensée à haute voix.

— Dis-moi, tu connais New York par les films, forcément. Y a-t-il des endroits que tu as plus particulièrement envie de visiter ?

— Je préférerais que tu me fasses découvrir tes lieux préférés.

— Entendu, mais réfléchis aussi de ton côté.

Il était réellement heureux qu'elle l'accompagne dans cette ville qu'il connaissait depuis l'enfance et, en dépit de ce qu'ils avaient pu dire, il avait bien l'intention d'essayer de la séduire. Il avait bon espoir que, le week-end prochain, elle serait aussi impatiente que lui de nouer des liens plus approfondis.

Il était 2 heures du matin lorsqu'ils se dirent bonne nuit et qu'Abby regagna sagement sa chambre.

Elle était contente d'être enfin seule pour réfléchir au voyage qu'elle venait d'accepter. Elle ne se dédierait pas. A présent qu'elle s'était décidée, elle voulait vraiment aller à New York et se construire des souvenirs qu'elle chérirait toute sa vie.

C'était comme un rêve qui deviendrait réalité. Visiter une ville fabuleuse avec un homme comme Josh Calhoun !

Elle avait peu d'expérience en matière amoureuse, mais elle avait vraiment la sensation d'être éprise de Josh.

Après ce baiser dans l'ombre en forme de cœur, comment aurait-elle pu lui résister ? D'autant qu'il avait marqué un point supplémentaire du fait qu'il ait invité M. Hickman à la pêche. Peu d'hommes de son âge auraient eu envie de passer pluieurs jours en compagnie d'une personne âgée ne faisant pas partie de leur famille. Sans compter tout le temps qu'il avait passé à l'aider et à discuter avec elle. Il était beau, sexy, séduisant et charriait tout un univers de bonté dans son sillage. Comme son départ l'aurait attristée, sans ce voyage à New York ! Il lui aurait paru épouvantable de retrouver sa petite vie quotidienne.

Elle repensa à leurs baisers, aux caresses qu'il lui avait prodiguées quand il avait glissé la main sous son pull, et un violent frisson la parcourut. A vrai dire, elle aurait aimé qu'il pousse un peu plus loin encore ses audaces...

Bien qu'elle ait pris de la distance avec Lamont, elle se demanda soudain si son escapade compromettrait pour toujours un éventuel avenir avec ce dernier.

Mais, au fond, la question la préoccupait-elle vraiment ?

Elle penserait plus tard à Lamont. Pour l'heure, le seul homme à qui elle voulait consacrer ses réflexions, c'était Josh.

5

Quand Abby ouvrit les yeux le lendemain, la première pensée qui lui vint à l'esprit, ce fut que Josh allait repartir et la quitter. Du moins jusqu'au vendredi.

Une fois prête, elle descendit pour préparer le petit déjeuner, et Josh la rejoignit peu de temps après, ressemblant à un propriétaire de ranch, dans ses boots et son jean.

De nouveau, elle fut frappée par sa beauté.

Comme les autres jours, il l'aida à préparer le repas puis prit tranquillement le petit déjeuner avec elle dans la cuisine.

Alors qu'ils venaient de terminer et de débarrasser la table, on sonna à la porte.

— C'est sans doute Lamont, dit-elle. Je vais te le présenter.

— Entendu, je suis impatient de voir sa tête, commenta Josh.

Elle alla ouvrir.

Lamont s'essuya longuement les pieds sur le paillasson avant d'entrer puis enleva son manteau, ses gants et sa casquette avant de les accrocher au portemanteau, le tout avec minutie. Il passa ensuite la main dans ses cheveux blonds et raides.

— Le temps s'est un peu amélioré, mais il fait encore très froid, déclara-t-il. Comment vas-tu ?

— Bien, étant donné les circonstances.

— Les rues sont glissantes, mais j'ai mis mes chaînes. Je tenais à sortir avant que le trafic ne soit trop important. Est-ce qu'Edwin est dans les environs ?

— Oui, il est là-haut, dans sa suite. Mais d'abord, je veux te présenter un de mes hôtes, qui m'a beaucoup aidée pendant que nous étions cernés par la neige, dans la mesure où mon frère et ma sœur étaient retenus dans leur établissement respectif.

Et elle le conduisit dans la cuisine.

Josh était en train de s'occuper de la cafetière quand ils entrèrent. Il traversa la pièce pour venir saluer Lamont.

— Josh, je te présente Lamont Nealey. Lamont, voici Josh Calhoun, dit-elle en les regardant tour à tour.

Josh, avec ses cheveux foncés, sa peau hâlée et ses yeux sombres, paraissait plus dynamique que Lamont, mais peut-être cette impression venait-elle aussi du fait qu'elle connaissait la personnalité des deux hommes. Le teint pâle de Lamont reflétait le temps qu'il passait à l'intérieur. Il sortait rarement et se livrait rarement à des exercices physiques. Il n'était pas animé par cet esprit d'entreprise dont Josh irradiait. En outre, ce n'était pas un homme qui aimait flirter. Bien sûr, il était amical, coopératif, il répondait à ses questions quand elle en avait, et elle pouvait compter sur lui. Seulement, voilà, l'arrivée de Josh avait tout changé.

— Est-ce que vous voulez prendre un café avec nous ? demanda ce dernier.

— Ce serait avec plaisir, mais je n'ai malheureusement pas le temps, je dois discuter avec Edwin Hickman à propos de sa comptabilité. Que faites-vous à Beckett, Josh ? J'ai lu des articles sur vous. Je pensais que vous résidiez à Dallas.

— J'y possède effectivement une maison. J'étais venu ici pour acheter un cheval à Jim Lee Hearne, et je me suis retrouvé bloqué à cause de la neige. Mais, finalement, mon séjour à Beckett a été fort agréable.

— J'en suis ravi. C'est une petite bourgade pleine de charme, répondit Lamont.

Il regarda sa montre et enchaîna.

— Bien, enchanté d'avoir fait votre connaissance, et ravi que vous ayez trouvé un toit chez Abby par cette tempête. J'espère que ce sera la dernière de l'année.

— Ce fut également un plaisir de vous rencontrer, Lamont, car j'ai beaucoup entendu parler de vous, déclara Josh.

— J'espère que c'était en bien, lança Lamont en riant, tout en se dirigeant vers la porte.

Elle l'accompagna jusqu'au bas des marches tandis qu'il poursuivait à son adresse.

— Je suis content que le temps s'éclaircisse, même si la neige m'a permis d'avancer dans mes dossiers, car les gens ne venaient pas au cabinet. Bon, inutile que tu m'accompagnes en haut. Edwin m'attend, et nous allons discuter chiffres. Je viendrai te faire un petit coucou en repartant.

— Entendu, dit-elle.

Elle le regarda monter l'escalier puis regagna la cuisine.

Josh l'attendait au fond du couloir, il avait visiblement observé la scène.

Un sentiment de panique la saisit.

L'image de Lamont avait terriblement pâli à côté de Josh. Elle se rendait compte à présent que son ami d'enfance était égocentrique, que seuls son travail et son petit monde le préoccupaient, à un point qu'elle n'avait pas perçu jusque-là.

Peut-être était-ce lié à la saison des déclarations d'impôts... Cependant, quelle que soit l'époque de l'année, jamais Lamont ne s'était montré aussi empressé que Josh pour l'aider. Comme il était sérieux et fiable, ces qualités lui avaient suffi. Mais, à présent que Josh avait croisé son chemin, rien n'était plus pareil.

Quelle tempête ce dernier avait-il déclenchée dans sa vie ? Et n'allait-elle pas la renforcer en allant avec lui à New York ? Lamont penserait probablement qu'elle avait perdu la tête, ou qu'elle couchait avec lui...

En tout état de cause, elle se réjouissait de lui avoir proposé qu'ils côtoient chacun d'autres personnes.

Josh s'avança vers elle, son téléphone à la main.

— Les routes ont été dégagées, dit-il, mais Beckett ne se trouve pas sur une nationale, aussi ne pourrai-je sans doute pas partir avant demain.

Son départ avait beau être reporté, il était inéluctable. Un sentiment froid et de vide la prit par surprise à cette idée.

Josh était si chaleureux, si vivant !

— Désolée, je sais que tu as hâte de rentrer chez toi, finit-elle par dire.

— Je n'ai pas encore enregistré ton numéro de portable. Tu peux me le donner, s'il te plaît ?

Le cœur lourd, elle le regarda entrer son numéro.

— Bon, je retourne en cuisine, déclara-t-elle.

— Je te suis, nous aurons fini en un rien de temps.

— Tu es un hôte, tu peux aussi te reposer.

— Ta présence m'est agréable, Abby, cela n'a rien d'une corvée pour moi.

Parole de charmeur ou vérité ? C'était bien là tout le problème. Elle repensa à son père, au charme qu'il exerçait sur son entourage. Tout comme Josh, il était dynamique, charismatique, il se liait facilement d'amitié. L'ennui, c'est qu'il n'était pas fiable. Toujours prêt à séduire les femmes qu'il croisait, incapable de rester fidèle, il avait brisé le cœur de sa mère. Elle s'était juré qu'elle ne s'éprendrait jamais d'un homme qui lui ressemblerait.

En acceptant ce week-end à New York avec Josh, n'était-elle pas en train d'emboîter le pas à sa mère ?

Elle soupira, déstabilisée.

Le projet était tellement excitant ! Elle devrait sans doute se rétracter, mais elle n'en avait aucune envie. Elle était assurée de vivre un week-end inoubliable en compagnie de Josh, peut-être n'aurait-elle plus jamais l'occasion d'en connaître un semblable.

Une heure plus tard, alors qu'ils dressaient la table pour le déjeuner, Lamont refit son apparition.

— Est-ce que je vous dérange ? demanda-t-il en regardant Josh, sourcils froncés.

— Pas du tout, répondirent-ils à l'unisson.

— Est-ce que ton rendez-vous avec M. Hickman est terminé ? s'enquit-elle.

— Pour l'instant. Il doit encore remplir deux formulaires, répondit-il tout en fixant leur tandem qui s'affairait à la présentation des desserts. Bon, il faut que je retourne au cabinet, des clients doivent passer, aujourd'hui. C'est mon heure d'affluence.

— Ici aussi, fit observer Josh.

— Je n'en doute pas, dit Lamont d'un ton sec. Eh bien, au revoir. Ce fut un plaisir.

Et il sortit de la cuisine.

Abby le raccompagna jusqu'à la porte.

— Qu'est-ce qu'il fiche ici, ce Josh Calhoun ? s'exclama-t-il. C'est un milliardaire qui peut descendre dans les hôtels les plus select ! Qu'est-ce qu'il est venu faire à Beckett ? Acheter un cheval, vraiment ?

— Il possède également un ranch, précisa-t-elle alors.

Lamont détourna les yeux.

— Tu arrives à nourrir tous tes hôtes ? demanda-t-il, visiblement désireux d'aborder un autre sujet.

— Oui, mais heureusement que le mauvais temps n'a pas persisté aujourd'hui, sinon ça n'aurait pas été possible. On a pu me livrer des provisions tout à l'heure.

— Tu veux que je demande à Tommy d'aller faire des courses pour toi ?

— Ça ira, merci, je peux tenir jusqu'à demain.

— Tu sais, enchaîna-t-il, si Josh Calhoun te donne un coup de main, c'est sûrement parce qu'il attend quelque chose de toi. Je ne sais pas quoi, mais on ne devient pas millionnaire par gentillesse. Tu devrais te méfier.

— Ce n'est pas parce qu'on est riche qu'on est désagréable ! Je t'assure qu'il m'a été d'un grand secours, répliqua-t-elle en croisant les bras. D'ailleurs, il m'a demandé si toi et moi avions déjà parlé mariage.

— C'est une question personnelle qui ne le regarde absolument pas, renchérit Lamont en plissant le front. Est-ce à cause de lui que tu as tenu à ce que chacun de nous sorte avec qui il veut ?

— J'ai juste estimé qu'il nous serait profitable de fréquenter d'autres personnes.

— Bon, nous reparlerons de tout cela après la période des déclarations d'impôts. Pour l'instant, j'ai assez à faire.

— Je sais, dit-elle.

Comme l'échange avec Josh aurait été différent, si elle lui avait tenu une conversation similaire ! Il aurait ironisé, essayé d'en savoir davantage. Evidemment, ce n'était pas équitable de comparer les deux hommes, mais elle ne pouvait pas non plus s'aveugler.

— Lamont, reprit-elle alors, Josh m'a invitée à passer le week-end à New York avec lui. Il doit y inaugurer l'un de ses hôtels. Il veut me montrer les curiosités de la ville. C'est une façon pour lui de me remercier de l'avoir hébergé alors qu'il était bloqué par la tempête.

Lamont étrécit les yeux.

— Je comprends mieux, maintenant. Tu veux sortir avec Josh Calhoun !

— Pas du tout ! Quand je t'ai appelé, il ne m'avait pas encore proposé ce week-end. Depuis quelque temps, j'avais envie que toi et moi fassions de nouvelles connaissances et sachions mieux ce que nous ressentons l'un pour l'autre. C'est plus sain.

— Sans doute…

Il se tut un instant avant de poursuivre.

— Ecoute, je suis choqué que tu partes en week-end avec lui. En tout cas, une chose est claire : tout Beckett saura que c'est de ton fait si notre relation n'est pas exclusive.

A cet instant, son portable sonna, et elle le sortit de sa poche.

— Excuse-moi un instant, Lamont, dit-elle.

— Prends ton temps, de toute façon je dois retourner au travail. Je ne sais pas quand nous nous reverrons, lança Lamont d'un ton glacial.

Et il sortit.

C'était Justin qui lui téléphonait.

Tandis que son frère lui annonçait qu'Arden et lui rentreraient tard dans la soirée, elle se posta derrière la fenêtre pour regarder Lamont monter dans sa voiture et démarrer.

Elle était certaine qu'il avait déjà oublié ce qu'ils venaient de se dire et qu'il pensait de nouveau à ses déclarations d'impôts. Comment aurait-il réagi si elle lui avait dit que Josh l'avait embrassée au clair de lune dans l'ombre en forme de cœur ? Evidemment, Lamont n'accordait aucun crédit à ce genre de légende. Il avait assisté deux fois à son apparition, et chaque fois il avait secoué la tête en déclarant que cette histoire était stupide.

Une fois sa conversation téléphonique terminée, elle retourna dans la cuisine.

— Lamont est parti ? demanda Josh.

— Oui, il a beaucoup à faire en ce moment.

— Finalement, je vais partir ce soir, moi aussi. Le travail m'appelle. Benny viendra me chercher à 15 heures. Mon pilote vient de m'appeler pour m'avertir que le temps était clair et que nous pourrions partir en fin d'après-midi.

— Donc, tu vas partir, c'est sûr ?

— Oui, dit-il en s'approchant d'elle. Je vais te manquer ?

— Quelle question ! Terriblement, oui. Tu es bien plus efficace que mon frère et ma sœur.

Elle éclata de rire puis fit courir ses doigts sur ses épaules musclées, avant d'ajouter d'une voix plus sensuelle :

— Et puis, tu es définitivement plus beau et plus amusant.

Une lueur passa dans les yeux sombres de Josh.

— Et voilà, maintenant, je n'ai plus envie de m'en aller ! dit-il en l'attirant dans ses bras.

Sans cesser de sourire, elle le repoussa gentiment.

— Tout ça, c'est ta faute, conclut-elle.

— Heureusement, le week-end sera vite là. Tout de même, je suis étonnée qu'une belle fille comme toi ne soit pas plus convoitée.

— Je suis très accaparée par ma famille, se justifia-t-elle. Et puis, comme je ne suis pas allée à l'université, je n'ai pas élargi mon cercle d'amis.

— Et malgré tout, tu n'as jamais voulu quitter Beckett ?

— Non, toute mon existence est ici, je te l'ai déjà dit. Pourquoi nourrirais-je de tels projets ?

Josh lui sourit.

— Je vois pour ma part de nombreuses raisons, dit-il. Pour commencer, tu ne serais plus prisonnière de la neige.

Elle entendait un rire dans sa voix.

— Tu ne peux pas comprendre, car tu es un citadin qui voyage sans cesse. Tu n'arrives pas à imaginer la satisfaction que je tire de mon travail, de cette ville et de mon entourage.

— Je parie que je ne suis pas le premier à te proposer de passer un week-end en dehors de ta ville.

— En tout cas, tu es le premier à qui je n'ai pas pu résister, répliqua-t-elle. Mais il ne faudrait pas que cela te monte à la tête.

— C'est pourtant très intéressant…

S'avançant vers elle, Josh lui plaqua ses mains sur les hanches et la scruta attentivement.

— J'ai hâte d'être à ce week-end, poursuivit-il. Je veux voir si tu peux me résister sur d'autres plans.

— Il vaut mieux que notre voyage reste amical et drôle, Josh, le prévint-elle.

— J'ai bien l'intention qu'il le soit ! répondit-il. Si je t'interrogeais plus précisément sur ta vie sociale, c'était pour savoir si tu avais des robes de cocktail, afin que tu te sentes plus à l'aise. Si tu n'en as pas, on ira faire un peu de shopping lorsque nous arriverons à New York.

— Tu n'as pas à m'acheter des robes, rétorqua-t-elle en souriant.

— C'est vrai, il n'y a aucune obligation. Mais il se trouve que j'en ai envie. Et si tu ne veux pas te choisir une tenue, c'est moi qui m'en chargerai à ta place… Tiens, on a sonné.

— J'y vais, dit-elle en sortant de la cuisine.

Elle s'efforça de s'imaginer vêtue d'une robe dernier cri dans un restaurant select…

Comme tout cela était loin de son monde !

A 14 h 30, cet après-midi-là, Abby était assise à son bureau dans sa chambre, quand elle entendit des bruits de boots sur le parquet de la pièce voisine. Josh lança un coup d'œil dans sa direction par la porte entrebâillée, et leurs regards se croisèrent.

— Est-ce que je peux entrer ? s'enquit-il.

— Bien sûr. Je fais les comptes, ce n'est pas très excitant.

— Je suis sur le départ. Tu es certaine que tu vas t'en sortir toute seule ?

Elle lui sourit, tout en ayant l'impression qu'un grand vide se creusait en elle.

— Bien sûr. La plupart des hôtes sont repartis. Ce soir, il n'y aura plus qu'une famille, et M. Hickman.

— Parfait. Tu auras une soirée tranquille. Je dois faire mes bagages, à présent. Je viendrai te voir quand j'aurai fini.

Elle acquiesça d'un signe de tête et fit mine de se remettre à ses comptes.

Elle détestait l'idée qu'il s'en aille. Jamais elle n'avait ressenti une telle mélancolie lors du départ d'un hôte. Elle se raccrochait à l'idée du week-end à New York, mais ce serait bien pire quand ils se sépareraient le dimanche soir...

Encore une fois, elle se demanda si ce voyage était bien raisonnable.

Elle n'était pas coutumière de telles impulsions. Et puis, qu'allait penser sa famille ? Nul doute qu'ils s'efforceraient tous de la dissuader de partir avec lui. En outre, tout Beckett serait au courant en un temps record, c'était sûr ! Et on la soupçonnerait du pire, forcément...

Bon, le principal, c'était que sa mère et sa grand-mère soient les premières informées.

Mais, au fait, est-ce que Josh reviendrait vraiment la chercher vendredi pour l'emmener à New York ?

Après tout, une fois qu'il aurait réintégré son monde, il était fort susceptible d'oublier sa promesse...

Elle poussa un soupir et s'efforça de se concentrer sur ses comptes.

Il fallait qu'elle informe sa mère de sa future escapade à New York, même si elle n'était pas trop certaine que celle-ci ait lieu.

Il s'écoula à peine quelques minutes avant que Josh ne toque de nouveau à sa porte.

— Désolé, mais je dois te régler...

Elle se leva, prise d'un léger vertige.

— Comme tu n'as pas cessé de m'aider, je ne te prends rien pour ton séjour. Tu l'as largement gagné !

Il lui sourit et posa par terre le sac qu'il portait à la main avant de s'approcher d'elle.

— Je n'ai rien fait d'extraordinaire, j'insiste pour payer, Abby. Allez, donne-moi ma note.

— Josh, c'est ridicule ! Tu n'as pas arrêté de travailler et...

— C'est bon, je veux te payer. La discussion est close. Pour ce week-end, je t'appellerai vendredi matin afin de te préciser l'heure à laquelle je passerai te prendre. Nous serons de retour dimanche soir, lundi matin au plus tard, au cas où, quand tu seras à New York, tu ais envie d'y passer une nuit supplémentaire.

— Non, je ne crois pas... D'ailleurs, je commence à avoir des doutes sur ce voyage, Josh, et je suis certaine que toi aussi. Tu n'es pas obligé de m'emmener à New York, je ne t'en voudrais pas, je t'assure.

— Hors de question d'annuler ! J'en ai vraiment envie, et puis j'ai déjà commencé à élaborer le programme. Je ne veux pas que tu te défiles, tu m'entends bien ? Tu vas vraiment t'amuser, tu peux compter sur moi. Et en attendant vendredi...

A ces mots, il l'attira à lui et lui donna un baiser.

Elle lui rendit sans la moindre hésitation, avec ferveur, comme si c'était la dernière fois qu'elle le voyait.

Alors il l'embrassa encore plus passionnément, au point que toute pensée la déserta et qu'elle ne fut plus qu'un condensé de sensations merveilleuses. Un désir intense la saisit, elle en trembla, son cœur se mit à battre à une cadence infernale. Elle aurait tant aimé le retenir encore un peu...

Doucement, il se détacha d'elle.

— Je n'oublierai jamais ce séjour chez toi, dit-il.

— Bien sûr que si ! Mais c'est tout de même gentil de me dire ça.

— Bon, je t'appelle vendredi comme prévu. Et maintenant, allons à la réception et dis-moi combien je te dois.

— Ecoute, je me sens vraiment ridicule de te...

— Allons, dépêche-toi, s'il te plaît !

— Comme tu voudras, murmura-t-elle.

Elle calcula le montant, le lui montra, et imprima sa facture après qu'il eut réglé par carte.

— Et voilà, déclara-t-elle. Payé comptant.

Josh lui sourit.

— Je t'appelle, dit-il.

Elle l'accompagna jusqu'à la porte où le chauffeur de taxi l'attendait devant le perron. Elle salua ce dernier avant de lancer à l'intention de Josh :

— Bon vol de retour !

— Au revoir, Abby, répondit-il.

Et il s'engouffra dans le taxi.

Tandis que ce dernier s'éloignait, elle serra les poings, luttant contre l'affreuse sensation que, en dépit de toutes ses promesses, elle ne le reverrait plus.

Comme elle rentrait, elle se heurta à M. Hickman.

— Josh vient juste de partir. Il m'a invitée à New York pour ce week-end à l'occasion de l'inauguration d'un de ses hôtels, lui annonça-t-elle spontanément.

— J'espère bien que tu vas y aller !

— Oui, c'est sans doute pour moi une occasion unique de découvrir New York.

— Ne me dis pas que c'est la seule raison qui te motive, Abby ! Ce Josh, c'est vraiment un type formidable.

— Je sais. D'ailleurs, j'ai suggéré à Lamont que nous sortions un peu chacun de notre côté, parce que nous ne l'avons jamais fait depuis le lycée.

— Excellente initiative, Abby ! approuva M. Hickman. Il faut rencontrer d'autres personnes pendant que tu es jeune. Je suis très content que Josh ait été retenu ici par la neige et qu'il m'ait invité dans le Colorado. Mais je suis d'autant plus heureux que tu l'accompagnes à New York. Tu vas passer un week-end formidable.

Elle lui sourit, un peu rassérénée.

— Je dois aller chez maman. Pendant ma courte absence, je vais fermer la réception. Vous serez en bas ?

— Tout à fait. Si un client se présente, je t'appellerai.

— Merci, je ne serai pas longue. Tout le monde est parti, sauf les Taylor qui restent jusqu'à demain. Donc, ça devrait être calme. Merci de surveiller l'auberge.

— Prends ton temps, lui lança M. Hickman alors qu'elle enfilait sa veste et ses gants.

La neige crissa sous les roues du taxi quand celui-ci s'éloigna du trottoir.

— Merci d'être venu me chercher, Benny, dit Josh.

— Pas de problème. La journée est calme, de nombreuses

personnes n'osent pas encore sortir de chez elles parce qu'il y a encore beaucoup de neige et que les routes sont glissantes. Alors, votre séjour à l'auberge s'est bien passé ?

— Tout à fait. Abby est adorable, et son établissement très agréable. Qui plus est, c'est une excellente cuisinière ! Je me suis régalé.

— Chaque été, nous organisons un pique-nique dans le parc. Toute la ville est conviée, et c'est toujours ce qu'Abby a préparé qui part en premier. Elle est encore meilleure cuisinière que sa grand-mère, ce qui n'est pas peu dire, renchérit Benny.

Josh hocha la tête.

— Benny, vous est-il déjà arrivé d'avoir envie de quitter Beckett ?

— Quitter Beckett ? Ah, ça non !

Josh sourit à ce ton véhément.

Ils venaient de sortir de la bourgade, et il admira le paysage blanc qui se déployait à présent autour d'eux tout en écoutant d'une oreille distraite les propos de Benny.

Il avait été très surpris qu'Abby accepte finalement l'idée de ce week-end à New York, et aussi très heureux. Et puis, après avoir rencontré Lamont, il ne pensait pas que celui-ci réagirait mal quand il apprendrait qu'elle partait à New York avec un autre homme.

Il envoya un SMS à sa secrétaire afin de lui demander de trouver le meilleur restaurant français de New York et d'y réserver deux couverts pour le vendredi soir. De son côté, il appela le club privé auquel il appartenait en vue d'effectuer les réservations du samedi soir.

Vivement qu'arrive vendredi ! Il voulait offrir un week-end inoubliable à Abby, et il nourrissait naturellement aussi le souhait de l'attirer dans son lit et de lui faire l'amour pendant des heures.

Mais était-ce vraiment du domaine du possible ?

Quand Abby entra dans la cuisine de sa mère, celle-ci était en train de mettre un pain de viande au four.

— Est-ce que je peux t'aider ? demanda-t-elle en se servant une tasse de café.

— Contente-toi de t'asseoir, répondit sa mère. J'imagine que tu n'as pas arrêté une seconde, ces derniers jours, avec cet afflux d'hôtes !

— L'un d'entre eux m'a prêté main-forte, je ne suis donc pas épuisée. Je peux tout à fait t'aider.

— Inutile, j'ai presque terminé. Je vais me préparer une tasse de thé et m'asseoir avec toi. Ta grand-mère fait la sieste. Si elle ne se lève pas bientôt, j'irai la prévenir que tu es là, car elle souhaite te voir. Elle dit que tu dois savoir qui a déblayé notre allée et notre escalier ce matin.

Surprise, Abby regarda par la fenêtre.

— C'est sans doute l'hôte dont je viens de te parler. Josh Calhoun. Un homme très serviable.

— C'est vraiment gentil à lui. Il sait que c'est ta mère qui habite ici ?

— Oui, et il pensait sûrement que des clients viendraient aujourd'hui.

— Par chance, non. Ils ont tous annulé quand il s'est mis à neiger. Cela me permet de prendre un peu de vacances.

Comme sa mère se serait reposée, peut-être qu'elle ne verrait pas d'inconvénient à la remplacer le week-end prochain à l'auberge ?

Elle lui en fit sans attendre la demande.

— Justin et Arden pourront t'aider, précisa-t-elle.

— Pas de problème, lui assura sa mère. Qu'est-ce qu'il se passe ? Lamont est très occupé en ce moment, donc ce n'est pas avec lui que tu projettes ce voyage.

— Non, tu as raison. D'ailleurs, nous avons un peu discuté tous les deux dernièrement, et nous sommes convenus de sortir chacun de notre côté pendant quelque temps.

— C'est une vraie révolution dans ta vie ! s'étonna sa mère. Et quels sont donc tes projets pour ce week-end, si ce n'est pas trop indiscret ?

— Josh Calhoun, l'hôte qui m'a donné un coup de main, m'a invitée à New York. Il est de Dallas, et il possède une chaîne d'hôtels. Il m'a demandé de l'accompagner pour l'inauguration d'un nouvel hôtel.

— A New York ! répéta sa mère en ouvrant de grands yeux. Serais-tu amoureuse, ma fille ?

— Non, mais je l'aime bien. Il est très sympathique. Je crois qu'il m'a invitée parce qu'il ne comprend pas que je n'aie jamais voyagé hors du Texas. Et aussi parce que je l'ai laissé dormir à l'auberge même si j'affichais complet.

— Un voyage à New York, ça alors, ce n'est pas rien ! insista sa mère. Attention à ton cœur, Abby ! Cet homme me rappelle ton père, en plus riche.

Abby lui sourit.

— Je prendrai soin de moi, ne te tracasse pas. Je n'avais pas envie de manquer une opportunité qui ne se représentera peut-être jamais. Il a aussi invité Edwin Hickman à pêcher dans le Colorado en avril ou en mai.

— Je n'arrive pas à y croire… As-tu fait des recherches sur lui ?

— Oui, ne t'inquiète pas, et M. Hickman aussi. Il est bien à la tête de la Calhoun Hotels, et il possède aussi un ranch. Il m'a d'ailleurs assuré que je pouvais appeler le shérif de Verity si je voulais des références : ils se connaissent depuis toujours.

Sa mère la considéra quelques instants, puis elle hocha la tête.

— Tu es jeune, mais intelligente, Abby. Tu dois savoir ce que tu fais. J'espère que tu vas passer un très bon week-end. Tu m'appelleras, n'est-ce pas ?

— Bien sûr, et je serai très prudente. Je vais l'annoncer aussi à grand-mère.

— Laisse-moi l'avertir en douceur, si ça ne te gêne pas. Je ne veux pas qu'elle ait une attaque !

— Tu plaisantes, n'est-ce pas ? Bon, de toute façon, il faut que je retourne à l'auberge.

— Je suis contente que tu sois passée et que tu m'aies tout raconté. Mon amie Marilee va souvent à Dallas. Est-ce que ça ne t'ennuie pas que je lui demande si elle a entendu parler de Josh Calhoun ?

— Bien sûr que non. Tu peux aussi te renseigner auprès de tes clients, dit-elle en remettant son manteau. Mais je t'assure que c'est un homme tout à fait convenable, maman.

— Essaie juste de ne pas tomber amoureuse de lui. Les hommes qui ont des jets privés et des chaînes d'hôtel ne s'éprennent pas de jeunes filles qui vivent dans une petite bourgade comme Beckett. Cela te briserait le cœur.

— Je sais, maman. Mais je suis très heureuse de découvrir New York, même si ce sera rapide : nous partons le vendredi soir et revenons le dimanche.

— Mmh… C'est suffisant pour tomber amoureuse, en tout cas. Il faut me promettre de prendre soin de toi.

— Pas de problème, maman, dit Abby. Et salue grand-mère de ma part.

Elle étreignit sa mère et se hâta vers l'auberge.

Qu'allait-elle mettre dans sa valise pour ce séjour à New York ? Sa garde-robe était si peu originale…

Elle se demandait toujours si elle avait eu raison d'accepter ce week-end : ne courait-elle pas droit à la catastrophe ?

Allons, elle ne devait pas être si peureuse. Pour une fois qu'on lui proposait un voyage aussi fabuleux ! Ce soir, elle proposerait aux hôtes qui restaient de regarder un film, de sorte qu'elle pourrait inspecter tranquillement ses vêtements et réfléchir à ce qu'elle allait emporter.

Peu après 22 heures, Josh l'appela, et ils discutèrent jusqu'à presque minuit. Quand elle raccrocha, elle considéra longuement le téléphone.

Son appel en soi l'avait surprise, mais elle était étonnée aussi que leur conversation ait duré si longtemps. Evidemment, quand Josh séjournait à Beckett, ils avaient parlé pendant des heures mais, maintenant qu'il était à Dallas et qu'il avait retrouvé ses amis, il n'aurait pas dû avoir autant de temps à lui consacrer.

Reviendrait-elle amoureuse de New York ?

Quoi qu'il en soit, Josh ne lui proposerait pas une relation sérieuse, il avait été clair là-dessus. Elle savait aussi qu'il essaierait de l'attirer dans son lit, même si elle lui avait dit tout aussi nettement que ça n'arriverait pas.

Que cherchait-il, au juste ? A la séduire ?

Peut-être envisageait-il tout simplement de se divertir pendant un week-end avec elle. D'ailleurs, n'était-ce pas aussi son intention ? Il fallait juste qu'elle soit vigilante, dans la mesure où elle soupçonnait qu'ils n'avaient pas la même conception du divertissement.

6

A midi ce mercredi-là, Josh entra dans le restaurant où Lindsay et Jake l'attendaient pour déjeuner. Il échangea une poignée de main avec son frère et pressa tendrement sa sœur contre son cœur.

— Salut ! lui dit-il. Ça fait plaisir de te voir ici, Lindsay. Tu devrais venir plus souvent à Dallas.

— Par pitié ! rétorqua celle-ci en riant. Tu sais bien que je ne m'y rends qu'en cas de nécessité absolue...

Elle se tourna vers Jake.

— Tu aurais dû amener Madison, ajouta-t-elle.

— Elle avait rendez-vous à Fort Worth avec la propriétaire d'une galerie d'art. Les affaires d'abord ! Quant à Mike, il a une bonne excuse, puisqu'il est toujours en lune de miel. Bon, gagnons notre table.

Une fois qu'ils furent assis et eurent commandé, Jake regarda Josh avec commisération.

— Alors, tu as passé le week-end dernier bloqué par la neige dans une petite bourgade ? Je vois d'ici le tableau. Ça a dû te rendre dingue ?

— Tu n'as pas eu de difficulté à trouver où te loger ? s'enquit Lindsay.

— Si, et j'ai bien cru que j'allais devoir dormir dans le parc de la ville. Mais par chance la très sympathique propriétaire d'une auberge m'a hébergé dans sa suite personnelle...

— « Et devinez quoi : elle est célibataire », c'est ça ? fit Jake par matière de plaisanterie.

— Tu ne crois pas si bien dire : c'est justement le cas ! Son établissement était complet, deux hôtes dormaient sur des canapés et deux autres encore sur le sol. Vous pouvez vous estimer heureux que la tempête ait finalement pris la direction du nord.

— On a tout de même eu quelques flocons et un peu de neige fondue, précisa Lindsay, mais rien de susceptible de bloquer la circulation, Dieu merci. On a déjà eu un hiver assez rude. J'attends le printemps avec impatience.

— Comment vont tes chevaux ? demanda Josh.

— Ils se portent à merveille. Il faudra que tu viennes voir mon dernier poulain. Il est adorable.

— Attends, elle va te montrer une photo du bébé, la taquina Jake.

Lindsay lui tira la langue et tendit son téléphone portable à Josh.

— Eh bien ? N'est-il pas adorable ?

— Si, tout à fait, approuva Josh en lui rendant son smartphone.

Le serveur leur apporta leurs commandes : des burgers pour les deux frères et une salade composée pour Lindsay.

Jake avala une gorgée de son thé glacé.

— Si Mike et Savannah rentrent cette semaine, Madison et moi vous invitons tous à la maison samedi soir. Etes-vous disponibles ? demanda-t-il.

— Hélas, je suis pris, répondit Josh.

— Moi aussi, renchérit Lindsay. Je dois me rendre à Austin ce week-end à une vente de chevaux. J'ai déjà tout réservé.

— Pour ma part, j'assiste à l'inauguration d'un de mes hôtels à New York, précisa Josh.

Lindsay se tourna vers lui, l'air étonné.

— Tiens, c'est nouveau ! Tu ne vas jamais aux inaugurations de tes hôtels. En tout cas, ça fait très longtemps que cela ne t'est pas arrivé. Et en plus, c'est à New York ?

— Si tu veux mon avis, il n'y va pas seul, renchérit Jake. Et d'ailleurs, je parie qu'il s'y rend avec une personne qui séjournait dans cette fameuse auberge. Il suffit qu'il reste trois jours enfermé quelque part et qu'il s'y trouve une jolie femme pour qu'il sorte avec elle. Pourtant, une provinciale de Beckett, ce n'est pas franchement ton style, frérot.

— Les clientes venaient forcément d'ailleurs, répliqua Lindsay, les yeux pétillants.

— Vous n'y êtes pas du tout.

— Ça m'étonnerait. Je vous paie tous le déjeuner si je me trompe, insista Jake.

Josh s'esclaffa.

— OK, tu as raison. C'est la propriétaire de l'auberge que j'ai invitée à New York.

— Ça alors ! Tu n'as pas perdu ton temps, à Beckett, observa Jake. Et elle a accepté de t'accompagner ? Je ne dirai pas ma façon de penser devant les oreilles délicates de Lindsay, mais c'est du travail rapide.

Josh et Lindsay éclatèrent de rire.

— Lindsay passe son temps en compagnie de cow-boys, et il n'y a pas grand-chose que ses « oreilles délicates » n'aient déjà entendu, lui rappela Josh.

— Tu as raison, approuva cette dernière. Toutefois, je peux tout à fait me passer des remarques grivoises de mes frères. Bon, Jake, peux-tu remettre à un autre jour ton dîner en l'honneur du retour de Mike et Savannah ?

— Pas de problème, assura Jake. D'ailleurs, peut-être vont-ils rallonger leur voyage de noces de quelques jours. Scotty est entre de bonnes mains, même si je pense qu'ils lui manquent un peu. Sa baby-sitter est adorable, et papa et maman sont venus le voir hier.

— Je le prends chez moi cette semaine, déclara Lindsay. Ça va être la fête !

— Je n'en doute pas. Scotty t'adore, et vice versa. Tu sais t'y prendre avec les chevaux, mais aussi avec les jeunes enfants, observa Josh.

— Merci, dit-elle en lui souriant.

Elle le considéra avec curiosité.

— Eh bien, parle-nous du dernier amour de ta vie ? Elle possède une auberge, et à part ça ? Cela dit, tu ne nous présentes jamais tes conquêtes, je ne vois pas pourquoi ce serait différent avec celle-ci.

— Il est effectivement probable que vous ne la rencontriez jamais, nous allons juste passer le week-end ensemble. Elle n'a jamais voyagé hors du Texas, alors je vais lui faire découvrir New York.

Jake et Lindsay pouffèrent avec un bel ensemble.

— Voilà qui ne ressemble guère au type de femmes qui plaisent à notre cosmopolite et cynique de frère, commenta Jake. Elle n'est jamais sortie de son Texas natal ? Mais que fait-elle pendant ses loisirs ?

— Elle n'a pas beaucoup de temps libre, entre sa famille — une sœur, un frère, une mère, une grand-mère et deux grands-tantes — et son auberge.

— Et tu as fait la connaissance de tout ce petit monde ? questionna Lindsay.

— Non. A cause de la neige, chacun était coincé quelque part, expliqua Josh. Mais ses grands-tantes vivent normalement à l'auberge de façon permanente, ainsi qu'un vieil ami de la famille. Et puis, autant vous prévenir puisque vous finirez par l'apprendre, j'ai invité ce dernier à venir dans quelques semaines pêcher dans le Colorado.

Jake manqua s'étrangler avec son thé et braqua un regard stupéfait sur Josh.

— Je ne crois pas avoir bien entendu.

— Si, tu m'as parfaitement compris, et je ne vois pas où est le problème. Je l'emmène en jet dans le Colorado. Il me rappelle grand-père.

— Non, tu n'es pas sérieux ? insista Jake.

— Et est-ce que la propriétaire de l'auberge se joindra à vous ? questionna à son tour Lindsay.

— Non, dit-il en souriant. Avec elle, c'est juste New York. Lindsay, tu peux fermer la bouche, s'il te plaît ?

— Jake est au moins autant surpris que moi, répliqua sa sœur en jetant un coup d'œil à ce dernier.

— Je mettrais ma main au feu que tu es tombé amoureux, décréta son frère, tandis que sa sœur continuait à le regarder fixement, les yeux écarquillés. Moi qui pensais que ça ne t'arriverait pas avant une bonne décennie !

— Ne soyez pas ridicules, je ne suis pas amoureux, se défendit-il. Je viens juste de faire la connaissance d'Abby. Elle est charmante, c'est vrai, et comme elle ne connaît pas le monde, ce voyage à New York était une opportunité pour elle. Quant à Edwin Hickman, le vieil homme qui vit à l'auberge, il adore la pêche, et nous avons sympathisé. Cette virée dans le Colorado s'est imposée tout naturellement. Et puis, je ne vois pas pourquoi je me justifie à vos yeux. Je suis quand même un chic type, non ?

— Ça alors ! s'exclama de nouveau Jake qui ne se remettait pas de sa stupeur. Tu es un chic type, c'est indéniable, mais de là à sacrifier trois jours pour un retraité que tu connais à peine, je n'arrive pas à le croire.

— A t'entendre, on dirait que je suis le dernier des égocentriques ! Tout de même, je suis capable d'éprouver de la sympathie pour autrui. Les événements se sont enchaînés naturellement.

— J'ai vraiment l'impression qu'il t'est arrivé quelque chose quand tu t'es trouvé bloqué là-bas à cause du blizzard, Josh, déclara Lindsay avec un sourire. Ça te ressemble si peu que je suis comme Jake, je n'en crois pas mes oreilles.

Elle regarda sa montre et ajouta d'un ton contrit :

— Hélas, les amis, j'ai beau bien m'amuser en votre compagnie, je dois vous abandonner, car j'ai rendez-vous chez le dentiste.

Sur cette annonce, elle se leva.

— Josh, je viens de découvrir un aspect de ta personnalité que je ne soupçonnais pas, poursuivit-elle. C'est vraiment très louable à toi d'emmener un vieil homme pêcher dans le Colorado, tout comme de faire découvrir New York à ta logeuse d'un week-end qui n'est jamais sortie de chez elle. Sur ta lancée, tu pourrais peut-être me donner un coup de main la prochaine fois que j'aurai besoin d'aide lors de la naissance d'un poulain ?

— Ne compte pas sur moi, Lindsay. Tu es capable d'aider une jument à mettre bas les yeux fermés.

— En tout cas, je suis impressionnée par la générosité de mon grand frère et par ses voyages si bien intentionnés, dit-elle avec une pointe d'ironie dans la voix.

— Il mérite qu'on l'encourage, renchérit Jake sur le même ton.

— Assez, vous deux ! s'exclama Josh. La prochaine fois, j'y réfléchirai à deux fois avant de venir déjeuner avec vous.

— Oh non, tu ne feras pas ça, dit Lindsay d'un ton faussement pleurnicheur, tout en se levant. Bon, à bientôt, vous deux !

Elle les étreignit rapidement, et ils la regardèrent s'éloigner, ses cheveux blonds rebondissant sur ses épaules à chaque pas.

— Curieux, observa Josh, nous n'avons pas entendu parler de sa dernière prise de bec avec Tony Milan.

— Peut-être qu'ils se sont tous deux un peu calmés ?

— Oui, bien sûr, et le ciel est rose, aujourd'hui ! Non, je crois que l'on peut toujours compter sur eux pour souffler sur les braises de la vieille querelle qui oppose les Calhoun aux Milan.

— Madison et moi avons pourtant œuvré à y mettre fin, observa Jake.

Puis il regarda sa montre à son tour.

— Hé, il faut que j'y aille, moi aussi ! C'est moi qui règle l'addition, aujourd'hui.

— Entendu, merci. Et fais-moi savoir ta nouvelle date pour le dîner.

— Bien entendu. Amuse-toi bien à New York. Ta compagne va sans doute être terrifiée par la grande ville.

— Terrifiée, je ne crois pas, mais il se peut que New York ne lui plaise pas. Beckett n'a rien à voir avec une mégapole.

— Je ne connais pas cette bourgade, mais j'imagine qu'elle ressemble à Verity. En plus petit, peut-être ?

— Bien vu. Heureusement qu'il y a un aérodrome tout près, sans doute à cause des grands ranchs qui sont dans le secteur. Bon, Jake, j'ai été ravi de te voir.

Ils se séparèrent, et Josh regagna son bureau.

Une fois assis à sa table de travail, il repoussa la pile de dossiers, incapable de se concentrer.

Il ne cessait de penser à son ranch. Il avait envie d'y séjourner quelque temps. Après tout, il avait des assistants très compétents à qui il pouvait déléguer son travail.

Voulait-il réellement continuer à évoluer dans le monde des affaires ? Ne passait-il pas à côté de sa vie, comme Abby le lui avait laissé entendre ?

Personne ne lui avait suggéré une chose pareille auparavant, et quand bien même, il doutait qu'il en aurait tenu compte. Outre le voyage à New York, il avait très envie d'emmener Abby visiter son ranch, qu'il considérait comme son vrai foyer.

Est-ce qu'elle l'apprécierait ?

Il tourna la tête vers la baie qui offrait une vue panoramique sur le centre de Dallas, sans voir pour autant les édifices qui le hérissaient, tellement Abby l'obsédait.

Il aurait tellement aimé qu'elle soit à ses côtés… Comme il avait hâte que le week-end arrive !

Se souvenant qu'il devait appeler une boutique de vêtements à New York pour elle, il s'empara du combiné.

Après avoir raccroché, il téléphona tout de suite à Abby et discuta pendant vingt bonnes minutes avec elle, jusqu'à ce qu'elle doive le laisser pour s'occuper d'un client.

Elle était son contraire absolu, et pourtant il ne pouvait pas la chasser de ses pensées. Peut-être y parviendrait-il à la fin du week-end, quand il l'aurait vue évoluer dans son monde à lui. Il comprendrait peut-être alors qu'elle n'y était pas du tout à sa place.

Il songea de nouveau à sa queue-de-cheval, et à ses chemises boutonnées jusqu'au cou.

Comment se sentirait-elle à New York ?

Il n'arrivait pas à imaginer qu'elle puisse l'intéresser sur le long terme. Et d'ailleurs, il ne serait pas si surpris qu'elle se rétracte au dernier moment, concernant le week-end.

Il devait tout de même reconnaître que son frère et sa sœur avaient raison : ça ne lui ressemblait pas d'inviter une provinciale à New York. D'ailleurs, ils ne s'étaient pas privés de se moquer de lui. Mais peu importait. Quand il repensait à ce baiser échangé dans l'ombre en forme de cœur, sur le manteau de neige, ce simple souvenir cinglait son désir.

C'était la première fois qu'une femme produisait un tel effet sur ses sens.

Alors qu'il l'avait entraînée dans le fameux cœur presque par plaisanterie, il s'était trouvé pris à son propre piège, avec ce baiser qui l'avait profondément bouleversé. Il avait la sensation qu'il ne pourrait plus jamais oublier Abby Donovan. Et dès qu'il songeait à elle, il éprouvait la folle envie de la voir.

Combien de temps ce baiser allait-il influencer sa vie et ses décisions ?

Il poussa un soupir et, attirant à lui la pile de dossiers qui se trouvait sur son bureau, tenta de se concentrer sur son travail.

Lors de leur dernier appel téléphonique, Josh et Abby étaient convenus de se retrouver à l'aérodrome.

Pour le voyage en avion, Abby avait mis un jean, une chemise bleu pâle et une veste bleu nuit. Elle n'avait pas attaché ses cheveux. Elle se dirigeait vers le bureau qui se trouvait sous le hangar, quand Josh en sortit pour venir à sa rencontre.

Dès qu'elle le vit, elle sentit les battements de son cœur s'accélérer, et tous ses doutes à propos de ce voyage s'évanouirent.

— Bonjour, Abby, dit-il avec chaleur. Je suis très content de te revoir.

Elle fut soulagée de constater qu'il était également vêtu de façon décontractée, avec un pantalon en serge foncée, un pull bleu marine. Et ses boots, naturellement.

— Salut, Josh ! Moi aussi. Même si je reste dubitative sur le bien-fondé de ce voyage, répliqua-t-elle. Mais je dois reconnaître que c'est l'événement le plus excitant qui me soit arrivé !

— Plus excitant que lorsque nous nous sommes embrassés dans l'ombre en forme de cœur ? demanda-t-il, un petit sourire au coin des lèvres.

Elle le considéra en clignant des yeux.

— Non, peut-être pas, finalement, répondit-elle en toute sincérité.

Le sourire de Josh s'évanouit. Son regard soudain assombri se dirigea vers sa bouche.

— Ta réponse me donne envie de t'emmener directement chez moi passer le week-end, déclara-t-il d'une voix rauque.

Elle secoua la tête.

— Non, ce n'est pas ce dont nous étions convenus.

— Entendu. Alors, ce sera New York ! Embarquons sans plus tarder.

Josh passa son bras sous le sien et chuchota :

— Je ne t'avais jamais vue les cheveux détachés. Tu es merveilleuse, ainsi.

Lui aussi était merveilleux, mais elle s'abstint de le lui dire.

— Merci, je suis contente que ma coiffure te plaise. Le problème, c'est qu'ils ont tendance à frisoter, et j'ai du mal à les maîtriser.

— Bah, peu importe ! New York n'est pas à ça près.

Une fois à bord, il l'installa avec soin.

— Assieds-toi près du hublot. Comme tu n'as jamais pris l'avion, tu pourras découvrir le paysage d'en haut. Nous avons de la chance, il fait beau aujourd'hui.

— Je suis aussi excitée qu'une enfant, avoua-t-elle.

Il lui sourit et lui prit la main.

— Moi aussi, mais pas à cause de la vue sur le Texas, précisa-t-il. Tu m'as manqué, j'avais vraiment hâte de te retrouver.

— Tout sera nouveau pour moi, ce week-end, à part toi, dit-elle sans trop réfléchir à ce qu'elle disait, tant le contact de sa main la troublait.

Elle était chaude, un peu calleuse par endroits, et la façon dont elle serrait la sienne lui donnait des frissons.

— As-tu informé ta famille que tu partais avec moi ? s'enquit-il.

— Oui, même grand-mère le sait. M. Hickman l'a rassurée sur ton compte en lui répétant à l'envi que tu étais un homme respectable, que j'étais entre de bonnes mains avec toi et que j'allais bien m'amuser. Tu as donc intérêt à être à la hauteur !

— De fait, j'ai eu des nouvelles d'Edwin. Il ne m'a pas directement menacé, mais il m'a invité à bien veiller sur toi, et a précisé qu'il me tenait responsable de ce qu'il pouvait t'arriver. Il m'a également assuré qu'il était ravi que tu m'accompagnes à New York et qu'il savait que tu y passerais un excellent week-end, en toute sécurité.

— Je suis étonnée qu'il t'ait appelé. Cela dit, si ce sont là ses propos, je n'y entends aucune menace.

— C'était tout de même une mise en garde. Très subtile, je le reconnais. Il joue un peu les grands-pères de substitution pour toi.

Le décollage s'ensuivit rapidement, et elle regarda, émerveillée, Beckett qui rapetissait à vue d'œil.

— Comme c'est beau, dit-elle à voix basse.

— Nous avons vraiment de la chance que le temps soit aussi clair.

— Je n'arrive pas à croire que tout cela est vrai !

— Et pourtant, je te le garantis. De l'hôtel, une limousine te conduira à une boutique de vêtements, où tu choisiras une tenue pour ce soir et une pour demain soir.

— Quoi, deux tenues ? C'est un peu trop, non ? Une suffirait.

— Pas du tout ! Et cesse de t'opposer à mes projets. Ce soir, nous dînons dans un restaurant français.

— C'est fabuleux, dit-elle.

— Toi aussi, tu l'es, tout comme les plans que j'ai conçus pour l'après-dîner : quelques danses, quelques baisers…

— Ecoute, Josh, reprit-elle, légèrement contrariée par ses sous-entendus, je n'ai pas envie d'être ton obligée. Je n'aime pas dépendre des autres. C'est pourquoi je ne souhaite pas que tu m'achètes des robes.

— Mais tu n'auras aucune obligation envers moi ! Si j'espère que tu m'accorderas quelques baisers, cela n'a rien à voir avec un impératif, mais avec le désir, assura-t-il, les yeux brillants.

— Evidemment, présenté comme ça, c'est tentant, dit-elle d'une voix essoufflée.

Elle était ravie de retrouver leur façon de flirter. Jamais elle ne s'était amusée de la sorte avec Lamont.

A ce moment, Josh redevint sérieux.

— Dommage que nous devions rester attachés, dit-il.

— Vilain garçon ! s'exclama-t-elle. Je suis toute troublée, et tu ne m'as même pas encore embrassée.

Il lui lança alors un regard pénétrant, puis se pencha vers elle pour l'attraper par le menton.

— Avoue que le flirt te plait ! Toi non plus, tu ne peux pas y résister.

— Peut-être, dit-elle avec un sourire. Ça fait passer le temps, en tout cas.

Puis elle baissa les yeux vers sa bouche.

Josh passa alors la main derrière sa nuque, et ses lèvres vinrent recouvrir les siennes, ce qui déclencha aussitôt un élan de désir en elle.

Consciente qu'elle devait se calmer, elle s'écarta doucement de lui.

— Josh, nous avons tout le week-end devant nous, lui rappela-t-elle. On vient à peine de décoller...

Mais son ton n'était pas tellement convaincu, elle s'en rendait bien compte.

Josh s'adossa à son siège.

— Je sens que ce week-end va être fantastique, dit-il.

— Tu n'as pas eu trop de problèmes pour te libérer ?

— Non, pas du tout. Et toi, as-tu eu beaucoup de clients, depuis mon départ ?

— Non, c'était très calme.

Et elle lui raconta sa semaine tout en appréciant la vue qu'offrait le hublot.

Ils arrivèrent en un rien de temps à Dallas, où ils changèrent d'avion pour en prendre un autre, plus puissant et très luxueux.

Les impressions qu'elle éprouva au décollage furent plus vives.

Ensuite, la conversation roula sur les ancêtres de Josh, dont l'histoire était profondément attachée à celle du Texas. Un steward leur servit des cocktails non alcoolisés et des sandwichs. Quelque trois heures plus tard, quand le pilote annonça qu'ils approchaient de New York, elle n'avait pas vu passer le temps.

La vue était à couper le souffle. Ils volèrent au-dessus de la mer, et l'instant d'après ils atterrissaient.

Voilà, c'était terminé... Ou plutôt, tout commençait : ils étaient à New York !

Comme Josh le lui avait indiqué, une limousine avec chauffeur les attendait à la sortie de l'avion.

Pendant le trajet qui les menait à l'hôtel, elle fut subjuguée par le paysage et les sons urbains.

— C'est fantastique, Josh ! s'exclama-t-elle, ravie d'avoir accepté son invitation. Ça n'a rien à voir avec les photos ou les films que j'ai pu voir.

Elle se rendit compte qu'il l'observait, un petit sourire aux lèvres.

— Evidemment, tout cela t'est si familier, ajouta-t-elle.

— Je dois avouer que le spectacle que tu m'offres est plus

intéressant pour moi. Mais bien sûr que New York est une ville extraordinaire.

— Et tellement impressionnante ! Je sens que je vais jouer les vraies touristes. Je ne vais pas arrêter de prendre des photos.

— Moi aussi, je vais en prendre. De toi. Avec la ville en arrière-fond, bien sûr.

— Et si je n'ai pas envie de rentrer ?

— Dans ces conditions, nous prolongerons notre séjour.

— Je plaisantais, tu t'en doutes, dit-elle promptement. J'ai tellement hâte de visiter la ville.

— Et moi d'arriver à l'hôtel pour pouvoir enfin t'embrasser comme j'en ai envie, renchérit Josh d'une voix rauque. Je suis tellement heureux que tu sois ici avec moi !

La limousine s'arrêta enfin devant l'entrée d'un véritable palace. Ils franchirent la porte tambour main dans la main, et tandis qu'ils se dirigeaient vers la somptueuse réception ornée de gros bouquets de fleurs, elle constata que tout le personnel saluait Josh.

Josh s'entretint brièvement avec la réceptionniste, qui lui remit un jeu de cartes magnétiques. Ils prirent ensuite l'ascenseur jusqu'au dernier étage, où il ouvrit une première porte.

— Voici ta suite, annonça-t-il. La mienne est située juste à côté. Il y a une porte mitoyenne entre les deux.

Elle inspecta rapidement l'intérieur, qui se déclinait en blanc et beige, avec une large terrasse dotée d'une balustrade en verre, de plantes et de mobilier pour l'extérieur.

— Cet endroit est ravissant, commenta-t-elle, impressionnée par le luxe de détails raffinés, depuis les fleurs de bienvenue jusqu'à la grande coupe de fruits. Et la vue est époustouflante !

— Viens voir ma suite, enchaîna Josh.

Elle lui emboîta le pas.

Les pièces étaient un peu plus grandes, et il y avait même une cuisine. Des fleurs et des fruits étaient également disposés sur les meubles, et une bouteille de champagne reposait dans un seau à glace sur la table du salon.

— C'est très beau, ici aussi, admit-elle.

Le groom qui portait leurs bagages s'étant discrètement éclipsé, Josh l'enlaça par la taille.

— J'attendais ce moment depuis que je t'ai quittée à l'auberge, murmura-t-il.

Sur cet aveu, il pressa fiévreusement sa bouche contre la sienne.

Son baiser saisit tout son être et y alluma un feu incandescent. Elle noua les mains autour de son cou et l'étreignit étroitement.

Venait-elle de mettre une croix définitive sur sa relation avec Lamont ?

La question demeura sans réponse, mais cela n'avait pas grande importance pour l'instant, tant elle était avide des baisers de Josh. Elle tenait plus que tout à vivre les heures qui allaient suivre, au-delà des conséquences que cela pourrait engendrer. Après tout, les membres cassés se remettent bien en place, il devait en aller de même pour les cœurs brisés ?

Elle se rendait bien compte que cette relation ne déboucherait pas sur du long terme, mais elle se refusait à nourrir le moindre remords. Si elle avait laissé passer cette occasion, là oui, ç'aurait été le plus grand regret de sa vie !

Le baiser de Josh eut tôt fait de balayer ses tourments et elle s'y abandonna avec la même passion que lui.

Il était grand et fort, elle sentait la puissance qui émanait de lui tandis qu'il pressait son corps contre le sien.

Il fit bientôt courir ses mains sur sa gorge, ses seins, ses hanches, et soudain il la souleva de terre pour la porter jusqu'à son lit.

Alors qu'il s'allongeait sur elle tout en continuant à l'embrasser avec ardeur, elle détacha sa bouche de la sienne.

— Attention, Josh, dit-elle en laissant courir un doigt sur sa joue rasée de près. N'oublie pas cette vieille légende qui plane sur nous.

— Pour le moment, je ne vois pas en quoi elle pourrait représenter une menace, protesta-t-il.

Elle lui sourit.

— Est-ce que je n'avais pas rendez-vous pour essayer une robe ?

Il se redressa, l'air presque surpris.

— Exact, confirma-t-il en soupirant.

Puis il lui tendit la main pour l'aider à se rasseoir.

— Il faut partir dans dix minutes, enchaîna-t-il. Tu veux aller te rafraîchir un peu ?

— Oui, bonne idée.

Il la raccompagna jusqu'à sa suite.

— A tout à l'heure, dit-il d'un ton presque désolé.

Elle lui sourit et referma la porte derrière elle.

Les pensées et les émotions se bousculaient en elle, entre le baiser enivrant qu'ils venaient de partager, les tenues qu'elle devait essayer, la soirée qui les attendait dans cette ville vertigineuse... Sans compter que, après le dîner, ils allaient danser.

Dans l'ascenseur qui les ramenait au rez-de-chaussée, Josh lui exposa le programme.

— Reed, le chauffeur de la limousine, sait où il doit te conduire, et l'on t'attend à la boutique. Pendant ton absence, j'ai un rendez-vous dans une salle de conférences de l'hôtel. Essaie de rentrer avant 18 heures.

— Entendu, dit-elle.

Quelques instants plus tard, elle s'engouffrait dans la limousine et lui fit au revoir à travers la vitre.

Tout, dans cette ville, lui rappelait leurs différences. Décidément, l'invitation de Josh la laissait perplexe, elle ne comprenait pas ce qui pouvait l'attirer chez elle. Les femmes qu'il fréquentait d'ordinaire étaient à l'évidence bien plus sophistiquées qu'elle, et coutumières de la vie qu'il menait. Et l'amitié qu'il avait nouée avec M. Hickman la surprenait tout autant que l'intérêt qu'elle suscitait en lui. Cet homme était un mystère...

La limousine s'arrêta devant une boutique très select, et le chauffeur vint lui ouvrir la portière.

— Merci, Reed, lui dit-elle.

— Voici mon numéro. Appelez-moi dès que vous êtes prête.

— Entendu.

Elle sentit son ventre se contracter juste avant d'entrer dans la boutique.

Rien à voir avec le modeste magasin de Sandy Perkins à Beckett !

Une jeune femme affable qui se présenta sous le nom de Hilda vint l'accueillir. Quand elle constata que celle-ci l'attendait, sa nervosité se calma, et elle fut tout de suite absorbée par les robes qu'elle lui présenta.

Ce n'était pas désagréable, pour une fois, d'être traitée comme une reine !

Elle se décida pour deux tenues.

Evidemment, c'était totalement extravagant mais, si elle n'en prenait qu'une, elle pressentait que Josh reviendrait avec elle pour qu'elle en choisisse une seconde.

Après qu'elle eut enfilé la robe en soie bordeaux et les escarpins assortis qu'elle avait sélectionnés pour le lendemain, Hilda exprima son enthousiasme.

— Cela vous va à merveille ! Et si vous souhaitez une coupe de cheveux, il y a un salon de coiffure à deux portes d'ici.

Abby se mit à rire.

— C'est Josh qui vous a demandé de m'envoyer dans ce salon, n'est-ce pas ? s'enquit-elle avant de réintégrer la cabine d'essayage.

— Pas du tout ! Vos cheveux sont parfaits. Mais j'ai pensé que, avec ces nouvelles tenues, vous auriez aussi envie d'une nouvelle coupe.

— Au fond, pourquoi pas ? S'ils peuvent me prendre...

— Ne bougez pas, je vais vérifier.

Quelques instants plus tard, la vendeuse revint, le sourire aux lèvres.

— On s'occupera de vous dans une demi-heure. Voulez-vous un thé et un peu de lecture en attendant ?

— Je crois plutôt que je vais aller faire un tour.

Et, laissant ses paquets à la boutique, elle sortit dans la rue.

Le soleil inondait la ville. Les klaxons résonnaient dans l'air, les voitures filaient sur l'asphalte, les piétons se hâtaient sur les trottoirs.

Elle s'immergea avec délice dans l'atmosphère new-yorkaise, l'impression de vivre un rêve éveillé chevillée au corps.

A l'heure prévue, elle entra chez la coiffeuse, et une heure plus tard elle appelait Reed pour qu'il vienne la chercher à la boutique.

Une fois de retour dans sa suite, elle attendit avec impatience que Josh rentre de son rendez-vous.

Elle ne cessait de s'admirer dans le miroir.

Elle avait déjà pris plusieurs photos de son reflet qu'elle avait envoyées à sa mère et à sa sœur. Toutes deux lui avaient assuré qu'elle avait l'air d'une princesse. Elle portait une robe en satin noir à bretelles, et ses cheveux lui frôlaient les épaules en une masse bouclée et mousseuse. La robe s'arrêtait sagement au-dessus des genoux. Son décolleté en V était tout à fait modeste, mais à l'arrière, il était des plus plongeant, révélant une bonne partie de son dos. Elle avait chaussé des escarpins noirs aux talons vertigineux, et de grosses boucles en argent pendaient à ses oreilles.

Quand elle entendit Josh frapper doucement à la porte, elle prit une large aspiration avant d'aller lui ouvrir.

Ce fut peine perdue, car sa vue lui coupa littéralement le souffle : il était si beau dans son costume gris foncé, éclairé d'une chemise blanche et d'une cravate pourpre !

Elle remarqua alors l'expression de surprise peinte sur son visage.

— Tu ne veux pas entrer ? demanda-t-elle.

— Tu es superbe, déclara-t-il d'une voix rauque qui trahissait les sentiments qu'elle lui inspirait. J'ai envie d'entrer, naturellement, mais si je pénètre dans ta suite, je doute que nous allions au restaurant.

— OK, dans ces conditions, je viens, répliqua-t-elle.

Attrapant la veste fluide et la pochette de soie noire assorties à sa robe, elle sortit bien vite de la suite.

Josh lui sourit, amusé.

— On dirait que tu n'as pas envie de rester à l'hôtel avec moi !

— Non. Pour l'instant, je préfère un dîner français en ta compagnie, désolée...

Reed les attendait devant l'hôtel avec la limousine, et ils se retrouvèrent en un rien de temps dans le trafic new-yorkais.

— Il faut que je te remercie, reprit-elle au bout d'un moment, tandis que le soleil glissait lentement derrière les gratte-ciel. J'ai adoré choisir des tenues dans cette boutique. L'ensemble du personnel a été charmant avec moi, surtout une certaine Hilda. Du coup, je me suis posé des questions sur les nombreuses femmes que tu as dû envoyer dans cette boutique s'acheter des vêtements. Même si, à vrai dire, ça ne me regarde pas et tu n'as pas de comptes à me rendre.

— Détrompe-toi ! protesta Josh, tu es la première que j'y envoie. Mais ma mère est une habituée, et il arrive que ma sœur s'y rende aussi quand elle vient à New York. C'est toujours Hilda qui s'occupe d'elles.

— Donc, la robe que j'ai choisie te plaît ?

Il lui jeta un regard en biais.

— Tu es magnifique, dit-il tout bas.

— Merci, répondit-elle. Mais, dis-moi, tu ne dois pas te rendre à l'inauguration de ton hôtel, ce soir ?

— Non, je me suis occupé cet après-midi de tous les aspects qui requéraient mon intervention pour l'ouverture, à présent, je suis libre de tout engagement et entièrement dévoué à te divertir.

— C'est très gentil. Mais j'ai l'impression que tu n'es pas très impliqué dans cette opération. Je ne voudrais pas que ce soit à cause de moi.

— Je ne m'occupe que des affaires qui m'intéressent vraiment. Ne t'inquiète pas.

— Très bien. C'est ton travail, après tout, tu sais mieux que moi ce que tu dois faire.

Le restaurant français se situait au dernier étage d'un immense building et offrait un panorama spectaculaire. La lumière était tamisée, et un quartet à cordes jouait dans un angle. Sur les nappes en lin anthracite se détachaient de magnifiques bouquets de roses rouges, ainsi que des bougies dans des globes de verre.

Ils s'assirent à une table située près des baies vitrées.

— C'est ravissant, Josh !

— Oui, effectivement, approuva-t-il, les yeux rivés sur elle.

Il était manifeste que cet acquiescement ne concernait pas que la vue panoramique et l'élégant restaurant.

Au maître d'hôtel qui s'approchait de leur table, ils commandèrent un homard grillé, des tournedos Rossini et des asperges à la crème. Josh opta pour un grand bordeaux. Il commanda aussi du champagne.

Une fois qu'ils furent seuls, il se tourna vers elle.

— Nous avons des choses à fêter, décréta-t-il.

— Quoi ? Le fait que tu ne sois plus coincé à Beckett ? Que notre vol pour New York se soit passé sans encombre ? Ou que nous dînions ici ce soir ?

Le serveur revint avec la bouteille dont il montra l'étiquette à Josh. Puis il la déboucha précautionneusement et emplit leur verre de bulles dorées et pétillantes, avant de la placer dans le seau à glace juché sur un pied à côté de leur table.

Josh leva sa coupe.

— A ton premier voyage à New York, et que de nombreux autres suivent ! Que cette visite soit inoubliable pour nous, et que tu te rendes compte combien ta présence ici me comble !

Une vague d'émerveillement la parcourut.

— C'est un très beau toast, Josh ! Mais tu ne peux pas être sérieux ?

— Pourquoi ? Tu es unique, Abby, je ne connais aucune femme qui te ressemble. Et j'ai vraiment envie que tu passes un week-end formidable pour te récompenser de m'avoir recueilli dans le blizzard.

— Je suis certaine que tu aurais trouvé une autre solution sans mon aide, dit-elle avec un sourire.

Puis elle effleura sa coupe avec la sienne et la porta à ses lèvres sans le quitter des yeux.

Elle avait envie de danser avec lui, de l'embrasser, et elle se doutait que cela se produirait bientôt, vu la chaleur qui l'embrasait. Enfin, pour couronner le tout, ils se trouvaient à New York. *New York !*

Elle leva à son tour son verre.

— Que l'inauguration de ton nouvel hôtel soit réussie et que tu ne sois plus jamais bloqué à cause d'une tempête de neige.

— Merci, dit-il.

Ils choquèrent de nouveau leurs coupes avant d'avaler chacun une gorgée de champagne.

— Est-ce que tu sais à quand remonte l'ouverture de ton auberge ? reprit-il.

— C'était en 1887. Il y a donc très, très longtemps...

Ils continuèrent à discuter tandis qu'on leur apportait leurs plats dans des assiettes en cristal.

Une fois qu'elle s'en fut régalée jusqu'à la dernière miette, Josh proposa :

— On danse ?

— Oui, volontiers !

Il l'entraîna sur la piste alors que le quartet à cordes entamait une vieille ballade.

Il la tenait étroitement contre lui tandis qu'ils évoluaient sur la piste. Il avait posé sa main sur ses reins, à la limite de son décolleté. Peu à peu, il fit jouer son pouce sur sa peau dénudée, comme une légère caresse, ce qui lui procura de doux frissons. Ils dansaient les yeux dans les yeux, et elle le trouvait de plus en plus sexy.

Elle savait que Josh voudrait faire l'amour avec elle, ce week-end, et il lui fallait prendre une décision à cet égard.

Jusqu'à leur rencontre, il avait été hors de question pour elle d'envisager d'avoir une relation sexuelle avec un partenaire qui ne l'épouserait pas. Elle imaginait l'avenir aux côtés de Lamont ou d'un autre homme de Beckett, une existence tranquille et routinière qui aurait ressemblé à celle qu'elle avait toujours connue. Et puis, Josh Calhoun était entré dans sa vie et l'avait chamboulée. Jamais elle n'aurait cru connaître un jour une telle excitation.

Jusque-là, tout s'était déroulé comme dans un rêve, mais elle savait aussi qu'elle rentrerait chez elle complètement éprise de Josh, que cet amour ne serait jamais réciproque et que, de toute façon, il ne pouvait pas fonctionner…

Bon, elle verrait plus tard si elle lui cédait ou non. Pour l'instant, elle voulait juste s'abandonner au plaisir de la danse.

7

A 1 heure du matin, après un détour par Times Square qui était encore noir de monde, ils rentrèrent finalement à l'hôtel.

— Veux-tu prendre un dernier verre avec moi, Josh ? proposa Abby en poussant la porte de sa suite.

— Volontiers, dit Josh. Il doit bien y avoir une bière dans ton minibar. Si tu n'y trouves pas ce que tu veux pour toi, nous appellerons le room service.

Il retira sa veste ainsi que sa cravate, puis déboutonna les premiers boutons de sa chemise.

Quelques instants plus tard, ils s'installaient sur le balcon pour boire, elle un soda, lui une bière. Ils avaient éteint toutes les lumières à l'exception d'une petite veilleuse pour mieux admirer la ville. Une douce brise balayait la nuit.

— Que c'est beau ! dit-elle.

— Je suis ravi que la ville te plaise. Et je dois admettre que j'en suis un peu surpris. Je pensais que, une fois que tu connaîtrais l'affluence des rues de New York, tu n'aurais plus qu'une idée : rentrer à la maison.

— Oh non, pas du tout ! J'y passerais volontiers toute une année, il y a tant à voir. Dis-moi ce que tu as prévu pour demain.

Pour toute réponse, Josh lui passa le bras autour des épaules.

— J'ai attendu cet instant depuis le début de la semaine, déclara-t-il d'une voix rauque. J'ai rêvé de t'embrasser depuis tout ce temps, et je ne compte pas attendre une minute de plus.

Et sur ces mots il captura sa bouche et l'embrassa avec une telle faim que tout son être en trembla.

Elle sentit ses mains s'activer dans son dos jusqu'à ce qu'il trouve la fermeture Eclair de sa robe et la fasse lentement glisser.

Le souffle coupé, elle défit les boutons de sa chemise, désireuse elle aussi de toucher sa peau.

Alors, il fit tomber de ses épaules les bretelles de sa robe, et celle-ci glissa, révélant sa poitrine.

— Que tu es belle ! dit-il.

Et il prit ses seins en coupe, avant d'en caresser les pointes avec les pouces.

Ebranlée, elle laissa une petite exclamation lui échapper et ferma les yeux, s'accrochant à lui.

— Abby, je vis un rêve, murmura-t-il. Tu ne peux pas savoir à quel point je te désire.

A ces mots, elle noua les bras autour de son cou et se hissa sur la pointe des pieds, quémandant un baiser.

Josh l'attira aussitôt étroitement à lui, et ils s'embrassèrent à pleine bouche, dévorés par une passion si brûlante qu'elle se sentit sur le point de renoncer à toute prudence.

Jamais elle n'aurait cru vivre un moment aussi excitant. Elle désirait Josh de tout son être, même si elle savait que jamais il ne s'impliquerait avec elle sur le plan émotionnel.

Or, comment pourrait-elle gérer une telle situation ?

Dans un éclair de lucidité, elle s'écarta de lui.

— Josh, je ne suis pas venue à New York pour coucher avec toi, le prévint-elle. Il se peut que cela arrive, mais je ne suis pas encore prête. Nous nous connaissons à peine. Tu m'as bien dit que, en acceptant ce voyage, je ne me créais aucune obligation.

— Et c'est toujours le cas, dit-il en lui caressant la gorge, le souffle saccadé. Je ne veux pas qu'une femme se retrouve dans mes bras par obligation…

Sur ces mots, il remonta le tissu de sa robe sur ses seins.

— Nous allons ralentir le cours des événements, enchaîna-t-il. Asseyons-nous tranquillement, sirotons nos boissons, et discutons. Cela te convient-il ?

Sa voix rauque et l'expression affamée qui empreignait ses traits lui firent presque regretter de s'être dérobée.

— Pour le moment, oui, déclara-t-elle, en remontant hâtivement sa fermeture Eclair.

— Josh, c'est merveilleux ici ! s'exclama Abby.

Il l'admira de dos, appuyée contre la rambarde du balcon, et sentit sa bouche s'assécher.

Le vent jouait dans ses boucles blondes. Sa chute de reins était parfaite, et ses jambes aussi longues que l'échelle de ses rêves.

Il lui avait obéi, il n'était pas allé au-delà d'un baiser. Pourtant, il était certain qu'il serait parvenu à ses fins s'il avait un tant soit peu insisté. Mais il préférait que ce soit elle qui donne la cadence.

— Tu n'as pas le vertige ? demanda-t-il en s'approchant.

— Non. J'adore cette vue sur la ville, si proche et si lointaine. C'est fantastique.

— J'en suis heureux, dit-il.

Et il l'enlaça par la taille.

— Juste un baiser, ajouta-t-il. Pour fixer ce moment dans nos mémoires.

Abby n'émit aucune objection, elle répondit avec fièvre à sa requête, au point qu'il regretta de n'avoir pas demandé plus.

Il était excité, il la désirait de toutes ses forces… Comme il aurait aimé la porter dans son lit et lui faire l'amour !

Cependant, conformément à ses promesses, il la relâcha.

— Bienvenue à New York, murmura-t-il.

— C'est fabuleux, dit-elle dans un souffle.

— On se rassied ?

Elle reprit sa place autour de la table de jardin, et il fit de même.

— Josh, cet hôtel est très luxueux.

— Oui, j'en suis assez fier. Même s'il est plus petit que les deux autres que je possède à New York, dont celui qui s'est ouvert ce soir.

— C'est comme un rêve.

Il lui sourit.

— On est toujours récompensé quand on fait de belles actions. En l'occurrence ouvrir sa porte à un pauvre hère.

Elle émit un petit rire.

— Effectivement, je ne le regrette pas.

— Est-ce que tu comptes tenir cette auberge toute ta vie ?

— Probablement. Je doute que Justin et Arden reviennent s'en occuper quand ils auront terminé leurs études, et ça me convient tout à fait. Ce travail me plaît. Justin étudie la comptabilité, et Arden envisage de faire du droit. Je finance en partie leurs études.

— Toi, en revanche, tu n'es pas allée à l'université, n'est-ce pas ?

— Exact. Après le bac, j'ai tout de suite travaillé à l'auberge. Et toi, qu'as-tu étudié ?

— Le droit, la comptabilité et l'agronomie. En réalité, je voulais devenir footballeur professionnel jusqu'à ce qu'une blessure à l'épaule mette fin à mes ambitions. Alors, j'ai décidé d'investir dans l'hôtellerie.

— Tu es un homme d'affaires très occupé.

— Oui, mais comme je te l'ai dit, j'envisage de m'installer un jour sur mon ranch. J'aimerais tant que tu le voies !

— Il me plairait, j'en suis certaine.

Il lui sourit.

— Je dois dire que même si mes activités actuelles me satisfont le ranch me manque, avoua-t-il.

— Dans ce cas, Josh, pourquoi reportes-tu tes projets à plus tard ? Ne crois-tu pas que tu « passes un peu à côté de la vraie vie », pour ne pas te citer ?

Il fit courir un doigt sur sa joue.

— Tu as peut-être raison, dit-il d'un ton tranquille.

Pendant qu'ils discutaient, il ne pouvait résister à l'envie de la toucher. Il lui tenait la main, lui caressait doucement la paume.

Comme elle avait la peau douce !

— Josh, dit-elle en dissimulant un bâillement, le soleil va se lever dans quelques heures. Je vais regagner ma suite.

— Bien sûr.

Et il la raccompagna jusqu'à sa porte.

— Un dernier baiser en guise de bonne nuit, murmura-t-il.

Il rêvait de bien plus, mais de toute évidence seul le programme du lendemain excitait Abby.

En ce qui le concernait, il aurait très bien pu le laisser tomber et passer sa journée à lui faire l'amour.

Néanmoins, son souci principal était de la rendre heureuse, et puisque la visite de New York l'enchantait, elle l'enchantait aussi, même s'il connaissait la ville depuis sa tendre enfance.

A son grand regret, Abby finit par se détacher de lui.

— Il est vraiment tard, Josh. Bonne nuit.

— Oui, il est tard, répéta-t-il en la regardant d'un air songeur. Un jour, tu sais, je te ferai l'amour toute la nuit.

Et il était déterminé à ce que ce soit sous peu.

Elle leva vers lui ses grands yeux qui reflétaient soudain une certaine solennité.

— C'est possible, Josh. Nous le désirons tous les deux, même si ce n'est pas raisonnable. Encore merci pour cette magnifique journée.

Il entendit à peine ces derniers mots tant son cœur battait fort. Abby avait admis qu'elle aussi voulait faire l'amour avec lui !

— A demain au petit déjeuner, souffla-t-il alors.

Et il effleura une dernière fois ses lèvres.

Après avoir dit bonne nuit à Josh, Abby se glissa dans sa suite et sortit sur le balcon pour prendre le temps de réfléchir, avant de se mettre au lit.

Il avait arrêté ses caresses à regret tout à l'heure, elle en avait bien conscience, et elle-même ne savait pas si elle avait eu raison de le stopper. Mais elle ne souhaitait pas rentrer à la maison bourrelée de remords, elle voulait être sûre d'elle...

Finalement, elle se mit au lit, épuisée, et quand le téléphone sonna pour la réveiller elle eut la sensation qu'elle venait juste de s'endormir.

Mais une nouvelle journée prometteuse à New York l'attendait, et cette pensée lui redonna de l'énergie.

Elle enfila un pantalon noir et un T-shirt blanc tout simples, auxquels la veste fluide de la veille apporterait une touche de raffinement.

Une heure plus tard, elle se retrouvait avec Josh en haut de l'Empire State Building, subjuguée par la vue qui s'offrait à elle.

— Incroyable ! Il faut que j'envoie un selfie à ma mère.

— Donne-moi ton smartphone, je vais te prendre en photo, dit Josh en s'en emparant sans attendre sa permission.

Elle se mit à rire et le laissa la photographier, puis elle prit des photos d'eux deux.

— C'est moi qui vais prendre les autres selfies de nous, décréta-t-il.

De nouveau, il s'empara du téléphone et les prit en train de s'embrasser.

— Celle-ci, je ne l'enverrai pas à la maison, dit-elle.

— Tu ne veux pas que ta famille nous voie en train de nous embrasser ?

Elle lui sourit.

— Attendons un peu.

Il lui rendit son sourire et passa son bras sous le sien.

— Et maintenant, étape suivante.

Ils se rendirent à la cathédrale Saint-Patrick, puis à la gare, Grand Central Terminal, avant de remonter la Cinquième Avenue pour rejoindre Central Park.

— Josh, quel parc merveilleux ! Je l'ai déjà vu dans les films, mais la réalité est plus magnifique encore.

Au fil de la journée, elle prit des photos de tous les ponts que le cinéma lui avait rendus familiers, tandis que Josh l'attendait patiemment chaque fois, avant de poursuivre le programme concocté par ses soins.

Ce fut en fin d'après-midi qu'ils visitèrent la statue de la Liberté. Au milieu de la foule, elle sortit son téléphone portable et, passant le bras autour du cou de Josh pour l'embrasser, prit une photo d'eux.

Il l'enlaça immédiatement et lui rendit son baiser avec fougue. Quand il la relâcha, il fallut quelques instants à Abby pour reprendre ses esprits, tant ce baiser l'avait troublée.

— Tu sais, finalement, nous pouvons leur envoyer des photos de nous en train de nous embrasser, déclara-t-elle sur une impulsion.

Un beau sourire éclaira les traits de Josh.

— Tant mieux, renchérit-il, car ton enthousiasme te rend

irrésistible — outre toutes les raisons pour lesquelles tu l'es habituellement.

— Personne ne m'avait encore fait un tel compliment. Et encore moins en public ! Mais toi aussi, tu es irrésistible, tu sais.

— Voilà qui flatte mes oreilles ! Allez, viens, il est l'heure de reprendre le ferry.

Ils rentrèrent à l'hôtel pour se changer avant d'aller dîner : elle enfila la robe couleur bordeaux, moulante et fendue sur un côté, avec de longues manches et un décolleté asymétrique. Elle chaussa des escarpins noirs comme la veille et rassembla ensuite sa chevelure d'un seul côté, laissant ses boucles retomber en vagues légères sur son épaule.

S'emparant ensuite de son téléphone, elle regarda les photos qu'ils avaient prises.

Elle avait passé une journée fabuleuse en compagnie de Josh, mais cette harmonie ne changeait rien au fait que leurs modes de vie étaient complètement différents, tout comme leurs ambitions et leurs plans d'avenir. Jamais il ne tomberait amoureux d'elle, elle devait garder cela à l'esprit, même si, pour sa part, elle l'était déjà de lui. Ce week-end merveilleux portait-il en lui le germe d'une douleur future ?

Ferait-elle l'amour avec lui, cette nuit ?

Elle n'avait pas encore pris sa décision…

On frappa à sa porte.

Josh !

Le cœur battant très fort, elle alla vite ouvrir.

Ce soir, il portait un costume bleu nuit et une cravate assortie ; ses boutons de manchette dorés rajoutaient une touche d'élégance à sa tenue.

— Waouh ! s'exclama-t-il. Tu es sensationnelle.

— Merci, dit-elle d'un ton pince-sans-rire. Toi aussi.

— Bon, tu es prête ?

— Tout à fait. Je sais que tu n'aimes pas attendre.

Il passa son bras sous le sien.

— Ce soir, annonça-t-il, nous allons dans mon restaurant

préféré. On y sert de la cuisine américaine, steak et pommes de terre de haute qualité. Mais il y a bien sûr d'autres choix.

— C'est parfait.

— Toujours partante pour tout, c'est super !

Dans l'ascenseur où ils étaient seuls, ils s'embrassèrent à pleine bouche, ce qui suffit à la mettre quasiment en transe.

Comme le soir précédent, le restaurant se situait au dernier étage d'un gratte-ciel et offrait un panorama de rêve sur New York. Là aussi, la lumière était tamisée, et au lieu d'un quartet, c'était un pianiste qui jouait en solo de la musique douce. Tandis qu'ils s'avançaient sur une moquette épaisse en direction de leur table, elle ne pouvait détacher les yeux de la vue sur la ville scintillante.

Cette fois, la nappe était en lin blanc, et des bougies étaient disposées en son centre.

Ils commandèrent des steaks et du vin.

— J'ai vu des couples sur la piste de danse, déclara ensuite Josh. Tu veux qu'on se joigne à eux ?

— Avec grand plaisir.

De fait, ils passèrent plus de temps à danser qu'à manger.

Elle savait que jamais elle n'oublierait ce week-end prodigieux. Mais pourquoi fallait-il qu'elle se soit éprise d'un milliardaire qui menait une vie aux antipodes de la sienne ?

Cette question ne cessait de la hanter.

Alors que Josh lui racontait une histoire hilarante, elle sut soudain que jamais elle ne pourrait se divertir autant avec un autre homme, ni connaître des baisers aussi torrides. Après avoir connu Josh Calhoun, elle possédait une certitude : elle n'épouserait pas Lamont Nealey. Et maintenant qu'elle avait vu New York, elle se rendait compte aussi qu'il y avait bien trop de choses à découvrir dans le monde pour s'enfermer à tout prix dans la sécurité.

A minuit, Josh lui proposa de rentrer à l'hôtel.

— Nous pourrons continuer à discuter sur le balcon, proposa-t-il. Sauf si tu tiens à rester encore un peu ici.

— Non, rentrons.

— Parfait. Ce sont les paroles que j'attendais.

Une fois de retour, ils s'apprêtaient comme la veille à sortir sur la terrasse pour siroter des boissons, et elle anticipait déjà le prochain baiser de Josh, le cœur battant. Mais, juste avant qu'ils ne sortent, il l'attira à lui.

Son pouls s'affola tandis que leurs bouches s'unissaient. S'accrochant littéralement à lui, elle émit de petits gémissements, pressée contre lui, le laissant l'embrasser et l'embrasser encore et lui prodiguer des caresses qui la mettaient en feu.

Encore une fois, Josh ne tomberait jamais amoureux d'elle. Elle allait bientôt rentrer chez elle à Beckett, retrouver sa vie quotidienne, et un jour sans doute elle se marierait, tout banalement. Mais ce week-end était une expérience unique dans sa vie, elle avait l'intention d'en profiter jusqu'au bout. Oui, elle vivait ce soir un moment d'exception, et elle ne voulait pas rentrer chez elle pétrie de regrets.

D'une main tremblante, elle défit les boutons de sa chemise et promena les mains sur son torse musclé.

Elle sentit alors les doigts de Josh courir sur ses reins, et, avant qu'elle s'en aperçoive, sa robe avait glissé à ses pieds.

Sans hésiter, elle détacha la ceinture de Josh. Son pantalon tomba à terre, et elle put mesurer à quel point il était excité.

Elle se mit à caresser ce corps puissant prêt à l'aimer, souhaitant s'en rappeler chaque parcelle. Il était si parfait, si vigoureux...

Il était sa chance unique de passion, celle qu'elle n'attendait pas.

De façon inattendue, il s'agenouilla devant elle et lui embrassa les genoux, avant de remonter doucement vers son entrecuisse, son ventre, et de se redresser.

— Que tu es belle ! dit-il en prenant ses seins dans ses mains.

Il déversa une pluie de baisers sur sa gorge. Puis, sans un mot de plus, il l'enleva dans ses bras et la déposa sur le lit.

— Oh ! Josh ! murmura-t-elle, frissonnante, tandis qu'il se laissait tomber à son côté.

Elle plaqua la main sur son sexe dur, et il poussa un grognement.

— Attends, dit-il, ouvrant le tiroir pour en sortir des préservatifs.

Tout essoufflée de désir, elle le considéra.

Il était beau, excitant, sexy, elle le voulait tellement...

Il s'allongea sur elle, les yeux rivés aux siens, prit de nouveau passionnément sa bouche, et elle sentit son érection se dresser tout contre son intimité.

Il voulut s'enfouir en elle... Mais très vite il s'immobilisa.

— Abby, tu es vierge ! gronda-t-il, les yeux écarquillés. Es-tu certaine que tu veux faire l'amour avec moi ?

Elle lui entoura aussitôt les jambes des siennes, pour ne pas qu'il lui échappe.

— Fais-moi l'amour, Josh ! Je sais ce que je veux...

Elle fit glisser ses mains sur ses reins et ajouta :

— C'est *toi* que je veux.

Il ne discuta pas davantage et la pénétra.

Elle ressentit tout d'abord une vive douleur, mais il continua à l'embrasser, et elle ondoya en rythme avec lui, sachant qu'elle devait en passer par là. Peu à peu, une sensation de plaisir se mêla à la brûlure, et celle-ci disparut pour laisser place à un sentiment d'urgence. Elle se mit à remuer en cadence avec Josh, de plus en plus vite, jusqu'à ce qu'une impression aussi exquise qu'inconnue la saisisse au cœur de son être.

Mon Dieu, elle venait de connaître son premier orgasme dans les bras de Josh ! Elle n'avait pas de mots pour décrire l'événement. Et, en voyant les spasmes qui secouèrent le corps de Josh, elle comprit qu'il nageait lui aussi dans les eaux de la volupté !

Quand ils revinrent sur la rive de la jouissance, il lui donna un baiser sur le front et roula sur le côté.

— Abby Donovan, tu es vraiment une fille spéciale, murmura-t-il en attirant sa tête au creux de son épaule.

Plongée dans l'euphorie, elle se pressa contre lui, enchevêtrant ses jambes aux siennes pour retenir ce moment de grâce.

Demain, l'illusion se serait évaporée, mais pour l'instant Josh était à elle. Elle allait vivre cette nuit à fond, l'aimer encore, se laisser aimer, pour emporter ensuite ces précieux souvenirs avec elle à Beckett.

Elle nourrissait en même temps la curieuse impression qu'aucun autre homme après lui ne pourrait la satisfaire à ce point.

Elle était amoureuse de lui, c'était indéniable. D'ailleurs, il était probable qu'elle l'ait été avant même de venir le rejoindre à New York.

Quand ils se sépareraient, ce qui était tout aussi inévitable, elle ne voulait pas qu'il éprouve le moindre remords envers elle. Pour cela, il fallait qu'il ne la croie pas davantage attachée à lui que lui à elle.

— Je suis vraiment heureux que tu sois avec moi à New York, dit-il d'une voix profonde. Tu es une personne précieuse.

— Je n'oublierai jamais ce week-end, renchérit-elle.

— Moi non plus… Si nous prenions un bain ?

— Euh… Je ne suis pas certaine de pouvoir bouger.

— Pas de problème, je vais te porter.

Quelques minutes plus tard, ils se retrouvaient dans une baignoire remplie d'eau mousseuse, se prodiguant mille caresses tout en bavardant.

Elle flottait toujours dans le bonheur.

Josh l'enveloppa dans une grande serviette épaisse, et chacun essuya l'autre sensuellement. Il rivait sur ses seins un regard si empli de désir qu'elle sentit le souffle lui manquer.

— Josh, fais-moi encore l'amour, chuchota-t-elle.

De nouveau, il l'étreignit comme si sa vie en dépendait, caressant les parties les plus intimes de son corps jusqu'à ce qu'elle soit en feu.

Et, alors, il tendit de nouveau la main vers la boîte de préservatifs.

Il plongea en elle avec douceur, et cette fois elle s'agrippa à lui en pleine connaissance de ce qui l'attendait, le savourant à l'avance. Ils s'aimèrent avec une passion redoublée, haletant et gémissant jusqu'à ce que les vagues de la jouissance les submergent.

Comment aurait-elle pu ne pas tomber amoureuse après une nuit pareille ?

Mais elle ne voulait pas penser aux conséquences de leurs ébats fiévreux. Cette nuit, elle vivait dans l'instant.

Quand le soleil inonda la chambre, Abby ouvrit les yeux et constata que Josh l'avait tenue étroitement dans ses bras, dans son sommeil.

Lui aussi était réveillé.

Elle ramena gentiment en arrière les boucles brunes qui lui

retombaient sur le front et ne put s'empêcher de toucher ses bras musclés.

— On voit que tu fais de la musculation, dit-elle.

— Il faut que je sois en forme, pour la vie qui m'attend sur le ranch, répliqua-t-il.

Elle lui sourit.

— Oh ! je peux te confirmer que tu l'es ! s'exclama-t-elle.

Il lui rendit son sourire.

— Je pensais aller prendre le petit déjeuner en ville avec toi pour profiter pleinement de la matinée avant de rentrer. Mais nous pouvons tout à fait nous le faire servir sur le balcon, si tu en as envie.

— Oh oui, je préfère — s'il ne fait pas trop froid.

— Attends, je vais vérifier.

Et il s'enveloppa dans la serviette qu'il avait laissée tomber la veille à côté du lit, et la noua sur son ventre parfaitement plat.

Elle se redressa sur l'oreiller et ramena le drap sur sa poitrine pour regarder Josh sortir sur le balcon et sonder la température extérieure.

Il revint, prit la carte des menus au passage et la lui tendit avant de se glisser entre les draps.

— Je crois qu'on sera mieux à l'intérieur, déclara-t-il. Eh bien, tu vois quelque chose qui te plaît ?

— Oui, dit-elle en levant le nez de la carte. Je vois un très bel homme, et j'aimerais qu'il m'embrasse...

Et elle se retrouva immédiatement dans ses bras.

Une heure plus tard, Abby s'entendit poser la même question par Josh concernant ce qu'elle souhaitait pour le petit déjeuner.

Comme elle lui jetait un coup d'œil amusé, il enchaîna :

— Ça a bien marché la première fois, alors je retente ma chance.

Un sourire aux lèvres, elle attrapa d'un geste prompt la carte des menus.

— Cette fois, je suis vraiment affamée, décréta-t-elle.

Une demi-heure plus tard, enveloppés chacun dans un peignoir en éponge, ils se restauraient tranquillement sur le balcon, la température ayant remonté entre-temps.

— J'adore cette vue, dit-elle en sortant son téléphone de la poche de son peignoir.

Puis elle se tourna vers lui.

— Je peux te prendre en photo ?

— Dans ce peignoir ?

— Oui, pourquoi pas ?

— Bon, si tu en as envie.

Elle le photographia puis murmura d'un ton songeur, comme pour elle-même :

— C'est dingue, je trouve chaque minute passée en ta compagnie extraordinaire.

— J'éprouve la même chose que toi, Abby, répondit Josh.

Son visage était soudain sérieux.

— Viens avec moi au ranch, je t'en prie. Si nous partons cet après-midi, nous y serons ce soir. Passons-y deux jours, puis je te ramène à Beckett.

Elle le considéra attentivement tout en réfléchissant à sa proposition.

— Ta famille peut tout à fait te remplacer pendant deux petits jours encore, tu t'absentes si rarement ! Et j'ai tant envie de te montrer mon ranch.

Elle hocha alors la tête avec lenteur.

— OK, concéda-t-elle, si quelqu'un peut me remplacer, je t'accompagne. Mais il faut que j'appelle ma mère pour savoir si c'est possible.

Sur ces propos, elle se leva et s'éloigna, son téléphone à la main. La discussion se déroula tranquillement et elle revint bien vite vers lui.

— Ma mère m'a assuré qu'il n'y aurait pas de problème, et m'a aussi souhaité de passer du bon temps, dit-elle.

Elle omit toutefois de préciser que celle-ci lui avait également dit : « Prends bien soin de toi, Abby. »

Nul doute que sa mère redoutait que Josh ne lui brise le cœur.

— Je dois absolument être rentrée mardi, ajouta-t-elle bien vite.

— J'ai fini mon petit déjeuner, annonça alors Josh en plissant les yeux.

Et, sans transition, il se leva, la prit dans ses bras et l'emmena dans sa chambre.

Elle se laissa entraîner, consentante.

En un rien de temps, ils se retrouvèrent sous la couette.

— Je ne peux pas me rassasier de toi, dit-il en prenant ses seins dans ses mains pour y verser une pluie de baisers.

— J'espère bien, rétorqua-t-elle, aux anges.

Il la pénétra rapidement, avec fièvre, comme si c'était la première fois depuis des heures.

Un peu plus tard, ils s'installèrent de nouveau sur la terrasse après avoir commandé un déjeuner léger.

— Josh, c'est merveilleux, ici, dit-elle. Si impressionnant.

— Tu vois que le monde mérite d'être vu, renchérit-il d'un ton amusé. Je dois t'avouer que j'avais peur que la grande ville ne t'effraie. Moi, j'associe aussi New York à des sirènes qui hurlent dans la nuit et à des foules de piétons qui se bousculent sur le trottoir et se disputent des taxis, même si, maintenant, je me déplace plus souvent en limousine.

— Pour un homme dont la compagnie est aussi divertissante, voilà une vision bien pessimiste de la ville !

— Je viens ici régulièrement depuis l'âge de dix ans. J'y suis d'abord venu avec ma famille, puis pour les affaires. Parfois, à force de voyager, il m'arrive de ne plus savoir où je suis.

— Ah non, tu ne vas pas devenir mélancolique, à présent ?

— En ta compagnie, certainement pas ! lui assura-t-il.

Elle lui sourit.

— Tu sais que tu fais palpiter mon cœur plus fort, déclara-t-elle d'une voix chuchotée.

— Arrête tout de suite ! Dans une minute je vais oublier le déjeuner, et...

A cet instant, on frappa à la porte.

— Tiens, justement, on nous l'apporte, poursuivit Josh. Je m'en occupe.

Il se leva, et elle tourna les yeux vers la ville.

Certains immeubles étaient plus bas que l'hôtel. Elle pouvait apercevoir des terrasses avec des jardins et des arbres.

Une vie si différente de la sienne se déroulait ici qu'elle en était tout éblouie — tout comme elle l'était par la présence de Josh. Pourtant, elle était certaine que les sentiments qu'il éprouvait pour elle n'avaient rien de comparable à ce qu'elle ressentait pour lui...

Elle poussa un soupir.

Pourvu qu'elle arrive facilement à renouer avec la vie ordinaire qu'elle menait à Beckett et à reléguer ce voyage au rang d'un souvenir extraordinaire !

Toutefois, elle savait que sa relation avec Lamont était terminée : il était à présent évident que c'était juste par commodité qu'ils étaient sortis ensemble et qu'ils n'étaient pas amoureux l'un de l'autre.

Ses pensées revinrent vers Josh.

Elle était consciente qu'elle ne pourrait jamais lier sa vie au charmeur qu'il était, à cet homme qui pouvait facilement la convaincre de faire ce qu'il attendait d'elle et à la fois disparaître sans crier gare, comme son père.

Non, elle ne voulait pas en arriver là avec Josh. Ce serait trop douloureux. Elle n'était même pas certaine que sa mère se soit jamais remise du départ de son père, ni qu'elle ait cessé de l'aimer.

L'interrompant dans ses pensées, le serveur roula un chariot jusque sur la terrasse et plaça les assiettes sur la table.

Quand Josh et elle commencèrent à manger, une foule de questions se bousculaient dans son esprit.

Est-ce que le séducteur assis en face d'elle allait lui briser le cœur ? Se préparait-elle à souffrir pour le reste de son existence ? Se souviendrait-elle de ce week-end avec plaisir, ou lui rappellerait-il toujours à quel point la vie à Beckett était ordinaire ?

8

Abby et Josh rentrèrent jusqu'à Dallas comme prévu, mais de là, ils prirent l'avion pour Verity.

Abby ne s'interrogeait même pas sur le bien-fondé de sa décision, trop heureuse de prolonger le voyage.

A Verity, ils arrivèrent au crépuscule. Une SUV les attendait sur le parking de l'aérodrome. Cette fois, ce fut Josh qui prit le volant.

Le paysage ressemblait beaucoup à Beckett.

Ils quittèrent bientôt la nationale et, après avoir franchi une grille destinée à empêcher le bétail de passer, ils s'engouffrèrent sous un arc en fer forgé noir, planté des deux côtés d'un sentier blanc, et arborant en son centre un cercle où figurait le nom de la propriété — JC Ranch.

Dix minutes après, ils n'avaient toujours pas croisé le moindre signe de vie, ce qui la surprit.

— Ta maison est encore loin ? demanda-t-elle.

— Nous arrivons bientôt, la rassura Josh. Je ne voulais pas entendre ni voir la nationale de mon ranch.

— Aucun danger, admit-elle, incapable toutefois de l'imaginer dans un tel isolement.

Autour d'eux, l'obscurité était tombée, et elle vit alors des lumières se profiler à quelque distance.

Bientôt, ils dépassèrent des corrals et des dépendances, mais son attention se concentra sur l'imposante maison du ranch illuminée de l'intérieur.

Autour de la bâtisse de pierre blanche, des lumières mettaient en valeur plusieurs chênes imposants, bien plus âgés que Josh. Devant s'étendait un étang orné d'une fontaine. Une terrasse courait autour de la façade. Les rambardes étaient en bois, et deux balancelles y étaient disposées, ainsi que des rocking-chairs. L'ensemble composait un véritable havre de beauté et de paix.

— Je me demande comment tu peux quitter ce paradis, murmura-t-elle.

— Je commence à m'interroger moi-même, répondit-il d'un ton inhabituellement solennel. Dis-moi, est-ce que tu sais monter à cheval ?

— Bien sûr ! Quand on grandit à Beckett, on connaît forcément quelqu'un qui a des chevaux.

— Aimerais-tu faire une promenade à cheval demain matin ? Je peux te prêter une jument très douce.

— Volontiers.

— Après, nous prendrons mon pick-up, et je te montrerai le ranch. Et demain soir, nous pourrons faire un barbecue et aller danser. Qu'en penses-tu ?

— Quel programme alléchant ! répondit-elle. Mais n'oublie pas que je dois rentrer mardi. Ma mère a des rendez-vous au salon de coiffure, et mon frère et ma sœur reprennent les cours.

— Je te promets que tu seras à Beckett mardi matin, assura Josh.

Il emprunta une allée circulaire qui menait à l'arrière de la maison et arrêta la voiture.

Un homme se leva alors d'un rocking-chair et s'avança vers eux.

— Salut, Josh ! s'exclama-t-il. Je me charge des bagages.

— Je t'avais dit que tu n'avais pas besoin de nous attendre, répondit ce dernier.

Puis il la prit par le bras et ajouta :

— Abby, je te présente Hitch Watkinson, mon contremaître. Hitch, voici Abby Donovan, de Beckett.

— Ravi de faire votre connaissance, mademoiselle Donovan, répondit Hitch.

— De même, répondit-elle en souriant au géant brun au teint tanné qui se tenait devant elle.

— Pose tout dans le vestibule, Hitch, ça ira.

— Entendu. Je suis content que tu sois de retour.

— Nous avons la maison pour nous tout seuls jusqu'à demain, déclara Josh en tenant la porte à Abby pour la faire entrer. Ensuite, le personnel reviendra ce week-end.

Hitch rentra les affaires, leur dit au revoir et s'en alla.

Ils se tenaient à présent dans un immense vestibule dont les murs fourmillaient de peintures représentant le Grand Ouest américain. Il était pourvu de meubles en noyer et de plantes vertes. Deux corridors en partaient pour distribuer les différentes ailes de la maison.

— Je vais te faire visiter, dit Josh.

— Tu avais laissé allumé ?

— Non, Hitch a une clé, et je l'avais prévenu de notre arrivée. Le frigo est également plein, au cas où nous aurions une petite faim.

— Ta maison est immense ! Combien y a-t-il de chambres ?

— Sept. En réalité, cinq suites et deux chambres. Je reçois des amis pendant la saison de la chasse. Je dispose aussi de quatre cottages pour les invités sur le ranch. Sans compter les habitations des gens qui travaillent ici, comme Hitch. Bon, montons nos affaires à l'étage et commençons la visite.

Il se chargea de l'essentiel des bagages, et ils gravirent un escalier pour se retrouver sur un vaste palier.

— Voici ma suite, dit Josh en l'invitant à entrer dans un salon aussi grand que celui de son auberge.

Il était meublé selon la mode de l'Ouest, avec des fauteuils et un canapé en cuir marron faisant face à une cheminée. Une bibliothèque occupait tout un pan de mur, tandis qu'une large baie vitrée permettait d'admirer le patio intérieur et ses fauteuils en fer forgé.

Josh déposa les bagages puis alla fermer les rideaux.

— Tu possèdes un superbe ranch, dit-elle, sincère.

Dire qu'elle l'avait fait dormir pendant trois nuits sur son canapé !

Pourquoi l'avait-il invitée à New York, puis ici ?

Lui, l'habitué des palaces, il devait être accoutumé à passer ses loisirs avec des mannequins, des actrices même, bref des créatures belles à tomber par terre et qui menaient des vies bien plus palpitantes que la sienne !

— Heureusement que nous ne sommes pas venus d'abord

ici, reprit-elle, sans quoi, je crois que j'aurais refusé le voyage à New York.

— Ne me dis pas que tu as des regrets ! s'exclama Josh en l'enlaçant par la taille.

— Non, absolument aucun.

— Ouf ! Ça me rassure, parce que j'ai vraiment passé un week-end extraordinaire en ta compagnie. Si parfait que je n'avais pas envie de te quitter. Voilà pourquoi je t'ai demandé de m'accompagner ici. Tu es la première femme que j'invite sur mon ranch.

Elle lui jeta un regard stupéfait, tandis que les battements de son cœur s'accéléraient.

Elle ne devait pas se faire d'illusions sur les sentiments de Josh. Il aimait séduire, rien de plus. Et puis, ce n'était pas du tout le compagnon qu'elle recherchait. Même si elle était à l'évidence déjà très éprise de lui, il n'était pas question que leur histoire se poursuive. Il n'était pas le genre d'homme à s'installer avec une femme comme elle pour mener une vie routinière.

— Josh, dit-elle en essayant d'empêcher sa voix de trembler, j'ai passé un merveilleux week-end, mais je n'en attends pas plus de toi. Car nous ne sommes vraiment pas faits l'un pour l'autre.

Il resserra son étreinte, et l'ombre de la passion assombrit ses prunelles avant qu'il ne capture sa bouche. Il lui donna un baiser impérieux, possessif, qui l'aurait amenée pour un peu à croire qu'il était amoureux d'elle.

Plutôt que de le repousser, elle s'abandonna à l'illusion. Quand il la fit basculer sur son lit, elle cessa de penser et oublia le monde et tous ses problèmes, happée par la passion.

Aux premières heures du jour, Josh s'étira et contempla Abby, recroquevillée contre lui, toute chaude et toute douce.

Cette femme suscitait en lui des émotions qu'il ne parvenait pas à s'expliquer, et notamment une incroyable insatiabilité.

Il avait cru qu'un week-end leur suffirait pour faire le tour de leur désir, et que le dimanche soir il serait heureux de la raccompagner chez elle. En général, c'était ce qu'il lui arrivait avec les femmes, son intérêt s'émoussait vite. Mais Abby Donovan remettait en cause toutes ses habitudes.

Il repoussa une boucle soyeuse qui lui barrait la joue.

Pourquoi l'attirait-elle avec une telle force, quand tant de choses en elle lui déplaisaient par ailleurs ?

A commencer par le fait qu'elle était vierge avant leur rencontre. Il en avait été profondément choqué. Qu'est-ce qu'elle pouvait bien ressentir pour lui, le premier homme avec qui elle avait été intime ?

Il avait alors craint qu'elle ne souhaite établir une véritable relation avec lui, mais elle n'avait rien laissé entendre en ce sens. Pire, elle estimait toujours qu'il n'était pas fait pour elle.

S'il n'avait pas été empêtré dans les nœuds du désir qu'elle lui inspirait, il aurait ri de lui-même et de son ego, qui lui avait fait penser qu'elle serait forcément éblouie par sa personne.

Outre le fait qu'elle était généreuse, c'était une femme douée d'assurance et de détermination. Elle savait ce qu'elle voulait, et ce qu'elle ne voulait pas. Pourquoi était-il tellement bouleversé à l'idée d'appartenir à la deuxième catégorie ? Cela aurait dû le laisser indifférent, voire le soulager. Or, il ressentait tout le contraire.

Il doutait que ce soit purement sexuel. Dans la mesure où rien ne s'était passé entre eux à l'auberge, l'attirance ne pouvait pas uniquement relever de ce domaine. Et puis, si tel avait été le cas, pourquoi aurait-il eu envie de lui montrer son ranch ? Ils auraient parfaitement pu prolonger le week-end à New York...

Il considéra son beau visage, sa peau laiteuse, ses cheveux pareils à des vagues qui cascadaient sur l'oreiller, et il secoua la tête.

Bon sang, dans quel guêpier s'était-il fourré ? Abby était attirée par Lamont Nealey, pas par lui.

Il était incapable d'exprimer ce qu'il éprouvait pour elle, mais, en tout état de cause, il avait encore envie de lui faire l'amour.

Au fond, ils pourraient peut-être se revoir... Elle l'avait surpris en acceptant son invitation à New York, pourquoi ne serait-elle pas partante pour d'autres destinations ? Le temps que s'épuise le désir qu'elle lui inspirait.

Etendu sur le dos, il continua à méditer et à attendre qu'elle se réveille.

Abby et Josh ne purent pas suivre le programme prévu, car leur grasse matinée s'étira jusqu'à midi : après de fougueux ébats au lever du soleil, ils se rendormirent en effet comme des bébés. Mais elle ne regrettait rien.

— Notre promenade à cheval devra être reportée à un autre jour, déclara Josh alors qu'ils avalaient un petit déjeuner tardif. Ce qui veut dire que tu devras revenir.

Puis il lui prit la main et ajouta avec un beau sourire :

— J'aimerais vraiment que tu reviennes, Abby !

— Merci, dit-elle, en sachant pertinemment qu'elle n'en ferait rien.

Elle retira sa main et enchaîna.

— Quand as-tu acheté ce ranch, Josh ?

— Après l'obtention de mes diplômes universitaires, répondit-il en prenant une bouchée d'œufs brouillés.

Elle désigna d'un geste les bols de fraises, de myrtilles et de kiwis en tranches disposés sur la table, ainsi que l'assiette de viennoiseries, le broc de jus d'orange et la théière.

— Ce petit déjeuner est un véritable festin, nous pourrons nous passer de déjeuner.

— Entendu. Après, nous visiterons le ranch — sauf si tu veux faire la sieste…

Et il lui lança un regard entendu.

— Je ne voudrais pas rater l'occasion de visiter ton ranch, rétorqua-t-elle.

— D'autres occasions se présenteront lors de nos prochains voyages, dit Josh.

Elle ne releva pas l'allusion.

Pourquoi insistait-il ainsi pour mentionner d'éventuelles autres visites ?

Une heure plus tard, ils se retrouvèrent dans le vestibule, douchés et habillés.

Dans sa chemise en denim et son jean, avec son ceinturon fait main et ses boots, Josh ressemblait vraiment au propriétaire de ranch qu'il était.

— Tu es très belle, dit-il en la balayant du regard.

Elle ne voyait pas ce qu'elle avait de particulier aujourd'hui, vêtue d'un simple pull rose clair et d'un jean délavé, tenue dans laquelle il l'avait déjà vue. Elle avait juste les cheveux détachés.

C'était un bel après-midi de printemps, le ciel était bleu azur, la brise un peu fraîche.

Avant de sortir, Josh décrocha du portemanteau une veste en jean pour lui et une autre pour elle.

Dans le pick-up, il l'entretint du bétail, des chevaux, et elle constata que, pour séjourner peu au ranch, il savait de quoi il parlait.

Il l'emmena voir un vieux moulin ainsi qu'une petite maison au toit de chaume, qui se trouvaient sur le ranch quand il l'avait acheté et qu'il avait conservés. Puis il lui montra avec fierté ses peupliers de Virginie.

Il avait raison d'en être fier !

Ils descendirent du pick-up pour gagner le ruisseau qui serpentait sur la propriété. A un endroit où ce ruisseau s'élargissait en un petit étang, Josh s'assit sur une grosse pierre et l'aida à s'installer près de lui.

— C'est l'un de mes lieux préférés, déclara-t-il après avoir passé le bras autour de ses épaules. En été, c'est ombragé et tranquille. L'eau rebondit sur les galets... Parfois, je viens m'asseoir ici juste pour le plaisir de méditer.

— Peut-être que tu sais finalement profiter de la vie, dit-elle, surprise de cette révélation.

— Pour être honnête, cela fait deux ans que je ne suis pas venu ici. J'étais si occupé, ces derniers temps !

— Peut-être que tu devrais inscrire plus souvent le ranch dans ton agenda, suggéra-t-elle.

— J'y pense, tu sais. Et plus encore depuis que je te connais.

— Pardon ?

— Oui, tu n'arrêtes pas de me dire qu'il ne faut pas passer à côté de l'existence. Et j'ai l'impression que ma vraie vie, c'est ici.

— Pourtant, tu as choisi d'être un homme d'affaires !

Josh lui adressa un petit sourire en coin.

— De toute évidence, tu as apprécié New York. Je pourrais donc te rétorquer que toi non plus tu ne profites pas de la vie en restant à Beckett. Mais je crois malgré tout que ce n'est pas le cas, car tu sais jouir de chaque minute de ton existence. Tu es facile à contenter, c'est ce qui doit faire la différence entre nous…

Elle ne répondit rien, préférant écouter le bruit de l'eau qui rebondissait contre les galets, tout en réfléchissant à la personnalité incompréhensible de Josh Calhoun.

Finalement, il se leva et lui tendit la main.

— Il est temps de rentrer pour préparer notre barbecue, dit-il. Et après, je t'emmènerai danser dans une discothèque d'ici.

Sur le chemin du retour, il avait l'air songeur. Lui aussi semblait absorbé par ses pensées.

Il était presque 21 heures lorsque Abby suivit Josh dans le club bondé et bruyant où un orchestre s'efforçait de tirer les sons les plus stridents possible de ses instruments.

Elle commanda une limonade et lui une bière.

Josh semblait connaître près de la moitié de la salle. Il adressait quelques brèves paroles à tous ceux qui venaient le saluer. Puis il l'invita à danser.

Quand elle leva les yeux vers lui, elle sentit une bouffée de désir monter en elle.

Il lui plaisait tout autant en riche fermier qu'en homme d'affaires !

C'était leur dernière soirée ensemble… Demain, elle serait happée par les questionnements et l'incertitude, mais elle ne pourrait jamais effacer ce qu'ils venaient de vivre.

Au bout de trois morceaux, les musiciens firent une pause, et Josh et elle regagnèrent le bar.

Ils étaient en train de siroter leur boisson, quand un grand cow-boy aux cheveux châtains s'approcha d'eux.

— Salut, m'sieur Calhoun, dit-il.

— Bonsoir, Johnny Frank.

— Ça fait un bout de temps qu'on ne vous avait pas vu par ici.

— Exact. Je ne suis pas rentré depuis longtemps. Je te présente Abby Donovan. Abby, voici Johnny Frank Smith.

— Vous n'êtes pas du coin, pas vrai ? lui demanda ce dernier.

— Non, je suis de Beckett, à l'autre bout du Texas.

— Monsieur Calhoun, acceptez-vous que je danse avec Mlle Donovan ?

— C'est à elle d'en décider, répondit Josh.

Johnny Frank adressa alors un beau sourire à Abby, et elle lui sourit en retour.

— Merci, c'est gentil, mais comme je suis venue avec Josh, je préfère rester avec lui. Je suis cependant ravie de vous avoir rencontré.

— Moi aussi, m'dame. Merci. A bientôt, dit Johnny Frank.

Et il s'éloigna, un sourire aux lèvres.

— Merci de l'avoir éconduit, déclara Josh. Si tu es d'accord, nous allons rentrer. Car, étant donné la façon dont les gars te regardent, je crains qu'ils ne défilent tous pour te faire une proposition similaire.

Elle se mit à rire.

— Entendu. Je préfère rentrer, moi aussi.

— Dans ce cas, allons-y, dit-il en l'enlaçant par la taille d'un geste possessif.

Ils se dirigèrent vers la sortie.

Une fois à l'extérieur, elle éclata de rire.

— Eh bien, quelle expérience !

— Tu aurais pu être la reine du bal, si tu l'avais voulu. Et je suis certain que Johnny Frank va aller te rendre visite à Beckett.

— Merci bien !

S'immobilisant tout à coup, Josh se tourna vers elle. De ses deux mains, il lui enserra le visage avec impétuosité avant de l'embrasser de la même façon.

Le monde cessa d'exister, tandis qu'elle s'agrippait à lui et lui rendait son baiser.

Quand il la relâcha, tous deux étaient hors d'haleine.

— Rentrons, dit Josh d'une voix rauque.

Elle l'observa à la dérobée tandis qu'il conduisait sur les petites routes sombres.

La lumière du tableau de bord soulignait ses pommettes hautes ainsi que ses mâchoires carrées. Il ne s'était pas rasé, et cela renforçait son allure de cow-boy.

— Tu es bien silencieux, dit-elle.

— Heureusement que tu as refusé de danser avec Johnny Frank, car j'aurais été capable de lui décocher un coup de poing !

— Eh bien, je suis soulagée que tu aies su te contenir.

— Je te rassure, je ne me suis jamais bagarré jusque-là... Tu suscites vraiment de curieuses réactions en moi. Je vis des expériences inédites, avec toi.

— Je peux en dire autant à ton sujet, répliqua-t-elle, peu désireuse toutefois de lui avouer qu'il avait radicalement changé sa vie. Quant aux fameuses expériences que tu aurais vécues avec moi, à part faire la vaisselle et la cuisine quand nous étions à Beckett, je ne vois vraiment pas...

— Ça n'avait rien de nouveau pour moi. Enfant, on m'a souvent confié ce genre de corvées, coupa-t-il. Et je ne pourrai jamais t'exprimer assez ma reconnaissance pour m'avoir hébergé.

Elle ne répondit rien, se contentant de regarder le paysage obscur, par la fenêtre, ainsi que les myriades d'étoiles qui scintillaient dans le ciel.

Une fois à la maison, Josh l'attira à lui.

— Je n'arrive pas à me rassasier de toi, dit-il d'une voix râpeuse.

Et il la bâillonna de sa bouche.

Le lendemain, Josh conduisit Abby dès potron-minet au jet qui devait la ramener à Beckett.

Les mains posées sur ses épaules, il la regarda longuement, surpris d'avoir encore tellement envie qu'elle reste auprès de lui.

Bon sang, qu'il était difficile de lui dire au revoir !

Il lui cala une de ses mèches derrière l'oreille.

— J'ai passé un week-end extraordinaire, déclara-t-il.

— Moi aussi, Josh. Merci pour tout !

— Quand tu atterriras à Beckett, Benny sera à l'aérodrome pour te ramener chez toi.

Il l'embrassa puis la considéra de nouveau.

Ces adieux étaient insupportables.

— Je n'ai pas envie que tu partes, avoua-t-il.

— Allons, Josh, il le faut bien !

— Abby, pourquoi ne m'accompagnerais-tu pas quelque temps

lors de mes voyages d'affaires ? demanda-t-il sur une impulsion. Je louerai les services d'une personne pour s'occuper de l'auberge à ta place. De la sorte, je pourrai te montrer le monde. Reste auprès de moi.

Elle écarquilla les yeux, et il eut la sensation que sa raison allait se noyer dans le bleu de ses prunelles. D'ailleurs, n'était-ce pas déjà fait ?

— Ce serait merveilleux, insista-t-il.

— Josh, j'ai une famille, des responsabilités à assumer.

— Mais je m'en chargerai par l'intermédiaire d'un tiers. Je t'assure que j'ai largement les moyens d'engager quelqu'un pour s'occuper de tout cela.

— Mais enfin, Josh, c'est juste impossible ! Ma réponse est non, définitivement non, je n'ai même pas à réfléchir.

— Pourtant, je veux que tu te donnes le temps de la réflexion.

Elle secoua la tête.

— Ecoute, Josh, ça ne fonctionnerait jamais, et je ne serais pas heureuse. Ne me fais pas regretter ce beau week-end. Ce fut merveilleux, comme dans un rêve. Restons-en là.

Son ton était devenu plus ferme.

Il recula d'un pas.

— Très bien, je t'appelle. Prends soin de toi.

— Merci.

Et elle tourna rapidement les talons pour monter la passerelle et s'engouffra dans le jet. De derrière le hublot, elle lui fit alors au revoir de la main, et il l'imita. Après quoi, il s'écarta pour ne pas gêner le décollage de l'avion.

En invitant Abby à voyager avec lui, il avait cédé à une impulsion qui ne lui ressemblait guère, car, en règle générale, il n'agissait jamais sans réfléchir. Il ne se reconnaissait plus.

Mais, au fond, peu importait, puisqu'elle avait refusé sa proposition... Il avait même l'impression qu'elle s'en était offusquée. Pourtant, il n'avait pas eu l'intention de l'offenser, il était on ne pouvait plus sincère : il voulait qu'elle reste auprès de lui !

Alors qu'il montait dans son SUV, il vit le jet blanc des Calhoun décoller.

Il s'immobilisa et, convaincu qu'Abby Donovan était en train de s'envoler pour toujours de son existence, il prit une large aspiration.

Du cran ! S'il n'avait pas d'avenir avec elle, il devait l'oublier et reprendre le cours normal de sa vie.

A Beckett, Abby fut comme convenu accueillie par Benny, qui s'empressa de placer ses bagages dans le coffre de son taxi. Comme ils se dirigeaient vers le centre-ville, il jeta un coup d'œil dans le rétroviseur.

— J'ai cru comprendre que vous revenez de New York. Comment c'était ?

Elle lui sourit dans le rétroviseur.

— C'est une ville fantastique, qui a énormément à offrir ! Si j'y habitais, je crois que je n'aurais pas assez d'une vie pour en connaître les moindres recoins.

— J'en conclus que vous vous êtes bien amusée. Vous étiez avec Josh Calhoun, n'est-ce pas ? C'est un type bien.

— Oui, c'est vrai. Son aide à l'auberge m'a été précieuse, en l'absence de Justin et Arden.

— Il est très généreux. Il m'a donné le plus gros pourboire que j'aie jamais reçu ! Tout ça parce que je l'ai aidé à trouver un toit.

— Oui, c'est très gentil à vous, Benny, il m'a raconté. Il a vraiment apprécié votre intervention.

— Eh bien, racontez-moi plus précisément ce que vous avez vu à New York !

Elle ne se déroba pas. Mais, tout en résumant son week-end à Benny, elle ne cessa de penser à Josh.

Tout avait été merveilleux jusqu'à ce qu'il lui demande de rester auprès de lui et de l'accompagner lors de ses voyages, et qu'elle embarque. A cet instant, elle avait compris qu'il était bien le beau parleur qu'elle l'avait soupçonné d'être et qu'il n'était absolument pas sérieux. Ces paroles l'avaient convaincue qu'elle devait mettre de la distance entre eux.

C'était de toute façon ce qui allait se produire.

Elle se doutait qu'une autre salve de questions l'attendait à la maison...

A son grand soulagement, c'était Justin qui tenait la réception quand elle arriva : il était moins curieux que sa mère et enchaîna rapidement sur le train-train de l'auberge.

Puis elle se rendit dans sa chambre pour défaire ses bagages.

Lorsqu'elle pénétra dans sa suite, elle se rappela immédiatement la présence de Josh, les baisers qu'ils y avaient échangés, et ces souvenirs la meurtrirent.

Son portable sonna.

Elle vit que c'était lui. Ne se sentant pas capable de répondre, elle remit son téléphone dans sa poche.

Elle rangea ses affaires, se changea, écouta sa messagerie.

A cet instant, le téléphone se remit à sonner, mais elle ne prit pas davantage l'appel.

Elle n'était pas encore en mesure d'affronter Josh. Elle était en proie à de trop vives émotions. Il fallait qu'elle le sorte de son cœur, elle n'avait pas le choix, même si le processus était douloureux.

Elle avait été extrêmement blessée qu'il lui demande de tout abandonner — sa vie, son travail, sa famille — pour le suivre afin qu'il puisse s'adonner à son plaisir. Certes, elle ne doutait pas qu'il était prêt à compenser cela par des robes et autres cadeaux dont elle se fichait pas mal... D'ailleurs, elle n'allait pas garder les tenues qu'il lui avait offertes.

Si seulement il n'avait pas eu l'impudence de l'inviter à voyager avec lui !

Emportant les souvenirs qu'elle avait achetés à Justin et à Arden, elle sortit de sa suite. Comme elle longeait le corridor, les portes de l'ascenseur s'ouvrirent, et Lamont en émergea, un attaché-case à la main.

— Bonjour, Lamont, dit-elle d'un ton automatique.

Et elle lui adressa un sourire du même acabit, en espérant qu'il ne percevrait pas le malaise qu'elle s'efforçait de lui masquer.

— Tiens, Abby, te voilà de retour ! observa Lamont en s'immobilisant. Alors, c'était comment, New York ?

— J'ai visité beaucoup de sites touristiques, et je me suis bien amusée, répondit-elle d'un ton hâtif. Et toi, tu es venu voir M Hickman ?

— Oui, il devait remplir des formulaires et me les remettre. Je suis passé les chercher au cas où il aurait des questions...

Il s'interrompit un instant avant de reprendre.

— Abby, je crois que nous devrions aller dîner et reconsidérer notre décision de sortir avec d'autres personnes. Est-ce que tu es libre, demain soir ?

— Ecoute, Lamont, je n'ai pas changé d'avis. Nous ne sommes pas amoureux l'un de l'autre, nous ne l'avons jamais été. Je crois que nous nous trompions nous-mêmes en rêvant d'un avenir commun. Restons-en là pour l'instant.

— Si tu veux mon avis, tu subis l'influence de ce Josh Calhoun ! Mais il ne t'épousera pas, Abby. Repense à tout cela à tête reposée : tu pourrais bien être en train de commettre une grave erreur.

— Ecoute, Lamont, je n'ai pas l'intention de l'épouser, et pour le moment je m'en tiens à ma décision nous concernant. De toute façon, tu es trop accaparé par ton travail. Et maintenant, je dois libérer Justin, déclara-t-elle en se dirigeant vers la réception.

Lamont lui emboîta le pas en soupirant.

— Au fond, tu as peut-être raison, dit-il. Nous devrions voir d'autres personnes chacun de notre côté pendant quelque temps.

— Oui, je pense que c'est la meilleure solution, renchérit-elle, soulagée.

— A propos, tout le monde à Beckett sait que tu es allée à New York avec un homme de Dallas. Je ne sais pas si beaucoup de célibataires de Beckett auront envie de t'inviter à dîner après ça...

Elle lui sourit.

— Je ne suis pas pressée de sortir avec d'autres hommes de Beckett.

— A toi de voir, répondit-il d'un ton distrait. Mais n'oublie pas que je suis toujours là pour toi. Nous demeurons amis, quoi qu'il en soit.

— Bien sûr, Lamont ! s'exclama-t-elle, soulagée. J'apprécie ton amitié.

Sur une impulsion, elle lui donna un baiser sur la joue.

Lamont lui adressa un long regard.

— J'aurais peut-être dû en faire davantage… Ne pas prendre notre relation comme acquise.

— Allons, tu n'as rien à te reprocher. Je crois que c'est mieux ainsi pour toi aussi, dit-elle.

— Peut-être, concéda-t-il, sceptique. Prends soin de toi.

Sur ces paroles, il sortit, et elle fut plus convaincue que jamais qu'elle n'aurait pu l'épouser.

Mais une autre pensée la tourmentait : était-elle éprise de Josh Calhoun au point de ne plus jamais pouvoir aimer un autre homme ?

La vieille légende voulait qu'un baiser donné dans l'ombre en forme de cœur suscite un amour éternel… Elle n'y avait jamais vraiment cru, mais il n'était pas exclu qu'elle vaille pour elle et pas pour Josh.

Quand son téléphone sonna, elle vit de nouveau le nom de ce dernier s'afficher.

Elle n'avait toujours pas envie de lui parler. Elle était malheureuse, et elle savait qu'il le devinerait tout de suite, dès qu'ils se mettraient à parler. Or, elle ne souhaitait pas qu'il se doute de quoi que ce soit. Dans quelques heures, elle aurait repris sa routine et serait sans doute en mesure de soutenir une conversation avec lui.

Tous ces événements étaient si frais ! Dans une semaine, elle se sentirait mieux et serait capable de considérer sans amertume les quelques jours passés en sa compagnie.

Et puis, d'ailleurs, pourquoi tenait-il tant à lui parler ? Il était animé par le désir, rien d'autre. Sans quoi, il n'aurait pas formulé une demande aussi cavalière, au moment de son départ.

Josh reposa son téléphone, accablé.

Il n'arrivait pas à se concentrer sur son travail parce qu'Abby ne décrochait pas.

En désespoir de cause, il avait appelé Benny et savait qu'elle était rentrée à l'auberge, mais pourquoi ne lui répondait-elle pas ? Même si elle était très occupée, elle aurait tout de même pu lui répondre. Si elle n'en faisait rien, c'était qu'elle n'avait pas envie de lui parler…

Il était surpris de constater à quel point elle lui manquait déjà. Il avait connu auparavant des relations plus ou moins longues, mais jamais aucune femme ne l'avait autant obsédé par son silence.

Et pourtant, il faudrait bien qu'il cesse de penser à elle, si aucun avenir n'était envisageable entre eux ! Elle le lui avait dit clairement avant de reprendre l'avion.

Peut-être s'était-elle attendue à une demande en mariage, plutôt qu'à une invitation à voyager en sa compagnie ? Non, il avait la sensation qu'elle lui aurait envoyé la même fin de non-recevoir s'il lui avait demandé sa main.

En tout cas, sa suggestion de rester auprès de lui l'avait visiblement irritée. N'aurait-elle pas dû d'une certaine façon s'en sentir flattée ?

Décidément, cette femme avait beau mener une vie très simple, son mystère lui échappait.

Il était impératif qu'il se mette au travail et l'oublie.

D'un geste impatient, il approcha de lui la pile de dossiers qui s'étaient accumulés sur son bureau, regarda son agenda et poussa un juron. Puis il s'empara du premier dossier, s'efforçant de ne plus penser à Abby.

Il y parvint pendant un quart d'heure. Mais ensuite des images de leurs torrides nuits d'amour s'imposèrent à son esprit.

— Bon sang, Abby..., murmura-t-il.

Comment était-ce possible qu'elle le hante à ce point ? Il était inconcevable qu'il soit tombé amoureux, tout comme il était évident qu'Abby n'était pas la femme qui lui convenait. D'ailleurs, elle refusait d'évoquer toute notion d'amour entre eux, et elle avait mis un terme rapide à leur relation. Non, jamais elle ne voudrait ressortir avec lui.

— Nom de Dieu ! s'exclama-t-il encore.

Le juron résonna de façon glacée dans le bureau vide.

Aucune femme ne lui avait encore opposé pareil affront, et cela le contrariait d'autant plus qu'il désirait *réellement* la revoir.

Il secoua la tête.

Il devait oublier Abby Donovan et reprendre le cours normal de son existence. Dans un mois, il ne penserait plus à ce week-end. Il n'était pas amoureux d'elle, et de surcroît des dizaines de raisons rendaient cette relation impossible.

Il se pencha sur son dossier et fournit un gros effort pour se concentrer.

Une demi-heure plus tard, il se rendit compte qu'il fixait un point dans l'espace, complètement perdu.

Et elle, pouvait-elle se concentrer sur son travail sans penser à lui ?

9

Josh avait cessé d'appeler, et Abby ne s'en étonnait pas. Elle ne comptait pas réentendre parler de lui.

Comme sa mère voulait voir les photos de New York, elle les transféra sur son portable avant de se rendre chez elle.

Elle la trouva en train d'éplucher des pommes de terre pour le dîner.

— Assieds-toi, lui dit-elle. Grand-mère est chez son amie Imogene, où elle va rester quelques jours. Le fils d'Imogene est venu la chercher en voiture.

Abby enlaça tendrement sa mère par la taille.

— Je vais t'aider, décréta-t-elle.

— C'est gentil, mais j'ai presque terminé, et je m'apprêtais à faire une petite pause, répondit sa mère.

Et elle jeta les pommes de terre dans une cocotte qui exhalait une délicieuse odeur de rôti braisé.

— Miam, ça sent bon ! s'exclama Abby. Ça me donne envie de changer mon menu pour ce soir.

Sa mère referma la cocotte, puis se lava les mains.

— Alors, tu t'es bien amusée à New York, puis au ranch ?

— Oui, c'était formidable. Cette ville offre des vues incroyables. Tiens, je t'ai rapporté un petit cadeau.

Et elle lui tendit un présent enveloppé dans du papier blanc orné de bolduc bleu.

— Comme c'est gentil ! s'écria sa mère. Je fais du thé, et je l'ouvre.

Quelques instants plus tard, elle s'extasiait devant le collier de perles qui lui était destiné.

— Merci, Abby, il est très beau, dit-elle en lui adressant un grand sourire. Et maintenant, je veux que tu me racontes ton voyage et que tu me montres les photos.

— C'était formidable, lui redit-elle. J'avais une suite dans l'hôtel de Josh...

Et durant la demi-heure qui suivit elle lui parla avec enthousiasme de son week-end, avant d'annoncer qu'il était temps pour elle de rentrer à l'auberge.

— Tu ne vas pas revoir Josh ? demanda sa mère à brûle-pourpoint.

Abby secoua la tête.

— Non, il n'y a rien entre nous, s'empressa-t-elle de répondre. Il m'a invitée parce que je n'avais jamais vu New York et qu'il s'y rendait précisément. Et puis, comme je te l'ai dit, il voulait me remercier de l'avoir hébergé alors que l'auberge affichait complet.

Le regard sceptique de sa mère ne lui échappa pas, tandis que celle-ci la raccompagnait jusqu'à la porte.

— Donc, tu ne penses pas le revoir ? insista-t-elle.

— Non, c'était juste une opportunité qui ne se représentera plus. Je te le répète, il n'y a rien entre nous.

— En ce cas, je suis heureuse que tu te sois bien amusée et que tu ne sois pas amoureuse de Josh, ma chérie. C'est très bien ainsi.

— Entièrement d'accord avec toi ! Bon, on se voit demain ? Merci encore de m'avoir remplacée pendant mon absence.

Sur ces mots, elle se précipita vers l'auberge.

En fin d'après-midi, ce premier vendredi du mois d'avril, Abby considéra son téléphone et décida de supprimer tous les messages que Josh lui avait laissés. Elle fit ensuite défiler les photos de New York...

Elle ignorait ce que lui réservait l'avenir, mais pour l'instant, ce qu'elle voulait, c'était oublier Josh Calhoun et reprendre le cours tranquille de son existence.

Elle entendait la télévision, et un air de piano s'élevait du salon. Les bruits habituels...

Elle aurait préféré rester dans sa suite sans avoir à parler à quiconque, mais elle devait libérer sa mère qui l'avait relayée à la réception.

Elle vérifia son apparence dans le miroir de sa suite.

Elle avait veillé à sa mise pour aller faire des courses. Elle était sagement vêtue d'un pantalon bleu marine et d'un corsage à motifs assortis, mais elle avait laissé ses cheveux détachés.

Plaçant le téléphone dans le tiroir de sa commode, elle sortit rejoindre sa mère.

Celle-ci la fixa avec curiosité tout en enfilant son manteau.

— Josh Calhoun a téléphoné. Il était très cordial, et nous avons discuté un peu. Il m'a dit qu'il était désolé de ne pas avoir eu l'occasion de nous rencontrer, grand-mère et moi. Et il m'a également précisé que tu avais été sa sauveuse.

— Josh peut être charmant, maman, je ne le nie pas…

— Il m'a priée de t'indiquer qu'il avait appelé.

— Merci, mais ce n'est pas important.

Sa mère exhala un long soupir.

— Abby, tous les hommes charmants ne sont pas forcément comme ton père. Ne laisse pas le passé t'influencer à ce point ! Je t'assure que Josh semble avoir vraiment envie de te parler.

— Peut-être, maman, mais je ne veux pas vivre avec lui juste pour le plaisir.

Sa mère fronça les sourcils.

— Si c'est ce qu'il souhaite, je comprends que tu ne veuilles pas lui parler… Bien, n'hésite pas à me faire signe si tu as besoin que je te remplace encore.

— Merci, maman, dit-elle en embrassant celle-ci sur la joue.

Puis elle la regarda s'éloigner et regagna sa suite.

Ce soir, les hôtes devraient s'occuper par eux-mêmes, car elle n'avait envie de parler à personne.

Lorsque le téléphone de l'auberge sonna, elle hésita et prit finalement l'appel du poste de sa chambre.

Après tout, c'était son métier de répondre au téléphone pour prendre les réservations.

Mais, en l'occurrence, il s'agissait de Colleen Grimes, sa meilleure amie, à qui elle n'avait pas parlé depuis un bon bout de temps.

Colleen était sa confidente, elles se connaissaient depuis l'école primaire et avaient grandi ensemble.

Elle lui raconta ce qui s'était passé avec Josh, tout comme sa rupture avec Lamont, et elle en éprouva un véritable soulagement. Elles discutèrent pendant une bonne heure avant de se dire au revoir et de se promettre de se rappeler sous peu.

Ce fut alors qu'elle entendit son portable vibrer dans le tiroir. Il avait déjà sonné pendant qu'elle parlait avec Colleen.

Elle attendit qu'il s'arrête puis alla l'éteindre.

Si sa mère avait besoin de la joindre, elle appellerait sur la ligne de l'auberge.

Cette nuit-là, elle eut du mal à trouver le sommeil, hantée par le souvenir des bras de Josh, de ses baisers, de leurs étreintes... Elle ne parvenait pas à oublier le bon temps qu'ils avaient passé ensemble. Elle finit par s'endormir avant les premières lueurs de l'aube et rêva de lui.

Au réveil, elle se sentait toute groggy, et sa première pensée alla naturellement à Josh.

Oh ! mais quand cesserait-il d'appeler ? Et quand commencerait-elle à l'oublier ?

La semaine suivante, Abby se noya dans le travail.

Les premiers signes du printemps s'étaient enfin manifestés. Les affaires allaient reprendre, car le beau temps incite les gens à voyager. Josh avait cessé de téléphoner. Elle se demandait s'il n'avait pas déjà rencontré une autre femme, car il en avait sans nul doute toute une réserve. Il devait entretenir des liaisons plus ou moins longues, plus ou moins sérieuses...

Zut, il fallait que ça cesse de l'obséder et de la meurtrir !

Hélas, à la fin de la semaine, Josh restait toujours aussi présent dans son esprit, et elle eut même la sensation que sa douleur s'amplifiait au lieu de diminuer comme elle l'avait espéré.

Pourtant, il allait bien finir dans les oubliettes de sa mémoire !

Lui-même l'y avait vraisemblablement déjà reléguée, puisqu'il avait cessé d'appeler. Il était passé à autre chose, forcément ! Et elle devait l'imiter, surmonter les regrets associés à cette brève liaison pour ne garder que les souvenirs merveilleux de la ville de New York.

Pour se détendre un peu, elle décida de préparer un gâteau et une tourte pour le lendemain. Puis elle se rendit dans sa suite afin de faire les comptes sur son ordinateur et, malgré elle, elle rouvrit les photos de New York…

En les revoyant, elle ne put retenir ses larmes.

Josh Calhoun n'appartenait plus à son existence, elle devait l'admettre. N'était-ce pas ce qu'elle avait souhaité ?

Et pourtant, elle ne pouvait pas s'empêcher de se demander avec qui il passait actuellement le week-end.

C'était le dernier vendredi d'avril, et Josh s'efforçait de se concentrer sur ce qu'il se passait autour de lui. Il assistait à un conseil de direction dans les bureaux de son frère Jake, à Dallas.

Tout à coup, il vit des mains se lever, et il se rendit compte qu'il ignorait l'objet du vote. Heureusement, il y avait unanimité, donc sa voix ne changeait rien.

Il avait beau s'efforcer de canaliser ses pensées, elles le ramenaient toujours à Abby. Il mourait d'envie de la revoir, et il ne saisissait pas pourquoi elle n'avait pas même daigné lui répondre au téléphone. En quoi cela aurait-il bien pu lui nuire ?

Mais il fallait dire qu'il ne se comprenait plus lui-même. Il n'avait jamais poursuivi de ses assiduités une femme qui le repoussait. Jamais avant Abby Donovan. Il ne pouvait tout simplement pas l'oublier !

La séance fut levée, et il resta quelques instants encore assis dans son siège.

Il devait déjeuner avec Jake, mais il ignorait si d'autres membres du conseil se joindraient à eux. Il espérait que oui, afin d'avoir plusieurs interlocuteurs, et l'occasion de ne pas trop penser à Abby pendant une heure ou deux.

Mais les membres sortirent un à un jusqu'à ce qu'il ne reste plus que Jake, qui se mit à le regarder fixement.

— Nous sommes les seuls à aller déjeuner ? finit-il par demander.

— Oui, répondit Jake d'un ton affable. Chacun avait à faire.

Josh se leva.

— Très bien, allons-y ! A propos, a-t-on des nouvelles de Mike ? Est-il revenu de son voyage de noces avec Savannah ? Tu devais bien organiser un repas en leur honneur à leur retour, non ?

— Finalement, ils prolongent leur lune de miel, car Scotty est très heureux de passer du temps avec Lindsay. Il l'adore et ne veut plus la quitter. Ensuite, nous le prendrons deux nuits chez nous, de sorte que Mike et Savannah peuvent encore en profiter. Mais ne t'inquiète pas, je te ferai signe dès leur retour et nous dînerons tous ensemble.

— Parfait !

Ils se rendirent au restaurant où ils déjeunaient habituellement et, une fois qu'ils eurent commandé des hamburgers, Jake le scruta de nouveau avec attention.

— Est-ce que tu as des problèmes professionnels, Josh ? demanda-t-il enfin.

— Non, pourquoi ? Tout roule, je n'ai pas à me plaindre, l'année s'annonce plutôt prometteuse.

— J'en suis ravi pour toi. Seulement, j'ai bien vu que tu n'as rien écouté pendant la réunion du conseil.

— Qu'est-ce qui te fait dire ça ?

Jake secoua la tête.

— Je suis ton frère, Josh, ne l'oublie pas. Je te connais depuis toujours, et je sais quand tu as la tête ailleurs. Et, en l'occurrence, tu n'étais pas avec nous !

— J'imagine que je pensais aux hôtels-boutiques que l'on me suggère d'ouvrir. C'est un concept nouveau pour moi, et je me demande si ça va marcher.

— Tu peux te reposer sur ton équipe d'experts pour en juger, non ?

— Tu as raison. Mais ça ne m'empêche pas d'y réfléchir moi aussi. En tout cas, le conseil d'administration d'aujourd'hui a prouvé que tes affaires marchent bien.

— De fait, j'ai un peu honte de l'avouer, mais mon mariage avec Madison est bénéfique à mes intérêts, car le forage de ses terres va sans doute être très lucratif.

— Tu n'as rien à te reprocher, j'imagine qu'elle aussi s'en réjouit. Elle sait bien que ce n'est pas pour cette raison que tu l'as épousée.

— J'espère ! Quoi qu'il en soit, rien n'est définitivement sûr avant que les accords ne soient signés, répondit Jake avec un sourire.

— Tu as raison, la prudence s'impose en toute chose.

Ils mangèrent en silence quelques instants, puis Jake le fixa de nouveau.

— Au fait, comment s'est passé ton voyage à New York ? Avoue que tu n'y es pas allé uniquement pour l'inauguration de ton hôtel.

Josh lui sourit.

— Exact. C'était très bien.

— Et depuis, tu revois régulièrement cette jeune hôtelière ?

— Non, c'était très bien, mais juste pour un week-end. Elle n'est pas vraiment mon type de femme. Je l'ai invitée parce qu'elle n'avait jamais vu New York.

Jake secoua la tête.

— OK, je n'insiste pas. D'ailleurs, il est temps que je retourne au bureau. Tu as terminé ?

— Tout à fait. Et cette fois, c'est moi qui règle l'addition.

— D'accord, merci, répondit Jake.

Josh raccompagna son frère jusqu'à ses bureaux, et ils prirent congé l'un de l'autre. Après quoi, il enchaîna les rendez-vous jusqu'à 17 heures puis rentra chez lui, où il continua de travailler sur son ordinateur. Pour se délasser, il piqua ensuite une tête dans la piscine et mangea ce que sa cuisinière lui avait préparé.

La pensée d'Abby ne le lâchait toujours pas.

Sur une impulsion, il saisit son téléphone et appela Emma Picket, une amie, afin de l'inviter à dîner le lendemain.

Ils dînaient de temps à autre ensemble. Des années plus tôt, ils avaient eu une brève liaison, à laquelle ils avaient mis un terme d'un commun accord car Emma désirait se marier, ce qui ne faisait pas partie de ses projets. Mais ils étaient restés amis tandis qu'elle affrontait deux mariages et deux divorces. A présent, elle envisageait déjà de se remarier.

La compagnie d'Emma lui était d'ordinaire très agréable. Toutefois, dès qu'il eut raccroché, il regretta son initiative.

La seule femme avec qui il voulait sortir, c'était Abby.

Le lendemain, quand il passa chercher Emma, une blonde sculpturale à la beauté saisissante, il s'efforça de se concentrer sur elle.

Ce soir, elle portait une robe bleu nuit sans manches, avec un grand décolleté qui soulignait ses formes avantageuses, et qui lui découvrait largement les genoux, mettant en valeur ses longues jambes. Mais cela ne fit pas battre son cœur plus vite. Non, Emma ne suscitait aucune réaction en lui, contrairement à Abby avec sa queue-de-cheval et son absence de maquillage. Son esprit était littéralement envahi par cette dernière. Quelle magie possédait-elle donc pour qu'il soit à ce point sous son sortilège ?

Alors qu'ils venaient de s'installer en terrasse, Emma lui saisit le poignet par-dessus la table.

— Alors, Josh, qui essaies-tu d'oublier, ou quelle difficulté professionnelle traverses-tu en ce moment ? questionna-t-elle à brûle-pourpoint.

— Qu'est-ce qui te fait penser que j'ai un problème ?

— Parce que tu m'appelles toujours dans ce cas-là, et que tu as l'air particulièrement préoccupé, répondit-elle en souriant.

Il se mit à rire et lui caressa la main avant de la porter à ses lèvres.

— Tu me connais très bien ! Mais la réciproque est vraie, commença-t-il. Pourquoi as-tu accepté mon invitation ? Pour oublier ton deuxième mari, ou pour tenter d'attiser la jalousie de ton futur époux ?

Elle éclata de rire.

— Touchée ! Pour la deuxième raison, Josh. Et toi ?

— Tu avais vu juste toi aussi, j'essaie d'oublier quelqu'un.

— Ah ! fit Emma en regardant autour d'elle. Est-elle censée se trouver ici ce soir et nous voir ensemble ?

— Pas du tout. Je veux juste la sortir de mes pensées.

Il fit une pause et ajouta :

— Pour tout dire, ça m'inquiète un peu.

— Ça, c'est nouveau ! Tu ne t'es jamais tracassé au sujet d'une femme. Est-ce qu'elle te poursuit ?

— Oh non, loin de là !

Emma sourcilla puis lui sourit.

— Quoi qu'il en soit, je suis ravie que tu m'aies invitée, car l'homme que j'ai envie de rendre jaloux dîne souvent ici, et il est probable qu'il vienne ce soir. J'ai déjà salué deux de ses amis, donc il saura forcément que j'étais avec toi ce soir. C'est parfait !

A son tour, il lui adressa un sourire.

— Ta présence me réconforte toujours, Emma. Quand l'orchestre commencera à jouer, nous danserons, et nous leur donnerons toutes les raisons de penser que nous étions ensemble ce soir.

Elle se mit à rire, et ses yeux envoyèrent des étincelles.

— Parfait, mon chéri ! A charge de retour !

S'il pouvait aider Emma, peut-être celle-ci pourrait-t-elle agir à son tour de façon positive sur lui ?

Hélas ! A mesure que la soirée s'écoulait, Abby ne l'en obsédait pas moins. Même une excellente amie ne pouvait l'éclipser.

— Josh ?

Il se rendit compte qu'Emma le regardait avec intensité et comprit qu'il avait perdu le fil de la conversation.

— Je suis désolé ! Je pensais à mon rendez-vous de cet après-midi. C'est une affaire un peu délicate et...

— A d'autres ! Comment s'appelle-t-elle ? demanda Emma.

— Mais de qui parles-tu ?

— De celle qui te rend songeur et que tu veux oublier...

Et soudain, elle écarquilla les yeux comme si elle venait d'avoir une révélation.

— Finalement, c'est arrivé ! enchaîna-t-elle. Une femme t'a laissé tomber !

— C'est bon, Emma, ça n'a rien de dramatique.

— A quand remonte la rupture ?

— Nous n'avons pas rompu parce qu'il n'y avait rien à rompre, éluda-t-il, conscient qu'Emma n'en croyait pas un mot.

— Toi, tu es amoureux, décréta-t-elle alors d'un ton presque choqué.

— Pas du tout ! Je ne lui ai jamais dit que j'étais amoureux d'elle. D'ailleurs, je ne la connais pas depuis assez longtemps ni assez bien pour l'être.

Elle se mit à rire.

— Je ne croyais pas voir ce jour ! Franchement, c'est incroyable !

Tu es profondément épris d'une femme, et tu ne t'en rends même pas compte.

Il se leva.

— Allez, dansons, lança-t-il pour clore le débat.

Sur la piste, il tint étroitement Emma contre lui.

Elle était douce, voluptueuse et portait un merveilleux parfum… Ce qui lui fit d'autant plus regretter Abby.

Celle-ci lui avait-elle jeté un sort ? Au fond, il avait peut-être tenté le destin en l'embrassant dans cette fichue ombre en forme de cœur qui apparaissait de manière erratique. C'était la seule explication qu'il pouvait trouver.

Il avait cru qu'Emma lui ferait oublier Abby, mais il avait bien conscience que ce ne serait pas le cas. Néanmoins, il pouvait toujours être utile à cette première…

— Est-ce que les amis de ton prétendant sont toujours ici ? questionna-t-il.

— Tout à fait. Je viens de sourire à l'un d'entre eux.

Alors il l'étreignit plus étroitement et captura sa bouche, espérant dans le même temps que ce baiser éloignerait Abby de ses pensées.

Mais, encore une fois, ce fut l'opposé qui se produisit. Embrasser Emma le laissait de marbre.

Il la relâcha, et ils continuèrent à danser tandis que, au fond de lui, il souhaitait que la soirée se termine au plus vite.

— Emma, une dure journée de travail m'attend demain, je vais te ramener chez toi, car je ne veux pas veiller trop tard.

— Pas de problème, et tu n'as pas besoin de me mentir sur ta journée de demain. Visiblement, je ne t'ai pas aidé à oublier celle qui occupe tes pensées. Mais, de toi à moi, ça devait finir par arriver un jour : tel est finalement pris qui croyait prendre. Ce doit être une femme remarquable.

— Emma, ne…

— Allons, je te comprends, ne t'inquiète pas ! Et comme tu n'es jamais passé par là, cette épreuve doit te faire l'effet d'une météorite tombant sur ton territoire. Tu survivras, Josh. D'ailleurs, peut-être qu'il serait temps pour toi d'envisager le mariage. Dans ce cas, n'oublie pas de m'inviter, car j'aimerais vraiment la rencontrer.

Quand il s'arrêta devant chez Emma, il la considéra, dubitatif.

— J'ai l'impression que tu donnes bien trop d'importance à cette affaire.

— Non, je t'assure que non ! Selon moi, tu es vraiment amoureux, et comme c'est la première fois de ta vie, tu n'identifies même pas les symptômes. En tout cas, j'ai passé une excellente soirée en ta compagnie, et j'ai accompli mon objectif. Je suis désolée de n'avoir pas pu faire grand-chose pour toi, mais si tu es amoureux, rien ni personne ne pourra t'être d'un grand secours. Toutefois, te connaissant, je suis certaine que tu vas la reconquérir. Elle doit vraiment en valoir la peine pour t'avoir pris dans ses rets.

— C'est vrai qu'elle est remarquable, admit-il.

Emma était une très belle femme, une amie, mais rien de plus. Abby l'éblouissait, lui coupait le souffle, il ne pourrait jamais la considérer comme une relation ordinaire.

Emma lui tapota gentiment l'épaule.

— Je te le répète, tu es vraiment amoureux, Josh. N'oublie pas de m'inviter au mariage !

Il sortit de la voiture et alla lui ouvrir la portière.

— Ne te fatigue pas, va. Elle ne répond même pas à mes coups de téléphone. Je ne suis pas son type d'homme.

Emma parut alors regretter sincèrement son insistance, mais au moment de lui dire au revoir elle avait repris contenance et lui sourit.

— Merci pour cette charmante soirée.

— Tu es une véritable amie, Emma. Bonne chance avec ton nouvel ami. J'espère que c'est le bon, cette fois. Tu le mérites.

— Merci.

Elle lui donna une bise sur la joue puis entra chez elle.

Etait-il réellement amoureux d'Abby Donovan ? se demanda-t-il sur le chemin du retour. Une telle situation était-elle possible ? Devrait-il lui acheter une bague de fiançailles ?

Que cette notion lui était étrangère ! Ils se connaissaient à peine, comment pouvait-il imaginer l'épouser ? Nul doute qu'elle rejetterait immédiatement sa demande, tout comme elle avait décliné son invitation à voyager avec lui.

Il soupira.

Force était de l'admettre : c'est dans ses bras qu'il avait été le plus heureux. Et puisqu'elle ne répondait pas à ses appels, la seule solution consistait à aller la voir à Beckett. Si elle ne voulait pas poursuivre leur liaison, il se contenterait de l'emmener dîner. Il pourrait peut-être lui acheter un cadeau…

Non, c'était trop risqué, elle n'apprécierait sans doute pas. Elle avait des idées bien arrêtées sur ce qui se faisait ou pas.

Bon sang, pourquoi avait-il tout gâché en lui proposant de l'accompagner lors de ses déplacements ? Elle s'en était vexée, forcément, car elle avait dû en déduire qu'il voulait juste profiter d'elle pendant quelque temps avant de la laisser tomber…

C'était décidé, il retournerait à Beckett. Comme il regrettait de ne pas avoir fait la connaissance de sa mère et de ne pas avoir lié amitié avec elle ! Et puis, il y avait toujours Edwin Hickman. Oui, c'était lui qu'il devait appeler pour savoir comment s'y prendre avec Abby !

Car il redoutait de commettre un faux pas. Et cette fois, s'il échouait, il n'aurait pas une autre chance.

Une fois chez lui, il resta longtemps assis dans le noir, perdu dans ses pensées.

Il revoyait Emma éclater de rire et lui assurer qu'il était amoureux…

Si c'était le cas, alors l'amour n'obéissait à aucune logique. Abby n'appréciait pas du tout son style de vie, ce qui n'était pas le moindre des obstacles entre eux.

Il se passa nerveusement la main dans les cheveux.

L'aimait-il ? L'aimait-il au point de vouloir passer le reste de sa vie avec elle ? Et quand bien même, comment pourrait-il l'amener à avoir confiance en lui ? La convaincre d'épouser un mari voyageur ? Décidément, il tournait en rond.

Bon sang, le fameux soir du blizzard, il aurait dû passer la nuit chez Benny, dormir par terre avec sa belle-famille, ses enfants et le bébé ! Il n'était pas prêt pour le mariage…

Mais il n'était pas non plus disposé à perdre Abby. Cependant, s'il lui demandait sa main, elle l'enverrait promener, c'était tout vu !

Quelle situation infernale !

Oui, pour la première fois de sa vie, il devait se l'avouer, il était amoureux, et cet amour n'était pas payé de retour. Abby avait une personnalité assez affirmée pour lui résister, même si elle le trouvait irrésistible sur le plan physique.

Passer le reste de sa vie avec elle... Voilà qui s'apparentait à un rêve, et en même temps à une mission impossible. Comment pourrait-il jamais la persuader de sa sincérité ?

Il en aurait ri si ce n'avait pas été aussi douloureux. D'ailleurs, ses frères et Lindsay se moqueraient de lui s'ils le savaient, ils lui assureraient probablement qu'il récoltait ce qu'il avait semé. Mike serait peut-être plus compatissant dans la mesure où il était récemment tombé amoureux, mais les deux autres...

C'est Emma qui lui avait révélé l'état amoureux. Il avait refusé de le considérer, mais ça lui revenait à présent en plein cœur, comme un boomerang. Et, à présent, il n'avait de cesse d'acheter une bague de fiançailles avec des diamants. Quelque chose d'un peu démodé et de sentimental, si tant était que les diamants puissent l'être.

Il devait par ailleurs bien préparer son discours de demande en mariage. Comme Abby refusait pour l'instant de lui parler, la tâche ne serait pas simple. Pour tout dire, jamais il n'avait dû affronter une situation aussi intimidante.

Se levant, il alluma une lumière puis s'assit à son bureau : alors, il se saisit d'une feuille de papier, et griffonna les raisons qu'elle avancerait pour ne pas l'épouser. Il les numérota, s'efforça de trouver pour chacune des contre-arguments ; après quoi, il se mit à fixer un point dans le vide, repensant à tout ce qu'elle lui avait dit.

Maintenant que sa décision était prise, la machine de guerre était en marche pour la conquérir. Il se sentait à présent beaucoup mieux.

A ce petit détail près : pour la convaincre de l'épouser, encore fallait-il qu'il puisse l'approcher !

10

Abby venait de remplir la fiche de deux nouveaux hôtes, et Justin, qui lui prêtait main-forte, conduisit le couple à sa chambre. Il était presque19 heures, et elle quitta la réception.

— Ah, Abby ! s'exclama M. Hickman en s'avançant vers elle. Quelle belle soirée, n'est-ce pas ? Ne voudrais-tu pas t'asseoir quelques instants avec moi sur la terrasse ?

Elle lui sourit et passa son bras sous le sien.

— Bien sûr ! Difficile de croire que nous avons eu récemment une tempête de neige.

— Mère Nature essaie à présent de se racheter, renchérit-il.

Il prit place dans un rocking-chair en osier tandis qu'elle s'asseyait sur la balancelle.

— C'est vraiment apaisant de se balancer, dit-elle.

— Si tu es décontractée, ça tombe bien, observa alors M. Hickman. Car je crois que tu vas avoir de la visite…

Immédiatement, elle regarda du côté de la rue, et elle vit en effet une voiture se garer devant la cour. Plus précisément un coupé sport noir.

Quand Josh en sortit, elle sentit sa respiration se bloquer.

Il portait son habituel stetson, une chemise blanche, un jean, des boots, et il était d'une beauté frappante.

Elle résista à l'envie de courir vers lui et de se jeter dans ses bras. En réalité, elle se doutait que cette visite allait lui briser un peu plus le cœur.

— Tout à fait ! Voici Josh Calhoun, dit-elle à M. Hickman d'un ton aussi normal que possible.

— C'est bien lui, indiqua-t-il. Tu as été si charmante avec moi, Abby. Essaie de l'être aussi avec lui.

Incapable de parler, elle se contenta de hocher la tête. Si elle ne s'était pas sentie autant meurtrie, elle aurait ri de la requête ridicule de M. Hickman.

Ce dernier s'éclipsa sans qu'elle s'en rende vraiment compte. En revanche, en proie à des sentiments contradictoires où dominait l'excitation, elle sentit les battements de son cœur s'accélérer.

Josh venait droit vers elle, animé semblait-il d'un irrésistible élan de vitalité.

Elle serra les poings, les enfonça dans sa poche pour les cacher, et rassembla rapidement ses idées.

Quoi qu'il lui propose, elle devait lui répondre par la négative. Elle n'irait pas dîner en ville avec lui, et il était hors de question qu'elle réitère un voyage en sa compagnie !

Elle regrettait de porter de nouveau son pull rose clair, sans compter que sa queue-de-cheval aurait sans doute eu besoin d'être refaite.

Mais pourquoi se souciait-elle de son apparence, alors qu'elle n'avait qu'à le renvoyer sur-le-champ !

Pourtant, quand il arriva à sa hauteur, son trouble redoubla.

— Bonjour. J'imagine qu'Edwin t'a prévenue de ma venue.

— On peut dire qu'il a attendu le dernier moment.

— Tu ne répondais pas à mes appels...

— Pour la simple raison que nous n'avons plus rien à nous dire, Josh. Je ne comprends pas pourquoi tu as effectué tout ce trajet jusqu'à Beckett.

— Il faut que je te parle, Abby. Est-ce qu'on peut aller dans ta suite ?

Elle s'apprêtait à refuser, quand ses yeux croisèrent les siens. En dépit du bon sens, elle hocha la tête.

— Parfait. Tu ne le regretteras pas, assura-t-il, avec cette confiance innée qui était la sienne.

Il lui tint la porte pour la laisser passer devant lui, et leurs épaules s'effleurèrent tandis qu'ils regagnaient sa suite.

Ce léger contact lui valut un furtif frisson.

— Est-ce que tu veux t'asseoir ? demanda-t-elle en refermant la porte derrière eux.

— Avec plaisir, répondit Josh.

Elle lui désigna une bergère, mais il opta pour une chaise.

— Tu m'as manqué, Abby, déclara-t-il d'emblée, et je tenais à discuter avec toi. Pour commencer, j'ai eu tort de te demander de m'accompagner lors de mes voyages ou de rester quelque temps auprès de moi.

— Effectivement, ta proposition m'a choquée. Tu connais mon attachement à mon auberge et à ma famille. Cette invitation m'a prouvé que tu te fichais complètement de ce que je pouvais ressentir. Cela dit, je ne t'en veux pas, Josh. Je n'ai jamais pensé que tu allais tomber amoureux de moi.

— J'ai cédé à une impulsion idiote, parce que je n'avais pas envie que l'on se sépare. Je ne voulais pas que tu me quittes. Depuis, j'ai bien réfléchi, Abby. Et j'ai compris que j'étais tombé définitivement amoureux de toi.

Prise de court, elle se figea, tout en sentant son cœur cogner violemment dans sa poitrine.

C'est alors que Josh se leva, lui prit la main et posa un genou à terre.

— Abby, je t'aime, dit-il. Veux-tu m'épouser ?

Elle ouvrit de grands yeux, en état de choc.

— Josh, commença-t-elle sur le ton du murmure, incapable de reprendre son souffle pour lui répondre.

Elle n'avait jamais imaginé qu'il la demande en mariage. Son « Je t'aime » résonnait en boucle dans sa tête, comme un mirage.

— Tu ne peux pas m'aimer, murmura-t-elle d'une voix faible. On se connaît à peine.

— C'est vrai, et pourtant je t'aime, répéta-t-il. Nous avons tout de même passé un long week-end ensemble. Sans compter que nous avons travaillé en tandem, ri tous les deux, dansé, fait l'amour. Et je ne parle pas de nos baisers. Je ne peux plus vivre sans toi, Abby...

Comme elle restait muette, incapable de répondre, il poursuivit.

— Je t'en prie, écoute-moi. J'ai bien réfléchi à notre situation. Je sais que mon style de vie te déplaît, notamment mes voyages et mon côté cosmopolite. Mais je peux le modifier. Il m'est tout à fait possible de déléguer mes affaires à des personnes compétentes et de me retirer dès maintenant sur mon ranch. J'ai suffisamment d'argent pour ne jamais remettre les pieds dans mes bureaux si j'en ai envie.

En écoutant Josh, elle sentit soudain un élan de chaleur la submerger, après le froid qui s'était emparé d'elle à son arrivée. Elle n'arrivait pas à en croire ses oreilles. Josh l'aimait ? Il était prêt à changer son mode de vie pour elle ?

— Josh, je n'arrive pas à croire ce que tu me dis... J'ai l'impression que tu ne sais pas ce que tu fais.

— En général, je n'agis qu'en connaissance de cause, et je n'ai jamais été aussi sûr de moi. La vie sans toi est un enfer, Abby... Je t'aime. Epouse-moi !

Son cœur palpitait si vite qu'il devait forcément l'entendre.

— Tu... Tu envisages de t'installer sur ton ranch de manière définitive ? bredouilla-t-elle.

— Oui. Je ferai ce que tu voudras. Je crois que tu ne comprends pas à quel point je t'aime. Je serai parfaitement heureux sur le ranch avec toi. J'avais de toute façon l'intention de m'y installer tôt ou tard. Notre rencontre a juste accéléré le processus.

— Mais, Josh, tu n'y penses pas... Je gère cette auberge, je ne peux pas simplement mettre la clé sous la porte et quitter les lieux.

— Effectivement. Mais je peux tout à fait te la racheter et employer un gérant qui continuera à s'en occuper comme tu le fais actuellement. Avec cet argent, tu pourras finir de régler la maison de ta mère et payer les études de tes frère et sœur. Je suis suffisamment fortuné pour que nous puissions faire tout ce qui nous plaît. Et si ta famille ne supporte pas la séparation, elle peut tout à fait emménager à Verity. Abby, nous ferons exactement comme tu le voudras.

Josh dardait sur elle un regard intense, et sa voix vibrait de sincérité.

Mais elle n'en demeurait pas moins abasourdie.

— J'ai assez d'argent pour prendre en charge tout le monde, même tes tantes et Edwin, reprit-il. S'ils veulent rester ici, ce n'est pas un problème. Mes jets sont à leur disposition. Une seule chose me tient à cœur : que tu fasses partie de mon existence. Je ne pourrai pas continuer à vivre sans toi.

Elle se sentit prise de vertige.

— Josh, tu es sorti avec de nombreuses femmes, je ne vois pas pourquoi tu voudrais soudain te fixer.

Il se leva et l'attira à lui pour l'enlacer, mais elle posa les mains sur ses bras pour le maintenir à distance.

— Je t'aime de tout mon cœur, déclara-t-il. Je veux vivre avec toi. Abby, est-ce que tu veux m'épouser ?

— Je n'arrive pas à croire que tu m'aimes et que tu ne finiras pas par changer d'avis.

— Je te promets que non.

— Tu parles de mariage, mais je ne sais même pas si tu veux fonder une famille !

— Oh oui, je le souhaite, Abby ! Je veux des enfants, s'exclama-t-il. Et ne me dis pas que je ne t'ai pas manqué, ou que tu n'as pas pensé à moi, pendant que nous étions séparés !

Elle crut que son cœur allait jaillir hors de sa poitrine.

Josh Calhoun était amoureux d'elle, il voulait qu'elle l'épouse, qu'elle vienne vivre sur son ranch avec lui, qu'elle quitte l'auberge… Toutes ces pensées tourbillonnaient dans son esprit, et elle se contentait de le fixer, incapable d'émettre le moindre son.

Soudain, elle nota que Josh était tout pâle.

— Abby, réponds-moi, s'il te plaît, l'implora-t-il.

Allons, elle devait saisir sa chance.

— Je t'aime, Josh, déclara-t-elle en nouant les bras autour de son cou.

Et elle se hissa sur la pointe des pieds pour l'embrasser.

Il l'étreignit ardemment et lui rendit son baiser. Un baiser possessif, fougueux, qui réaffirmait sa déclaration d'amour.

Elle se détacha de lui.

— Mais, Josh, je n'ai pas encore rencontré ta famille ! Et tu ne connais ni ma mère ni ma grand-mère.

— Pas d'inquiétude, nous ferons bientôt connaissance.

— Et si elles ne t'aiment pas ?

— C'est tout à fait impossible, assura-t-il en lui donnant un nouveau baiser.

Puis il planta son regard dans le sien.

— Abby, tu ne m'as toujours pas répondu…

— Oui, je veux t'épouser, Josh. Je t'aime de tout mon cœur.

Il lui donna un nouveau baiser passionné, qui remplit son cœur d'allégresse et dissipa tous ses doutes.

— Il faut que l'on prévienne nos familles, décréta-t-il quand il la relâcha. Est-ce que je peux avoir une chambre pour la nuit ?

Elle se mit à rire.

— Tu peux même partager la mienne… Ou dormir sur le canapé, si tu préfères. Il t'a peut-être manqué, lui aussi ?

Josh éclata de rire, avant de redevenir sérieux.

— Attends, je ne fais décidément rien comme il faut !

Et, mettant sa main à sa poche, il en sortit une boîte.

Elle comprit tout de suite de quoi il s'agissait, et une autre onde de choc la submergea tandis qu'il tentait de l'ouvrir d'une main fébrile.

Il y parvint enfin, et un immense diamant étincela sous ses yeux au cœur de l'écrin de velours pourpre.

— Si la bague est trop petite, nous la changerons, dit-il.

— Josh, elle est tout simplement magnifique, murmura-t-elle.

Il la sortit de la boîte, lui prit la main et fit glisser la bague à son doigt.

— Le diamant est en forme de cœur, ajouta-t-elle.

— C'est pour que tu te souviennes de notre baiser dans l'ombre légendaire, dit-il. Nous surmonterons tous les obstacles, je te le promets.

Elle leva les yeux et vit l'amour briller dans ses yeux.

— Josh, murmura-t-elle en nouant les bras autour de son cou, je t'aime.

Il lui donna un baiser passionné, puis la relâcha.

— Tu ne sauras jamais combien tu m'as manqué, dit-il. Prévenons nos familles respectives. Mon frère organise bientôt un repas de famille, tu pourras y rencontrer les miens.

Elle enserra son visage entre ses mains.

— Tu es bien certain de vouloir quitter le monde des affaires ? Cela va représenter un énorme changement de vie pour toi. Je peux peut-être faire certaines concessions, moi aussi.

— Inutile de revenir là-dessus. J'adore m'occuper de mon ranch, et je n'ai plus envie de voyager et de me retrouver loin de toi. Et puis, de la sorte, je verrai plus souvent ma famille. Et toi, tu crois que tu vas pouvoir vivre dans un coin perdu, sur un ranch ?

Elle se mit à rire.

— A ton avis ? Bien sûr ! Regarde la vie que je mène actuellement.

— Peut-être, mais tu es toujours entourée de gens. Tu ne verras pas autant de monde, chez moi.

— Nous trouverons bien un moyen de peupler la maison, répliqua-t-elle d'un ton plein de sous-entendus.

Josh lui sourit, comprenant son allusion.

— Il faut que nous fixions une date de mariage au plus vite, reprit-il. Je crains, hélas, de devoir reporter un peu la partie de pêche dans le Colorado. Mais ça ne signifie pas qu'elle sera annulée !

— Ne t'inquiète pas, je crois que M. Hickman comprendra.

Leurs regards se croisèrent et, encore une fois, son cœur se mit à battre la chamade devant l'expression d'amour que reflétait le visage de Josh.

De nouveau, il l'embrassa éperdument.

Puis, quand il releva la tête, il lui caressa les lèvres du bout des doigts.

— J'ai vécu l'enfer sans toi, Abby.

— Toi aussi, tu m'as terriblement manqué, avoua-t-elle dans un murmure.

Et, pour tout dire, elle avait à ce moment le sentiment de vivre un rêve éveillé !

— Eh bien, qui allons-nous prévenir en premier ?

— Si tu me donnes le choix, et puisque ma mère est à deux pas, commençons par elle. Je vais l'appeler pour savoir si elle est à la maison. Elle sera ravie, je peux te l'assurer.

Elle sortit alors son portable et, quelques instants plus tard, elle prit Josh par la main.

— Elle nous attend.

Comme ils se rendaient chez sa mère, le téléphone de Josh sonna.

— C'est mon frère Jake, lui indiqua-t-il. Je vais le lui annoncer tout de suite. Jake, je suis avec Abby Donovan, et je te mets sur grande écoute.

— Bonjour, Abby Donovan, déclara Jake d'un ton enjoué.

— Bonjour, Jake.

Elle sourit, et Josh l'enlaça par les épaules.

— J'allais justement t'appeler, Jake. Mais je t'en prie, parle le premier.

— Mike et Savannah sont rentrés, et nous dînons ensemble vendredi en huit.

— Parfait, je réserve ma soirée, répondit Josh. Et tu peux mettre un couvert de plus, car je viendrai avec Abby.

Sur ces mots, il lui lança un regard langoureux.

— Abby, tu es naturellement la bienvenue, annonça Jake.

— Merci, la date me convient aussi, dit-elle.

— Parfait ! Et quel était l'objet de ton appel, Josh ?

— Je voulais t'annoncer que je viens de demander Abby en mariage et qu'elle a accepté.

A cet instant, il lui sourit et lui donna un bref baiser sur le front.

— Félicitations ! s'exclama Jake. Abby, nous sommes ravis de t'accueillir dans la famille. C'est une merveilleuse nouvelle.

— Merci, dit-elle tout sourire. Je suis ravie, et impatiente de rencontrer la famille de Josh.

— J'appellerai les autres ce soir, promit ce dernier. Tu es le premier à qui nous l'annonçons.

— J'en suis touché, répondit Jake. Et tellement heureux pour toi, pour vous !

— Je te rappellerai plus tard, déclara Josh. Nous arrivons chez la mère d'Abby.

— Pas de problème. A plus tard, vieux.

Il rangea son portable, puis Abby sonna et entra chez sa mère. Elle appela celle-ci, qui apparut sur le seuil de la cuisine.

— Venez, je vous en prie ! s'exclama-t-elle.

— Maman, dit Abby, je te présente Josh Calhoun. Josh, voici ma mère, Nell Donovan.

— Enchantée de vous rencontrer, Josh. Je peux enfin vous

remercier de vive voix pour avoir déblayé mon allée il y a quelques semaines.

— Ce fut un plaisir, tout comme de faire votre connaissance, répliqua-t-il.

— Maman, Josh vient de me demander en mariage. Nous sommes désormais fiancés, annonça-t-elle.

Et elle brandit sa main pour montrer sa bague à sa mère.

— Oh ! Abby, elle est magnifique ! s'exclama Nell en la prenant dans ses bras.

Elle se tourna ensuite vers Josh.

— Bienvenue dans notre famille, Josh. Justin sera ravi qu'il y ait un nouveau membre masculin parmi nous.

— Madame Donovan, je sais que c'est un peu démodé, mais puis-je vous demander si vous approuvez ce mariage ?

— Dès l'instant où vous rendez Abby heureuse, bien sûr ! C'est même fantastique. Il faut que nous annoncions la nouvelle à grand-mère. Elle va bien sûr se faire un peu de souci au sujet de l'auberge, mais nous nous débrouillerons.

— Ne t'inquiète pas, maman, Josh a déjà tout prévu...

Abby sourit à ce dernier.

— Et maintenant, allons voir grand-mère et lui raconter ce que tu as à lui offrir.

— Arden va bientôt arriver, tu pourras également le lui annoncer. Je suis sûre qu'on va l'entendre hurler de joie jusqu'à l'auberge, déclara Nell. Elle va trouver ça très romantique.

— Maman a raison, attention à tes oreilles, Josh !

Abby avait elle aussi envie de crier de joie, mais elle se contenta de fixer sa bague, symbole de l'amour qui les unissait, Josh et elle.

Un samedi matin, le quatrième week-end de mai, Abby, légèrement nerveuse, se tenait dans l'entrée de l'église en compagnie de Justin et de l'organisatrice du mariage.

Elle n'arrivait pas à croire que la date du mariage était finalement arrivée !

Colleen, sa meilleure amie, était son témoin, tandis qu'Arden et Lindsay, la sœur de Josh, tenaient le rôle de demoiselles d'honneur.

Toutes portaient des robes longues en soie jaune agrémentées de fines bretelles.

Abby lança un coup d'œil vers les garçons.

Jake était le témoin de Josh, alors que Mike et deux autres amis qu'il avait connus à l'université étaient ses garçons d'honneur. Son regard s'arrêta sur son futur mari, et elle retrouva d'un coup toute son assurance.

Josh était si beau qu'elle en avait le souffle coupé. Elle n'arrivait toujours pas à croire qu'elle allait devenir sa femme et déménager sur son ranch !

Il avait déjà racheté l'auberge, recruté une personne pour s'en occuper et réglé tous les arrangements concernant le financement des études d'Arden et de Justin. La maison de sa mère était également remboursée. Il avait par ailleurs fait venir toute sa famille par jet à Dallas, M. Hickman compris, et tout le monde logeait dans un de ses hôtels.

Mais tout ce qu'elle souhaitait à présent, c'était se retrouver seule avec Josh et qu'ils s'envolent pour leur lune de miel.

— Tu es très belle, sœurette, déclara Justin d'un ton tranquille.

— Merci. Toi aussi, tu es superbe dans ce smoking noir, répliqua-t-elle avec un sourire.

— Je crois que tout Beckett s'est ruiné pour assister à ton mariage, enchaîna-t-il.

— J'ai vu, oui. Maman a beaucoup d'amis.

— C'est vrai, et toi aussi, tu es très populaire.

— C'est l'heure, décréta l'organisatrice.

Et elle fit un petit signe de tête à Justin, qui passa immédiatement le bras sous celui d'Abby pour la conduire à l'autel.

Elle n'avait d'yeux que pour Josh.

La cérémonie se déroula comme dans une brume féerique, et elle vit bientôt un anneau d'or piqué de petits diamants briller à son doigt.

Voilà, elle était devenue Mme Calhoun !

Son mari lui donna un bref baiser sous les applaudissements de l'assistance, avant de glisser sa main dans la sienne pour l'entraîner à l'extérieur.

Plus tard, lors de la réception au country club de Dallas, quand

Josh la conduisit sur la piste de danse et que l'orchestre se mit à jouer une valse de Strauss, un grand sourire lui vint aux lèvres.

— Tu ne m'avais rien dit, espèce de cachottier, murmura-t-elle.

— C'était bien une valse, que tu voulais, non ?

— Oh oui ! Et tu valses divinement bien.

— Ça, tu es bien la première à l'affirmer ! Mais je suis ravi que tu le crois, renchérit-il en riant. Mon père va bientôt venir danser avec toi. Tu sais que ma mère pense que tu es formidable et que tu as une très bonne influence sur moi ?

Abby se mit à rire.

— J'espère bien !

— Je préfère aussi te prévenir que mes frères ont eux aussi l'intention de danser avec toi.

— Ils sont adorables, et ta sœur a été si gentille. Tu as une famille remarquable. J'ai aussi l'impression qu'il y a de nombreux Milan parmi nous, ce soir, ce qui prouve que la querelle est bel et bien éteinte, non ?

— Ah, on voit que tu es nouvelle dans la famille ! Tu constateras vite par toi-même que Lindsay et Tony s'ingénient à l'entretenir. Si tu les observes attentivement, tu remarqueras qu'ils restent à bonne distance l'un de l'autre. Je l'ai invité parce que c'est un ami, mais il ne va pas s'attarder. Tout ça à cause de Lindsay.

— Il n'empêche que ta famille est charmante, insista-t-elle. Tous m'ont accueillie avec chaleur, et ils ont également ouvert les bras aux miens.

— Tout le monde t'apprécie, tu sais ! Et chacun pense que ta présence à mes côtés me sera salutaire.

— Ça donne de quoi se questionner sur ton passé, ironisa-t-elle. Il est peut-être préférable que je n'en sache rien.

— Je te dirai tout ce que tu as envie de savoir.

— Ce que j'en connais me convient tout à fait, dit-elle. Lamont viendra sûrement me réclamer une danse, j'espère que ça ne te contrarie pas ?

— Pas du tout.

— Je lui souhaite de trouver lui aussi un jour le grand amour.

— Maintenant que tu es mariée, je suis certain qu'il va s'efforcer de trouver l'âme sœur. Tu vois la grande blonde, là-bas, entourée de trois hommes ?

— Oui. Elle est venue nous présenter ses vœux. Elle s'appelle Emma, je crois.

Josh hocha la tête.

— C'est une amie que j'ai depuis longtemps. Je l'avais invitée à dîner pour me changer les idées après notre week-end à New York. Elle avait tout de suite compris que j'étais amoureux et s'était réjouie que j'aie enfin trouvé l'amour. Elle s'était même invitée à notre mariage, alors que j'ignorais si tu voudrais de moi !

— En tout cas, elle est ravissante, constata Abby avec un peu de mélancolie.

— Pas autant que ma femme, lui assura Josh en toute hâte. Pas un seul instant, ce soir-là, je n'ai songé à la séduire. Tu accaparais toutes mes pensées. Et c'est toujours le cas, Abby. Tu fais de moi l'homme le plus heureux de la terre.

— J'espère bien ! Je t'aime, Josh. Tu vois, je t'avais prévenu que tu tentais le destin lorsque tu m'as embrassée dans l'ombre en forme de cœur. Encore une fois, la légende est devenue réalité.

— Et je peux te dire que je ne regrette pas mon initiative !

Elle lui sourit.

— Eh bien, tu ne m'as pas encore dit où nous allions passer notre lune de miel...

— Nous nous envolons d'abord pour New York, et de là, nous embarquerons pour Vienne, où tu pourras valser tous les soirs pendant notre voyage de noces.

— Oh ! Josh, merci ! C'est fantastique !

— Nous irons ensuite en Suisse et en Allemagne visiter tous les châteaux que tu veux.

— J'ai l'impression de rêver...

— Moi aussi, mon amour, renchérit-il en dardant sur elle un regard intense. Et seule la décence m'interdit présentement de te montrer à quel point je t'aime. Mais je vais me rattraper chaque soir de ma vie.

— Ne fais pas des promesses que tu ne pourras pas tenir...

— Comment ça ? J'ai bien l'intention de les tenir ! Je ne pourrai jamais te dire à quel point tu m'es vitale.

— Et moi, je ne comprends toujours pas ce qui a bien pu t'intéresser en moi.

— N'oublie pas l'adage selon lequel les contraires s'attirent, et crois-moi : j'ai tout de suite été attiré par tes grands yeux bleus.

— Et moi, par tes prunelles noires !

— Nous partons dès que tu en as envie, murmura-t-il.

— C'est vrai ? Eh bien, allons-y !

Il était 20 heures ce soir-là quand Abby franchit dans les bras de Josh le seuil de sa suite new-yorkaise. Lorsqu'il la reposa par terre, un silence chargé d'émotion s'ensuivit. Le regard brûlant d'amour, il l'enlaça par la taille, l'embrassa, et elle s'agrippa à lui, emplie de bonheur.

Sa vie avec Josh, l'homme qu'elle aimerait à jamais, venait de commencer.

BRENDA JACKSON

La leçon d'amour d'un Westmoreland

Traduction française de
ROSA BACHIR

PASSIONS

HARLEQUIN

Titre original :
STERN

Ce roman a déjà été publié en 2014.

1

— Stern, comment une femme peut-elle faire pour provoquer le désir chez un homme ?

Le regard rivé à la lunette de son fusil de chasse, Stern Westmoreland tourna si vivement la tête qu'il faillit faire valser sa casquette.

Il fixa d'un regard noir sa camarade de chasse, qui avait toujours l'œil dans le viseur de son propre fusil. Quand un tir retentit, il déversa une flopée de jurons.

— Bon sang, Jo, tu l'as fait exprès ! Tu m'as posé cette question juste pour me déconcentrer.

Elle baissa son fusil et lui lança un regard contrarié.

— Pas du tout. Je te l'ai posée parce que je veux vraiment savoir. Et si ça peut te consoler, je viens de rater ma cible.

La belle affaire ! Elle venait peut-être de rater sa cible, mais rien ne l'avait empêchée d'abattre cet énorme élan hier, alors que lui n'avait encore rien touché, pas même un coyote. Un jour comme aujourd'hui, il se demandait pourquoi il invitait sa meilleure amie lors de ses parties de chasse. Elle le ridiculisait chaque fois.

Replaçant l'œil derrière son viseur, il prit une grande inspiration. En fait, il savait très bien pourquoi il invitait toujours Jo. Parce qu'il aimait l'avoir près de lui. Quand il était avec elle, il pouvait être lui-même, au lieu d'essayer d'impressionner son monde. Voilà pourquoi elle était sa meilleure amie depuis tant d'années.

— Eh bien ? insista-t-elle.

Il baissa son fusil.

— Je te demande pardon ?

— Tu ne m'as pas répondu. Que peut faire une femme pour plaire à un homme ? En dehors de coucher avec lui, s'entend. Je ne suis pas portée sur les aventures sans lendemain.

Il ne put s'empêcher de glousser.

— Je suis heureux de l'entendre.

— Qu'y a-t-il de si drôle, Stern ? Toi, tu as le droit d'être porté sur les aventures d'un soir, mais pas moi ?

Il la dévisagea, dérouté.

— Mais enfin, qu'est-ce qui ne va pas chez toi aujourd'hui ? Tu n'as jamais été soupe au lait.

La colère et la frustration se lurent sur son visage.

— Tu ne comprends pas ! Pourtant, tu me comprenais quand personne d'autre n'y arrivait, avant.

Sans un mot de plus, elle tourna les talons et s'en alla.

Il la regarda partir. *Que se passait-il ?* Il la connaissait depuis longtemps, et Jo ne s'était *jamais* montrée irascible. Quelle mouche l'avait piquée ?

Décidant qu'il n'était plus d'humeur à chasser aujourd'hui, il suivit Jo sur le chemin qui menait à son chalet.

Après une douche rapide, Jovonnie Jones sortit une bière du réfrigérateur et avala une gorgée rafraîchissante. Elle en avait besoin, se dit-elle en allant s'installer sur la terrasse de bois pour admirer la vue sur les Rocheuses.

Quelques années plus tôt, Stern était tombé sur cette bâtisse ancienne et délabrée, entourée d'une quarantaine d'hectares de terres de chasse exceptionnelles. En seulement deux ans, avec l'aide de ses frères et de ses cousins, il l'avait transformée en un magnifique chalet. C'était l'endroit parfait pour se ressourcer. Les terres abritaient des ours noirs, des cerfs, des renards et autres bêtes sauvages, mais surtout des élans.

Le chalet était aussi un bon investissement pour Stern. Quand il ne s'en servait pas, il le louait. C'était une construction à un étage dotée de huit chambres, quatre salles de bains, et de galeries de bois qui l'encerclaient sur les deux niveaux. L'espace de vie comprenait une immense cuisine, une salle à manger, et un salon dans lequel trônait une vaste cheminée de briques. Dans chaque pièce, de grandes baies vitrées offraient une vue splendide sur les montagnes.

Elle s'assit sur l'un des rocking-chairs en cèdre. Malgré sa douche et sa bière fraîche, elle se sentait encore frustrée, et furieuse. Pourquoi Stern avait-il refusé de répondre à sa question ? Elle aurait cru qu'être la meilleure amie d'un homme que beaucoup de femmes considéraient comme l'être le plus sexy de la Terre l'aurait aidée. Stern pouvait avoir toutes les femmes qu'il voulait, et si quelqu'un pouvait lui expliquer comment être attirante, c'était bien lui.

Au lycée, se souvint-elle avec amusement, il n'était pas rare que les filles fassent semblant de vouloir se lier d'amitié avec elle, dans le seul but d'approcher Stern. Cela n'avait jamais fonctionné longtemps, car dès que Stern apprenait la vérité, il les laissait tomber comme de vieilles chaussettes. Il avait toujours refusé de laisser quiconque se servir d'elle.

En vérité, la plupart des filles qu'elle avait connues au lycée, et même certaines des femmes qu'elle connaissait aujourd'hui, préféraient ne pas traîner avec une personne si peu féminine. Jo préférait les jeans aux robes. Elle aimait chasser, pratiquait le karaté, le tir à l'arc, et en savait plus sur la mécanique automobile que bien des hommes. Cette dernière compétence, elle la devait à son père, mécanicien hors pair.

L'émotion lui noua la gorge. Il lui était encore difficile de croire que son père avait quitté ce monde deux ans plus tôt. Il avait eu une crise cardiaque en faisant ce qu'il aimait : réparer des voitures. Sa mère étant morte quand elle avait onze ans, elle était désormais orpheline. Elle avait hérité du garage, ce qui lui avait donné l'occasion de quitter l'université et de faire de la mécanique à son tour.

Après avoir décroché un diplôme d'enseignante pour faire plaisir à son père, elle avait obtenu un diplôme d'ingénieur en mécanique. Elle avait aimé enseigner, mais diriger le Golden Wrench était sa véritable passion.

— Alors, tu me parles toujours ?

Stern posa un plateau de chips mexicaines et de sauce salsa sur la table à côté d'elle, puis s'installa dans l'autre rocking-chair.

— Je ne suis pas sûre, dit-elle, attrapant une chips pour la plonger dans la sauce avant de la glisser dans sa bouche. Je t'ai posé une question, et tu ne m'as pas répondu. Parce que tu pensais que je n'étais pas sérieuse.

Il prit une gorgée de bière et la regarda par-dessus le bord de sa canette.

— Tu étais sérieuse ?

— Oui.

— Dans ce cas, je te présente mes excuses. Je pensais honnêtement que tu essayais de me déconcentrer.

Elle esquissa un sourire.

— Tu crois que je pourrais faire une chose pareille ?

— Bien sûr.

— Eh bien, c'est vrai, admit-elle, tentant de cacher son amusement. Mais je ne l'ai pas fait aujourd'hui. J'ai besoin d'informations.

— Tu veux savoir comment plaire à un homme ?

— Oui.

Il se pencha et posa un regard sombre et pénétrant sur elle.

— Pourquoi ?

Elle haussa un sourcil.

— Pourquoi ?

— Oui, pourquoi veux-tu savoir cela ?

Elle ne répondit pas tout de suite. Au lieu de cela, elle prit une gorgée de bière et admira les montagnes. C'était une magnifique journée de septembre. Un renard rouge traversa une futaie de pins avant de disparaître dans un bois.

Enfin, elle se tourna vers Stern.

— Il y a un type qui amène sa voiture au garage. Il est sexy… oh… tellement sexy.

Stern roula des yeux.

— Je te crois sur parole. Continue.

Elle haussa les épaules.

— C'est tout.

Il fronça les sourcils.

— C'est tout ?

— Oui. J'ai décidé qu'il me plaisait. La question est : comment faire pour lui plaire ?

Pour Stern, la vraie question était : Jo avait-elle perdu la tête ? Mais il se garda de la formuler à voix haute.

Il connaissait Jo mieux que personne, il savait donc que quand elle était décidée à faire quelque chose, rien ne l'arrêtait. S'il refusait de la conseiller, elle irait trouver de l'aide ailleurs.

— Comment s'appelle-t-il ?

Elle glissa une autre chips dans sa bouche.

— Tu n'as pas besoin de le savoir. Tu me dis le nom de chaque femme que tu convoites ?

— C'est différent.

— Vraiment ? En quoi ?

Il n'aurait pas su l'expliquer. C'était comme ça, voilà tout. Du plat du pouce, il frotta sa tempe qui commençait à pulser.

— D'abord, tu es une novice en ce qui concerne la gent masculine. Et ensuite, si tu me poses cette question, ça signifie que tu n'es pas prête pour le genre de relations que tu recherches.

Elle rit et rejeta la tête en arrière.

— Oh ! je t'en prie, Stern. J'aurai trente ans l'année prochaine. La plupart des femmes de mon âge sont mariées, certaines ont des enfants. Moi, je n'ai même pas de petit ami !

Il ne trouvait pas cet argument recevable.

— J'aurai trente et un ans l'année prochaine, et je n'ai pas de petite amie, fit-il valoir.

Elle lui lança un regard sceptique, aussi précisa-t-il :

— Pas de petite amie régulière. J'aime être célibataire.

— Mais tu as des aventures. Nombreuses. Je commence à penser que la plupart des hommes en ville se demandent si je suis vraiment une fille.

Il l'étudia. Il n'y avait jamais eu de doute dans son esprit qu'elle était une fille. Elle avait de longs cils, et des yeux noirs comme la nuit. A cet instant, elle regardait droit devant elle, au-dessus des épais sous-bois. Elle avait replié ses jambes sur son rocking-chair, et les entourait de ses bras. Sa pose faisait ressortir ses muscles. Non seulement elle exerçait un métier physique, mais elle s'entraînait fréquemment dans une salle de sport avec lui.

Elle avait troqué sa tenue de chasse contre un short en jean et un haut court. Elle avait de longues et magnifiques jambes. Mais il était l'un des rares hommes à les avoir vues. Jo ouvrait son garage à 8 heures, et fermait bien après 17 heures. Il n'était pas rare qu'elle travaille tard, si elle avait une voiture dont le propriétaire avait besoin en urgence. Et toute la journée, elle portait un uniforme plein de cambouis. Beaucoup d'hommes seraient surpris de voir à quoi elle ressemblait sans sa tenue de travail.

— Tu caches la marchandise, dit-il enfin.

Elle le regarda, l'air décontenancé.

— Je cache quoi ?

— Ton joli corps. La plupart du temps, les hommes te voient en uniforme.

Elle sembla encore plus perplexe.

— Eh bien, pardonne-moi de ne pas porter des talons aiguilles et une robe de soirée pour changer un carburateur.

Une vision d'elle dans cette tenue jaillit dans son esprit, et il sourit.

— Des talons aiguilles et une robe de soirée ? Tu n'as pas besoin d'aller jusque-là, mais...

Elle faisait la moue. Il aimait quand elle boudait. Cela lui donnait un air adorable.

— Mais quoi ?

— Tu éveillerais sans doute davantage l'intérêt des hommes si tu te montrais en ville après le travail, habillée autrement qu'en jean et sweat-shirt. Tu es une femme, Jo. Les hommes aiment les femmes qui paraissent douces et sexy de temps en temps.

Elle fixa sa bière.

— Tu crois que ça pourrait fonctionner ?

— Probablement.

Soudain, il se redressa.

— J'ai une idée. Ce qu'il te faut, c'est un relooking.

— Un relooking ?

— Oui, et ensuite, tu devrais aller dans les endroits que ton type fréquente. Dans une robe qui dévoile tes jambes, avec une nouvelle coiffure…

— Quel est le problème avec mes cheveux ?

Honnêtement, il ne trouvait pas qu'il y ait le moindre problème avec ses cheveux. Ils étaient longs, épais et brillants. Il était bien placé pour le savoir, il l'avait aidée à les laver plusieurs fois, au fil des ans. Il adorait quand elle les portait lâchés, mais ces derniers temps, elle les coiffait rarement ainsi.

— Tu as des cheveux magnifiques. Tu dois juste les montrer un peu plus. Même ici, tu les caches sous une casquette.

Il tendit le bras et lui retira son couvre-chef. Une cascade de cheveux châtains aux reflets dorés tomba sur ses épaules.

— C'est beaucoup mieux, dit-il en souriant.

Et c'était vrai. Il avait très envie de plonger les mains dans ses boucles soyeuses.

D'où sortait cette pensée si tentante ? songea-t-il en s'adossant à son siège. Il s'agissait de Jo, bon sang ! Sa meilleure amie. Il ne devrait pas penser à la douceur de ses cheveux, ou au fait qu'il avait envie de les caresser.

— Alors, tu penses qu'un relooking pourrait m'aider ?

— Oui, mais je le répète, après le relooking, tu dois te rendre dans les mêmes endroits que ce type — mais avec quelqu'un. Quand tu seras prête, je t'accompagnerai.

— Je doute que ça fonctionne. Si je suis avec quelqu'un, il ne me remarquera peut-être pas.

— La plupart des gens savent que nous sommes juste amis.

— Il vient d'arriver en ville, alors il ne le sait sans doute pas.

Il réfléchit un instant.

— Tu as raison. Je n'irais pas aborder une femme si je la voyais avec un autre homme. Mais tu veux qu'il t'accepte telle que tu es. Une femme qui travaille comme mécano le jour, et qui peut se mettre sur son trente et un le soir, n'est-ce pas ?

— Oui.

Il sourit.

— Alors, je te suggère de te montrer avec un autre homme. Cela prouvera que tu peux être sexy quand tu veux, et que d'autres hommes t'apprécient. Je parie qu'une fois qu'il te verra, même si c'est avec moi, il t'appellera pour te proposer de sortir. Et ensuite, quand il te verra au garage, il ne s'arrêtera pas à ton uniforme et imaginera ce qu'il y a dessous.

Le sourire de Stern s'affadit. Pour une raison qu'il ignorait, l'idée que des hommes regardent Jo comme une femme et l'invitent à sortir le dérangeait. Ce relooking n'était peut-être pas une si bonne idée, après tout.

— C'est une merveilleuse idée, Stern ! Dès notre retour à Denver, je vais préparer ma transformation. D'abord, je dois découvrir où cet homme passe ses soirées. Ensuite, je trouverai le nom de quelqu'un qui peut me rendre jolie.

— Tu es déjà jolie, Jo.

Elle lui tapota la main.

— C'est adorable, mais tu es mon meilleur ami, alors tu n'es pas objectif. Je vais appeler ta cousine Megan pour lui demander le nom de son coiffeur, et je ne devrais avoir guère de mal à trouver une maquilleuse. Ensuite, j'irai faire les boutiques. Je demanderai à quelques-unes de tes cousines et de tes belles-sœurs de m'accompagner, je sais qu'elles adorent les virées shopping. Je suis tout excitée !

— Je vois ça.

Pourquoi son intérêt pour cet homme le perturbait-il ? La seule raison qu'il puisse trouver, c'était qu'elle était sa meilleure amie, et qu'il ne voulait pas perdre leur lien privilégié. Il ne voulait pas *la* perdre. Et si jamais ce type trouvait étrange qu'un homme et une femme soient si proches ? S'il la poussait à mettre un terme à l'amitié qu'ils partageaient depuis des années ?

Son ventre se noua à cette idée. Ses frères et ses cousins avaient toujours répété qu'ils ne voudraient pas qu'une de leurs petites amies ait le genre de relation avec un homme que Jo et lui partageaient. Il se pouvait très bien que l'homme que Jo convoitait pense de la même façon.

Stern n'aimait pas les problèmes, et il préférait toujours les affronter bille en tête.

— Comment s'appelle-t-il, Jo ?

Elle rit.

— Tu n'as pas besoin de savoir son nom, Stern. D'ailleurs, tu le découvriras bientôt, quand j'aurai mis mon plan à exécution.

Il prit une gorgée de bière. Il lui faudrait prendre son mal en patience.

Plus tard ce soir-là, Jo était allongée dans son lit, les yeux rivés au plafond. Les choses se déroulaient mieux qu'elle ne l'avait escompté. Quand elle avait pris conscience, au printemps, qu'elle développait des sentiments pour Stern, elle avait été horrifiée. Comment une femme pouvait-elle tomber amoureuse de son meilleur ami ?

Et plutôt soudainement, d'ailleurs. Lors de leur précédent séjour au chalet, en avril, elle était descendue un matin, prête pour une belle journée de chasse, et avait trouvé Stern encore en pyjama. Enfin, il portait le bas, mais pas le haut. Et à cet instant, elle l'avait vu non pas comme son meilleur ami mais comme un homme sexy et attirant. Elle n'avait pu détacher ses yeux de ses épaules massives, de son torse puissant et impressionnant, de ses abdominaux parfaits. Depuis, elle n'arrivait plus à le voir comme un simple ami.

Mais il n'y avait pas que cette attirance qui l'avait perturbée. A la fin de leur séjour, elle avait pris conscience qu'elle était tombée amoureuse de lui. Peut-être l'avait-elle toujours aimé, mais auparavant, elle avait toujours vu leur relation comme une amitié très solide, et rien de plus. A présent, son cœur exigeait qu'elle admette ce qu'elle avait nié des années durant.

Elle avait donc décidé de trouver un plan, pour ne pas perdre son ami. Elle était peut-être tombée amoureuse de Stern, mais elle savait que lui ne l'aimait pas. Il était un des plus beaux partis de Denver, et collectionnait les aventures.

Lorsque, deux mois plus tôt, elle avait lu un roman d'amour oublié par une cliente, une idée avait germé dans son esprit. Elle allait trouver un autre homme à aimer, quelqu'un qui pourrait prendre la place de Stern dans son cœur.

Elle avait été inspirée par l'héroïne du livre, elle aussi amoureuse d'un homme inaccessible. Pour se détourner de cet homme interdit, l'héroïne avait commencé à sortir avec son voisin de palier. Au bout du compte, elle était tombée amoureuse dudit voisin. Et, à la fin du livre, le couple se mariait et vivait heureux.

Certes, c'était de la pure fiction, mais l'idée méritait tout de même réflexion. Ce jour-là, Jo avait décidé de devenir la maîtresse de sa destinée, et l'artisan de son propre bonheur.

Pour ce faire, elle avait simplement attendu de tomber sur quelqu'un d'intéressant. Pendant deux mois, elle avait patienté. Et juste au moment où elle commençait à se décourager... Walter Carmichael était arrivé au garage, pour faire installer un nouveau jeu de bougies sur sa Porsche.

Quelque chose en lui avait attiré son attention, et elle avait remarqué qu'il ne portait pas d'alliance. Elle avait rapidement écarté l'idée que sa beauté, son style élégant et ses airs charmeurs lui rappelaient Stern.

Quand elle lui avait téléphoné, dans le cadre du suivi habituel des clients, elle avait trouvé que Walter avait aussi une belle voix au téléphone. Il était le candidat idéal. A présent, elle devait s'assurer qu'elle aussi avait tout pour lui plaire. Et la personne la plus indiquée pour l'aider était son meilleur ami.

L'homme qu'elle s'efforçait de ne pas aimer.

2

Stern leva les yeux quand il entendit frapper à la porte de son bureau.

— Entrez.

C'était Dillon, son frère aîné et P.-D.G. de Blue Ridge Land Management, une société familiale de gestion des terres de près de quarante ans d'existence. Dillon en était le directeur, leur frère Riley le directeur adjoint, tandis que Stern et son frère aîné Canyon étaient avocats d'affaires. Son cousin Adrian allait les rejoindre dans quelques mois, en tant qu'ingénieur.

Dillon entra dans le bureau puis ferma la porte et s'y adossa. Stern avait déjà vu cet air chez son frère. En général, cela n'augurait rien de bon.

— Y a-t-il une raison à ta mauvaise humeur aujourd'hui ? demanda Dillon. C'est ton premier jour depuis ton retour de vacances. J'aurais cru que tu serais de bonne humeur, or c'est tout le contraire. J'ai entendu dire que la chasse a été meilleure pour Jo que pour toi mais, s'il te plaît, dis-moi que ce n'est pas ça qui te met dans cet état. Tu n'es pas un mauvais perdant. Et puis, grâce à son père, non seulement Jo sait tout ce qu'il y a à savoir sur les voitures, mais elle est aussi une championne de tir et de karaté, et une archère talentueuse. Elle te bat depuis des années.

Stern jeta un trombone sur son bureau et le fixa un long moment, avant de lever enfin les yeux vers son frère.

— Je suis au courant de toutes les compétences de Jo, et ce n'est pas ça qui me dérange. Elle m'a informé pendant notre séjour qu'elle a des vues sur une autre cible — et ce n'est pas un élan. C'est un homme.

Dillon haussa un sourcil.

— Je te demande pardon ?

Il vint s'asseoir sur la chaise face au bureau de Stern.

— Tu as bien entendu. Alors, peut-être suis-je un mauvais perdant, Dillon. Jo est ma meilleure amie depuis toujours, et je ne veux pas la perdre.

Dillon étendit ses longues jambes devant lui.

— Si tu commençais par le commencement ?

Stern s'exécuta, et lui raconta toute l'histoire. Dillon l'écouta avec attention sans l'interrompre. Quand Stern eut fini, il prit la parole.

— Je crois que tu t'emballes trop vite, et que tu ne fais pas assez confiance à Jo. C'est une vraie amie, Stern. Je ne pense pas qu'il y ait un seul homme sur terre qui puisse se mettre entre vous ou briser votre amitié. Parmi tous les gens à qui elle aurait pu demander conseil, c'est toi qu'elle a choisi. A mon avis, cela en dit long. Elle a confiance en ton jugement.

Il se leva.

— Si j'étais toi, je ne la laisserais pas tomber. Et pour ta mauvaise humeur, tu connais les règles, Stern. Personne ne peut apporter ses valises personnelles au bureau. Canyon vient de rentrer de lune de miel, et il est d'excellente humeur, ce qui est bien compréhensible. Pourtant, tu as attaqué chaque idée qu'il lançait sans aucune raison. Tu dois à tous ceux qui étaient à la réunion, et à Canyon en particulier, des excuses, et j'attends de toi que tu les présentes.

Il alla vers la porte et l'ouvrit.

— Dil ?

— Oui ?

— Merci de m'avoir rappelé à l'ordre. Je suis navré de m'être mal comporté.

Dillon acquiesça d'un signe de tête.

— J'accepte tes excuses, Stern. Mais fais en sorte que ça ne se reproduise plus.

Lorsque Dillon eut refermé la porte derrière lui, Stern passa la main sur son visage. Il pouvait supporter la déception de tout le monde, sauf celle de Dillon. Quand leurs parents, leur oncle et leur tante étaient décédés dans un accident d'avion, près de vingt ans plus tôt, c'étaient Dillon et son cousin Ramsey qui étaient devenus chefs de famille. Cela n'avait pas été facile, d'autant que plusieurs Westmoreland avaient à l'époque moins de seize ans. Ensemble, Dillon et Ramsey avaient travaillé dur et fait des sacrifices pour que les fratries ne soient pas séparées. Dillon s'était même battu contre l'état du Colorado quand les autorités avaient voulu le forcer à placer les quatre benjamins en familles d'accueil. Ce n'étaient que quelques-unes des raisons pour lesquelles Dillon méritait sa plus grande admiration et son plus grand respect. Encore aujourd'hui, Dillon veillait à ce que la famille reste unie.

Il y avait en tout quinze Westmoreland à Denver. Les parents de Stern avaient eu sept fils : Dillon, Micah, Jason, Riley, Canyon, lui-même et Brisbane. De leur côté, oncle Adam et tante Clarisse avaient eu huit enfants. Cinq garçons : Ramsey, Zane, Derringer, et les jumeaux Aiden et Adrian, et trois filles : Megan, Gemma et Bailey.

Ces dernières années, tous s'étaient mariés, hormis les jumeaux, Bailey, Bane et lui-même. En juin, Megan avait épousé Rico, un détective privé ; Canyon avait épousé Keisha Ashford, la mère de leur fils de deux ans, le mois dernier ; et Riley et sa fiancée, Alpha, convoleraient à la fin du mois. Tout le monde était encore surpris que son cousin Zane, qui avait juré de rester célibataire toute sa vie, ait décidé d'épouser sa fiancée, Channing, pendant les vacances de Noël.

Stern lança un autre trombone sur le bureau, puis saisit son téléphone et appela la ligne de Canyon.

— Canyon à l'appareil.

— Canyon, je te demande de m'excuser d'avoir agi comme un idiot à la réunion aujourd'hui.

Il y eut une petite pause.

— Ça ne te ressemble pas, Stern. Nous ne nous sommes pas disputés depuis des années. Qu'est-ce qui t'arrive ? Je pars en lune de miel, et à mon retour, tu n'es plus toi-même. Qu'est-ce qui s'est passé pendant ta partie de chasse avec Jo ?

Au lieu de répondre à la question de Canyon, Stern lança :

— Retrouvons-nous pour déjeuner, et je demanderai à Riley de se joindre à nous. C'est moi qui invite.

— Et Dillon ?

Stern eut un sourire ironique.

— Inutile. Il vient de sortir de mon bureau, après m'avoir passé un savon, alors c'est réglé.

Canyon émit un petit sifflement.

— Content que ce soit tombé sur toi et pas sur moi.

— Jo, il nous faut un nouveau jeu de pneus pour une BMW de 75, et je ne crois pas qu'on ait ce modèle en stock.

Jo leva les yeux de son écran d'ordinateur et sourit au vieux monsieur qui avait passé la tête par la porte. Willie Beeker travaillait pour le Golden Wrench depuis plus de quarante ans. Il avait débuté avec son père, et travaillait maintenant avec elle. Il aurait dû prendre sa retraite un an après le décès du père de Jo, et elle savait qu'il n'était resté que pour lui apporter l'aide et le soutien dont elle avait besoin. Même s'il avait formé plusieurs hommes compétents capables de faire son travail, personne ne pouvait réellement le remplacer.

Elle connaissait Beeker depuis sa plus tendre enfance. Son père et lui étaient devenus amis lorsqu'ils travaillaient comme mécaniciens à l'armée. Son père avait mis fin à sa carrière militaire pour rentrer à Denver et se marier. Des années plus tard, les deux amis avaient repris contact lorsque Beeker avait divorcé et était venu vivre à Denver. Beeker était non seulement un employé modèle, mais elle l'avait toujours considéré comme un membre de la famille.

— Pas de problème, Beeker. Je vais vérifier tout de suite.

Beeker s'avança dans le bureau.

— J'ai eu une tonne de travail dès mon arrivée, et je n'ai pas eu l'occasion de te demander comment s'est passée ta semaine.

Jo s'adossa à sa chaise et sourit.

— J'ai abattu un élan le troisième jour.

— Bravo, ma petite. Stern n'était pas trop vexé ?

Elle sourit de plus belle.

— Euh, peut-être un peu. Mais il s'en remettra.

Elle ne put s'empêcher de se remémorer leurs derniers jours au chalet. Ils avaient rangé leurs fusils de chasse et sorti les cartes et les damiers. Il l'avait battue à plates coutures à tous les jeux hormis un, et elle avait l'impression qu'il l'avait laissée gagner.

Jo avait toujours apprécié ses séjours au chalet, et ce dernier voyage n'avait pas fait exception. Après leur première conversation sur son relooking, il n'avait plus voulu discuter de sa requête, ce qui l'amenait à penser qu'il n'était guère emballé par cette idée. Mais puisqu'il avait promis de l'aider, que demander de plus ?

— La Porsche de 2010 est-elle arrivée pendant mon absence ?

Beeker haussa un sourcil.

— Non, pourquoi ?

— Je suis juste curieuse. C'est une belle voiture.

— Tu es sûre qu'il n'y a que la voiture que tu trouves belle ?

Elle soutint le regard interrogateur de Beeker.

— Oui.

Depuis la mort de son père, il était devenu un père de substitution pour elle, mais elle ne voulait pas l'inquiéter inutilement.

Beeker opina.

— Alors, tu crois qu'il se posera un jour et se mariera ?

A présent, c'était au tour de Jo de l'interroger du regard.

— Qui ça ?

— Stern ?

Jo se renfrogna.

Comment étaient-ils passés du conducteur de la Porsche à Stern ?

— Je ne sais pas. Pourquoi cette question ?

Beeker haussa les épaules.

— Il y a eu beaucoup de mariages dans sa famille dernièrement. Sa cousine Megan en juin, Canyon le mois dernier, Riley prochainement et Zane avant la fin de l'année. Les Westmoreland célibataires semblent tomber comme des mouches.

— Stern sort beaucoup, mais il n'a pas de petite amie exclusive.

Beeker rit.

— Si quelqu'un est au courant, c'est bien toi.

Il consulta sa montre.

— Fais-moi savoir quand tu trouveras ces pneus, pour que je puisse envoyer Maceo les chercher.

Maceo Armstrong était son employé le plus jeune, et venait à peine de finir ses études.

— Promis.

Il fallut à Jo moins de trente minutes pour passer quelques coups de fil, trouver les pneus et envoyer Maceo les chercher à l'autre bout de la ville. Ce ne fut qu'à cet instant qu'elle s'accorda le temps de réfléchir à la question de Beeker, à propos de Stern. Comme elle l'avait dit à Beeker, Stern n'avait pas de petite amie sérieuse en ce moment. Mais il finirait par rencontrer quelqu'un, elle en était consciente. Après tout, comme Beeker l'avait souligné, il y avait eu beaucoup de mariages et de fiançailles chez les Westmoreland ces derniers temps.

Etant amie de longue date de Stern, elle avait appris à connaître tous les membres de sa famille. Elle savait que Canyon était fou de Keisha Ashford, ce n'était donc pas étonnant qu'il ait décidé de l'épouser. Elle avait été surprise en revanche par la rapidité du mariage de Megan et Rico. Mais c'étaient Riley et Zane, célibataires endurcis, qui l'avaient vraiment prise au dépourvu en décidant de se ranger. Une telle chose pouvait-elle arriver à Stern ? Que se passerait-il s'il commençait à fréquenter une femme de manière sérieuse, et que cette femme le persuadait de mettre fin à son amitié avec Jo par jalousie ? Jusqu'ici, cela n'était jamais arrivé, sans doute parce qu'aucune des femmes qu'il fréquentait ne la voyait comme une menace.

Stern était un beau parti, indéniablement. D'ailleurs, en plus d'être séduisant et fortuné, c'était un homme de valeur, intelligent, gentil et attentionné. Et elle ne pensait pas cela uniquement parce qu'il était son meilleur ami. Il sortait beaucoup, mais il ne menait jamais ses conquêtes en bateau. Il leur faisait savoir dès le départ quelle était sa position, et il avait affirmé maintes fois qu'il n'avait aucune intention de se poser ou de penser au mariage avant son trente-cinquième anniversaire. Donc, il n'avait plus que cinq ans devant lui. Et il n'aurait autant de temps que si aucune femme ne surgissait dans sa vie pour faire chavirer son cœur. Jo n'avait jamais été inquiète à ce sujet auparavant, mais ces derniers temps, les hommes Westmoreland semblaient vulnérables dès qu'il s'agissait d'amour.

Jo secoua la tête. Vulnérables ? Ce mot s'appliquait mal à Riley ou à Zane. Elle les connaissait bien, et savait que s'ils s'engageaient pour la vie, c'était parce qu'ils aimaient profondément leurs fiancées respectives.

Et parce que Stern ne faisait jamais rien à moitié, elle était sûre qu'un jour, il rencontrerait une femme et tomberait amoureux tout aussi profondément. Et quand cela arriverait, qu'adviendrait-il d'elle ? Inutile de réfléchir longtemps pour trouver la réponse.

Elle se retrouverait seule.

Cela voulait dire qu'elle devait avancer dans son projet. Il était impératif qu'elle ait quelqu'un dans sa vie avant que Stern rencontre une femme et se marie. Sa décision était donc prise. Elle soupira puis saisit un porte-bloc sur le mur et sortit de son bureau. Séduire Walter Carmichael était plus important que jamais. Dans quelques jours, elle saurait où il aimait passer du temps, et pourrait mettre son plan en action. Wanda, sa secrétaire, menait l'enquête, et si quelqu'un pouvait dénicher des informations, c'était bien elle.

Comme Beeker, Wanda était une employée de confiance, qui travaillait pour le Golden Wrench depuis des années — depuis que Jo était au lycée. C'était Wanda qui avait expliqué à Jo pourquoi son père tenait tant à ce qu'elle prenne ces cours de savoir-vivre et de danse qu'elle détestait. A l'époque, elle préférait de loin être sous le capot d'une voiture plutôt que minauder bêtement comme la plupart des adolescentes. Son père et elle avaient fait un compromis : il avait accepté qu'elle les accompagne Beeker et lui à la chasse, et de l'emmener aux cours de karaté et de tir à l'arc qu'elle adorait, si en échange, elle suivait quelques cours qu'il jugeait utiles.

Contrairement aux autres filles de son âge, elle ne s'était jamais intéressée aux garçons, surtout parce que c'étaient les garçons qui lui couraient après — non pas pour sa beauté, mais pour sa voiture. Grâce à son père, elle avait toujours conduit de belles voitures racées, qui faisaient fantasmer tous les garçons. Et tout comme Stern avait su pourquoi certaines filles faisaient semblant d'être amies avec elle, elle avait été très consciente des motivations de ces garçons. Et cela avait donné encore plus de valeur à son amitié avec Stern.

Que cela arrive dans quelques mois ou plus tard, un jour, Stern serait bien obligé de mettre un terme à leur amitié. Et la dernière chose qu'elle voulait, c'était qu'il se sente coupable de devoir s'éloigner d'elle.

Et puis, il y avait l'autre problème avec lequel elle avait dû composer durant leur séjour au chalet : son attirance nouvelle pour lui. Plus d'une fois, pendant qu'ils jouaient aux cartes, elle s'était surprise à l'observer avec attention. Depuis quand ce petit grain de beauté sur sa lèvre supérieure était-il si sexy ? Et depuis quand de longs cils pouvaient-ils être un atout de séduction chez un homme ?

Comme si ces pensées ne suffisaient pas, quand il l'avait déposée chez elle et lui avait donné un baiser habituel sur la joue, elle avait senti son cœur s'affoler. Oui, elle était vraiment mordue de Stern, et sa seule porte de sortie était de reporter son attention sur un autre homme.

Cependant, le souvenir de Stern chantant sous la douche, sifflant dans le chalet tout en préparant le petit déjeuner ou fredonnant tard le soir, quand ils jouaient aux échecs sur la terrasse, était gravé dans son esprit.

Elle était si plongée dans ses pensées qu'elle avançait machinalement, jusqu'à ce qu'elle se heurte à un torse masculin.

— Eh bien ! Il y a le feu quelque part, Jo ? demanda Stern, tendant le bras pour la maintenir en équilibre.

Elle sembla rougir, et il ne put s'empêcher de se demander à quoi elle avait pensé. Il avait le sentiment que cela ne concernait pas le travail.

— Stern, qu'est-ce que tu fais là ? demanda-t-elle d'une voix quelque peu essoufflée.

— Pourquoi, je ne devrais pas ? dit-il, dérouté.

Il la relâcha et lui emboîta le pas quand elle se remit à marcher.

— Non, mais nous sommes lundi, et nous sommes rentrés hier à peine.

— Je sais, mais j'ai retrouvé Riley et Canyon pour déjeuner chez McKays, alors, je me suis dit que j'allais passer voir comment tu allais tant que j'étais dans le quartier.

— Oh.

Etait-ce de la déception qu'il avait entendue dans sa voix ? Aurait-elle voulu que ce soit l'autre homme — celui dont elle refusait de lui donner le nom — qui se montre à l'improviste, et non lui ? Cette idée ne lui plaisait guère.

— Tu n'as pas l'air très contente de me voir.

Elle lui lança un regard par-dessus son épaule.

— Ne sois pas stupide. Je suis toujours contente de te voir.

Se montrait-il stupide ? Tout ce problème était-il stupide ? Ce même problème qui l'avait rongé et gardé éveillé une bonne partie de la nuit, au point qu'il avait aboyé sur ses frères ce matin ? Son frère aîné lui avait-il fait la morale pour rien ?

Reléguant ces pensées dans un coin de son esprit, il demanda :

— Tu as prévu quelque chose pour ce soir ?

— Euh, non, rien. Je n'ai pas encore défait mes bagages, et je dois faire une lessive. Pourquoi ?

— Pour rien.

Ils entrèrent dans un des ateliers où Beeker et un autre employé changeaient les essieux d'un véhicule. Stern salua les deux hommes au passage.

— Sur combien de voitures dois-tu travailler aujourd'hui ? demanda-t-il, en continuant de la suivre vers l'atelier où elle travaillait le plus souvent.

Elle consulta la feuille sur son porte-bloc.

— Pour l'instant, il n'y en a que cinq au programme. Mais tu sais comment ça peut être un lundi.

Oui, il savait. Au lycée, quand le père de Jo était encore en vie, Jo et lui avaient été engagés pour donner un coup de main. Il avait adoré apprendre avec le père de Jo, Beeker et les autres. Et Wanda était un vrai boute-en-train. La mort du père de Jo l'avait frappé presque autant qu'elle avait frappé Jo. Joseph Jones était un homme que Stern admirait, et respectait.

Il avait pratiquement passé autant de jours et de soirées avec Jo et son père que chez lui. Il était souvent allé chasser avec eux. M. Jones lui avait appris à tenir une arme, et Beeker leur avait appris, à Jo et à lui, comment tirer.

— Ça te dirait d'aller au cinéma demain soir ?

Elle leva les yeux vers lui. Pourquoi ne se rendait-il compte que maintenant à quel point ses yeux étaient fascinants ?

— Au cinéma ?

— Oui.

Ils y étaient allés ensemble un nombre incalculable de fois, et jamais il n'avait considéré cela comme un rendez-vous galant ou quoi que ce soit de plus que deux amis passant du temps ensemble. Pourquoi avait-il soudain le sentiment que cette invitation était différente ?

— Qu'y a-t-il au programme ? demanda-t-elle, l'air soupçonneux. Les dernières fois que nous sommes allés au cinéma, nous avons vu des films qu'aucune de tes petites amies ne voulait voir. C'est pour ça que tu m'y as emmenée. Ce doit être un de ces films sanguinolents que tu aimes tant.

Il ne put s'empêcher de rire. Elle le connaissait si bien.

— Il y a un nouveau film d'action qui vient de sortir. Riley m'en a dit du bien.

— Et pourquoi ne peux-tu pas trouver de petite amie pour demain ?

— Je n'essaie pas d'en trouver une. Nous devons toujours discuter.

— De quoi ? demanda-t-elle, regardant sa montre.

— De la requête que tu m'as soumise au chalet.

Elle cessa de marcher.

— Si je me souviens bien, tu ne voulais pas en parler.

Elle avait raison. Plus il pensait à ce relooking, plus il se disait que c'était une mauvaise idée. Si un homme se souciait uniquement des apparences, alors, il pourrait ne pas apprendre à connaître la Jo que Stern connaissait par cœur. Elle avait un cœur en or. Et elle se fourvoyait, si elle poursuivait un homme uniquement intéressé par son apparence extérieure.

Mais il connaissait Jo, et savait qu'elle avait pris sa décision.

L'idée de cet homme mystère le rendait plus furieux chaque fois qu'il y pensait. La meilleure chose à faire était de garder un œil sur elle et de s'assurer qu'elle ne s'attire pas d'ennuis.

— Eh bien, je n'ai pas envie d'en parler pour l'instant, et je pense qu'un relooking pourrait ne pas marcher, finalement.

Elle fronça les sourcils.

— Pourquoi ?

Il mit les mains dans ses poches.

— Ton homme mystère n'apprendra pas à connaître la vraie Jo.

Elle roula des yeux.

— Il peut apprendre à connaître la vraie moi plus tard. D'abord, j'ai besoin qu'il me remarque. Alors je pense que le relooking fonctionnera, et tu as dit que tu m'aiderais. N'essaie pas de te défiler maintenant.

— Je ne me défile pas.

Il marqua un temps.

— Simplement, je ne veux pas que tu souffres.

— Que je souffre ?

Elle regarda autour d'elle, comme pour s'assurer qu'aucun de ses employés n'était à portée de voix.

— Es-tu en train de dire que tu ne penses pas qu'un relooking m'aidera ? Que je suis tellement irrécupérable que même un relooking ne pourrait rien changer ? demanda-t-elle vivement.

— Non, ce n'est pas...

— Eh bien, sache une chose, Stern. J'ai vu des femmes et des hommes très laids devenir beaux et séduisants. Alors, il n'y a pas de raison de croire qu'un relooking ne pourra pas faire de merveilles pour moi aussi, déclara-t-elle, irritée.

— Ce n'est pas ce que je voulais dire, Jo.

— Peu importe. Je vais te montrer que je peux le faire, assena-t-elle, puis elle se dirigea vers la première voiture sur sa liste.

Que se passait-il, bon sang ? songea-t-il en passant la main sur son visage. Jo et lui ne s'étaient jamais disputés, et voilà qu'ils se chamaillaient pour la moindre broutille.

Il avait seulement dit qu'il ne voulait pas la voir souffrir. Pourquoi en avait-elle conclu qu'il pensait qu'un relooking ne l'aiderait pas ? A dire vrai, il était sûr que cela l'aiderait, et c'était justement cela qui l'inquiétait. Les hommes iraient vers elle pour des tas de mauvaises raisons.

Lorsqu'elle se pencha pour regarder sous le capot du véhicule, il ne put s'empêcher de remarquer la façon dont son pantalon de travail moulait son postérieur. Son postérieur aux formes parfaites. Bon sang, pourquoi était-il en train d'admirer les courbes de Jo ?

Frustré, il prit une grande inspiration.

— Je t'appelle plus tard.

— C'est ça, marmonna-t-elle sans prendre la peine de lever les yeux.

Stern s'en alla, avec l'impression qu'il avait fait empirer la situation au lieu de l'améliorer.

3

— Voici les informations que tu voulais sur Walter Carmichael.

Jo leva les yeux vers la femme blonde et mince qui ne faisait pas son âge. Si Jo en croyait la copie du certificat de naissance dans son dossier, Wanda approchait de la soixantaine, mais lorsque l'on posait la question à l'intéressée, elle jurait n'avoir pas encore cinquante ans. Et puisqu'elle avait le visage et la silhouette pour confirmer son propos, personne n'osait la contredire.

Jo saisit la fiche de renseignements que Wanda avait jetée sur son bureau.

— Il vit à Cherry Hills Village ?

C'était l'un des quartiers les plus huppés de Denver.

— Tu es surprise ? Regarde ses vêtements. Sa voiture. Sans parler de son métier.

Jo hocha la tête.

— Il a trente et un ans, comme Stern, dit-elle. Et d'après ce que tu as découvert, il n'a pas de petite amie attitrée.

— Comme Stern.

Jo reporta son regard sur Wanda, qui faisait mine d'étudier le tableau d'affichage. Elle connaissait Wanda depuis assez longtemps pour remarquer le sourire qu'elle essayait de cacher.

— C'est vrai, admit Jo. Comme Stern.

Wanda pencha la tête.

— Maintenant que j'y pense, il y a beaucoup de choses chez ce Carmichael qui me rappellent Stern. Y a-t-il une raison à cela ?

Jo ne voulait pas soutenir le regard de Wanda plus longtemps. Cette femme était trop perspicace.

— Qu'est-ce que tu en penses ? demanda-t-elle pour gagner du temps.

Elle ne put s'empêcher d'observer Wanda du coin de l'œil. Sa secrétaire semblait songeuse.

— Tu veux vraiment que je te dise ce que je pense, Jovonnie ?

Jo tenta d'ignorer la tension qui montait derrière ses tempes. Chaque fois que Wanda l'appelait par son prénom et non par son diminutif, cela signifiait qu'elle allait lui faire la leçon.

— Tu n'as pas un standard à tenir ? Je te paie pour ça, lui rappela-t-elle.

— N'essaie pas de jouer du galon, jeune fille. C'est ma pause déjeuner, et dois-je te rappeler que j'ai droit à une pause ?

— Non, tu n'as pas besoin de me le rappeler, mais je travaille pendant la mienne, alors, si ça ne t'ennuie pas, je...

— Si, ça m'ennuie, coupa Wanda, appuyant la hanche contre le bureau. Et si ça m'ennuie, c'est parce que je crois que tu commets une énorme erreur.

Voyant qu'elle n'avancerait pas tant que Wanda n'aurait pas vidé son sac, Jo jeta son stylo sur le bureau et s'adossa contre sa chaise.

— A l'évidence, quelque chose te tracasse.

— En effet.

— Très bien, je t'écoute, dit-elle en reposant la fiche de renseignements collectés par sa secrétaire sur le bureau.

Wanda se leva et se mit à faire les cent pas. C'était une femme splendide, qui avait connu deux mariages. Elle était tombée amoureuse d'un policier à l'âge de vingt et un ans, et s'était retrouvée veuve avec un bébé à vingt-huit. Elle s'était remariée à trente-quatre ans, et avait divorcé trois ans plus tard. Son ex-mari et elle étaient toujours célibataires, et ils étaient restés bons amis. Il n'était pas rare qu'ils déjeunent ou dînent ensemble.

Wanda répétait à qui voulait l'entendre que son second mariage avait été une erreur, car elle avait essayé de remplacer un homme irremplaçable.

A présent, les tempes de Jo pulsaient de tension. Elle avait une tonne de documents administratifs à remplir, et comme elle l'avait dit à Stern, elle devait rentrer pour défaire ses bagages et lancer une lessive. Elle commençait à trouver les allées et venues de Wanda agaçantes, mais celle-ci s'arrêta enfin, et la regarda droit dans les yeux.

— Tu es tombée amoureuse de Stern.

Jo était contente d'être fermement assise sur sa chaise, sinon elle serait tombée. Elle était tout à fait certaine de ne pas avoir montré ses sentiments, alors comment Wanda avait-elle deviné ? Le père de Jo avait toujours dit, sur le ton de la plaisanterie, que Wanda avait un sixième sens pour les choses qui ne la regardaient pas. Jusqu'à aujourd'hui, Jo avait toujours refusé de le croire.

Comme elle ne répondait rien, et qu'elle se contentait de rester assise, à la dévisager, Wanda insista :

— Avoue-le.

Jo se reprit rapidement, et sortit de son silence médusé. Elle saisit son stylo et fit mine de noter quelques mots sur un document.

— Je n'avouerai rien du tout. Tu te fais des idées.

— Je suis juste observatrice. Et depuis le temps que tu me connais, tu devrais savoir que rien ne m'échappe, rétorqua Wanda.

Jo reposa son stylo et pencha la tête.

— Et qu'est-ce qui ne t'a pas échappé, selon toi ?

Wanda sourit.

— La façon dont tu t'es mise à regarder Stern quand tu penses qu'il ne te voit pas. La façon dont tu souris chaque fois qu'il apparaît. Tu étais tout particulièrement ravie d'aller chasser avec lui. Tu as réagi comme si c'était ta première fois, alors que vous partez ensemble deux ou trois fois par an.

Jo balaya ses paroles du revers de la main.

— Ça ne prouve rien du tout.

— D'accord, mais ensuite, tu décides de charmer un type qui pourrait être le clone de Stern. Pour moi, c'est un signe évident.

Jo se mordilla la lèvre.

— A t'entendre, j'ai l'air pathétique.

Wanda secoua la tête.

— Pas pathétique. Juste perdue.

A présent, c'était Jo qui avait besoin de bouger. Au lieu de faire les cent pas, elle alla à la fenêtre. C'était une magnifique journée de septembre, mais en observant les hautes montagnes, on pouvait en conclure que l'hiver serait précoce à Denver. Et froid aussi.

Elle se retourna vers Wanda.

— Disons que ta théorie est vraie. Je ne dis pas qu'elle l'est, mais supposons qu'elle le soit. Quel mal y aurait-il à ce que je m'attelle à un projet sûr, au lieu de m'accrocher à une cause perdue ?

— Qu'est-ce qui te fait penser que Stern est une cause perdue ?

Jo réfléchit un moment avant de répondre.

— Il n'est une cause perdue que pour moi. C'est mon meilleur ami, et il sait qu'il ne sera jamais plus que cela. Inutile de perdre mon temps à attendre davantage. Alors, j'ai décidé de concocter un plan qui pourrait fonctionner.

— Walter Carmichael.

— Oui. Il est exactement ce dont j'ai besoin pour avancer dans une autre direction.

Loin de Stern.

— Et si ça ne marche pas ?

Jo sourit.

— Ça marchera. Je compte apprendre auprès des meilleurs.

Wanda la dévisagea.

— S'il te plaît, dis-moi que tu ne t'apprêtes pas à faire ce que je crois.

Jo haussa les épaules et retourna s'asseoir à son bureau.

— D'accord, je ne te le dirai pas.

Wanda secoua la tête.

— Ça ne va pas marcher, Jo. Quand un homme possède ton cœur, tu ne peux pas le remplacer par un autre homme. Je l'ai appris à mes dépens.

Jo regarda Wanda redresser les épaules et sortir de la pièce. Un jour, elle aurait une longue discussion avec elle à propos de son second mariage. Pourquoi avait-il été si difficile pour Wanda de tourner la page et de tomber amoureuse de nouveau ?

Elle en revanche n'aurait aucun mal à transférer ses sentiments de Stern à Walter, elle en était certaine. Après tout, elle n'avait jamais été mariée à Stern. Tomber amoureuse d'un autre homme ne devrait pas être si compliqué.

D'une certaine manière, elle était impatiente d'aller au Punch

Bowl samedi soir. D'après les informations que Wanda venait de lui fournir, c'était là-bas que Walter passait ses soirées durant le week-end. Elle avait entendu dire qu'il y avait un orchestre, une piste de danse, et que l'endroit était propice aux rencontres entre hommes et femmes.

Elle prit une grande inspiration, songeant que ce week-end, elle ferait partie de ces femmes.

— Ce doit être sérieux, dit Zane quand il eut ouvert la porte à son cousin.

Stern entra et alla directement dans le salon.

— Qu'est-ce qui te fait dire ça ?

Zane haussa les épaules.

— Ta présence. Je ne me souviens même pas à quand remonte ta dernière visite.

— Tu avais une invitée, et je ne voulais pas vous déranger. J'ai entendu dire que Channing était partie.

Stern parlait de la femme que Zane allait épouser à Noël. Si on lui avait dit un jour que Zane, qui non seulement connaissait les femmes comme sa poche mais qui appréciait grandement leur compagnie finirait par se marier, Stern ne l'aurait pas cru.

— Channing a dû retourner à Atlanta pour son travail. Elle emménage ici de façon permanente le mois prochain.

— Tu crois pouvoir tenir jusque-là ?

Zane sourit.

— Je n'en suis pas sûr. Elle revient dans quelques semaines, pour le mariage de Riley. Nous passerons Thanksgiving avec sa famille, et nous nous marierons le jour de Noël.

— On dirait que tu as tout planifié, dit Stern, s'asseyant sur le canapé et étendant ses longues jambes devant lui.

— En effet.

Zane marqua une pause puis demanda :

— Alors, qu'est-ce qui t'amène ici un lundi soir, Stern ?

Stern pensait pourtant que la raison était évidente. Zane, de six ans son aîné, avait la réputation de très bien connaître les femmes. Avant de se fiancer à Channing, il était devenu l'expert familial sur le sujet, et Stern espérait que ses connaissances n'avaient pas disparu depuis ses fiançailles.

— C'est Jo.

Zane haussa un sourcil.

— Jo ?

Stern poussa un soupir. Jo était sa meilleure amie depuis des années, et toute la famille la connaissait.

— Elle m'a demandé un service.

— Quel genre de service ?

— Elle voulait que je lui dise comment faire pour plaire à un homme. Elle a des vues sur quelqu'un. Le seul problème, c'est qu'il ne semble pas lui porter le même intérêt, alors, elle veut que je lui explique ce qu'elle doit faire pour attirer son attention.

— Oh ! Je vois.

— Eh bien, pas moi.

— Ça ne m'étonne pas.

Stern se renfrogna.

— Qu'est-ce que je suis censé comprendre ?

Zane esquissa un sourire.

— Eh bien, Jo est ta meilleure amie et tu n'as pas de recul sur la situation. Si tu étais une amie féminine, ça ne te poserait pas de problème, mais parce que tu es un homme, cela te perturbe.

— Bien sûr que ça me perturbe. Pourquoi veut-elle se rendre désirable pour un homme ? Si ce type n'a pas assez de jugeote pour la désirer de lui-même, pourquoi devrait-elle s'en soucier ?

— Parce qu'à l'évidence, il lui plaît, et qu'elle veut lui plaire. Il n'y a rien de mal à ça.

Stern n'était pas du tout de cet avis.

— Alors, qu'est-ce que tu lui as dit ? demanda Zane.

Stern s'appuya contre les coussins du canapé.

— Comme je ne l'ai pas prise au sérieux au début, elle s'est vexée. C'est la dernière chose que je voulais, alors je lui ai donné quelques conseils. Je lui ai dit qu'elle devrait sans doute porter plus de robes. Jo a des jambes magnifiques, et elle devrait les mettre davantage en valeur. Je lui ai aussi suggéré de ne pas cacher ses cheveux sous une casquette. Sa chevelure est un de ses principaux atouts. J'aime particulièrement quand elle les porte lâchés.

Zane hocha la tête.

— Rien d'autre ?

— J'ai ajouté qu'après son relooking, elle devrait découvrir où ce type passe du temps, et s'y rendre sous sa nouvelle apparence. Et que si elle décidait de le faire, je devrais l'accompagner.

— Pourquoi ?

Stern était dérouté par cette question.

— Pourquoi ?

— Oui, pourquoi ? Pourquoi ressens-tu le besoin de l'accompagner ?

— Parce que je ne connais pas ce type, dit-il sur un ton défensif. Elle refuse de me dire son nom et de me donner la moindre information, en dehors du fait qu'il amène sa voiture au garage de temps en temps pour la faire entretenir.

— C'est tout ce que tu as besoin de savoir. Si tu veux mon avis, c'est même plus que tu ne devrais en savoir. Jo est une grande fille, elle se débrouille très bien toute seule.

— Ça, tu n'en sais rien.

Zane gloussa.

— Il s'agit de Jo, Stern ! Elle peut atteindre une cible avec une arme à feu ou une flèche les yeux fermés. Elle est ceinture noire de karaté. Toi et moi savons qu'elle est capable de se débrouiller seule, donc ça veut dire que quelque chose d'autre te dérange. Qu'est-ce que c'est ?

Stern fixa le sol.

— Rien, marmonna-t-il.

Zane resta silencieux quelques instants.

— Il y a quelque chose, Stern, finit-il par dire. Tu n'es pas venu ici juste pour le plaisir de voir ma bobine. Quelque chose te tracasse, alors crache le morceau. Je ne pourrai pas t'aider sinon.

Stern marqua un temps, puis se lança.

— J'ai peur, Stern.

— Peur ? s'étonna Zane. Mais de quoi ?

— De perdre ma meilleure amie. Si ça devenait sérieux avec ce type, et qu'il avait un problème avec notre relation ? Tu m'as souvent répété que tu ne voudrais pas qu'une de tes petites amies ait le genre d'amitié avec un homme que Jo partage avec moi.

— Tu ne la perdras pas, assura Zane.

— Tu ne peux pas le garantir, et je ne peux pas prendre ce risque.

Zane secoua la tête.

— Tu vas devoir lui faire confiance.

— Mais je lui fais confiance. C'est à ce type que je ne fais pas confiance.

— Tu ne le connais même pas ! objecta Zane.

— Exactement, dit Stern en se levant. C'est pourquoi je dois découvrir qui il est et enquêter sur lui.

— A mon avis, tu prends le problème complètement à l'envers.

— Pas du tout, assena-t-il, se dirigeant vers la porte. Au revoir, Zane. Tu m'as donné matière à réflexion.

— Je ne pense pas. Je te suggère d'examiner tes propres sentiments pour Jo, rétorqua Zane.

Mais Stern était déjà sorti, et n'entendit pas la dernière phrase de son cousin.

Le soir suivant, Jo sortit sur son perron et inspira une grande bouffée d'air frais. Elle avait attaché ses cheveux en queue-de-cheval et enfilé sa casquette préférée des Denver Broncos, mais au lieu de ses habituels jeans et T-shirt, elle portait une chemise bleu pastel et un pantalon de velours noir, ainsi qu'une veste, car la soirée était fraîche.

Lorsqu'elle entendit un bruit, elle se retourna et sourit. A la vue de Stern qui montait les marches, son cœur battit la chamade. Son corps ferme et musclé était moulé dans un jean et une chemise assortie. Il arborait un Stetson. Ce qu'il pouvait être beau ! Elle eut bien du mal à réprimer son trouble.

Elle consulta sa montre.

— Tu es à l'heure.

— Ne le suis-je pas toujours ? dit Stern, regardant autour de lui. J'espère que tu ne restes pas là sur ton perron à attendre tous tes rendez-vous galants.

Jo ajusta sa casquette.

— Tu n'es pas un rendez-vous galant. Allons-y, déclara-t-elle, le prenant par le bras et l'entraînant sur les marches. J'ai déjà fermé à clé et mis l'alarme. Le film commence dans vingt minutes.

— Pourquoi es-tu si pressée ? Il n'y a pas beaucoup de circulation, nous avons largement le temps.

Il avait raison, mais elle était impatiente de vivre cette soirée. Chaque fois qu'elle passait du temps avec Stern, elle était aussi fébrile qu'une adolescente. Elle était certaine que ces sentiments lui passeraient une fois qu'elle connaîtrait mieux Walter. D'ailleurs, à propos de Walter...

— Je vais faire mon relooking ce week-end, annonça-t-elle tandis qu'elle grimpait dans la voiture et bouclait sa ceinture.

Stern attacha la sienne puis demanda :

— Pourquoi ?

Elle afficha un large sourire.

— J'ai découvert où mon client passe ses week-ends, et je compte m'y montrer.

Stern soutint son regard.

— Où est-ce ?

— Je te le dirai seulement si tu promets de ne pas venir.

— Je ne peux pas te promettre une telle chose, Jo.

Elle roula des yeux.

— Dans ce cas, je ne te dirai rien. Pourquoi insistes-tu autant, Stern ? Est-ce que je me montre dans les endroits où tu emmènes tes petites amies ?

— Non. Mais ce n'est pas moi qui demande des conseils pour attirer l'attention de quelqu'un. Et puis, je veux m'assurer qu'il te traitera avec respect, argumenta Stern en faisant marche arrière dans l'allée.

— Enfin, Stern, je peux me débrouiller seule ! Si j'arrive à attirer son attention, nous discuterons, nous écouterons de la musique et nous danserons. Ce ne devrait pas être difficile de savoir s'il est intéressé ou pas.

Il profita d'un feu rouge pour se tourner vers elle.

— Mais il sera intéressé pour de mauvaises raisons.

— Je peux gérer cela.

— Alors, tu vas vraiment aller jusqu'au bout ? grommela-t-il.

— Evidemment ! Je croyais que tu avais compris à quel point j'étais sérieuse la semaine dernière.

Il se comportait en grand frère protecteur, mais un peu trop à son goût.

Quelques heures plus tard, Stern n'était pas de meilleure humeur. Le film était agréable, et elle l'avait apprécié, mais chaque fois qu'elle avait risqué un regard vers Stern, il arborait une mine sombre.

— Arrête de faire cette tête, on dirait un chien battu, le taquina-t-elle tandis qu'ils sortaient du cinéma.

— Très drôle, rétorqua-t-il.

— Je ne plaisante pas. Le film, c'était ton idée, mais je ne crois pas que tu aies apprécié cette soirée, dit-elle, grimpant dans la voiture quand il lui ouvrit sa portière.

— J'ai aimé le film, et j'ai apprécié ta compagnie.

Jo n'était pas convaincue. Elle consulta sa montre.

— Il est encore tôt. Tu veux passer chez McKays pour prendre un café ?

— Oui, pourquoi pas ?

Au moins, il n'était pas pressé de la ramener chez elle, songea-t-elle.

— Megan m'a conseillé de voir avec Pam pour le coiffeur, alors, j'ai rendez-vous avec elle demain. J'espère qu'elle pourra me recommander quelqu'un. Elle est toujours superbe. En fait, toutes les femmes que tes cousins et tes frères ont épousées sont splendides.

Pam était l'épouse de Dillon, le frère aîné de Stern. Ancienne actrice, elle avait joué autrefois dans l'un des feuilletons préférés de Jo. Pam avait tout abandonné pour retourner chez elle dans le Wyoming et élever ses trois sœurs cadettes après la mort de leur père. C'était à cette époque qu'elle avait rencontré Dillon.

— Et si je te disais que j'aime ton apparence telle qu'elle est ? lança Stern, s'immisçant dans ses pensées.

Elle roula des yeux.

— Evidemment, tu es mon meilleur ami. D'ailleurs, je n'essaie pas de t'impressionner, tu te souviens ? Ceci dit, j'apprécie le fait que tu m'aies donné des conseils au chalet. Et je compte bien les suivre, puisque tu sais parfaitement ce que les hommes aiment. Vendredi, je vais faire les boutiques et avec l'aide de Pam, je vais trouver un coiffeur qui pourra faire des miracles avec ma coiffure et mon maquillage.

Stern ne dit rien, et se concentra sur la route. Mais elle aurait pu jurer l'entendre grincer des dents. Pourquoi cela le perturbait-il tant qu'elle ait des vues sur quelqu'un ? Quand plusieurs minutes s'écoulèrent, et qu'elle sentit la tension monter entre eux, elle n'y tint plus. Dès qu'ils s'arrêtèrent sur le parking de chez McKays, elle demanda de but en blanc :

— Quel est ton problème, Stern ? Je croyais que tu comprenais. Pourquoi cela t'ennuie-t-il que je veuille conquérir un homme, alors que tu fais la même chose avec toutes les femmes que tu désires ?

Il garda le silence.

— Est-ce mal de ma part de vouloir te protéger, Jo ? dit-il enfin.

Elle prit une grande inspiration. Il était loin de se douter qu'elle aussi essayait de le protéger… surtout d'elle-même. Si Stern savait qu'elle était tombée amoureuse de lui, il prendrait sans doute ses jambes à son cou.

— C'est mal si je ne veux pas être protégée. Tu es encore pire que papa. Même lui a eu le bon sens de lâcher du lest quand j'ai grandi. En fait, il me répétait sans arrêt que je devais sortir plus souvent, fréquenter des garçons et me mettre davantage en valeur. Il ne s'inquiétait pas pour moi, parce qu'il savait que je pouvais me défendre. Alors, pourquoi t'inquiètes-tu ?

— Il ne s'agit pas de ça.

— Alors, qu'est-ce que c'est ?

Stern se renfrogna. Pouvait-il expliquer ce qu'il ressentait sans passer pour un égoïste ? Etait-il prêt à lui refuser une chance d'être heureuse juste parce qu'il ne voulait pas la perdre ?

— Rien. Je suis juste de mauvaise humeur. Désolé.

Il ouvrit sa portière et s'apprêta à sortir, mais elle l'arrêta en posant la main sur son bras.

— Pourquoi es-tu de mauvaise humeur ?

Il haussa les épaules.

— C'est la folie au bureau. Hier, ma première journée ne s'est pas bien passée.

Inutile de lui avouer qu'il s'était comporté comme un imbécile devant ses frères, et que Dillon lui avait passé un savon.

— Le travail s'est accumulé. J'ai des tas de dossiers à préparer cette semaine. Une tonne de choses à faire, et peu de temps.

Il vit son air compatissant, et se sentit honteux d'avoir déformé la vérité. Le nombre de dossiers sur son bureau était raisonnable, et n'influait en rien sur son humeur.

Elle lui tapota la main.

— Ne t'inquiète pas, Stern. Tu vas y arriver. Tu y arrives toujours. Tu es brillant, intelligent, et tu travailles dur. Tu as tout pour réussir.

Il était trop touché pour répondre quoi que ce soit. Jo avait toujours su lui donner confiance, même quand tout jouait contre lui. Comme quand il avait voulu entrer dans l'équipe de basket-ball du lycée, mais que ses performances n'avaient pas été suffisantes. Elle l'avait entraîné sans relâche, et quand il avait voulu baisser les bras, elle ne l'avait pas laissé faire. Elle l'avait encouragé comme elle venait de le faire. Et elle avait toujours réussi à le convaincre.

— Merci, Jo.

Qu'avait-il fait pour mériter une meilleure amie comme elle ? Beaucoup de gens trouvaient étrange leur amitié unique. Et certains, comme son cousin Bailey et les jumeaux Aiden et Adrian, pensaient qu'ils finiraient par devenir plus que des amis. Il leur avait toujours répondu qu'il ne voyait pas Jo ainsi. Elle était sa meilleure amie, et rien de plus. Il refusait de penser que quelque chose avait changé.

— Si nous allions prendre ce café ? suggéra-t-il.

— Ça me fera le plus grand bien. Je dois finir d'éplucher les rapports d'inventaire. Nous serons bientôt à cours de fournitures, pourtant nous avons passé des commandes récemment. Il y a quelque chose qui cloche.

— Je suis sûr que tu vas découvrir ce que c'est, dit-il en sortant de la voiture. Tu es la meilleure.

Il vint lui ouvrir sa portière.

— Merci pour cette marque de confiance, dit-elle.

— Pas de quoi.

Refermant la portière derrière elle, il la prit par la main et, ensemble, ils se dirigèrent vers l'entrée de chez McKays, un restaurant réputé du centre-ville. Ce ne fut que lorsqu'ils furent accueillis par l'hôtesse qu'il la relâcha.

Et ce ne fut qu'à cet instant qu'il songea à quel point il avait aimé avoir sa main dans la sienne.

— Merci pour le cinéma et le café, Stern.

— Tout le plaisir était pour moi, dit-il en la suivant dans le salon.

Chaque fois qu'il l'emmenait quelque part, il rentrait avec elle pour vérifier que tout était en ordre.

Après leur petite discussion dans la voiture, Jo avait été ravie de constater que son attitude s'était grandement améliorée. En prenant le café, il lui avait parlé des projets professionnels d'Aiden et d'Adrian. Aiden, qui avait choisi le domaine médical, effectuait son internat dans un hôpital du Maine. Quant à Adrian, il avait décroché un diplôme d'ingénieur et commencerait à travailler chez Blue Ridge dans quelques mois. Pour l'heure, il avait décidé de prendre du temps pour voyager.

Ils avaient aussi discuté de toute l'excitation qui régnait chez les Westmoreland, avec tous les mariages et les fiançailles qui s'enchaînaient ces derniers temps. Stern trouvait très drôle que certains de ses frères et de ses cousins pensent qu'il serait le prochain, alors qu'il n'avait même pas de petite amie régulière.

— Tout a l'air normal, dit-il en sortant de la cuisine.

— Seulement parce que tu as fait peur au croque-mitaine, plaisanta-t-elle.

Elle retira sa casquette, puis défit sa queue-de-cheval pour laisser ses boucles tomber autour de ses épaules. Le coiffeur qui s'occuperait de ses cheveux suggérerait-il de les raccourcir ? Elle les avait toujours eus longs, mais si cela pouvait pousser Walter à la remarquer, elle était prête à les faire couper, sans hésitation.

Elle sursauta presque lorsqu'elle sentit la main de Stern dans ses cheveux. Elle ne l'avait pas entendu traverser la pièce.

— J'adore tes cheveux, dit-il, passant doucement les doigts dans ses mèches.

C'était une sensation si agréable.

— Je sais, dit-elle.

Il l'avait toujours complimentée sur ses cheveux.

— Dis-moi que tu ne les couperas pas. Jamais.

— Je ne peux pas te le promettre. Le coiffeur voudra peut-être les couper pour mon relooking.

Quand elle l'entendit grincer des dents, elle leva les yeux vers lui. Ils se tenaient plus près l'un de l'autre qu'elle ne l'avait remarqué.

— Tu me soutiens dans ma démarche, non ? demanda-t-elle, tentant de garder le contrôle d'elle-même et de ses émotions.

Pourquoi fallait-il que Stern sente si bon ?

Il avait toujours la main dans ses cheveux et elle sentit une onde de chaleur se répandre en elle. Pourtant, ce n'était pas comme s'il n'avait jamais joué avec ses cheveux. Quand ils étaient enfants, il tirait sans arrêt sur ses nattes, et plus tard, sur ses queues-de-cheval. Plus d'une fois, il l'avait aidée à les laver, lorsqu'ils séjournaient au chalet. Mais c'était avant qu'elle ait découvert ses sentiments pour lui, avant qu'elle ait commencé à le désirer. Avant qu'elle nourrisse des fantasmes tout à fait indécents à son égard.

Elle s'éclaircit la gorge.

— Eh bien, si tu dois aller au bureau plus tôt, tu ferais mieux de rentrer te coucher. Et moi, j'ai encore ces rapports d'inventaire à passer en revue.

— Tu as raison, dit-il, retirant la main de ses cheveux et consultant sa montre. Il se fait tard.

— Oui, en effet.

Etait-ce son imagination, ou la voix de Stern était-elle un peu plus rauque que d'habitude ? Il était toujours devant elle, et plongeait de nouveau les doigts dans ses cheveux. Soudain, elle fut submergée par des sentiments qu'elle n'avait jamais ressentis auparavant.

Et puis, les doigts de Stern se refermèrent sur ses mèches, et il approcha les lèvres des siennes.

Elle se pencha pour aller à la rencontre de sa bouche, et chancela quand leurs lèvres se touchèrent. Sentant qu'elle allait perdre l'équilibre, Stern enroula les bras autour d'elle sans interrompre son baiser. Elle eut la présence d'esprit d'agripper ses épaules. Des voix résonnèrent à travers son esprit : *C'est mal. Il s'agit de Stern.*

C'est mon meilleur ami, et nous ne devrions pas faire cela. Mais de délicieuses sensations la submergeaient, prenant le dessus sur sa raison.

Puis, à sa grande surprise, Stern approfondit davantage son baiser et leurs langues se rencontrèrent. Jamais elle n'avait été embrassée de cette façon. Pour être honnête, jamais elle n'avait été véritablement embrassée. Le baiser mouillé et bâclé que Mitch Smith avait planté sur ses lèvres juste avant que Stern ne l'attrape par le col, en seconde, n'était rien comparé à cela. En fait, il était totalement catastrophique, comparé à celui-ci.

Ce baiser-ci était digne d'un roman d'amour — c'était le genre de baisers qui vous faisait perdre la tête et vous laissait pantoise. Elle ne put s'empêcher de se demander si c'était un test. Stern connaissait son inexpérience avec la gent masculine, pourtant elle avait audacieusement jeté son dévolu sur un homme. L'embrassait-il simplement pour lui montrer à quoi s'attendre ? Pour voir à quel point elle était douée — ou mauvaise ?

C'était une bonne idée, songea-t-elle. Ainsi, il pourrait lui donner des conseils, pour qu'elle ne gâche pas tout avec Walter. Oui, c'était sûrement la raison pour laquelle il l'embrassait de cette façon. Il l'embrassait pour pouvoir lui donner ses suggestions ensuite. Dans ce cas...

Elle serra ses épaules un peu plus fort, et s'appuya contre lui tandis qu'il jouait avec sa langue. Elle n'aurait jamais cru qu'un baiser pouvait être si intense. Si délicieux. Son pouls s'accélérait, et une onde de chaleur se répandait dans son ventre.

Dire qu'elle avait vécu une vie sage était un euphémisme, mais elle l'avait fait par choix. Au lieu d'aller étudier dans une autre ville, elle était restée à Denver, chez elle, plutôt que d'aller vivre sur le campus. Son père avait tenté de la persuader de partir, lui expliquant qu'elle avait besoin de voir le monde. Mais elle l'avait convaincu qu'elle était parfaitement heureuse de vivre avec lui.

Elle n'avait jamais eu de véritables expériences avec les hommes. Et la pensée qu'elle vivait son premier vrai baiser avec Stern fit naître d'autres ondes de chaleur en elle, tandis qu'il mêlait sa langue à la sienne.

Pourquoi ses hanches ondulaient-elles instinctivement contre lui ? Et quels étaient ces frissons qui la submergeaient ?

Pour reprendre son souffle, elle recula.

— Eh bien, dit-il d'une voix rauque.

Elle prit une grande inspiration, et soutint son regard.

— Alors, comment j'étais ?

— Je te demande pardon ? dit-il, l'air dérouté.

— Comment j'étais ? Tu me testais, non ?

Il secoua la tête.

— Te tester ?

— Oui. Tu es bien placé pour savoir à quel point je suis inexpérimentée en matière de baisers. J'ai compris que tu ne voulais pas que je me ridiculise avec Walter. Alors, comment j'étais ?

— Walter ?

Mince, elle avait dit son prénom. Mais Stern ne connaissait pas son nom, et il y avait des tas de Walter dans cette ville.

— Dis-moi simplement comment j'étais.

Il la regarda un instant, puis conclut :

— Un peu plus de pratique, ça ne te ferait pas de mal.

— Oh ! fit-elle, déçue.

— Mais tu m'as surpris. Tu es plus douée que je ne le pensais.

Elle afficha un large sourire.

— C'est vrai ?

— Oui.

Elle hocha la tête, passant de la déception à l'euphorie.

— Merci. J'étais vraiment inquiète.

— Ne le sois pas. Avec un peu plus de pratique, tu seras exceptionnelle. Mais revenons-en à ce Walter…

S'il croyait pouvoir lui soutirer d'autres informations, il allait être déçu.

— Ne me demande rien sur lui, Stern. Parlons plutôt du baiser.

Il croisa les bras.

— Qu'ajouter de plus ? Je t'ai dit que tu étais douée.

— Tu as dit qu'avec de la pratique, je serais meilleure. Et je veux être meilleure. Ça veut dire que tu dois m'apprendre comment mieux embrasser.

— Pour ce Walter ?

Inutile de mentir là-dessus.

— Oui, pour Walter.

— En d'autres termes, tu veux apprendre à embrasser pour embrasser ce type.

N'était-ce pas ce qu'elle venait de dire ?

— C'est ça.

Il resta là, à la regarder, si longtemps qu'elle s'efforça de ne pas trembler sous son regard perçant et qu'elle se mordilla la lèvre.

— Alors ? demanda-t-elle quand elle n'y tint plus. Tu vas m'aider ?

— Je vais y penser. Maintenant, raccompagne-moi.

Elle le suivit vers l'entrée.

— Quand me donneras-tu ta réponse, Stern ? Je n'ai pas beaucoup de temps.

Une fois devant la porte, il se retourna vers elle.

— Bientôt.

Comme à son habitude, il déposa un baiser sur sa joue.

— Ne veille pas trop tard.

Puis il sortit, et elle le regarda partir.

4

— Il y a une raison pour que tu tambourines à ma porte à cette heure indue ? Il est plus de minuit, Stern ! bougonna Zane, s'effaçant pour laisser son cousin entrer.

Stern alla droit dans le salon, et se mit à faire les cent pas. Zane l'observa un instant, puis alla s'asseoir sur le canapé. Il passa la main sur son visage.

— Tu veux une tasse de café ?

Stern s'arrêta.

— Non, ce que je veux, ce sont des conseils. J'avais un rendez-vous avec Jo ce soir.

Zane se cala sur le canapé.

— Tu as des rendez-vous avec Jo tout le temps. Qu'est-ce qui était différent ce soir ?

— Je l'ai embrassée.

Zane le dévisagea un instant, puis secoua la tête.

— Finalement, je crois qu'on devrait quand même prendre un café, décréta-t-il. Si tu n'as pas besoin d'une tasse, moi si.

Il se rendit dans la cuisine, avec Stern sur ses talons. Une fois qu'il eut mis en marche la cafetière, il s'appuya contre le comptoir.

— Alors, tu veux me dire pourquoi tu as embrassé Jo ?

Stern glissa les mains dans sa poche.

— Je ne sais pas pourquoi je l'ai embrassée. J'étais en train de jouer avec ses cheveux, et avant même que je m'en rende compte, j'avais pratiquement la langue dans sa gorge.

— Pas de détails, s'il te plaît, protesta Zane, se versant une tasse de café puis allant s'asseoir à table.

— Désolé, mais c'est ce qui s'est passé.

— Je suis surpris que Jo ne t'ait pas fait une prise de karaté.

Stern décida qu'il avait lui aussi besoin d'un café, finalement, et alla se servir.

— C'est parce qu'elle croyait que je la testais.

— Que tu la testais ?

— Oui. Elle va se faire relooker pour ce type dont je t'ai parlé. Il s'appelle Walter, au fait ; elle a laissé échapper cette information. Mais je ne connais pas son nom.

— Tu t'éloignes du sujet. Revenons-en à Jo. Pourquoi pensait-elle que tu la testais ?

— Comme je sais qu'elle n'a jamais vraiment été embrassée, elle a cru que je l'évaluais pour m'assurer qu'elle saurait quoi faire quand Walter l'embrassera. Ensuite, j'ai fait l'erreur de lui dire qu'elle devait améliorer sa technique.

— C'est le cas ?

— Fichtre, non ! J'ai menti. Elle était douée. Bien trop douée. Pour être honnête avec toi, ce baiser était stupéfiant. Et maintenant, je suis empêtré dans mon mensonge, parce qu'elle veut que je lui apprenne à mieux embrasser.

Zane le dévisagea un long moment.

— Si j'ai bien compris, Jo et toi avez une relation si platonique qu'elle pense que vous pouvez vous entraîner à vous embrasser sans que rien ne se passe ?

— Rien ne se passera, affirma Stern.

Zane ricana.

— Si tu le pensais, tu ne serais pas ici, en train de boire un café dans ma cuisine à minuit passé, un soir de semaine, en quête de conseils.

Zane avait raison, Stern en était conscient.

— Pour répondre à ta question, oui, elle pense que notre relation est platonique à ce point, tout simplement parce qu'elle me voit comme un ami. Son meilleur ami.

— Eh bien, peux-tu gérer le fait d'embrasser ta meilleure amie pour qu'elle se perfectionne ?

Stern fixa sa tasse de café.

— C'est ça qui est étrange, Zane. Ce soir, pendant que j'embrassais Jo, une part de mon esprit ne cessait de me répéter… *ce sont les lèvres de Jo que tu embrasses*. Mais une autre part savourait ce baiser avec une femme très sensuelle. Une femme qui a des vues sur un autre homme. Pendant que je l'embrassais, j'ai oublié qu'elle était ma meilleure amie.

— Apparemment, tu as aussi oublié que tu te mettais dans le pétrin.

— Tu crois que je ne le sais pas ? Si je refuse de le faire, elle va penser que je suis égoïste, ou trop protecteur. Mais si je fais ce qu'elle me demande, je pourrais perdre le contrôle et aller plus loin. Plus loin que ce qui est permis entre deux meilleurs amis. Alors, que suggères-tu ?

Zane se frotta le menton, en pleine réflexion.

— Fais ce qu'elle veut, dit-il enfin.

— Tu veux que je lui apprenne comment embrasser pour un autre ? Pour ce Walter ?

Zane prit une gorgée de café.

— Non. Si tu étais intelligent, tu lui enseignerais comment embrasser pour toi.

— Ce n'est pas drôle, Zane.

— Mais je ne plaisante pas.

Stern lui décocha un regard noir.

— Es-tu en train de suggérer qu'après toutes ces années, j'envisage de passer de devenir l'amant de Jo ?

Zane sourit.

— Oui, j'imagine.

Stern sentit une vague de colère le submerger.

— Tu as perdu la tête pour suggérer une chose pareille ! s'exclama-t-il. C'est impossible. C'est de la pure folie.

Zane rit.

— Tu l'as embrassée ce soir, et j'ai cru comprendre que tu as plutôt apprécié. Je suis sûr qu'hier à la même heure, l'idée de lui donner un baiser aurait été de la pure folie.

— Je crois que je n'aurais pas dû venir, bougonna Stern. Je suis ici pour avoir des conseils, pas pour que tu te moques de moi.

— Tu crois que je suis en train de me moquer de toi ?

— Oui. Depuis combien de temps Jo et moi sommes amis, Zane ?

— Très longtemps. Depuis l'école primaire, si mes souvenirs son bons.

— C'est ça. Et toutes ces années, as-tu soupçonné à un moment qu'il y ait quelque chose de plus entre nous ?

— Bien sûr. Comme nous tous.

Eh bien ! Ce n'était du tout la réponse à laquelle il s'attendait.

— Et qu'entends-tu au juste par *nous tous* ?

Zane haussa les épaules.

— Presque tout le monde.

Stern dévisagea son cousin, tandis que celui-ci sirotait son café comme si cela ne le dérangeait pas d'être observé.

— Eh bien, j'espère que *presque tout le monde* sait que c'est faux. Jo et moi n'avons jamais été davantage que des amis. Je la protégerai au prix de ma vie, et vice versa. Je ne l'ai jamais, au grand jamais, vue autrement que comme ma meilleure amie.

— Alors, pourquoi ce baiser ce soir ? Tu as dit qu'elle pensait être testée, mais je suis curieux de savoir ce que tu croyais faire. Poser les lèvres sur celles d'une femme qui n'est rien de plus que ta meilleure amie ? Glisser ta langue dans sa gorge… et c'est toi qui l'as dit, pas moi.

Stern était de plus en plus tendu. Il repoussa sa tasse de café, et se leva.

— Je m'en vais.

— Tu n'as pas répondu à ma question, souligna Zane. Qu'est-ce que c'était, ce baiser ? Et d'abord, pourquoi l'as-tu embrassée ?

— Je te l'ai dit. Je jouais avec ses cheveux, et l'instant d'après, j'étais en train de l'embrasser.

— Tu jouais avec ses cheveux ? Intéressant. Tu fais ça souvent ?

— Oui. Enfin, non. Arrête, Zane ! Tu m'embrouilles l'esprit.

— Toi aussi, tu m'embrouilles l'esprit. Il est plus de minuit, et je suis trop fatigué pour débattre avec toi, mais je ne suis pas trop fatigué pour te dire ce qui est logique et ce qui ne l'est pas. Je suggère que tu rentres chez toi pour réfléchir à ce qui s'est passé ce soir, et qu'ensuite tu prennes une décision.

— Une décision ? s'étonna Stern.

— Tu dois décider si tu veux ou non que cela se reproduise. Et décider si tu veux apprendre à Jo comment devenir une experte en baisers, ou laisser ce soin à quelqu'un d'autre.

Stern sentit sa gorge se serrer.

— Quelqu'un d'autre ?

— Oui. Tu sais comment sont les femmes. Elles ne te demandent de faire quelque chose qu'une fois, et si tu es lent à la détente, elles vont voir ailleurs. Ça fait un moment que je ne suis pas allé au Golden Wrench, mais je parie que Jo a un tas d'employés qui adoreraient lui apprendre comment embrasser. Et ça pourrait bien ne pas s'arrêter là.

L'hypothèse de Zane lui était insupportable.

— Je m'en vais.

Zane resta assis.

— Bonne nuit.

— Et je ne te demanderai plus jamais conseil.

Zane rit quand il entendit sa porte claquer.

— Bien sûr que si, Stern. Bien sûr que si.

— Pourquoi es-tu tout sourire aujourd'hui, Jo ?

Le sourire de Jo s'affadit quand Wanda approcha.

— Tu te fais des idées. Je n'étais pas en train de sourire.

Elle tourna sa clé à mollette pour retirer la batterie de la voiture sur laquelle elle travaillait.

— Si, et j'ai remarqué que tu as souri toute la matinée. Il s'est passé quelque chose hier, pendant ton rendez-vous galant avec Stern ?

Jo haussa un sourcil.

— Ce n'était pas un rendez-vous galant. Nous sommes juste allés voir un film. Et qui t'en a parlé, d'ailleurs ?

— Toi. Tu ne te souviens pas ?

En toute honnêteté, non. Mais il était possible qu'elle l'ait mentionné distraitement, car il n'était pas rare que Stern et elle sortent ensemble.

— Non, je ne m'en souviens pas, mais peu importe. Nous

sommes mercredi, notre jour le plus chargé de la semaine, et j'espère que ce sera une bonne journée.

— Alors, si ce n'est pas Stern qui te fait sourire, ce doit être le fait que Walter Carmichael soit ici.

— Il est là ?

Pas d'accélération de son pouls. Pas de battements de cœur désordonnés. Pas de respiration irrégulière. Pourquoi son corps ne réagissait-il pas ?

— Oui, il est dans l'atelier de Beeker. Aussi séduisant que d'habitude.

— Pourquoi est-il ici ? Il n'a pas de visite de contrôle avant trois mille kilomètres.

— Une déchirure dans le siège en cuir côté passager. Je l'ai entendu dire à Beeker qu'elle a été causée par la boucle de botte d'une femme. Il n'avait pas l'air content. Je crois que tu devrais aller dire bonjour à ton futur petit ami.

Jo essuya la graisse sur ses mains puis saisit le bloc-notes sur son bureau.

— Je crois que je vais le faire, dit-elle en souriant.

Quelques instants plus tard, elle entra dans l'atelier de Beeker, qui parlait avec Walter Carmichael. Il était de profil, et elle en profita pour l'observer sans se faire remarquer. Comme Wanda l'avait souligné, il y avait effectivement des ressemblances entre Stern et lui. Tous deux étaient grands, élégants et séduisants. Mais les similitudes s'arrêtaient là. Même si Stern avait l'air sérieux la plupart du temps, il avait un sourire désarmant, qui vous coupait pratiquement le souffle. Elle avait vu Walter Carmichael sourire une seule fois, lorsqu'elle l'avait complimenté sur le grand soin qu'il prenait de sa voiture.

Les deux hommes levèrent les yeux quand elle s'avança vers eux.

— Bonjour, monsieur Carmichael. Contente de vous revoir.

— Je ne serais pas là sans cette déchirure dans mon siège, répondit-il, l'air contrarié. Heureusement que vous avez une bonne équipe pour ce genre de problèmes. Beeker assure que le siège sera comme neuf.

— Alors, je suis certaine que ce sera le cas.

Jo savait qu'elle n'était pas à son avantage. Elle portait son uniforme de travail, des chaussures de sécurité, une casquette, mais tout de même… C'était à peine si Walter l'avait regardée. Elle décida de ne pas se laisser perturber. Samedi soir, il verrait qu'elle pouvait être très jolie.

— Eh bien, si vous avez besoin de quoi que ce soit, faites-le-moi savoir. Nous tenons à la satisfaction de nos clients.

Elle n'avait pas vraiment attendu de réponse, mais cela aurait été agréable d'entendre un petit mot comme… merci. Au lieu de cela, Walter se tourna vers Beeker et commença à discuter d'un autre problème de voiture, l'oubliant complètement.

— Eh bien, j'ai du travail, dit-elle. Bonne journée, monsieur Carmichael.

Au lieu de répondre, il lui adressa un bref hochement de tête, puis l'ignora de nouveau pour continuer sa conversation avec Beeker. Puisqu'il ne lui témoignait pas le moindre intérêt, elle quitta l'atelier de Beeker pour retourner dans le sien. La journée serait longue et chargée, elle n'avait donc pas le temps de se laisser perturber par un homme qui n'était pas intéressé. Mais elle espérait bien éveiller son intérêt samedi soir.

Huit heures plus tard, totalement épuisée, elle rentra chez elle et alla directement prendre une douche. Ensuite, elle comptait se reposer un peu puis enfiler une tenue décontractée pour son rendez-vous avec Pam.

Plutôt que de la retrouver sur les terres des Westmoreland, aux abords de la ville, elle avait donné rendez-vous à Pam au centre de Denver. Pam était venue visiter un entrepôt désaffecté, qu'elle songeait à acquérir pour y accueillir son école de théâtre. Elle avait déjà ouvert une école dans le Wyoming, son Etat d'origine, et souhaitait en fonder une autre dans le Colorado. Pam et elle avaient rendez-vous chez Larry's, un restaurant situé près de l'entrepôt, et qui n'était qu'à une courte distance en voiture de chez Jo.

Elle avait travaillé sur onze véhicules en tout aujourd'hui. Elle avait notamment effectué des vidanges, et installé deux alternateurs. Elle était si épuisée que ses yeux se fermaient presque quand elle entra dans la douche. Mais le jet d'eau sur son visage lui redonna un peu d'énergie. Toute la journée, elle avait été trop occupée pour penser au baiser qu'elle avait partagé avec Stern hier soir, mais à présent, elle avait tout le loisir d'y songer, et elle ne pouvait le chasser de son esprit. Des sensations brûlantes la parcouraient rien que d'y penser.

Bien sûr, elle manquait de connaissances dans certains domaines intimes comme les baisers, mais elle doutait que l'on puisse faire mieux que Stern. Ce baiser l'avait ébranlée jusqu'au tréfonds de son être. Stern était un maître en la matière, sans nul doute. Elle préférait ne pas songer au nombre de femmes qu'il avait embrassées pour atteindre cette maîtrise.

L'idée qu'il ait eu de nombreuses conquêtes ne l'avait jamais dérangée auparavant, s'avisa-t-elle. Alors, pourquoi cela la dérangeait-elle maintenant ?

Elle connaissait la réponse, et c'était pourquoi elle avait mis son plan au point. Elle avait besoin d'une diversion, même si cela signifiait séduire quelqu'un comme Walter. Elle espérait qu'il avait juste eu une mauvaise journée, et que son attitude d'aujourd'hui n'était pas habituelle chez lui.

Une fois douchée et séchée, elle inspecta son placard pour choisir une tenue. Et elle remarqua pour la première fois que sa garde-robe contenait essentiellement des chemises, des T-shirts et des jeans. Elle possédait quelques pantalons de ville et des tailleurs-pantalons — noirs, marron et bleu marine. Mais aucune robe. Chaque fois qu'elle devait assister à un événement formel, comme un mariage ou un enterrement, elle portait un de ses tailleurs.

Au chalet, Stern avait suggéré qu'elle montre davantage ses jambes. Cela signifiait qu'elle avait besoin de faire les boutiques. Elle allait en parler avec Pam tout à l'heure.

Une part d'elle était tout excitée par ses projets et par le week-end à venir. Elle espérait de tout cœur que tous ses efforts porteraient leurs fruits.

Dillon passa la tête par la porte.

— Tu es encore là ?

— Entre, dit Stern, s'adossant à sa chaise. Je rattrape mon

retard sur quelques dossiers. Nous allons peut-être clore le contrat Harvey la semaine prochaine.

— Pourvu que cela marche enfin cette fois. Karl Harvey a annulé la signature trop souvent à mon goût. Ce serait fantastique si nous obtenions enfin ces terres au Minnesota. Selon Riley, nous avons déjà un investisseur potentiel qui veut y bâtir un complexe médical.

Stern hocha la tête.

— Je sais pourquoi je suis encore là, mais quelle est ton excuse ? Il est presque 18 heures.

Dillon sourit.

— Je dois retrouver Pam dans la soirée. Elle est venue en ville pour rencontrer les propriétaires de l'entrepôt.

— Celui qu'elle veut transformer en école de théâtre ?

— Oui. Ensuite, elle doit retrouver Jo chez Larry's.

Stern haussa un sourcil.

— Jo ?

— Oui, dit-il, refermant la porte derrière lui avant de s'asseoir face au bureau de Stern. Pour des astuces beauté, ou un relooking, si j'ai bien compris.

Stern se raidit à l'idée que Jo avance dans son projet.

— Dil, je peux te demander quelque chose ?

— Bien sûr.

— Si ton meilleur ami te demandait un service, tu le lui rendrais ?

Dil marqua un temps avant de répondre.

— Ça dépend du service. Je n'enfreindrais la loi pour personne.

— Ça n'implique pas d'enfreindre la loi.

— Alors, je m'assurerais que ce ne soit pas immoral, malhonnête ou nuisible à quelqu'un. Si toutes ces conditions sont remplies, alors oui, je lui rendrais ce service.

Stern réfléchit un instant.

— Mais si ce service pouvait changer la dynamique de ta relation avec ton meilleur ami ?

Dillon resta muet un long moment.

— Dans ce cas, je réfléchirais bien, pour savoir si c'est vraiment ce que nous voulons, et si nous pouvons le gérer.

En entrant chez Larry's, Jo sourit à Pam, qui était déjà installée. Comme toujours, la belle-sœur de Stern était radieuse. Jo comprenait pourquoi Dillon était tombé amoureux si vite.

— J'espère ne pas t'avoir fait trop attendre, dit Jo en donnant une accolade à Pam avant de s'asseoir face à elle.

— Pas du tout. J'ai pris la liberté de m'accorder un verre de vin. J'ai eu une dure journée.

— Moi aussi, dit Jo en souriant. J'ai mis la tête sous le capot de onze voitures aujourd'hui.

— Mais tu aimes ton travail.

— Enormément.

Pam sourit.

— Et d'après ton coup de fil, je crois comprendre qu'il y a un homme à qui tu veux plaire ?

— Oui.

Jo se tut quand le serveur vint prendre sa commande. Une fois qu'il fut parti, elle expliqua :

— Je pense savoir dans quel endroit il sera ce samedi soir. Je veux m'y rendre sous une apparence totalement différente de celle qu'il voit au garage. En d'autres mots, je veux faire une grande entrée qui le laissera sans voix. Ton coiffeur peut-il faire ça ?

Quand Jo avait discuté avec Pam hier, celle-ci lui avait assuré que son coiffeur était aussi un maquilleur hors pair. Il n'avait pas la main lourde, et appliquait juste assez de maquillage pour révéler la beauté intérieure de chaque femme.

— Absolument. Ritz est fabuleux, et j'aimerais beaucoup que tu le rencontres.

Jo sentit frissonna d'excitation.

— J'adorerais.

— Alors, veux-tu que je te prenne rendez-vous ?

— Oui. S'il te plaît.

Pam rayonna.

— C'est comme si c'était fait. Et tu auras sans doute besoin d'une manucure, d'une pédicure et d'une épilation.

Jo tenta de ne pas laisser ses doutes transparaître. Walter Carmichael valait-il tous les changements qu'elle s'apprêtait à opérer ?

— Et que dirais-tu d'une nouvelle tenue ? demanda Pam, interrompant ses pensées.

Le serveur apporta son verre de vin à Jo. Elle prit le temps d'en boire une gorgée avant de répondre.

— Stern pense que je devrais porter une robe.

— Ah oui ?

— Oui. Il dit que j'ai de jolies jambes et que je ne les montre pas assez.

— Intéressant, commenta Pam en l'observant par-dessus son verre de vin.

— En fait, toute cette histoire de relooking était son idée.

— Vraiment ?

— Oui.

Pam resta silencieuse plusieurs secondes, l'air songeur.

— Eh bien, je suis libre vendredi, dit-elle enfin, et j'adorerais faire les magasins avec toi. Je connais une boutique parfaite pour toi. Et, si ça ne t'ennuie pas, j'aimerais demander à Chloe de se joindre à nous. La mode n'a pas de secrets pour elle.

Jo le savait déjà. Chloe était mariée à Ramsey Westmoreland, le plus âgé des cousins de Stern. Elle était rédactrice en chef d'un magazine féminin à succès.

— Ce serait fantastique ! s'exclama-t-elle.

— Alors, je vais voir si elle est disponible. A quelle heure peut-on se retrouver, vendredi matin ?

Jo haussa un sourcil.

— Vendredi matin ? Je croyais que nous nous retrouverions après ma journée de travail.

Pam secoua la tête.

— Je te conseille de prévoir plus de temps. Lorsque l'on cherche la tenue idéale, ça peut prendre la journée entière.

La journée entière ? Jo ne pouvait imaginer une chose pareille.

— Eh bien, d'accord. Je partagerai mes commandes entre mes mécaniciens, et je serai libre toute la journée.

— Génial.

Jo avala une autre gorgée de vin. Elle commençait à se demander si cette idée de relooking était si géniale que cela.

5

Il était 21 heures quand Stern quitta le parking de Blue Ridge Land Management, satisfait du travail qu'il avait accompli. Il avait bouclé plusieurs dossiers, et ceux qui n'étaient pas finis le seraient avant la fin de la semaine.

Tandis qu'il se dirigeait vers l'autoroute menant aux terres Westmoreland, son esprit dériva vers Jo. Même s'ils ne s'accordaient pas de longues conversations téléphoniques chaque jour, il avait pour habitude de l'appeler au moins une fois, pour prendre de ses nouvelles. Aujourd'hui, il avait fait exprès de ne pas lui téléphoner, car la dernière chose qu'il voulait, c'était qu'elle aborde leur baiser d'hier soir — ou le fait qu'il ait proposé de lui donner des cours.

Il connaissait Jo mieux que personne, et lui, plus que tout autre, mesurait la profondeur de son innocence en ce qui concernait la gent masculine. Depuis toutes ces années, elle n'avait eu de béguin que pour un seul garçon — Frazier Lewis, en première. Frazier était une vedette du lycée, un athlète populaire et un séducteur. Et, pour Stern, un vrai crétin.

Frazier avait fait semblant d'être amoureux de Jo assez longtemps pour qu'elle installe des marchepieds et des haut-parleurs dernier cri dans son pick-up. Une fois qu'il avait obtenu satisfaction, il ne l'avait pas trouvée assez bien pour l'inviter au bal de fin d'année, et avait invité Mallory Shivers à la place. Pour couronner le tout, Frazier s'était vanté de s'être servi de Jo. Si ce n'était pour son pick-up, il ne lui aurait jamais accordé la moindre attention parce qu'elle n'était pas assez jolie et qu'elle avait l'allure d'un mécanicien, avait-il péroré.

Frazier avait fini par regretter ses paroles, lorsque Stern lui avait donné une bonne correction après les cours. A ce jour, Jo ignorait sans doute ce que Stern avait fait. Pourvu que l'histoire ne soit pas sur le point de se répéter.

Jo refusait toujours de lui donner la moindre information sur ce mystérieux Walter, et cela le dérangeait. La dernière chose qu'il voulait, c'était consoler une Jo en pleurs comme après l'épisode Frazier.

Personne ne pouvait maltraiter Jo impunément. Voilà pourquoi il était décidé à découvrir le nom de famille de Walter, et où Jo comptait le retrouver ce week-end.

Tandis qu'il s'engageait sur l'autoroute, il secoua la tête. Il n'y avait que Jo pour supposer que lui enseigner les bases du baiser était comme lui apprendre à jouer aux échecs. Elle lui faisait confiance, et savait qu'il ne profiterait pas d'elle. Mais elle ignorait certaines choses sur la physiologie masculine. Même avec les meilleures intentions, un homme ne pouvait pas simplement *cesser* de désirer une femme... même si cette femme était sa meilleure amie.

Hier soir, il était sorti de chez Zane furieux, parce que son cousin avait essayé de lui suggérer des pensées inacceptables. Ce n'était qu'une fois rentré, douché et allongé dans son lit que Stern avait compris la véritable raison de sa colère. Son cousin n'avait pas essayé de lui mettre quoi que ce soit en tête, il avait juste tenté de l'amener à admettre les pensées qui s'y trouvaient déjà. Des pensées présentes depuis longtemps, mais qui n'avaient pas été entretenues et n'avaient pas grandi. Sans qu'il s'explique pourquoi, elles commençaient maintenant à croître.

Voilà pourquoi il ne pouvait pas donner de cours de baisers à Jo. Il avait *ressenti* des choses et, pendant un instant, il s'était laissé emporter au point d'oublier que c'était Jo qu'il embrassait. Elle lui avait fait perdre la tête, et cela n'augurait rien de bon.

Toutefois, une autre part de lui ne pouvait oublier l'avertissement de Zane : si Stern ne lui donnait pas ces cours, alors quelqu'un d'autre s'en chargerait. L'idée que Jo pose ses lèvres sur celles d'un autre lui était insupportable.

Il était convaincu que c'était cette soudaine montée d'émotions qui le poussait à décrocher le téléphone de sa voiture pour joindre sa secrétaire.

— Oui, monsieur Westmoreland ?

— Passez-moi Jovonnie Jones.

— Sa ligne personnelle ou professionnelle ?

— Personnelle.

— Un instant, s'il vous plaît.

— Merci.

Moins d'une minute plus tard, la voix de Jo résonna à l'autre bout de la ligne. Aussitôt, un frisson de désir inopiné le parcourut. Mais que diable lui arrivait-il ?

— Bonjour, Stern.

— Bonjour. Ça va ?

— Oui. J'ai travaillé sur onze voitures aujourd'hui. Ensuite j'ai retrouvé Pam chez Larry's. Nous avons discuté de mon relooking.

Il le savait déjà par Dillon.

— Comment ça s'est passé ?

— Bien. J'ai un rendez-vous avec Ritz, son coiffeur et maquilleur, samedi matin. Vendredi, Pam, Chloe et moi allons faire les boutiques pour trouver la tenue parfaite, alors je prendrai un jour de congé. Pam dit que ça pourrait prendre toute la journée pour dénicher une seule tenue. Tu peux croire ça ?

Oui, il le croyait aisément. Il avait suffisamment côtoyé les femmes de sa famille pour savoir qu'elles étaient des mordues de shopping.

— Alors, qu'est-ce que tu es en train de faire ?

— Je lis un chapitre du livre que tu m'as donné avant de m'endormir. Pourquoi ?

Il déglutit.

— J'ai travaillé tard, je viens à peine de sortir, dit-il. Je me suis dit que ce soir, ce serait un bon moment pour commencer les cours de baiser. Tu es partante ?

Il l'entendit hésiter, puis elle répondit :

— Oui, je suis partante.

Moins de vingt minutes plus tard, lorsqu'elle entendit la voiture de Stern dans l'allée, Jo retint son souffle. Un petit frisson lui noua le ventre. Stern lui faisait cette visite impromptue juste pour lui apprendre l'art du baiser.

Depuis qu'elle avait raccroché le téléphone, elle avait tenté de se convaincre que cette visite n'était pas si importante. Elle devait améliorer sa façon d'embrasser, et Stern était d'accord pour lui montrer comment s'y prendre, voilà tout. Ce ne serait pas la première fois qu'il l'aiderait à aiguiser un talent. Quand elle avait voulu s'améliorer en ski nautique, il l'avait emmenée au lac appartenant à sa cousine Gemma. Et lorsqu'elle avait voulu se perfectionner au violon, il l'avait aidée à s'entraîner.

La portière de Stern claqua, et elle alla lui ouvrir juste au moment où il montait les marches du perron. Il lui sourit et releva le bord de son Stetson.

— Tu es en beauté ce soir, Jovonnie.

Jovonnie ? En beauté ? Elle portait encore le pantalon marron et le chemisier beige qu'elle avait enfilés pour son rendez-vous avec Pam. Stern jouait sans doute la comédie pour la mettre dans l'ambiance. Sans dire un mot, elle s'effaça pour le laisser entrer. Mais quelque chose dans le regard de Stern la troubla.

— Merci, dit-elle, tentant de réprimer le désir qui la consumait. Tu es beau, toi aussi.

Elle ferma la porte derrière lui et lui emboîta le pas dans le salon. Sa démarche était si virile qu'elle se sentit chanceler. Et quand il s'arrêta tout près d'elle, elle se rendit compte qu'elle était plus attirée par lui que jamais. Il était grand, séduisant, et doté d'un corps magnifiquement proportionné qui ferait rêver n'importe quelle femme.

Ses muscles se devinaient sous l'étoffe de sa veste anthracite, qui soulignait la puissance de ses épaules. Son jean moulait ses longues jambes musclées, et son postérieur si sexy.

Il prit son visage entre ses mains, et murmura d'une voix grave et rauque :

— Je t'ai dit récemment à quel point tu étais belle ?

A quel point elle était belle ? Elle ne s'attarda pas sur le compliment, tentant de se souvenir que ce n'était qu'un jeu. Malgré tout, tandis qu'elle sondait le noir de ses yeux, elle s'entendit répondre :

— Non, pas récemment.

Il sourit, et la façon dont ses lèvres se soulevèrent fit naître un profond désir au creux de son ventre.

— C'est vraiment une erreur de ma part, murmura-t-il.

Puis, il approcha les lèvres des siennes.

Contrairement à la dernière fois, il ne l'embrassa pas tout de suite. Au lieu de cela, il resta tout près de ses lèvres, comme pour la laisser absorber son souffle chaud et le mêler au sien. Enfin, il approcha, et glissa lentement la langue entre ses lèvres entrouvertes.

D'instinct, elle mêla sa langue à la sienne, entamant une danse érotique qui fit naître un feu en elle. Elle ferma les yeux, tant les sensations qui l'envahissaient étaient puissantes, presque insupportables.

Le baiser se fit plus intense. Stern avait pris possession de sa bouche, faisant d'elle une captive consentante. Il la goûtait avec avidité, lui arrachant des gémissements de plaisir. Elle n'aurait pas cru cela possible, mais ce baiser était plus profond et plus excitant que le premier. Comment un baiser censé être éducatif pouvait-il être aussi torride et convaincant ?

Bien trop tôt, il la relâcha, et laissa retomber ses mains. Elle ouvrit lentement les yeux, et plongea son regard dans le sien. Tandis qu'il reprenait son souffle avec difficulté, elle tenta de faire de même. Il la regardait avec un air séducteur. Comment faisait-il pour jouer aussi bien la comédie ?

— Alors, dit-elle quand elle eut enfin recouvré la voix. Comment tu m'as trouvée ?

L'approbation manifeste qu'elle lut dans ses yeux la combla de plaisir.

— Très bien, murmura-t-il tout en la parcourant audacieusement du regard.

Mais cela faisait partie du jeu, s'avisa-t-elle une fois de plus. La personne qui venait de l'embrasser était son meilleur ami, Stern, et le baiser n'avait pas été un vrai baiser. Ce n'était qu'une leçon. Mais quelle leçon !

Il prit sa main dans la sienne.

— Viens, allons sur le canapé pour en discuter.

Elle haussa un sourcil.

— En discuter ?

— Oui. Nous devons passer en revue chaque aspect de ce baiser.

Oh ! Seigneur, songea-t-elle.

Stern s'installa sur le canapé et fit asseoir Jo à côté de lui. Il n'était pas encore prêt à ce qu'elle s'éloigne. Le baiser censé n'être qu'un entraînement l'avait submergé. Il était à présent tout à fait conscient du pouvoir de séduction de Jo. Mais aussi de la facilité avec laquelle un homme pourrait profiter de sa vulnérabilité.

Il avait eu une réaction instantanée, et magnétique. Or, cela n'aurait pas dû se produire. Vraiment pas. Il était censé rester distant, détaché, et indifférent. Tout à fait neutre.

Au contraire, il s'était retrouvé impliqué, engagé, dépassé par ses émotions.

— Alors ?

Jo attendait toujours sa réponse. Il se tourna vers elle, gardant sa main dans la sienne. Si elle trouvait son geste étrange, elle ne fit aucune remarque. Elle semblait se concentrer pour écouter ce qu'il avait à dire.

— Tout d'abord, commença-t-il, mon approche ce soir était destinée à te mettre dans l'ambiance. Tu aurais dû deviner mes intentions dès mon arrivée.

— C'est le cas. J'ai remarqué ton regard et ton langage corporel. Je savais que tu jouais un rôle.

Que penserait-elle, si elle savait qu'il n'avait rien simulé ? Quand elle avait ouvert la porte, il avait eu une réaction purement sensuelle, et absolument réelle.

— Pour commencer, reprit-il, je t'ai complimentée sur ton allure. C'était destiné à t'amadouer, à te détendre. C'était un autre indice sur mes intentions. Et quand j'ai pris ton visage entre mes mains, tu ne devais avoir aucun doute sur ce que je m'apprêtais à faire.

— Je n'en avais pas.

— Bien. Ce baiser est un baiser que je qualifierais de baiser

« tu me plais ». Un french kiss entre deux personnes qui veulent mieux se connaître. Ni trop tendre, ni trop passionné.

— Tu crois que c'est ce genre que Walter va utiliser ?

Stern tressaillit à l'idée qu'un homme l'embrasse, quelle que soit la méthode.

— C'est plus que probable, si c'est un charmeur, se força-t-il à répondre. S'il essaie de précipiter les choses, alors il utilisera un baiser « j'ai envie de toi ». Ceux-là peuvent être dangereux.

— Comment ça ?

— Ils sont destinés à faire perdre la tête à une femme, parce que l'homme n'a qu'une idée en tête — t'attirer dans le lit le plus proche.

— Oh ! fit-elle.

Il la regarda se mordiller la lèvre.

— Alors, comment devrais-je réagir s'il me donne ce genre de baisers, et que je ne suis pas prête pour ça ?

— Mets-y un terme immédiatement, répondit-il avec plus de force que nécessaire. Une femme peut interrompre un baiser à n'importe quel moment, surtout si elle pense qu'il est agressif ou plus poussé que ce à quoi elle est prête.

— D'accord, dit-elle en hochant la tête. Essayons.

Il haussa un sourcil.

— Je te demande pardon ?

— J'ai dit, essayons. Je dois m'assurer que je peux faire la différence entre un baiser « tu me plais » et un baiser « j'ai envie de toi ».

Il sourit.

— Crois-moi, tu seras capable de faire la différence, Jo.

— Mais je veux en être sûre.

Il la dévisagea, certain qu'elle n'avait aucune idée de ce qu'elle lui demandait.

— Je ne crois pas que ce soit une bonne idée.

— Pourquoi ? C'est moi, Stern. Jo. Je suis la dernière personne que tu voudrais attirer dans ton lit, mais pour ce baiser, j'ai besoin que tu fasses semblant, afin que je puisse connaître la différence. Je veux que Walter m'apprécie, mais je ne suis pas prête à coucher avec lui.

Il était heureux de l'entendre, songea-t-il en poussant un soupir de soulagement.

— Mais je ne veux pas qu'il me prenne par surprise alors que j'ai baissé ma garde, continua-t-elle. Tu imagines, si je lui rendais son baiser sans savoir de quel genre il s'agit ? Ce ne serait pas juste pour lui, et il pourrait penser que je ne suis qu'une allumeuse.

Stern se fichait royalement de ce que ce Walter penserait. Et il eut bien du mal à ne pas le dire à Jo. Elle voulait plaire à un homme qui ne méritait peut-être pas tout le mal qu'elle se donnait.

— Stern ?

Il vit la supplique dans ses yeux. Elle ne connaissait pas la puissance d'un tel baiser, et savait encore moins où cela pouvait mener. Peut-être devrait-il faire en sorte qu'elle soit préparée.

— D'accord, Jo, mais c'est seulement parce que tu me l'as demandé.

Il se leva, retira sa veste, et la posa sur le dossier du canapé avant de se rasseoir.

— Souviens-toi, pour *n'importe quel* baiser, tu peux arrêter à tout moment.

— Et si j'arrête et que le type continue de m'embrasser quand même ?

— Alors, tu lui mets une gifle.

Elle sourit.

— Entendu.

Il lui rendit son sourire, sachant qu'elle n'hésiterait pas à le faire.

— Bien, allons-y. Prépare-toi, parce que c'est un baiser très profond.

— D'accord.

Il se pencha vers elle. Son parfum fleuri était délicieux, et qu'elle en soit consciente ou non, elle dégageait énormément de féminité, en étant simplement naturelle. Elle avait attaché ses cheveux en queue-de-cheval, n'était pas maquillée, et portait un pantalon et une chemise. Même si c'était lui qui avait suggéré un relooking, il n'était pas sûr que cela soit nécessaire. Pour lui, Jo avait une beauté innée qui transparaissait quoi qu'elle porte.

— Stern ?

Il prit soudain conscience qu'il était resté assis là, à la dévisager.

— Oui ?

— Quelque chose ne va pas ?

Il pouvait tout lui avouer maintenant et dire qu'en effet, quelque chose n'allait pas. Mais il ignorait ce que c'était. Il pourrait aussi lui dire qu'il ne voulait pas que ce Walter l'approche à moins d'un mètre, mais si elle lui demandait pourquoi, il ne pourrait rien lui répondre hormis : *parce que*.

— Non, tout va bien. J'essaie juste de comprendre pourquoi une femme aussi belle que toi n'a pas une foule d'hommes à ses pieds.

Il retira l'élastique de ses cheveux puis plongea les mains dans ses boucles brunes.

Elle semblait sceptique.

— Tu rejoues la comédie ?

— Oui...

Si c'est ce qu'elle veut croire...

— Alors, j'imagine que je dois rentrer dans le jeu, moi aussi, dit-elle, posant le doigt sur la fossette de son menton.

Ce n'était pas la première fois qu'elle le faisait, pourtant son geste provoqua un frisson électrique en lui.

— J'ai un faible pour ta fossette, juste là, avoua-t-elle en souriant.

— On dirait, oui, dit-il, tentant de contrôler les émotions que ce contact faisait naître. Tout comme j'ai un faible pour ta chevelure.

— Ah oui ?

— Tu sais bien que oui. Je ne suis pas très fan de ta casquette.

Elle gloussa.

— Mais tu sais pourquoi je la porte. Je ne peux pas avoir des cheveux qui me barrent le visage pendant je change une batterie.

Elle marqua un temps.

— Je crois que mon métier fait peur à la plupart des hommes, dit-elle.

— Mais je peux comprendre que cela puisse en exciter certains.

— Vraiment ? Comment ça ?

— Une femme capable de changer des bougies et un pneu en un temps record, et qui n'a pas besoin d'un homme pour installer des plaquettes de freins doit être fantastique dans tous les autres domaines.

— Ta théorie me plaît.

— C'est toi qui me plais.

Il sentit le désir monter entre eux. Ce n'était pas de la comédie. C'était bien réel. Soudain, il l'attira sur ses genoux, et vit qu'elle était surprise. De crainte qu'elle ne s'échappe, il l'enlaça.

— Pour l'instant, dit-il d'une voix rauque, je te veux dans mes bras. Tu as un problème avec ça ?

Elle le regarda un long moment, puis répondit :

— Non, je n'ai pas de problème avec ça.

Ce scénario lui posait-il vraiment un problème ? C'était même plutôt le contraire ! Mais Stern n'avait aucune idée des sentiments qu'elle lui portait, et du fait qu'elle les combattait en permanence. Il ne se doutait pas un instant que c'était son visage qui envahissait ses rêves ce soir, que c'étaient ses lèvres qu'elle mourait d'envie d'embrasser. Il n'imaginait pas à quel point elle *désirait* ses baisers. Cette comédie était plutôt plaisante. Elle pouvait se laisser aller, s'autoriser à savourer l'attirance qu'elle éprouvait pour lui, sans qu'il apprenne la vérité.

— Jo ?

Ses yeux s'étaient-ils assombris ? Elle devait sûrement se tromper.

— Oui, Stern ?

— Nous pouvons décider d'en rester là et nous dire bonne nuit.

Etait-ce de la réticence qu'elle avait perçu dans sa voix ?

— Non, ça va. Je veux le faire, Stern. J'ai besoin de le faire.

Bien plus que tu ne l'imagines.

Il l'étudia un instant.

— Ce Walter signifie donc tant pour toi ?

Elle était à deux doigts de lui dire que, non, Walter ne comptait pas tant que ça, et que c'était lui, Stern, qui comptait, qu'elle ne faisait que se servir de Walter, pour l'oublier lui. Mais elle ne pouvait pas lui faire un tel aveu.

— Je ne connais pas la réponse à cette question. Tout ce que je sais, c'est que je veux qu'il me remarque. Qu'il me prenne au sérieux. Je veux qu'il me voie autrement que comme la mécanicienne qui entretient sa voiture.

— Eh bien, je serai très en colère si j'apprends qu'il ne t'apprécie pas, et qu'il n'apprécie pas la merveilleuse personne que tu es. Et je ne dis pas ça en tant que meilleur ami — je dis ça en tant qu'homme qui a connu nombre de femmes et qui sait reconnaître un joyau quand il en voit un.

Ses mots la touchèrent au plus haut point, la laissant sans voix, et au bord des larmes. Pourquoi fallait-il qu'il lui dise des choses aussi gentilles ? Des mots qui charmeraient le cœur de n'importe quelle femme ?

— Merci, dit-elle quand elle fut capable de parler.

— Ne me remercie jamais pour les compliments que je peux te faire, parce que je les pense.

Elle se mordilla la lèvre inférieure pour l'empêcher de trembler, tandis que son cœur battait de plus en plus fort dans sa poitrine. Elle aurait préféré que Stern ne joue pas son rôle aussi bien. Maintenant elle avait plus que jamais envie d'être autre chose qu'une amie pour lui. Malheureusement, cela ne se produirait jamais. Ils étaient les meilleurs amis du monde, et c'était tout ce qu'ils pourraient jamais être l'un pour l'autre.

Toutefois, pendant qu'il lui enseignerait l'art du baiser, elle pourrait faire semblant, l'espace de quelques instants. Et elle ne s'en priverait pas.

— Embrasse-moi, Stern.

Elle sentit son souffle chaud caresser son visage quand il approcha ses lèvres pour s'emparer des siennes.

— Demander à un homme de t'embrasser avec cette voix peut être dangereux. Il pensera qu'il a déjà gagné à moitié.

Pour l'heure, elle s'en moquait, et pour le prouver, elle noua les bras autour de son cou. Elle leva doucement le menton et approcha la bouche de la sienne, l'invitant de manière claire à faire exactement ce qu'elle avait demandé.

Il prit ses lèvres, lentement, nonchalamment, comme s'il avait tout le temps du monde, et qu'il voulait s'assurer qu'elle ressente tout ce qu'il exprimait dans son baiser. Il resserra son étreinte, et prit sa bouche avec une avidité qui lui fit tourner sa tête.

Ce baiser était vraiment différent des deux autres. Si intense qu'elle gémit contre ses lèvres. Tandis qu'il continuait de l'explorer, elle s'appuya contre son torse, s'abandonnant entre ses bras puissants et chauds.

Si le but de ce genre de baiser était de rendre une femme consentante et prête à être séduite, elle pouvait aisément s'imaginer se laisser séduire... mais pas par Walter. Elle doutait de pouvoir échanger un tel baiser avec lui. En fait, un baiser comme celui-ci, venant de Walter, pourrait bien avoir l'effet inverse, car elle ferait comme s'il était quelqu'un d'autre. Elle imaginerait que c'était Stern qui la tenait dans ses bras. Stern qui la faisait frissonner de plaisir. Comme il le faisait à cet instant.

Soudain, sans qu'elle sache comment, elle se retrouva allongée sur le canapé, avec Stern au-dessus d'elle.

Il avait toujours les lèvres sur les siennes. L'avidité avec laquelle il l'embrassait faisait monter une passion en elle qu'elle n'avait jamais connue auparavant. Le baiser avait d'abord été nonchalant et sensuel. A présent, il était sauvage et torride. Un plaisir intense s'empara d'elle, annihilant presque toute pensée consciente.

Néanmoins, elle sut à quel moment exact il commença à déboutonner sa chemise, et gémit quand l'air effleura sa poitrine. Puis les mains de Stern suivirent, frottant l'étoffe de son soutien-gorge et...

Son téléphone portable sonna, et Stern recula en sursaut, comme s'il s'était brûlé. Il faillit trébucher dans sa hâte pour se relever. Elle s'assit, et après avoir reboutonné sa chemise, prit le téléphone sur la table basse. C'était une cousine qui appelait de Detroit, et elle laissa sonner.

— Pourquoi ne m'as-tu pas arrêté ? s'exclama-t-il, semblant à peine capable d'articuler les mots.

Il semblait furieux.

Elle haussa les épaules.

— Parce que ça m'a plu, dit-elle avec honnêteté.

Il la regarda une seconde, puis empoigna sa veste.

— Je ne suis pas sûr que ces cours étaient une bonne idée, finalement, assena-t-il. Je t'appelle demain.

A peine eut-elle le temps de se lever qu'il était déjà sorti, après avoir claqué la porte derrière lui.

6

Le lendemain, Stern faisait les cent pas dans son bureau. Il était content de n'avoir aucune réunion aujourd'hui, et d'avoir les bureaux presque pour lui seul. Riley était absent pour le reste de la semaine, car il allait rendre visite à ses beaux-parents à Daytona. Canyon avait profité de l'heure du déjeuner pour aller retrouver Keisha. Ils devaient acheter une balançoire pour leur fils, Beau.

Stern s'arrêta au milieu de la pièce, et passa la main sur son visage. Il n'avait pas téléphoné à Jo comme il l'avait promis, et ne comptait pas le faire tant qu'il n'aurait pas repris ses esprits. Leur baiser d'hier soir l'avait bien trop ébranlé.

Il laissa échapper un profond soupir. Ce n'était pas comme s'ils étaient amants. Tant s'en fallait ! Ils étaient deux amis, qui s'étaient mis d'accord pour étudier les bases du baiser. Leurs étreintes précédentes l'avaient poussé à croire qu'il avait sans doute imaginé leur effet. Mais après ce dernier baiser, il savait que son imagination n'était pas responsable. Ce baiser, celui qui était censé dire : « j'ai envie de toi », avait eu exactement l'effet escompté sur lui : il s'était mis à la désirer avec une ardeur inouïe. Voilà pourquoi il était si furieux contre lui-même. Jo lui faisait entièrement confiance, or hier soir, il avait trahi cette confiance. Il avait été à deux doigts de la déshabiller.

Lorsque son téléphone portable sonna et qu'il reconnut la sonnerie de Jo, il retint son souffle. Il n'était pas prêt à lui parler pour l'instant. Pour elle, cela n'avait sans doute été qu'une simple leçon, mais pour lui, ce baiser signifiait bien plus !

Alors, qu'allait-il faire ?

Vendredi matin, Jo était convaincue que Stern l'évitait. Elle l'avait appelé la veille pour s'assurer que tout allait bien, après son départ précipité mercredi. Mais il n'avait pas retourné l'appel. D'habitude, même quand il était en réunion, il la rappelait dès qu'il le pouvait. Mais pas cette fois.

Se glissant hors du lit, elle se dirigea vers la salle de bains pour prendre une douche et s'habiller. Elle devait retrouver Pam et Chloe au centre commercial de Cherry Creek, qui ouvrait ses portes à 10 heures. Cela lui laisserait le temps de s'arrêter au coffee-shop pour prendre un café et un bagel. Avec un peu de chance, une fois devant Pam et Chloe, elle aurait repris ses esprits. Mais pour l'instant, elle nageait encore en pleine confusion.

Chassant l'idée sombre qu'elle était en train de perdre son meilleur ami, elle se déshabilla, et entra dans la douche. Ces dernières trente-six heures, elle n'avait cessé de rejouer les derniers événements dans sa tête. Stern l'avait préparée à ce dernier baiser, en la prévenant de sa teneur. Elle avait donc été avertie. Du moins, en quelque sorte. Elle doutait qu'une femme puisse être totalement préparée à un baiser de Stern Westmoreland. Certes, l'effet du baiser l'avait ébranlée, mais ce n'était pas cela qui l'avait le plus surprise.

Ce qu'elle n'arrivait pas à comprendre, c'était la réaction de Stern. S'était-elle investie dans le baiser plus qu'il ne l'aurait voulu ? L'avait-elle trop apprécié ? Aurait-elle dû suivre un scénario tacite ? Peut-être Stern pensait-il qu'elle aurait dû interrompre leur baiser plus tôt. Et peut-être avait-elle eu tort de lui demander son aide.

Il y avait beaucoup de choses sur les hommes qu'elle ignorait, mais elle s'en était parfaitement accommodée, jusqu'à ce qu'elle développe ces sentiments insensés pour Stern et tombe véritablement amoureuse de lui. A présent, elle essayait de toutes ses forces de rectifier le problème, en trouvant quelqu'un d'autre à aimer. En aucune circonstance, Stern ne devait apprendre ce qu'elle éprouvait pour lui. Et si pour cela elle devait mettre un terme à leurs leçons, eh bien... elle prendrait cette décision le moment venu.

Quelques heures plus tard, elle s'efforça d'arborer un sourire avant de rejoindre Pam et Chloe, qui l'attendaient devant l'entrée du centre commercial. Bien qu'il ne soit que 10 heures du matin, toutes deux étaient radieuses, belles et élégantes. Jo adorerait leur ressembler, quelle que soit l'heure de la journée. Mais elle devait être réaliste : son emploi requérait qu'elle ne ressemble *pas* à cela. Néanmoins, elle souhaitait apprendre à se présenter sous un meilleur jour quand elle sortait. Elle allait sur ses trente ans, il était donc temps de procéder à quelques changements.

Saluant les deux jeunes femmes par une accolade, Jo leur dit à quel point elle était contente de les voir, et les remercia chaleureusement pour leur soutien. Pam et Chloe répondirent qu'elles étaient ravies de pouvoir l'aider et, sans plus attendre, l'entraînèrent vers une première boutique.

Stern leva les yeux lorsqu'on frappa à la porte de son bureau.

— Entrez.

Quand Zane apparut, Stern fut surpris. Il posa son stylo et recula sur son fauteuil.

— Qu'est-ce qui t'amène hors des terres Westmoreland en pleine journée ?

Zane, un cousin Derringer et le frère de Stern, Jason, étaient associés dans une affaire d'élevage et d'entraînement de chevaux, avec d'autres parents du Montana et du Texas.

— Je suis venu rencontrer un client potentiel en ville. Je crois que nous avons conclu une nouvelle vente, expliqua Zane, tout en installant son corps musclé sur une chaise. Puisque j'étais dans le coin, je me suis dit que j'allais te faire une petite visite.

— Pourquoi ? demanda Stern, avant de saisir quelques trombones et de les lancer sur le bureau.

— Parce que la dernière fois que nous avons discuté, tu semblais plutôt frustré.

Pour être franc, il était toujours aussi frustré, voire davantage.

Les événements de ces derniers jours le dépassaient, il fallait l'admettre. Jo se demandait sûrement pourquoi il ne lui avait pas téléphoné. Jamais il n'avait agi ainsi.

— La situation avec Jo a empiré, avoua-t-il d'un ton dépité.

Zane se redressa sur sa chaise.

— Comment ça ?

— J'ai décidé de lui donner un cours de baisers, comme tu l'as suggéré. Mais j'ai failli perdre le contrôle, Zane. Tu avais raison. Quand je l'embrassais, je ne la voyais pas comme ma meilleure amie, mais comme une amante potentielle.

— Et cela te pose toujours problème ? Que des meilleurs amis deviennent amants, cela n'a rien d'exceptionnel, Stern. Les gens changent. Comme les sentiments et les relations. Tes sentiments pour elle ont sans doute évolué depuis un moment, sans même que tu t'en rendes compte.

Stern était sceptique.

— Mais tu sais comment je suis avec les femmes, Zane. Je sors avec elles, et ensuite, je les oublie. J'en revois certaines une fois ou deux, mais c'est rare. Et l'idée d'une relation durable ne me traverse jamais l'esprit. Je ne pourrais pas traiter Jo ainsi.

— Non, tu ne pourrais pas, et tu ne le feras pas. Elle compte bien trop pour toi, ce qui m'amène à un autre problème.

— Lequel ?

— Quand vas-tu admettre que tu es en train de tomber amoureux d'elle ?

Stern était sonné.

— De quoi parles-tu ? Je ne suis pas en train de tomber amoureux d'elle ! s'indigna-t-il.

— En es-tu bien sûr ? J'ai failli perdre Channing parce que je refusais de reconnaître mes sentiments pour elle. A mon avis, s'il y a la moindre possibilité que tu puisses tomber amoureux de Jo, tu ne lui rends pas service en gardant cela sous silence. Tu dois lui parler avant qu'il soit trop tard.

Stern se leva, et alla à la fenêtre. Il pensa à tout ce qui s'était produit depuis la semaine que Jo et lui avaient passée au chalet. Depuis cet instant où elle avait dit être intéressée par un homme. Il n'avait aucun mal à se rappeler les émotions et les peurs qu'il avait éprouvées depuis. Etaient-elles dues au fait qu'il avait des sentiments cachés pour elle ? Des sentiments qu'il avait enfouis profondément depuis des mois, voire des années ?

Il se retourna vers Zane.

— Il est déjà trop tard. Elle a des vues sur quelqu'un d'autre, tu te souviens ? Ce Walter.

— Et alors ? Ça ne veut rien dire.

Stern soupira. Zane était censé être le plus sage des hommes de la famille, mais parfois, Stern avait de sérieux doutes.

— Ça voudrait dire quelque chose pour la plupart des gens, rétorqua-t-il.

Zane haussa ses épaules massives.

— Pas pour un Westmoreland. Pas quand il veut vraiment quelque chose. C'est à toi de déterminer si tu es amoureux de Jo. Et si oui, de décider de ce que tu vas faire. Si tu veux la perdre au profit d'un autre homme, libre à toi. Mais si j'étais toi, je n'abandonnerais pas la femme de ma vie sans me battre.

Stern roula des yeux.

— Tout d'abord, ce n'est pas la femme de ma vie. Tout ce que Jo ressent pour moi, c'est de l'amitié, indépendamment du fait que je sois amoureux d'elle ou pas.

Zane se leva.

— Alors, à ta place, je donnerais à ce Walter du fil à retordre. Et je commencerais par dire à Jo ce que je ressens ; tu pourrais être surpris. Tu pourrais apprendre qu'elle ressent la même chose. Ça fait des années que je dis que vous avez une relation particulière, tous les deux. Meilleurs amis ou pas, vous vous adorez.

Stern laissa échapper un profond soupir. En ce qui le concernait, personne n'avait été plus proche que son cousin Bane et son amie de longue date Crystal, et quand on regardait ce qui leur était arrivé… mais cela remontait à des années, et c'était une autre histoire.

— Je vais réfléchir à ton conseil, dit-il.

Zane eut un petit rire et se dirigea vers la porte.

— Oui, bonne idée. Il est temps pour toi de penser comme un Westmoreland.

Jo avait du mal à choisir entre toutes les robes que Pam et Chloe brandissaient. Elle était convaincue d'en avoir vu plus d'une centaine déjà, et il n'était pas encore 14 heures.

— Alors, lesquelles préfères-tu ?

Megan, médecin anesthésiste et cousine de Stern, les avaient rejointes pendant sa pause déjeuner. Jo n'avait pas tardé à découvrir que Megan adorait le shopping tout autant que Pam et Chloe.

Lesquelles, avait dit Megan. Pas *laquelle* ? Bon sang, elle avait déjà acheté six robes ! En plus de celle qu'elle comptait porter demain soir, ces dames avaient décrété qu'elle aurait besoin d'autres tenues pour tous ses autres rendez-vous avec Walter. Elles croyaient en son pouvoir de séduction bien plus qu'elle-même.

— J'aime bien la robe jaune paille, et la multicolore, dit-elle.

Megan rayonna.

— Excellents choix. C'étaient mes préférées aussi.

Pam et Chloe approuvèrent d'un signe de tête. Pour être honnête, Jo aimait toutes les tenues qu'elle avait achetées aujourd'hui, et s'était sentie très bien dedans.

— Après être passées à la caisse, nous devrions aller faire un tour à la boutique de lingerie Sandra's. Maintenant que nous avons trouvé les tenues, il faut s'occuper de tes sous-vêtements, décréta Pam en souriant.

Jo songea qu'elle avait de nombreux sous-vêtements dans sa commode, mais les trois jeunes femmes lui avaient affirmé qu'elle avait besoin d'un ensemble sexy. Honnêtement, elle ne voyait pas pourquoi. Même si Walter et elle nouaient un contact, il était hors de question qu'elle couche avec lui le premier soir. Ni le second. Ni le troisième. Elle portait peut-être de l'intérêt à Walter, mais cet intérêt avait des limites.

— C'était Lucia, dit Chloe, glissant son téléphone dans son sac à main. Elle s'est dit que ce serait amusant de laisser nos hommes s'occuper des enfants ce soir, pendant que nous dînons en ville entre filles avec Jo. Lucia, Bella, Keisha et Kalina nous rejoindront pour dîner chez McKays.

Jo trouvait que c'était une idée splendide. Elle connaissait Megan, Gemma et Bailey depuis toujours, et parce qu'elle était la meilleure amie de Stern, elle avait aussi rencontré les femmes de ses cousins et de ses frères.

Une demi-heure plus tard, elle admirait les sous-vêtements de la boutique de lingerie. Jamais elle n'avait vu autant de tailles, de formes et de couleurs. Elle devait l'admettre, les ensembles lui plaisaient. Il y avait quelque chose de très féminin dans le fait de porter un ensemble assorti.

— Alors, tu es plutôt du genre string, boxer, slip ou shorty ? demanda Pam tandis qu'elles cherchaient sa taille.

— Je te demande pardon ?

Pam sourit.

— Attends, je vais te montrer.

Elle brandit un exemplaire de chaque type.

— Je suis du genre boxer, conclut Jo maintenant qu'elle avait une idée plus claire sur la question.

— Euh, pas demain soir, objecta Chloe, brandissant un string. C'est ce qu'il te faut avec la robe que tu as choisie.

Jo fixa la bande presque inexistante de tissu et songea : *C'est une plaisanterie ?*

— Il ne faut pas que l'on voie la marque du slip, expliqua Megan.

— Oh.

Elle n'avait pas ce genre de préoccupations quand elle portait un jean.

— Et nous comptons être là demain quand tu t'habilleras, annonça Chloe.

— Vraiment ? s'exclama Jo.

— Bien sûr. Il faut que tu sois renversante.

Après avoir passé toute la journée à écumer les boutiques, et à essayer robe sur robe, elle espérait bien couper le souffle à Walter. Distraitement, elle sortit son téléphone de son sac, pour vérifier ses appels en absence… précisément, des appels de Stern. Elle réprima une pointe de déception quand elle constata qu'il n'avait pas téléphoné.

— Tu as des idées pour ta coiffure, Jo ? demanda Chloe, interrompant le fil de ses pensées. J'ai cru comprendre que c'est Ritz qui va te coiffer et te maquiller. Il est très doué.

— C'est ce qu'on m'a dit, répondit Jo en regardant les soutiens-gorge.

— Tu vas les faire couper ? interrogea Pam.

— Non, Stern les préfère longs.

— Stern ? s'étonna Megan. Pourquoi te soucier de ce que Stern préfère ? Ce n'est pas lui que tu cherches à impressionner.

Tandis que Jo continuait de sélectionner des coordonnées, elle se dit que Megan avait raison. Pourtant...

Pense comme un Westmoreland.

Les paroles de Zane résonnaient dans l'esprit de Stern, tandis qu'il fermait son bureau à clé à cette heure tardive. Comment un homme habitué à être courtisé pouvait-il devenir celui qui courtisait ? Cela changeait tout, pour sûr.

Il se leva juste au moment où son téléphone portable sonnait. Il consulta l'écran et vit que c'était Dillon.

— Oui, Dillon ?

— J'appelle pour prévenir tout le monde. Changement de programme pour ce soir.

Les Westmoreland avaient pour habitude de se réunir le vendredi soir pour dîner.

— C'est-à-dire ?

— Ce sont les hommes qui cuisinent, car nos épouses ont décidé d'emmener Jo dîner en ville après sa longue journée de shopping.

— Oh.

— Pour faire simple, je demande à chaque homme d'apporter sa spécialité. Puisque tu n'en as pas, tu peux passer à la boulangerie et prendre un dessert.

— Entendu.

Alors qu'il allait raccrocher, Dillon ajouta :

— Et, Stern ?

— Oui ?

— Ceux qui ont des enfants s'en occupent ce soir, ce qui signifie que les enfants mangent comme nous. Alors, évite le cake au rhum.

Stern rit. Tout le monde savait que le cake au rhum était son gâteau préféré.

— Compris.

Après avoir raccroché, il se cala dans son fauteuil. *Pense comme un Westmoreland.* Quelques minutes plus tard, il consulta sa montre. En souriant, il sortit son téléphone de sa veste et tapa quelques numéros.

— Garage Golden Wrench. Wanda à l'appareil, en quoi puis-je vous aider ?

— Bonjour, beauté, c'est Stern. Et vous pouvez m'aider en me donnant des informations que vous détenez sûrement.

7

Jo sortit de la chambre et entra dans le salon, sous un concert d'acclamations et de halètements de surprise.

— Jo, tu es époustouflante !

— Sensationnelle.

— Sexy.

— On ne dirait pas la même personne !

Jo sourit à son public.

— Merci. J'ai l'impression d'être tout cela à la fois, dit-elle en contemplant son reflet.

Elle se tourna vers ses camarades, qui emplissaient son salon.

— Je tiens vraiment à vous remercier toutes pour votre aide. Non seulement pour m'avoir accompagnée dans les boutiques hier, mais aussi pour avoir été présentes pendant ma coiffure et mon relooking, et pour me donner foi en ma capacité à réussir ce soir.

Inutile de leur dire que la seule autre personne qu'elle voulait avoir auprès d'elle, la seule personne dont elle avait besoin, et qu'elle aurait aimé voir l'encourager, était son meilleur ami. Mais Stern n'était pas là, et elle n'avait eu aucune nouvelle depuis mercredi. Indéniablement, les choses n'étaient plus les mêmes entre eux. La réaction de Stern la mettait en colère chaque fois qu'elle y pensait. Ce relooking, c'était une idée de lui. Et c'était lui qui l'avait embrassée le premier ! Avait-elle eu tort de vouloir améliorer ses compétences en la matière ?

— J'ai fait des recherches sur ton Walter, sur internet, dit Bailey Westmoreland. Il est charmant, mais sur la photo de son profil, son costume lui donne l'air un peu prétentieux. Tu es sûre qu'il fréquente un endroit comme le Punch Bowl ? C'était le repaire de Derringer et de Riley autrefois. Nous avions même cru qu'ils avaient des actions là-bas.

— Ce serait bien ma chance si ce soir il changeait d'avis et restait chez lui, ou bien décidait d'aller ailleurs, soupira Jo, priant que ce ne soit pas le cas.

— S'il n'est pas là, ce sera tant pis pour lui, répondit Pam avec un sourire. Mais j'ai le sentiment que tu auras de la chance, ce soir.

Espérons ! songea Jo en prenant une profonde inspiration. Regardant ses mains, elle se souvint que Ritz s'était lamenté sur leur état catastrophique, et qu'il avait dû faire des miracles pour les rendre présentables. Ses ongles étaient peints dans une jolie nuance de rose, qui se mariait harmonieusement avec les couleurs de sa robe.

— Et je suis contente que tu n'aies pas coupé tes cheveux finalement, dit Chloe. La façon dont Ritz les a coiffés leur donne plus de volume. Tu es absolument magnifique.

Et même si cette soirée restait une occasion unique, au moins, ce soir, elle se sentait belle et féminine.

— Eh bien, dit-elle en consultant sa montre, il est temps pour moi de partir. Je vous remercie toutes encore une fois pour tout ce que vous avez fait pour moi. Grâce à vous, j'ai le sentiment d'être exceptionnelle.

— Mais tu es exceptionnelle, confirma Megan en souriant. Et avant que tu partes, je veux prendre tout un tas de photos. Je suis impatiente de montrer à Rico à quel point tu es belle.

— Merci de me laisser jouer ici ce soir, Sampson, dit Stern en désignant la salle du Punch Bowl.

Sampson avait fait répéter la mère de Stern pour son premier récital de piano lorsqu'elle avait huit ans. Le vieux monsieur leva les yeux de son piano et sourit.

— Tout le plaisir est pour moi, Stern. A quelques reprises, j'ai réussi à convaincre Riley de s'asseoir sur ce banc et chaque fois, le public était enthousiaste. Ta maman a fait en sorte que tous ses garçons aient l'oreille musicale.

Stern approuva d'un signe de tête. Sa mère avait réussi à communiquer à ses sept fils son amour pour la musique. Dillon et Micah jouaient de la guitare ; Riley et Bane, du piano ; Canyon avait choisi le cor d'harmonie, et Stern, le violon. Après la mort de leurs parents, Dillon s'était assuré qu'ils continuent à développer leurs compétences musicales en demandant à Sampson de leur donner des cours.

— Riley préférait de loin être dans le public, entouré de toutes ces jolies femmes qui se disputaient son attention, plaisanta Stern.

Sampson secoua la tête.

— J'ai du mal à croire que ce bourreau des cœurs se marie à la fin du mois.

— Vous n'êtes pas le seul, répondit Stern avec un sourire complice. Mais quand vous verrez Alpha, vous comprendrez.

Sampson regarda sa montre.

— Le concert commence à 20 heures, mais, en attendant, si tu veux, tu peux aller dans la salle et t'amuser un peu. Dis à Sweety de mettre tes boissons sur ma note.

— Merci, mais je préfère rester ici jusqu'à ce que le spectacle commence.

Il ne mentionna pas qu'être assis en coulisses, devant la vitre sans tain, lui permettait d'observer les clients sans se faire remarquer. Son cousin Ian avait fait installer un miroir similaire dans son casino, au bord du lac Tahoe.

— J'aimerais savoir une chose, dit-il.

Sampson leva les yeux vers lui.

— Oui, quoi ?

— C'est à propos de Walter Carmichael. Je crois qu'il vient souvent ici. Est-il présent ce soir ?

Sampson tendit le cou pour regarder par la vitre.

— Oui, il est là. Tu le connais ?

Stern décela une note de désapprobation dans la voix de Sampson.

— Non, je ne le connais pas, mais on m'a dit qu'il venait souvent ici les week-ends.

— C'est vrai, malheureusement. Il a beaucoup d'argent, et aime le jeter par les fenêtres pour impressionner les femmes. Avec certaines, ça fonctionne, avec d'autres non. Il se met rapidement en colère avec celles qui ne se laissent pas impressionner. Il croit pouvoir avoir toutes les femmes qu'il veut. Et j'ai entendu dire qu'il était du genre rancunier. Il y a quelques mois, il a essayé de brutaliser une femme qui avait refusé ses avances. Ce n'est pas arrivé au club, sinon Sweety ne l'aurait pas laissé remettre les pieds ici. Selon la rumeur, le père de Carmichael a payé cette femme une grosse somme d'argent pour qu'elle abandonne les poursuites.

— Son père ?

— Oui. Carmichael vient du Midwest, et sa famille est assez fortunée, ce qui explique la voiture clinquante et les vêtements onéreux. Je crois qu'il ne travaille que parce que son père a diminué sa rente il y a quelques années, même s'il raconte partout que sa mère lui envoie de l'argent en douce. J'ai aussi appris qu'il est à Denver parce qu'il a dû fuir l'Indiana, à cause d'un scandale impliquant une femme mariée dont le mari a menacé de le tuer.

Sampson haussa un sourcil.

— Y a-t-il autre chose que tu veux savoir ?

Stern en avait assez entendu. D'après le résumé que Sampson venait de lui faire, il était hors de question qu'il laisse quelqu'un comme Carmichael sortir avec Jo.

— Oui, il y a autre chose. J'ai besoin que vous me montriez qui c'est.

Si sa requête lui semblait étrange, Sampson n'en laissa rien paraître. Il regarda par la vitre sans tain, et Stern suivit son regard.

— C'est cet homme, en pantalon bleu marine et veste beige. Une vraie gravure de mode.

Stern l'étudia attentivement. Carmichael discutait et riait avec un groupe d'hommes au bar. Il décida sur-le-champ qu'il n'aimait pas ce type. Sampson avait raison : il avait tout l'air d'un fils de riche trop gâté.

Stern allait faire part de ses impressions à Sampson quand il remarqua que Carmichael, ses acolytes et d'autres clients avaient les yeux rivés vers l'entrée du club. Stern suivit leur regard, curieux de savoir ce qui attirait leur attention.

Bonté divine…

Il écarquilla les yeux, et eut le souffle coupé.

C'était Jo. Elle était absolument splendide, et sexy en diable. Bon sang, qu'avait-elle fait ? Ses cheveux tombaient en cascade sur ses épaules et soulignaient sa beauté. Son visage était mis en valeur par un maquillage savamment dosé. Ses cils semblaient plus longs, ses joues étaient légèrement rosées, et ses lèvres étaient peintes dans un rouge rubis incendiaire.

Et elle portait la robe la plus sensuelle qu'il ait jamais vue. Légèrement plus courte sur le devant, couvrant à peine ses cuisses, elle était un peu plus longue sur l'arrière, mais dévoilait tout de même ses splendides jambes perchées sur des escarpins vertigineux bleu indigo. Et son décolleté plongeant dévoilait ses seins ronds et fermes. Il n'était même pas sûr qu'elle portait un soutien-gorge.

— Jolie jeune femme, entendit-il Sampson déclarer. J'espère qu'elle sait ce qu'elle fait, en venant ici dans une tenue aussi sexy, et sans cavalier. Les loups affamés sont de sortie ce soir. Regarde.

Stern détacha son regard de Jo pour observer les clients. Tous les hommes avaient les yeux braqués sur elle. Certains se léchaient même les lèvres. Stern sentit son pouls s'accélérer.

Jo remarqua Carmichael et lui sourit. Mais Stern la connaissait mieux que personne, et il devinait, au léger tremblement de sa lèvre inférieure, qu'elle n'était pas aussi sûre d'elle qu'elle en avait l'air.

— Cette pièce est isolée phoniquement, si tu as besoin de t'exercer encore, offrit Sampson.

— Non, c'est inutile, dit-il sans quitter Jo des yeux. Je serai prêt à faire ce que je dois faire le moment venu.

Sampson l'ignorait, mais la réponse de Stern avait un double sens. En ce qui le concernait, ce soir, il allait gâcher tous les plans que Jo avait concernant Carmichael.

Jo poussa un lent soupir pour se détendre quand l'hôtesse la guida vers une table libre. Quand elle était entrée, le premier regard qu'elle avait croisé était celui de Walter, mais il n'avait pas semblé la reconnaître. A sa décharge, elle était très différente sans son uniforme, ses chaussures de sécurité et sa casquette. Toutefois, il devait bien y avoir quelque chose de familier chez elle.

— Le spectacle commence dans une demi-heure, annonça la jeune femme, dont le badge indiquait qu'elle s'appelait Melissa. Voulez-vous un verre de vin ?

— Oui, un verre de moscato.

— Excellent choix. Je vous l'apporte tout de suite.

Pendant qu'elle attendait sa commande, Jo se força à ne pas regarder les hommes au bar ; elle avait croisé le regard de la plupart d'entre eux à son arrivée, et ne tenait pas à leur donner l'impression qu'elle recherchait de la compagnie. Hormis celle de Walter, bien sûr. Que ferait-elle si un homme l'approchait avant lui ? Elle devrait l'éconduire poliment, et lui faire savoir qu'elle n'était pas intéressée. Mais si cela arrivait et que Walter approchait, aurait-il l'impression d'avoir décroché le pompon ? Penserait-il que cela lui donnerait le droit d'avoir tout ce qu'il voulait ?

— Excusez-moi. Cela pourrait passer pour une phrase bateau, mais j'ai le sentiment que nous nous sommes déjà rencontrés.

C'était Walter ! Il lui souriait, et une lueur d'intérêt intense brillait dans ses yeux. Elle était soulagée qu'il soit le premier à l'approcher. Il était très beau ce soir, pourtant elle se demanda pourquoi Wanda et elle avaient pu penser un seul instant qu'il pouvait rivaliser avec Stern. Question beauté physique, Stern le battait à plates coutures.

Elle lui rendit son sourire, songeant que la soirée prenait exactement la tournure qu'elle avait espérée.

— Nous nous sommes déjà rencontrés, Walter, dit-elle, décidant de ne pas jouer la carte de la fausse timidité.

Elle devinait qu'il était surpris et heureux qu'elle connaisse son prénom.

— Vraiment ? Alors, cela a dû être bref. Il est impossible que j'aie pu tenir une conversation avec vous sans m'en souvenir.

C'était un charmeur, mais il devrait fournir bien plus d'efforts pour l'impressionner. Elle était la meilleure amie d'un maître en séduction, et elle avait entendu Stern utiliser ce genre de phrases très souvent.

Ce qui lui rappela qu'elle n'avait toujours pas eu de nouvelles de

Stern. Il ne l'avait pas rappelée. Elle savait qu'il n'était pas malade, sinon elle l'aurait appris par un de ses frères ou de ses cousins. Cela ne pouvait signifier qu'une chose : il était encore contrarié, et se comportait comme un enfant de quatre ans en refusant de lui parler. La seule autre fois où ils avaient cessé de se parler, c'était au lycée, lorsqu'il avait juré qu'elle lui avait donné la rougeole exprès... Comme si elle avait pu faire une telle chose ! Elle avait attrapé la maladie en premier, et quelques jours après, il avait suivi, ce qui l'avait empêché de participer à un concours musical.

Pour éviter que ses frères et ses cousins ne soient contaminés, ce qui aurait été difficile à gérer pour Dillon et Ramsey, le père de Jo avait invité Stern à séjourner chez eux pendant sa maladie. S'il pouvait s'occuper d'un enfant malade, il pouvait aussi bien s'occuper d'un deuxième, avait-il décrété. A la fin de la deuxième semaine, Stern avait admis qu'elle était innocente, et qu'être malade n'avait pas été si mal, surtout parce que le père de Jo lui avait donné des tas de magazines automobiles. En fait, si ses souvenirs étaient bons, Stern n'avait pas voulu quitter la maison une fois rétabli. Il avait déclaré qu'il s'était plus amusé en étant malade chez elle que bien portant chez lui.

Prenant une grande inspiration, elle s'efforça de chasser Stern de son esprit. Toute cette soirée avait pour but de lui faire oublier ses sentiments pour lui. Ce n'était pas juste de comparer sans cesse Walter à son meilleur ami.

— Alors, où nous sommes-nous rencontrés ? demanda Walter.

Elle soutint son regard, guettant son expression quand elle lui dirait qui elle était.

— Dans mon établissement.

— Votre établissement ? Et quel genre d'établissement possédez-vous ?

Il glissa les mains dans ses poches, et prit une pose que certaines femmes trouveraient certainement sexy.

Elle afficha un sourire.

— Je vous ai vu cette semaine. Je suis surprise que vous ne m'ayez pas reconnue tout de suite. Je m'appelle Jovonnie Jones, du Golden Wrench. Jo.

Elle vit le choc passer dans son regard, et sa réaction fut bien trop longue à son goût. Ce qu'il fit ensuite l'agaça encore plus. Il prit sa main et observa ses ongles. Que s'attendait-il donc à trouver ? De la graisse de moteur sur ses doigts ? Elle retira sa main.

— Il y a un problème ? demanda-t-elle.

Il secoua la tête, comme s'il essayait de composer avec ce qu'il venait de découvrir.

— Non, c'est juste que je n'arrive pas à croire que vous êtes la femme qui... qui...

Il semblait avoir du mal à trouver ses mots.

— La femme qui répare des voitures ? suggéra-t-elle. Qui porte toujours un uniforme ? Qui cache ses cheveux sous une casquette ?

— Oui, dit-il avec un petit sourire. C'est ça. Vous êtes méconnaissable, dit-il d'une voix grave, tout en la toisant de pied en cap. Je ne l'aurais jamais cru.

Méconnaissable... ? Croyait-il lui faire un compliment ? Cette pensée la contraria encore plus, mais elle tenta d'oublier son exaspération. Walter servait un but. Il était loin de se douter qu'en agissant ainsi, il était de moins en moins susceptible de lui faire oublier ses sentiments pour Stern.

— Voilà votre vin, annonça la serveuse, posant le verre devant elle.

— Merci.

— Attendez-vous quelqu'un ? demanda Walter.

Elle lui lança un regard, tentée de mentir et de répondre par l'affirmative. Mais il était la raison de sa présence ce soir. C'était pour lui qu'elle avait passé toute une journée à faire les boutiques, jusqu'à l'épuisement. Pour lui encore qu'elle s'était apprêtée jusqu'au bout des ongles.

— Non, je n'attends personne. Je suis seule.

— Moi aussi, je suis seul, dit-il d'une voix profonde et rauque. Ça vous ennuie si je me joins à vous ?

Elle afficha un sourire forcé.

— Non, ça ne m'ennuie pas.

— Ça va, fiston ?

— Oui, ça va.

Stern était si concentré sur Jo et Carmichael qu'il avait oublié la présence de Sampson. Carmichael s'était maintenant assis à la table de Jo, et la faisait sourire. Stern étant un chasseur, il reconnaissait aisément l'instinct de prédateur chez un autre homme, et il ne faisait pas de doute dans son esprit que Carmichael avait un instinct très développé. Voilà qu'il servait un autre verre de vin à Jo. Comptait-il la rendre ivre ? Stern gloussa. Si c'était le plan de Carmichael, il ferait mieux d'en trouver un autre, car Jo tenait très bien l'alcool. A en croire que cela n'avait aucun effet sur elle.

— Le spectacle va commencer, je dois y aller.

Stern regarda par-dessus son épaule.

— D'accord. Et encore une fois, merci d'avoir ajouté mon numéro au programme de ce soir.

— Pas de problème. J'imagine qu'il y a une raison pour que tu ais appelé à la dernière minute pour me demander de jouer.

Sampson regarda par la vitre la table de Jo.

— A présent, je sais pourquoi, dit-il.

Stern déglutit.

— Vous savez ?

— Oui. Quand un homme aime une femme, il lui est difficile de cacher ses sentiments.

Stern fronça les sourcils.

— Il ne s'agit pas de ça. Elle et moi sommes amis. Les meilleurs amis.

— Je vois.

Sampson voyait-il les choses de la même manière que Zane ? Cette idée ne lui plaisait guère, car il ne comprenait pas ce qui les poussait à penser ainsi. Il fut heureux quand son mentor sortit de la pièce. Cela lui épargnait d'avoir à se justifier encore.

Assis sur le tabouret, le dos appuyé contre le mur, il se remémora la journée d'hier. Les choses étaient allées si vite ! Il n'avait pas eu à insister auprès de Wanda pour obtenir des informations ; elle les lui avait données bien volontiers. Ensuite, il n'avait eu aucun mal à concocter un plan d'attaque.

Le Punch Bowl était autrefois le repaire préféré de Riley et Derringer. Les femmes venaient ici seules pour rencontrer des hommes. Il était donc logique que Carmichael fréquente cet endroit chaque week-end. Et la musique était sans doute la meilleure de Denver, avec Sampson au piano et Mavis à la basse.

Lorsque Stern avait eu l'idée de jouer un morceau de violon, un seul coup de fil à Sampson avait suffi, sans qu'on lui demande aucune explication. Même ce soir, quand Sampson avait observé Stern en train d'épier Jo, le vieil homme n'avait posé aucune question. Il lui avait simplement fait part de ses remarques — avec une perspicacité étonnante. En dehors de la partie où il avait insinué que Stern était un homme amoureux.

En montant sur scène, Stern ferait à Jo la surprise de sa vie. Il était la dernière personne qu'elle s'attendait à voir ce soir. Et elle ne s'attendait certainement pas à ce qu'il gâche sa soirée avec Carmichael.

Lorsque les lumières furent baissées pour annoncer le début du spectacle, Stern vit Carmichael changer de place pour se retrouver face à la scène. C'était compréhensible, mais à présent, il était bien trop près de Jo au goût de Stern.

Il empoigna son violon. Il était prêt à jouer, et à chasser de son esprit toutes ses pensées négatives. Et elles étaient nombreuses.

— Vous savez que vous avez envie de partir avec moi, alors qu'attendons-nous ?

Jo but une autre gorgée de vin, et se demanda ce que l'imbécile assis à côté d'elle buvait. Ce devait être un alcool fort, s'il croyait vraiment qu'elle voulait partir avec lui ! Ces vingt dernières minutes, elle avait mesuré quelle erreur elle avait commise, en le choisissant comme candidat digne de son affection. Cet homme ne méritait le cœur d'aucune femme. La seule chose à laquelle il pensait était le sexe, le sexe, et encore le sexe.

Elle avait cessé de compter les fois où il avait dit vouloir partir avec elle. Et l'attirer dans un lit. Le sien, son lit à elle, même celui de l'hôtel le plus proche lui conviendrait. Certes, elle était différente de la dernière fois où il l'avait vue, mais à présent, elle se demandait si elle avait une pancarte sur le front qui indiquait : prête à s'envoyer en l'air.

Décidant d'ignorer sa dernière suggestion, elle répondit :

— Génial, le spectacle va commencer.

— Venez avec moi, et nous pourrons faire notre propre spectacle chez vous. Ou chez moi.

Jo prit une profonde inspiration. Elle avait rencontré peu d'hommes insistants dans sa vie, mais des hommes détestables, assez souvent. Comme ceux qui venaient dans son garage et demandaient expressément à ce que ce soit Beeker qui prenne en charge leur voiture, car elle était une femme et ne pouvait donc pas être compétente. Leur façon de penser la désolait, mais elle avait décidé depuis longtemps que cela ne l'empêcherait pas de dormir. Les hommes pensaient ce qu'ils voulaient, et on ne pouvait pas les changer. C'était le cas pour Walter. Il la prenait pour une fille facile, mais il avait tort. Il croyait sans doute être, pour sa part, un don de Dieu pour les femmes, mais il se trompait, là aussi. Il avait passé l'essentiel de leur conversation à se vanter. Jamais elle n'avait rencontré un homme aussi si imbu de lui-même.

Quelle déception ! Après tout le mal qu'elle s'était donné pour ne plus être une femme sur laquelle personne ne se retourne et devenir une femme que l'on remarque. Certes, les hommes l'avaient remarquée, mais pour de mauvaises raisons... Comme Stern l'avait prédit.

Le plus triste, c'était que l'homme qu'elle avait espéré remplacer par Walter dans son cœur n'était plus son meilleur ami. Apparemment, son obsession pour Walter avait éloigné Stern.

Elle fut heureuse quand le groupe commença à jouer. Avec un peu de chance, Walter se tairait pendant quelques instants. Elle resterait assez longtemps pour apprécier la musique, puis elle partirait, et essaierait de trouver une solution pour réparer les dégâts qu'elle avait causés à son amitié avec Stern.

Quand le groupe eut joué quelques morceaux de jazz, un musicien d'âge vénérable, Sampson Kilburn, s'avança sur la scène, sous l'ovation du public. C'était le meneur du groupe, et Jo avait entendu dire que c'était un bon pianiste. Quelques instants plus tard, il prouva qu'il était à la hauteur de sa réputation. Cet homme était vraiment talentueux.

— Il est doué, n'est-ce pas ? murmura Walter à son oreille. Aussi doué que nous le serons tous les deux dans un lit, j'en suis sûr.

Jo se mordilla la lèvre. Elle était à deux doigts de lui dire d'aller au diable. Mais elle ne prit pas cette peine. Car au premier entracte, elle s'en irait.

Debout devant la vitre sans tain, Stern fixait Jo. Malgré la lumière tamisée, il distinguait son expression. Il ignorait ce que Carmichael avait fait, mais apparemment, il l'avait contrariée. C'était peut-être une bonne nouvelle pour lui, car il n'aurait pas à interrompre leur tête-à-tête, mais ce n'était pas une bonne chose pour Jo.

Il savait à quel point elle avait voulu impressionner ce type, et tout le mal qu'elle s'était donné pour y parvenir. Il espérait qu'elle ne se sentait pas responsable de la tournure que prenait la soirée. Elle n'y était pour rien, tout était la faute de Carmichael.

La musique qu'il comptait jouer pour elle était plus appropriée que jamais.

Sweety passa la tête par la porte et sourit.

— Vous êtes le prochain, Stern. Sampson est tout excité qu'un de ses protégés joue avec lui.

Stern rit.

— Tout le plaisir est pour moi, vraiment.

Quelques instants plus tard, il était prêt à entrer en scène.

8

— Après ce morceau, je m'en vais, chuchota Jo à l'oreille de Walter.

— Bien. Je vous suivrai.

Elle fronça les sourcils. A l'évidence, il avait tiré ses propres conclusions sur la façon dont cette soirée se terminerait. Il était temps de lui faire savoir, en termes très clairs, que lorsqu'elle s'en irait, ce serait seule. Cependant, au moment où elle voulut se lever, Sampson Kilburn prit la parole.

— C'est un grand plaisir pour moi d'accueillir sur scène un de mes anciens élèves, qui je pense vous plaira. Je vous demande de réserver un accueil chaleureux à Stern Westmoreland, qui va nous jouer un morceau au violon.

Jo scruta la scène, le souffle coupé. Stern ? Ici ? Elle le regarda avancer avec son violon, un grand sourire aux lèvres. Elle n'en croyait pas ses yeux. Que faisait-il au Punch Bowl ? Avait-il appris qu'elle serait présente ? Non, comment l'aurait-il pu ? Ils ne s'étaient pas parlé depuis des jours.

Elle le regarda faire une révérence sous les acclamations et les applaudissements.

— J'espère que vous apprécierez mon interprétation de cette chanson qui parle de la beauté vraie. Je dédie ce morceau à une femme exceptionnelle qui est ici ce soir, Jovonnie Jones.

Pour la deuxième fois en moins de dix minutes, Jo eut le souffle coupé. Sans la moindre hésitation, Stern posa le regard sur elle et sourit. Il *avait su* qu'elle était là. Mais comment ?

— Hé, ce type parle de vous. Vous le connaissez ? demanda Walter, l'air contrarié.

— Oui, je le connais, dit-elle, bien décidée à ne pas trahir son émotion. C'est mon meilleur ami.

— Meilleur ami, railla-t-il. Mais oui, bien sûr. Pour moi, l'amitié entre hommes et femmes n'existe pas.

Quoi que Walter ait dit ensuite, elle ne l'entendit pas. Elle était trop fascinée par Stern. Accompagné par le groupe et par Sampson au piano, il se mit à jouer, agitant son archet sur les cordes pour produire des notes parfaites. Jo avait entendu cette chanson plusieurs fois, mais jamais la mélodie ne l'avait autant touchée. Stern mettait tout son cœur et toute son âme dans sa musique. Elle se souvint qu'il lui avait appris à jouer du violon quand ils étaient au lycée.

Elle sentit Walter tirer sur sa main.

— Venez, nous allions partir. Si ce type est votre meilleur ami comme vous le prétendez, vous pourrez l'écouter jouer une autre fois.

Ignorant l'impolitesse de Walter, Jo resta assise, totalement hypnotisée par l'image de Stern en train de jouer. Elle était charmée par son talent, comme tout le monde dans la salle.

Certes, elle l'avait déjà entendu jouer mais, ce soir, c'était différent. Il jouait pour elle. Savoir qu'il avait sélectionné ce morceau à son attention la touchait et la réconfortait. Elle ignorait comment, mais Stern avait appris qu'elle serait là. Et il avait senti que cette soirée ne se déroulait pas comme elle l'avait espéré. Son meilleur ami savait. Et il était là, lui donnant le sentiment d'être belle, en dépit de tout le reste.

Il jouait toujours, sans la quitter des yeux. C'était comme s'il affirmait que quoi qu'il advienne, leur amitié pouvait survivre à tout. Même aux Walter Carmichael de ce monde.

A la fin du morceau, Stern eut droit à une ovation. Les jambes chancelantes, Jo se leva, et frappa des mains jusqu'à en avoir mal. Il lui fit un clin d'œil, et elle ne put s'empêcher de rire et de lui rendre son clin d'œil. Plus tard, il leur faudrait avoir une conversation sérieuse, mais pour l'heure, elle était heureuse d'avoir retrouvé son meilleur ami, tout simplement.

— Bon, je suis prêt à partir, répéta Walter une nouvelle fois.

Il s'était levé, et tirait sur son bras avec un peu plus de force.

Elle dégagea son bras.

— Alors, je vous en prie, faites, mais je ne vais nulle part avec vous.

Le regard sombre de Walter se fit glacial.

— Quelques instants avant que *votre meilleur ami* monte sur la scène, vous avez suggéré que nous partions.

Jo recula sur sa chaise.

— Je n'ai rien suggéré de tel. Je vous ai dit que je partais, mais à aucun moment, je ne vous ai invité à partir avec moi.

Il se pencha vers elle.

— Ne vous avisez pas de jouer les allumeuses avec moi. Je n'aime pas que l'on me mène en bateau. Vous ne savez pas à qui vous avez à faire.

— C'est vous qui ne savez pas à qui vous avez affaire.

A sa grande surprise, Walter eut un sourire.

— D'accord, je comprends. Vous aimez jouer les dominatrices. Cette fois, je vous laisserai faire, mais quand nous serons chez vous, nous inverserons les rôles.

Jo le dévisagea. Avait-il perdu la tête ? Elle se leva, s'apprêtant à lui envoyer une réplique cinglante quand Stern approcha.

— Tout va bien ? demanda-t-il.

Elle remarqua la lueur d'inquiétude dans son regard.

— Oui, tout va bien. Rassure-toi.

— D'accord.

Si Stern acceptait de rester en retrait, c'était uniquement parce qu'il voyait qu'elle maîtrisait la situation. Elle se tourna vers Walter.

— Lisez sur mes lèvres, Walter. Je ne vais nulle part avec vous, et vous n'allez nulle part avec moi. Je me suis trompée sur vous, et à l'évidence, vous vous êtes trompé sur moi. A présent, fichez le camp.

Walter se crispa.

— Je n'aime pas qu'on se moque de moi. Je ne me suis pas trompé sur vous. Vous êtes arrivée dans ce club habillée comme une fille facile.

Stern avança d'un pas vers Walter mais Jo l'arrêta d'une main.

— Non, Stern, dit-elle fermement.

Elle se tourna vers Walter et le fusilla du regard. Elle était consciente que les gens autour d'eux commençaient à les observer et s'en moquait bien.

— Je n'aime pas qu'on suppose des choses sur moi et qu'on me manque de respect.

— De respect ? Je peux vous traiter comme j'en ai envie, dit-il d'un ton méprisant. Vous savez qui je suis ?

Jo plissa les yeux.

— Oui, vous êtes un petit garçon dans un costume d'homme qui a besoin de grandir.

Quelques rires éclatèrent derrière eux, au bar, là où se tenaient les amis de Carmichael. Celui-ci eut le bon sens de ne rien répliquer. Après lui avoir décoché un dernier regard glacial, il quitta le club.

— Ça va, Jo ?

Elle se retourna vers Stern.

— Oui, pourquoi ça n'irait pas ?

Il caressa une boucle de ses cheveux puis passa lentement la main sur son visage et sur le col de sa robe.

— Parce que tu as fait tout ça pour lui, murmura-t-il. Je suis désolé.

Elle ne l'avait fait que parce que c'était un moyen d'oublier Stern. Mais cela, elle ne pouvait l'avouer. Elle ne voulait pas que Stern ait de la peine pour elle. Surtout quand elle essayait avec tant de force de ne pas s'apitoyer sur elle-même.

— Je vais bien. Merci pour le morceau que tu as joué. C'était magnifique et, grâce à toi, je me suis sentie spéciale. Comment as-tu su que j'étais là ?

Il regarda autour de lui, et remarqua que les gens les observaient toujours.

— Je n'ai pas d'autre morceau à jouer ce soir, dit-il. Viens, je te reconduis chez toi, et nous pourrons discuter.

Elle approuva d'un signe de tête, et ils sortirent du club.

— Je fais du café. Tu en veux une tasse ?

Retirant ses chaussures, Jo alla dans son salon et regarda Stern se diriger vers la cuisine.

— Oui, dit-elle. Tu sais comment je l'aime.

Elle posa son sac sur la table basse et s'assit sur le canapé, en songeant au fiasco qu'avait été cette soirée. Peut-être aurait-elle dû agir différemment. Elle n'avait pas allumé Walter comme il le prétendait. Ils étaient en train de parler d'un film récent quand soudain, sans crier gare, il avait dévié la conversation sur le sexe. En termes plutôt explicites. Il lui avait dit de but en blanc quelles pratiques il préférait, et que coucher ensemble était une très bonne manière d'apprendre à se connaître. Puis, il avait essayé de la convaincre de partir avec lui.

— Ne fais pas ça, dit Stern en s'installant dans un fauteuil face à elle.

— Faire quoi ?

— Te mordiller la lèvre. Il n'en vaut pas la peine.

— Je sais, mais...

— Mais quoi ?

— Mais je ne peux m'empêcher de m'interroger. Qu'est-ce qui pousse certains hommes à se transformer en crétins finis ?

Stern se pencha vers elle, et l'observa un instant.

— Et qu'a-t-il fait au juste pour que tu sois si remontée contre lui ?

— Il a insisté pour que je couche avec lui. Ce soir. Bon sang, Stern, nous ne nous étions même pas embrassés ! Contrairement à moi, tout ce qu'il recherchait, c'était une aventure sans lendemain. Et moi qui espérais entamer une vraie relation avec lui ! Je croyais vraiment que j'aurais envie d'apprendre à le connaître.

— Il ne te méritait pas, Jo.

— Je sais.

Elle appuya la tête contre le dossier et fixa le plafond.

— Alors, si tu me racontais comment tu as fait pour être là ce soir ?

— Je vais aller chercher le café, et ensuite, je te dirai tout.

Elle pencha la tête et le regarda quitter la pièce. C'était si injuste que l'homme dont elle était tombée amoureuse soit justement le seul qu'elle ne pouvait avoir. Elle l'entendit ouvrir le placard.

Stern connaissait sa maison autant qu'elle connaissait la sienne, et il n'hésitait pas à faire comme chez lui à chacune de ses visites. Elle faisait de même lorsqu'elle se rendait chez lui. Pas de limites, pas de restrictions. Autant qu'elle sache, elle était le seul membre extérieur à sa famille qui possédait une clé de sa maison.

Il revint avec un plateau, et remplit leurs deux tasses.

— Boire ça va sans doute t'empêcher de dormir.

De toute manière, elle ne trouverait sans doute pas le sommeil, avec tout ce qui s'était passé ce soir.

— Merci, dit-elle en acceptant la tasse.

Elle savait qu'elle allait l'apprécier. Stern faisait un excellent café.

Elle le regarda d'asseoir. Pourquoi fallait-il qu'ils soient meilleurs amis ? S'ils ne l'étaient pas, alors...

Elle prit une grande inspiration et fixa sa tasse.

S'il n'était pas ton meilleur ami, il n'aurait aucune raison d'être assis dans ton salon, ce soir ou n'importe quel autre soir. Il ne saurait sans doute même pas que tu existes. Les hommes aussi beaux que Stern ne sortent pas avec des filles qui font le métier que tu fais. Et si c'est le cas, ils ne cherchent qu'une chose.

Non, rectifia-t-elle, elle ne pouvait pas classer Stern dans la même catégorie que Walter.

— Tu fronces les sourcils, Jo. Le café est si mauvais ?

Elle secoua la tête.

— Non, je réfléchissais.

— A propos de Walter ?

Non, à propos de toi.

— Oui, de Walter.

C'était en partie vrai.

Il but une gorgée de café.

— Je peux te poser une question ?

— Oui ?

— Qu'est-ce que tu as bien pu lui trouver ?

Elle ne put s'empêcher de glousser. Seul un homme pouvait poser une question pareille. Même si Walter s'était comporté en vrai mufle ce soir, cela ne changeait rien au fait qu'il était séduisant.

— Eh bien, des possibilités.

Elle se dit qu'ils devraient en rester là pour l'instant, d'autant qu'elle aussi avait des questions à poser.

— Tu savais que je serais au Punch Bowl. Comment l'as-tu appris ?

Il étendit ses longues jambes et s'enfonça dans son fauteuil.

— J'ai mes sources. Comme tu refusais de me dire où tu allais et le nom de l'homme qui t'intéressait, j'ai décidé de mener ma petite enquête.

Elle hocha la tête. Ce ne serait pas difficile de trouver sa source, car elle savait exactement qui détenait cette information.

— Tu ne m'as pas rappelée, dit-elle pour changer de sujet.

Elle le regarda poser sa tasse. Il semblait songeur.

— Non, en effet, répondit-il enfin. J'avais besoin de temps pour réfléchir.

— A propos du baiser que nous avons partagé ?

Pourquoi ne pas parler franchement de ce qui le perturbait ?

— Oui, le baiser que nous avons partagé.

— Mais pourquoi ? Nous savions que ce baiser ne voulait rien dire, Stern. Nous en avons même parlé avant de commencer. Je ne comprends pas pourquoi tu en fais tout un plat, alors que tu m'aidais seulement à m'améliorer.

Les yeux rivés à son café, Stern réfléchit. Comment expliquer à Jo que ce baiser signifiait quelque chose ? Même s'il avait voulu croire que cette étreinte n'était destinée qu'à améliorer ses compétences, c'était loin d'être aussi simple. Voilà pourquoi il avait ressenti le besoin de reculer. A présent, il se demandait si Zane et Sampson avaient raison. Stern commençait-il à ressentir quelque chose pour Jo qui n'avait rien à voir avec l'amitié, et tout à voir avec le désir qu'un homme éprouvait pour une femme ?

A cet instant, il la trouvait plus sexy que jamais. Il comprenait pourquoi tous les hommes au bar avaient été si fascinés par elle. Le coiffeur qui s'était occupé d'elle avait un talent exceptionnel, il avait su souligner sa beauté à la perfection.

Mais ce relooking ne rendait pas compte des autres qualités de Jo. Ces autres hommes au bar, Carmichael en tête, s'étaient contentés de la juger sur son apparence et n'avaient rien vu de sa beauté intérieure. Or, selon lui, Jo n'avait pas besoin d'un relooking pour mettre en valeur cette beauté-là.

— Stern ?

Il prit une grande inspiration et décida de répondre à sa question avec franchise… du moins, autant qu'il le pouvait.

— Oui, nous avons parlé du baiser, et c'était censé n'être rien de plus qu'une séance de travaux pratiques. Mais j'ai perdu le contrôle, Jo, et je n'aurais pas dû. Si ton téléphone ne nous avait pas interrompus, j'aurais essayé de te déshabiller.

Elle soutint son regard un instant, puis balaya ses paroles du revers de la main.

— Tu te serais arrêté.

— Non. Bon sang, Jo, j'avais déboutonné ta chemise !

Et elle l'avait laissé faire, ce qui prouvait à quel point elle lui avait fait confiance. Elle avait cru qu'il agirait au mieux. Mais, à ce moment-là, agir au mieux s'était avéré être le cadet de ses soucis.

— D'accord, tu as déboutonné ma chemise. Il n'y a rien de grave.

Pourquoi minimisait-elle son comportement inapproprié ? Il n'avait guère dormi cette nuit-là, mais ce n'était pas le remords qui l'avait gardé éveillé. C'était le souvenir de l'excitation qu'il avait ressentie en touchant sa peau nue, en embrassant sa bouche. Pourquoi, après toutes ces années, était-il attiré par elle de cette façon ? Pourquoi, tout d'un coup, éprouvait-il un vrai désir contre lequel il ne pouvait lutter ?

— Même si Walter s'est avéré une grande déception, dit Jo, je ne pense pas que ce week-end ait été un fiasco complet. J'ai pu passer du temps avec tes cousines et tes belles-sœurs. Ritz et son assistant sont très drôles, et j'ai adoré ma coiffure et mon maquillage. Ils m'ont même expliqué comment me maquiller moi-même, s'il m'en prenait l'envie un jour. Alors, je devrais te remercier pour m'avoir suggéré ce relooking.

Il n'était pas sûr qu'elle doive le remercier, puisqu'il avait projeté de saboter sa soirée avec Carmichael. Autant être honnête sur ce point.

— J'ai un aveu à te faire.

Elle le regarda droit dans les yeux.

— Lequel ?

— Je ne voulais pas que ça marche entre Carmichael et toi. En fait, j'espérais que ça ne fonctionne pas. J'ai même projeté de faire quelque chose pour vous interrompre si vous partiez ensemble.

Elle fut surprise.

— Comme quoi ?

— J'aurais joué les trouble-fêtes. Et quand Sampson m'a dit quel mufle Carmichael pouvait être avec la gent féminine — il paraît qu'il a brutalisé certaines femmes qui avaient rejeté ses avances —, je savais que je ne voulais pas qu'il t'approche.

Elle se leva pour se resservir une tasse de café. Il suivit les mouvements de son corps, dans cette robe trop sensuelle. Elle avait enlevé ses talons aiguilles et était pieds nus, ce qui lui permettait d'apprécier ses magnifiques jambes.

— Tu en veux encore ? dit-elle en se tournant vers lui.

Il rencontra son regard.

— Je te demande pardon ?

— Du café. Tu en veux encore ?

— Non, ça va.

Il avala une gorgée, regrettant que le breuvage ne soit pas un alcool fort.

Son attirance pour elle ce soir était plus puissante que jamais. Mais il ne pouvait se permettre d'y succomber. Ce dont Jo avait besoin, c'était d'une épaule pour pleurer, pas d'un ami brûlant de désir. Et il se sentit se raidir encore quand il la regarda s'asseoir sur le canapé et ramener ses jambes sous elle, ce qui releva le bord de sa robe et lui donna un aperçu de ses cuisses tentantes. Il savait qu'il était temps pour lui de partir, mais dans son état, il lui était impossible de se lever tout de suite.

Elle prit une longue gorgée de café avant de reporter son regard sur lui.

— Explique-moi quelque chose, Stern.

— Si je peux.

— Tu ne connaissais pas Walter. Pourquoi ne voulais-tu pas que ça marche entre nous ?

— A cause de ce que Sampson m'avait raconté.

Elle hocha la tête.

— Alors, tu ne comptais nous gâcher la soirée qu'après avoir appris ces choses sur Walter ?

— Non.

Elle semblait déconcertée. Mais il voulait être totalement franc. Il y avait toujours eu une totale honnêteté entre Jo et lui, c'était d'ailleurs la raison de la longévité et de la force de leur amitié.

— Laisse-moi t'expliquer quelque chose sur les hommes en général, Jo. Nous sommes faits pour désirer les femmes, et pour vouloir faire l'amour aux femmes.

— S'il te plaît, dis-moi que tu n'essaies pas de justifier le comportement de Walter !

Stern secoua la tête.

— Non, absolument pas. Un homme véritable sait comment respecter une femme. Il ne lui parle pas de cette façon. Tu avais raison quand tu as dit qu'il était un petit garçon en costume, même si je doute qu'il ait apprécié de l'entendre.

— Je me montrais juste honnête.

— Eh bien, certains n'apprécient pas l'honnêteté.

Elle haussa les épaules.

— Alors, c'est leur problème, pas le mien.

Elle but une autre gorgée de café.

Stern l'observa. Pourquoi se sentait-il bizarre d'être seul avec elle, ce soir ? Il l'avait fait de nombreuses fois sans ressentir rien d'autre que de l'amitié. C'était peut-être dû à cette tenue si sensuelle, qui dévoilait tous ces atouts qu'elle cachait d'habitude si bien.

Elle était si jolie dans sa robe, avec son rouge à lèvres sur sa bouche pulpeuse, et ses boucles d'oreilles si sexy. Et quel était ce parfum qu'elle portait ? C'était une fragrance si enivrante. Ses cheveux, coiffés en dégradé autour de son visage, faisaient ressortir le noir de ses yeux, ses pommettes saillantes et sa bouche généreuse. Il avait très envie d'approcher et de passer les doigts dans ses mèches soyeuses, de prendre possession de ses lèvres sensuelles. Les affirmations de Zane étaient-elles justes ? Les sentiments de Stern pour Jo avaient-ils changé sans qu'il s'en rende compte ?

— Eh bien, pourquoi voulais-tu jouer les trouble-fêtes, Stern ?

Alors que tu savais tout le mal que je m'étais donné pour plaire à Walter ?

Quelque chose en lui faillit céder. Bon sang, pourquoi était-elle si obsédée par Walter Carmichael ? Dans sa tête, il rejoua tout ce qui s'était passé entre eux depuis ce jour au chalet, quand elle lui avait demandé comment faire naître le désir chez un homme. Sa jalousie envers cet inconnu était née, et s'était accrue chaque fois qu'elle avait parlé de lui.

— Stern ?

Il lui lança un regard aiguisé.

— Tu veux vraiment le savoir ?

— Evidemment, dit-elle d'un ton exaspéré.

Il avait essayé de l'expliquer plusieurs fois, mais Jo ne semblait pas comprendre.

— Et si je te disais que je n'aimais pas l'idée que tu coures après un homme ?

Elle haussa le menton.

— Je ne lui courais pas après, pas exactement. Quand je l'ai vu, je me suis dit qu'il avait du potentiel. Qu'il ferait l'affaire.

— L'affaire pour quoi ? demanda-t-il, intrigué.

— Peu importe.

Il n'était pas de cet avis. Autant qu'il sache, Jo n'avait jamais eu de relation avec un homme. Avait-elle vu en Carmichael l'homme avec lequel elle voulait vivre sa première expérience sexuelle ? Jo ne coucherait pas avec quelqu'un à qui elle ne tenait pas. Carmichael avait donc gâché sa chance quand il avait essayé de faire d'elle une aventure d'un soir.

Il se leva et posa sa tasse sur le plateau.

— Quelle que soit la raison, elle compte, dit-il. Raccompagne-moi. Il se fait tard.

Il lui prit la main pour l'aider à se lever. Il ne put résister à l'envie de contempler sa silhouette.

— Tu es très belle ce soir, Jo.

— Je me suis vraiment sentie belle, dit-elle en souriant. Et je le referai. Les cheveux, le maquillage, la robe. J'ai apprécié ce changement.

— Oui, dit-il une fois qu'ils furent devant la porte. Cela te va à ravir.

Cédant à la tentation, il enroula une mèche de ses cheveux autour de son doigt.

— Tu as gardé ta longueur.

— Oui. Ritz a juste coupé les pointes.

— Quoi qu'il ait fait, ça me plaît.

— Merci.

— Ne mets pas de casquette pendant quelque temps.

Elle rit.

— Je ne peux pas te le promettre. Tu me vois changer des bougies avec des boucles qui couvrent mon visage ?

— Non, dit-il, un peu déçu, j'imagine que non.

— Mais Ritz m'a montré comment les recoiffer comme ça toute seule.

Stern ignorait pourquoi, mais chaque fois qu'il plongeait les mains dans sa crinière, cela lui donnait envie de prendre ses lèvres. Il se sentit la regarder intensément. Puis, comme malgré lui, il approcha lentement sa bouche de la sienne. Pourquoi brûlait-il tant de la prendre dans ses bras ?

Au moment où leurs lèvres se touchèrent, et se mêlèrent avidement, elle laissa échapper un petit gémissement. De surprise ou de plaisir, il n'aurait su le dire. Tout ce qu'il savait, c'était que Jo avait le goût du café et qu'il voulait savourer chaque once de sa bouche.

Quand elle s'appuya contre lui, il mit machinalement les mains autour de sa taille, tandis que leurs langues entamaient une danse enfiévrée. Il n'avait pas de raison de l'embrasser ce soir. Ou plutôt si, rectifia-t-il rapidement. Ce soir, elle était une femme qui méritait l'attention d'un homme, et il n'avait aucun problème à la lui donner.

Enfin, il libéra sa bouche, puis embrassa le contour de ses lèvres, plusieurs fois, respirant son parfum et la sentant trembler dans ses bras. Comme lors des autres baisers, elle avait été très réactive. Elle venait de lui rendre son baiser d'une façon qui lui donnait envie de l'embrasser encore.

— Stern ?

— Mm ? fit-il tout en continuant de déposer de doux baisers sur sa bouche.

— Pourquoi m'embrasses-tu ?

— Parce que j'en ai envie.

Il n'avait pas dit cela pour être drôle. C'était l'entière vérité. Et il décida de pousser un peu plus loin sa franchise. Il lui releva le menton du bout du doigt, pour lui donner un autre baiser sur les lèvres.

— Au cas où tu n'aurais pas encore compris, Jo, il se passe quelque chose entre nous, et je pense qu'aucun de nous ne s'y attendait.

— Comment ?

Il sourit et fit un pas en arrière. Au lieu de répondre à sa question, il annonça :

— Je pars lundi en Floride pour un voyage d'affaires, et je ne reviendrai pas avant jeudi. Nous devrions faire quelque chose à mon retour.

— D'accord. Si nous allions au bowling vendredi soir ?

— Que dirais-tu du chalet ?

— Le chalet ? s'étonna-t-elle.

— Oui. Nous devrions passer le week-end au chalet.

— Mais nous en revenons à peine.

— Et je veux que nous y retournions. Entre nous, quelque chose est en train de changer. J'ignore ce que c'est, Jo, mais je crois qu'il est temps que nous le découvrions.

Il se pencha et embrassa ses lèvres de nouveau, puis s'en alla.

9

— Hé, Jo, vous devriez vous habiller en fille plus souvent, commenta Sony Wyatt en souriant.

Entouré de ses collègues, Sony observait des photos d'elle prises samedi soir. Elle les avait apportées pour Beeker et Wanda, mais apparemment, elles étaient en train de faire le tour du garage.

— Très drôle, Sony, dit-elle en empoignant un tuyau pour nettoyer le carburateur de la voiture sur laquelle elle travaillait. Elle s'obligea à ignorer les sifflements admiratifs de ses employés.

— On ne dirait pas la même personne, commenta Leon Shaw.

Elle roula des yeux.

— Eh bien, je suis la même personne, et dois-je vous rappeler à vous quatre que je suis aussi votre patronne ? Alors, restez polis.

— Stern les a vues ? demanda Charlie Dixon.

Elle releva la tête. Tous ses employés savaient que Stern et elle étaient amis.

— Pourquoi ?

— Je me posais juste la question.

Elle haussa les épaules et remit la tête sous le capot de la Corvette. Charlie serait surpris d'apprendre que Stern n'avait pas besoin de voir les photos, puisqu'il l'avait vue en vrai. En fait, elle essayait encore de composer avec ce qui s'était passé hier soir, depuis le moment où elle avait croisé le regard de Walter au Punch Bowl jusqu'au baiser de Stern dans son salon. Elle avait envie de toucher ses lèvres pour mieux se souvenir de ce qu'elle avait ressenti lorsqu'il l'avait embrassée.

Et il s'agissait d'un vrai baiser. Rien à voir avec une leçon. Elle l'avait apprécié, et elle avait le sentiment que Stern aussi. L'espace d'un instant, ils avaient oublié qu'ils n'étaient que des amis et s'étaient embrassés comme… comme deux personnes attirées l'une par l'autre. Elle n'arrivait toujours pas à comprendre ce qui s'était passé. Oh ! elle comprenait parfaitement sa propre réaction, puisqu'elle était amoureuse de lui. Mais qu'est-ce qui avait conduit Stern à l'embrasser ainsi ? C'était ce qui la déconcertait plus que tout, et elle ne serait pas satisfaite tant qu'elle n'aurait pas la réponse.

Au moins, Stern était conscient qu'il se passait quelque chose. Avant de partir, il avait dit ces mots exacts : « Entre nous, quelque chose est en train de changer. J'ignore ce que c'est, Jo, mais je crois qu'il est temps que nous le découvrions.

Elle prit une grande inspiration, pourrait-il partager ce sentiment si fort qu'elle éprouvait pour lui ?

Quelques heures plus tard, alors que Jo s'occupait de la paperasse en s'efforçant de digérer tout ce qui s'était passé samedi soir, on frappa à la porte. Jo reconnut Wanda à sa façon de frapper.

— Entrez.

— Apparemment, tu ne m'as pas tout dit à propos de ta soirée de samedi, déclara Wanda, mécontente.

Elle s'installa sur la chaise face au bureau de Jo.

Conscient qu'elle n'avancerait pas tant que Wanda serait là, Jo referma le dossier sur lequel elle travaillait.

— Et selon toi, qu'est-ce que je ne t'ai pas raconté ?

— Comment tu as contrarié Walter Carmichael.

Jo se mordilla la lèvre. Elle avait dit à Wanda la même chose qu'à tous ceux qui l'avaient interrogée sur sa soirée : cela n'avait pas fonctionné entre Walter et elle, et ils étaient partis chacun de leur côté. Ce n'était pas un mensonge… simplement, elle avait volontairement laissé de côté tout ce qui impliquait Stern.

— Qu'est-ce qui te fait penser que je l'ai contrarié ? demanda-t-elle.

— Il a téléphoné à Beeker, il veut que son dossier soit transféré au garage Carl's Automotive, de l'autre côté de la ville. Il a dit à Beeker qu'il ne comptait pas remettre les pieds ici.

Jo se leva et alla ouvrir un tiroir dans le classeur métallique.

— Parfait ! Je n'ai aucune envie de le revoir, de toute façon.

Elle sortit le dossier de Walter et referma le tiroir. Puis elle retourna s'asseoir et tendit les documents à Wanda.

Wanda se cala sur sa chaise.

— Alors dis-moi, Jo. Comment peut-il y avoir de l'eau dans le gaz, alors qu'il n'y a encore rien entre vous ?

— Tu veux vraiment le savoir ?

Elle ne laissa pas à Wanda le temps de répondre.

— Bien, je vais te le dire.

Elle se permit un soupir d'irritation puis se lança.

— Walter Carmichael est un crétin qui a supposé que je m'étais pomponnée samedi soir juste pour qu'il puisse me mettre dans son lit. Toute la soirée, il n'a fait qu'essayer de me convaincre de quitter le club avec lui pour que nous puissions nous rendre dans la chambre la plus proche. Depuis quand les gens ne cherchent-ils plus à se connaître d'abord ?

Wanda sourit.

— Je crois que ça remonte à la période où les femmes sont devenues aussi portées sur les aventures sans lendemain que les hommes. Les couples ne veulent plus apprendre à se connaître de nos jours. Tout ce qu'ils veulent, c'est coucher ensemble.

— Eh bien, ce n'est pas ce que je veux.

Wanda acquiesça.

— Et je suppose que tu le lui as fait savoir, et qu'il ne l'a pas bien pris.

Jo roula des yeux.

— Ce type est un mufle. Comment ai-je pu penser une seconde qu'il pourrait y avoir une relation entre nous ?

— Donc, ton plan pour remplacer Stern dans ton cœur n'a pas fonctionné. Qu'est-ce que tu comptes faire maintenant ?

Jo soupira profondément et s'appuya contre le dossier de sa chaise.

— Rien. Je vais vieillir et mourir vierge.

— Il n'y a pas de fatalité, tu sais.

— Eh bien si, rétorqua-t-elle, la mine abattue. Du moins pour moi. Je ne veux pas d'aventures d'un soir ou de liaisons sans attaches, et aucun autre homme ne m'attire.

— Alors, ne cherche pas d'autres hommes. Concentre-toi sur l'homme que tu veux vraiment.

— Comme j'aimerais que ce soit aussi simple. Mais, tu le sais, Stern est inaccessible.

— Pourquoi ? Parce que c'est ton meilleur ami ?

— Oui.

Wanda resta silencieuse un instant.

— Tu n'as jamais entendu parler des amis amants ?

— Si, bien sûr.

— Alors, tu devrais étudier la question.

Jo secoua la tête. Wanda était assez âgée pour être sa mère, et elle était en train de lui faire la promotion du sexe ?

— Ce genre de relations ne fonctionnerait pas pour Stern et moi. Nous ne sommes pas juste amis — nous sommes les *meilleurs* amis. D'ailleurs, il est encore dans tous ses états à cause de ces baisers.

Elle se rendit compte de ce qu'elle venait d'avouer mais trop tard. Gênée, elle rouvrit rapidement le dossier qu'elle avait laissé sur son bureau, feignant de vouloir s'y absorber. Mais Wanda se redressait déjà sur sa chaise et la dévisageait.

— Quels baisers ? Stern et toi vous vous êtes *embrassés* ? s'exclama-t-elle. Et ne t'avise pas d'esquiver la question, Jo. Autant tout me dire. Sinon, je demanderai à Stern de...

— Tu n'oserais pas, rétorqua Jo en se penchant vers elle.

Nullement impressionnée, Wanda se pencha à son tour, une lueur farouche dans le regard.

— Tu veux parier ?

Non, Jo ne voulait pas parier. La semaine dernière encore, elle avait avoué à Wanda qu'elle était tombée amoureuse de Stern. Elle ne serait pas étonnée si Wanda jouait les marieuses.

— D'accord, nous nous sommes embrassés. Plus d'une fois.

— Et ?

Wanda voulait-elle donc tous les détails ?

— J'ai apprécié, et je crois que lui aussi. Ça a commencé comme une leçon, pour m'apprendre à améliorer ma technique pour Walter et...

— Tu plaisantes, coupa Wanda d'un ton incrédule.

— Non, pas du tout.

— Et Stern a accepté ça ? Te donner des cours de baisers pour Walter ?

— Oui, mais ensuite, il a culpabilisé parce qu'il a perdu le contrôle.

Jo fut surprise de voir Wanda sourire.

— Continue, Jo. Je t'écoute toujours.

— Quoi qu'il en soit, nous nous sommes de nouveau embrassés samedi soir, quand il m'a raccompagnée chez moi.

— Samedi soir ? répéta Wanda, l'air intrigué. Après t'avoir raccompagnée chez toi ?

— Oui.

Voyant qu'elle n'y couperait pas, Jo se cala dans son siège et décida de tout raconter à Wanda.

— Eh bien, fit Wanda quand Jo eut terminé son récit. Donc, Stern et toi, vous allez au chalet ce week-end pour tenter de clarifier la situation.

Jo haussa les épaules.

— C'est à lui de comprendre. Moi, je sais déjà pourquoi je réagis ainsi à nos baisers. Mais je suis sûre que ce doit être troublant pour lui, puisqu'il n'éprouve pas les mêmes sentiments que moi.

— En es-tu bien sûre ?

— Evidemment. Pourquoi en serait-il autrement ?

— Eh bien, je ne sais pas. Peut-être parce que tu es une fille bien, que vous avez une relation unique, et qu'il te connaît mieux que personne. Et peut-être parce qu'il voit ce que d'autres ne voient pas.

— C'est-à-dire ?

— Le fait que tu as une beauté intérieure *et* une beauté extérieure.

Jo secoua la tête.

— Merci, mais je ne crois pas. Pour Stern, c'est une réaction physiologique. Il me l'a expliqué samedi soir. C'est pour ça qu'il a perdu le contrôle.

— Mais il sait que quelque chose est en train de se passer entre vous, et il veut savoir ce que c'est, non ?

— Oui.

Un grand sourire illumina le visage de Wanda.

— Dans ce cas, utilise ce week-end à ton avantage. Tu l'aimes déjà, alors, fais tout ce qu'il faut pour le faire tomber amoureux de toi.

Jo était sceptique.

— Je n'en connais peut-être pas beaucoup sur les hommes, mais je sais qu'une femme ne peut pas rendre un homme amoureux d'elle.

— Il y a une possibilité pour qu'elle y arrive. Surtout s'il est déjà à mi-chemin. Alors, tente ta chance, et essaie de le séduire ce week-end. Suggère-lui de devenir des amis amants, et tu verras bien ce qui se passe.

— Alors, comment était le voyage ? demanda Riley quand il entra dans le bureau de son frère.

— Génial, dit Stern en souriant.

Il leva les yeux de la pile de documents sur son bureau.

— Le contrat immobilier en Floride est en bonne voie.

— C'est une bonne nouvelle. Et j'ai aussi entendu dire que tu retournes au chalet ce week-end.

— Oui, Jo et moi avons besoin d'une pause.

— Mais vous y êtes allés il y a moins de deux semaines, fit valoir Riley en s'installant face au bureau de Stern.

— Et nous allons y retourner. Nous aimons cet endroit.

— Apparemment. Et j'ai vu les photos que Megan a prises du relooking de Jo. Elle était splendide. J'avais oublié qu'elle cachait une vraie crinière sous ces casquettes qu'elle affectionne. Et ces jambes. De toute beauté !

Stern fronça les sourcils.

— Tu ne te maries pas à la fin du mois ?

Riley rit de bon cœur.

— Si, mais ça ne m'empêche pas d'apprécier une belle femme quand j'en vois une. Rassure-toi, Alpha possède mon cœur, de manière totale et absolue. Et qui possède le tien ? ajouta-t-il d'une voix espiègle.

Stern haussa un sourcil.

— Mon quoi ?

— Ton cœur.

Stern afficha un sourire rusé.

— D'accord, je l'avoue. C'est Alpha qui possède mon cœur de manière totale et absolue.

— Très drôle, dit Riley. Tu sais ce que je veux dire.

— Non, dit Stern en secouant la tête. Honnêtement, je ne sais pas.

— Dans ce cas, j'ai comme l'impression que tu vas le savoir bientôt, répliqua Riley en lui adressant un clin d'œil.

Il se leva et se dirigea vers la porte.

— Qu'est-ce que tu veux dire ? demanda Stern.

Riley se retourna vers lui.

— Bon sang, Stern, tu es amoureux, et tu ne le sais même pas.

Peu après, Stern était devant sa fenêtre. Avec Riley, cela faisait trois personnes qui supposaient qu'entre Jo et lui, il y avait plus qu'une simple amitié. Ceci dit, il ne devrait pas être surpris. Zane avait affirmé que presque toute la famille était de cet avis.

Mais Riley avait tort. Stern savait *déjà* ce qu'il éprouvait pour Jo. Il avait combattu la vérité aussi longtemps qu'il avait pu, mais maintenant, il était prêt à admettre qu'il était tombé amoureux d'elle. Peut-être l'aimait-il depuis le début, comme le soupçonnaient Zane et les autres, et peut-être avait-il pris conscience de ses véritables sentiments tout récemment. Peu importait à présent. Le plus important, c'était qu'il aimait Jo.

Mais cela ne faisait qu'aggraver ses problèmes.

Il n'était pas du genre sentimental, pourtant il n'avait pas cessé de penser à Jo cette semaine. Il lui avait parlé tous les soirs au téléphone pendant son séjour en Floride, mais c'était comme si elle avait délibérément écourté leurs conversations. Se faisait-il des idées ? A la décharge de Jo, elle avait eu des journées chargées, et elle avait dû se coucher tôt. Elle n'y pouvait rien si elle lui manquait, s'il la désirait, s'il se languissait d'elle.

Il s'était surpris à regarder l'heure et à compter les jours. Jeudi était arrivé bien trop lentement à son goût. Il avait prévu de s'arrêter au garage après son arrivée à l'aéroport, mais lorsqu'il avait téléphoné, Wanda l'avait informé que Jo était partie plus tôt. Alors, au lieu de rentrer directement, il était venu au bureau.

A présent, il était impatient d'être à demain. A ce week-end.

Parce qu'il avait compris que Zane avait raison, et qu'il voulait davantage qu'une simple amitié avec Jo. Il voulait un avenir avec elle. Mais comment changer la nature de leur relation sans l'effrayer ?

Zane avait fait une autre prédiction, que Stern n'avait pas crue. Pour une raison ou une autre, Zane soupçonnait Jo d'avoir des sentiments pour Stern. Stern devait l'admettre, il avait fouillé dans son esprit, en quête d'un signe, d'une preuve pour confirmer cette théorie, en vain. Ces dernières semaines, Jo s'était concentrée sur Walter Carmichael, en essayant de devenir l'objet de son attention. Eh bien, Carmichael avait tout gâché. A présent, c'était à son tour de réussir là où Carmichael avait échoué en conquérant le cœur de Jo.

Il glissa les mains dans ses poches. Demain soir, Jo et lui quitteraient la ville et effectueraient un trajet de six heures pour rejoindre son chalet de chasse. Il en profiterait pour faire son approche. Puisqu'ils reviendraient dimanche, il n'aurait que samedi soir pour réussir.

Un soir. Un seul soir pour lui prouver qu'ils pouvaient faire évoluer leur relation vers un tout autre niveau, et devenir bien plus que des amis.

10

Lorsque Jo ouvrit la porte, Stern releva son Stetson et resta ébahi.

— Tes cheveux !

— Eh bien ? demanda-t-elle en lui tendant son sac de voyage.

— Ils sont coiffés comme samedi dernier.

Jo rit tandis qu'elle fermait la porte à clé.

— Est-ce un crime ?

— Non, mais je ne m'y attendais pas.

Il va se passer beaucoup de choses ce week-end auxquelles tu ne t'attends pas, songea-t-elle tandis qu'ils marchaient vers le 4x4 de Stern.

— Je t'avais dit que Ritz m'avait expliqué comment refaire cette coiffure moi-même. Bien sûr, ce n'est pas aussi bien, mais ça fait l'affaire.

— Je trouve que c'est très réussi.

— Merci. Comment était ton voyage ?

— Correct. Mais tu m'as manqué, avoua t-il en posant son sac à côté du sien sur la plage arrière.

Jo ne put ignorer les papillons dans son ventre quand il lui ouvrit sa portière. Ce n'était pas la première fois que Stern partait en voyage et revenait en disant qu'elle lui avait manqué. Mais cette fois, c'était différent. Bien sûr, elle prenait ses désirs pour des réalités, mais tout de même.

— Toi aussi, tu m'as manqué, dit-elle, et elle le pensait.

Même s'ils avaient discuté chaque soir au téléphone, elle avait délibérément écourté les appels, craignant de laisser échapper une parole malheureuse — comme avouer qu'elle l'aimait par exemple !

— Rien d'intéressant au travail cette semaine ? demanda-t-il une fois qu'il fut derrière le volant et qu'il eut bouclé sa ceinture.

Ce fut alors qu'il posa ses yeux sombres et brûlants sur elle.

Elle retint son souffle alors qu'un délicieux frisson parcourait tout son corps. L'air était soudain chargé de tension. Elle pouvait mettre cela sur le compte de tous ces fantasmes qui l'avaient tenue éveillée chaque nuit cette semaine. Ou sur ce roman sentimental que Wanda lui avait conseillé. Les scènes d'amour avaient presque brûlé ses doigts tant elles étaient torrides.

— Il ne s'est rien passé. A part que Walter a téléphoné à Beeker lundi pour faire transférer son dossier. J'imagine que j'ai perdu un client.

— Ça n'a pas l'air de t'attrister.

— Pas le moins du monde, dit-elle en souriant. Alors, comment ça s'est passé pour toi en Floride ? Tu as conclu le contrat ?

— Oui.

Elle sourit de plus belle.

— Je suis contente pour toi.

— Merci.

Elle inclina son siège. Stern préférait conduire sur tout le trajet. Tout ce qu'elle avait à faire, c'était se détendre ou faire une sieste.

— Fatiguée ? demanda-t-il quand il s'arrêta à un feu.

— Oui, la semaine a été chargée. Tous les week-ends pendant lesquels je peux m'échapper sont une bouffée d'air frais. Merci de m'avoir invitée.

— Tu es toujours la bienvenue.

Elle se demanda si elle serait bienvenue, quand elle aborderait le prochain sujet de discussion. Même si c'était Wanda qui avait fait cette suggestion, plus elle y songeait, plus elle aimait l'idée qu'ils deviennent amis amants. Simplement, elle se demandait à quel point Stern serait réceptif à cette idée.

Elle lui lança un regard.

— Stern ?

— Oui ?

— J'ai réfléchi.

— A quoi ?

— A toi. A moi. A notre relation.

Il lui lança un bref regard avant de reporter son attention sur la route.

— Notre relation ?

— Nous sommes meilleurs amis depuis toujours.

— C'est vrai.

— Et il n'y aucun homme en qui j'ai plus confiance que toi.

— Merci.

— Je prends de l'âge.

— Moi aussi, rétorqua-t-il.

Elle hocha la tête et sourit.

— D'accord, nous prenons tous les deux de l'âge, mais il y a beaucoup de choses que tu as faites que je n'ai pas encore essayées.

— Comme ?

— Le sexe.

Stern freina brusquement pour éviter de rentrer dans la voiture devant lui. Puis il vérifia son rétroviseur avant de se ranger sur le bas-côté de la route. Coupant le moteur, il se tourna vers Jo.

— Qu'est-ce que tu as dit ?

Ce ne fut que lorsqu'elle expira que Jo se rendit compte qu'elle avait retenu sa respiration. Elle se mit à se mordiller la lèvre.

— Eh bien, tu as eu des expériences sexuelles et moi non.

— Pourquoi, nous étions en compétition ? demanda-t-il, l'air sombre.

Elle sentit ses joues s'empourprer. De tous les sujets dont ils avaient discuté au cours des années, le sexe n'en avait jamais fait partie. Elle avait appris qu'il était devenu sexuellement actif par hasard, quand elle avait trouvé des préservatifs dans ses affaires. Un jour, au lycée, un paquet était tombé de son sac, et elle les avait rapidement ramassés pour les lui donner. Toute la journée, elle s'était demandé si ce qu'elle avait entendu dire sur Mélanie Hargrove et lui était vrai.

— Non, nous n'étions pas en compétition, Stern. Je faisais juste une observation.

— Pourquoi ?

— Je te demande pardon ?

— Pourquoi cette observation ?

De nouveau, elle se mordilla la lèvre.

— Je suis face à un dilemme.

Il eut l'air intrigué.

— Quel genre de dilemme ?

— J'aurai trente ans dans quelques mois.

— Et ?

— Et je suis toujours vierge.

Elle vit sa pomme d'Adam bouger dans sa gorge.

— Et ? insista-t-il.

Elle haussa les épaules.

— Et c'est mon problème, mais j'espérais que tu pourrais m'aider.

— Comment ?

Ses questions abruptes commençaient à l'agacer.

— Comment ? répéta-t-elle.

— Oui, comment ? Comment puis-je t'aider ?

— En acceptant de faire quelque chose pour moi.

Il haussa un sourcil.

— Quoi ?

Elle prit une grande inspiration.

— En acceptant que nous devenions des amis amants.

Stern ne put que la dévisager. Il avait envisagé mille choses, mais certainement pas *celle-là*. Jamais, au grand jamais, il n'aurait cru qu'une telle requête passerait un jour ses lèvres. Mais elle l'avait formulée, et qu'elle le sache ou non — et il était certain qu'elle ne le savait pas —, elle venait de lui faciliter la tâche. Depuis hier soir, il n'avait pas cessé de se creuser la tête pour trouver un moyen de la séduire sans passer pour un mufle du genre de Carmichael.

Au bout du compte, il s'était dit qu'être franc et avouer qu'il l'aimait serait la meilleure option. Mais il doutait qu'elle soit vraiment prête à le croire. Alors, il avait décidé de suivre son plan initial : mettre à profit leur unique soirée pour lui prouver qu'ils pouvaient devenir plus que des meilleurs amis.

Et voilà qu'elle venait de régler le problème. Tout ce qu'il avait à faire, c'était suivre l'idée de Jo, et il aurait sa chance de lui prouver que des amis amants pouvaient aisément voir leur relation évoluer vers quelque chose de plus sérieux et de plus durable. Il était certain de vouloir ce genre relation avec Jo.

— D'accord, dit-il.

— D'accord ? demanda-t-elle, l'air surpris.

— Oui, d'accord. Amis amants, ça me va.

Elle haussa un sourcil.

— Tu acceptes ? Comme ça, sans même discuter ?

— Oui. Tu croyais que j'allais refuser ?

Elle haussa les épaules.

— J'imagine que non. Mais je m'étais attendue à ce que tu réfléchisses.

— Pourquoi réfléchir ? Je te désire.

Elle sembla surprise.

— Vraiment ?

— Oui. Pendant mon séjour en Floride, j'ai eu du temps pour réfléchir à nous, et je crois qu'une des raisons pour lesquelles j'ai tendance à perdre le contrôle quand nous nous embrassons, c'est parce qu'au fond de moi, je te désire. Ça explique beaucoup de choses.

— Ah oui ? fit-elle, hésitante.

— Oui. J'imagine que le désir était là depuis un moment, et que le fait de t'embrasser l'a fait remonter à la surface.

— Oh ! s'exclama-t-elle, sentant ses joues s'empourprer.

— Mais je veux être sûr que c'est moi que tu désires, et que je ne suis pas un substitut de Walter Carmichael.

— Non, rassure-toi.

Elle semblait catégorique.

— Tu en es certaine ? demanda-t-il en la scrutant du regard.

— Absolument. Je ne connaissais pas Walter, mais je croyais vouloir le connaître. Finalement, j'ai découvert que ce n'était vraiment pas quelqu'un d'intéressant.

— Alors, tu n'es pas tombée amoureuse de lui ?

— Bien sûr que non ! Je n'arrive pas à croire que c'est lui que j'ai choisi pour remplacer...

Elle s'interrompit brusquement.

— C'est lui que tu as choisi pour remplacer quoi ? s'enquit-il.

— Rien. Rien d'important.

Il se souvenait avoir eu des bribes de cette conversation auparavant. Il était sûr qu'elle lui cachait quelque chose.

— D'accord. Alors, nous sommes d'accord, notre relation va changer. C'est ça ?

— C'est ça.

Il sourit et remit le contact.

— Tu as l'air fatigué, Jo. Si tu te détendais et que tu faisais une sieste ? Je te réveillerai quand nous serons au chalet.

— D'accord.

Stern la regarda tandis qu'elle fermait les yeux. Elle était très belle quand elle dormait. Quand il était passé la prendre, il avait été surpris par sa coiffure. Et par sa tenue. Au lieu d'un pantalon, elle portait une jupe en jean et des bottes. Cela la changeait, et lui allait à ravir. Elle était fichtrement belle. Mais elle ressemblait encore à Jo. *Sa* Jo.

Tandis qu'il s'engageait sur l'autoroute, l'idée qu'elle ne s'adonnait pas au sexe sans attaches chemina dans son esprit. Si elle était prête à l'expérimenter avec lui, cela signifiait quelque chose. En tout cas, il l'espérait.

Se pouvait-il que Zane ait eu raison sur tous les plans ? Jo pouvait-elle ressentir plus que de l'amitié pour lui, elle aussi ? Mais si tel était le cas, pourquoi avait-elle voulu plaire à Walter Carmichael ? Stern l'ignorait, mais il était bien décidé à obtenir des réponses.

— Ça ne prendra qu'une minute pour allumer la cheminée, Jo.

— D'accord.

Jo regarda autour d'elle. Elle adorait cet endroit, et avait toujours aimé séjourner au chalet avec Stern. Cela semblait logique qu'un changement dans leur relation prenne place ici, à l'endroit même où elle avait pris conscience pour la première fois de ses sentiments pour Stern. Des frissons la parcoururent à l'idée qu'ils partagent le même lit ce soir. Elle avait fantasmé sur Stern pendant des mois et des mois. Et ses rêves étaient sur le point de se réaliser.

Elle sursauta quand il vint derrière elle et posa sa veste sur ses épaules. Elle leva les yeux vers lui.

— En quel honneur ?

— Tu frissonnais. Chez toi, c'est signe que tu as froid ou que tu es nerveuse. Si c'est la deuxième solution, tu n'as aucune raison d'être nerveuse avec moi, Jo. Peu importe ce qui pourrait changer, moi je ne changerai pas. Je serai toujours ton Stern.

Son Stern... Comme elle aimerait que ce soit le cas. Elle savait que de nombreuses femmes en rêvaient aussi. Il avait toujours eu beaucoup de succès, et elle avait trouvé amusant que tant de ses conquêtes envient leur complicité. Elle était sûre que certaines femmes les enviaient encore. Quelques-unes s'interrogeaient sur la nature de leur relation. Mais Stern n'avait jamais laissé aucune d'elles dénigrer leur amitié.

Elle le regarda s'affairer devant la cheminée. D'habitude, il téléphonait à M. Richardson, le vieux monsieur qu'il avait engagé pour surveiller le chalet, et lui demandait d'allumer un feu avant leur arrivée.

— Tu as oublié d'appeler M. Richardson ? demanda-t-elle.

Il était agenouillé, et elle ne put s'empêcher d'apprécier la façon dont son jean s'étirait sur ses cuisses musclées. Il portait ce pull bleu qui lui allait si bien. Elle avait su qu'il lui irait lorsqu'elle le lui avait offert à Noël. Il mettait en valeur son torse puissant et ferme.

Alors qu'elle pensait à toutes les fois qu'elle avait vu et caressé ce torse dans ses fantasmes, il la regarda par-dessus son épaule.

— Non, je n'ai pas oublié. Mme Richardson et lui sont partis en croisière à Hawaii pour deux semaines. C'est leur cinquantième anniversaire de mariage.

— C'est merveilleux, dit-elle en souriant. Il faudra que nous leur envoyions un cadeau à notre retour.

Il lui rendit son sourire.

— Oui, tu as raison, répondit-il avant de reporter son attention sur le feu.

Elle aurait pu rester assise à l'admirer toute la soirée, mais elle décida qu'elle devait l'aider et s'occuper un peu. Il était bien plus de minuit, mais comme elle avait dormi sur le long trajet, elle était tout à fait en forme.

— Je vais monter vérifier les chambres… je veux dire *la chambre*… pour m'assurer qu'il ne manque rien.

Elle avait déjà oublié qu'ils n'auraient besoin que d'une chambre, puisqu'ils allaient passer la nuit ensemble.

Il se releva.

— Viens près de moi une minute, Jo.

Le cœur battant, elle traversa la pièce pour le rejoindre.

— Oui ?

Elle ne put s'empêcher de remarquer qu'il fixait sa bouche. Au lieu de lui répondre, il se pencha, et captura ses lèvres. Elle s'entendit pousser un gémissement haletant, et Stern en profita aussitôt pour glisser la langue entre ses lèvres et commencer une danse sensuelle avec la sienne. Elle enroula ses bras autour de son cou.

La langue de Stern laissait sa marque brûlante dans son sillage. D'instinct, elle se blottit contre lui, et gémit quand elle sentit son érection appuyer contre son ventre.

Une vague de désir l'envahit. Elle tenta de refréner ses ardeurs, en vain. C'était comme si elle obtenait enfin ce qu'elle avait toujours désiré. Elle se consumait d'amour pour Stern, et il était doué pour attiser sa passion. Cela ne l'aurait pas dérangée le moins du monde s'il l'avait déshabillée et qu'il lui avait fait l'amour ici, devant la cheminée.

Bien trop vite à son goût, il mit fin à leur baiser. Reculant d'un pas, il prit sa main dans la sienne.

— Il faut qu'on parle, Jo. Pendant que tu dormais dans la voiture, j'ai eu six heures pour réfléchir.

Elle sentit son cœur faire un bond.

— Et tu as changé d'avis, conclut-elle.

Il lui enlaça la taille.

— Non, je n'ai pas changé d'avis. Mais je veux que tu songes sérieusement à ce que tu veux.

— Je sais ce que je veux.

— Vraiment ?

— Oui.

— Tu en es bien sûre ?

— Tout à fait.

Il l'étudia un instant, puis la fit asseoir avec lui sur l'immense tapis, face à la cheminée.

— Cette histoire d'amis amants... Quelle est exactement ta définition ?

Elle se mordilla la lèvre avant de répondre.

— Eh bien, les termes me paraissent clairs. Nous sommes amis, et nous récoltons les avantages de cette amitié... ce que nous avons toujours fait, j'imagine.

Elle marqua un temps.

— Seulement...

— Oui ?

— Nous devons aussi explorer un niveau d'intimité que nous n'avons pas encore exploré.

— Tu n'as jamais couché avec un homme, Jo.

— Oui, et c'est un des avantages d'êtres des amis amants. Le sexe.

— Et tu veux expérimenter le sexe à cause de cette histoire d'âge ?

— Non, je veux l'expérimenter parce que je veux découvrir le plaisir que je pourrais ressentir. Mais je ne veux pas vivre cette expérience avec n'importe qui, Stern. Ça rendrait cela trop anodin. Insignifiant. Le vivre avec toi, cela rendra ce moment personnel. Spécial. Je te fais confiance. Et si tu t'inquiètes parce que tu penses que j'attends un engagement de ta part, il ne faut pas. Je sais que ce ne sera pas le cas. Et cela m'ira très bien.

Il ne dit rien pendant un instant, mais la regarda d'une telle façon qu'elle sentit son cœur tressauter. Il fit un pas vers elle.

— C'est là que tu te trompes, Jo. Si nous commençons à coucher ensemble, ce ne sera pas seulement épisodique. Je ne pourrais pas avoir une telle relation avec toi. En quelque sorte, ça déprécierait ce que nous partageons.

— Oh.

— Je ne pourrais pas dormir avec toi ce soir et coucher avec une autre femme la semaine suivante. Sinon, je ne vaudrais pas mieux qu'un Walter Carmichael. Si nous devenons des amis amants, nous deviendrons aussi un couple.

— Ah oui ?

— Oui.

— Et tu serais d'accord ?

— Pourquoi ne le serais-je pas ?

— Eh bien, à cause de ton style de vie. Tu es célibataire, et tu l'es resté pour une bonne raison.

— Toi aussi, non ?

— C'est différent pour moi. Je n'ai pas des tas d'hommes à mes pieds alors que de nombreuses femmes sont prêtes à tout pour attirer ton attention et obtenir tes faveurs. Tu as l'air d'apprécier les jeux de séduction, et je te vois mal y renoncer.

— J'y renoncerai. Je serai avec toi. Et uniquement avec toi.

Elle plissa le front.

— Mais est-ce que je te suffirai ?

Il sourit.

— Oh oui, tu me suffiras.

Elle était sceptique.

— Ça va être plus difficile que je ne l'imaginais.

— Pourquoi ?

— Parce que honnêtement, je n'ai jamais pensé que nous nous fréquenterions de manière exclusive.

— Mais tu nous as imaginés coucher ensemble ?

Elle pouvait bien être honnête avec lui sur ce point. Elle ne tenait pas à ce qu'il pense que son désir était juste une question d'hormones.

— Oui.

Il eut l'air surpris.

— Depuis quand ?

— Depuis récemment.

Un lent sourire se peignit sur ses lèvres.

— Tu m'en diras tant.

Elle regrettait d'en avoir trop dit, justement. Elle n'était pas sûre que ce soit une bonne chose de faire savoir à un homme qu'on le désirait.

— Et comment Carmichael s'intégrait-il dans tout ça ? La dernière fois que nous sommes venus ici, tu as insisté pour que je te donne des idées afin qu'il te trouve désirable.

Jo s'appuya sur un coussin, et fixa les flammes qui lui réchauffaient le corps. Puis, elle leva les yeux vers Stern, sachant qu'il attendait sa réponse.

— C'est compliqué, Stern, et je préférerais ne pas entrer dans les détails. Tout ce que tu as besoin de savoir, c'est que je pensais qu'il était quelqu'un que j'avais envie de connaître, et que j'avais tort.

Il la regarda un long moment, et elle pouvait imaginer ce qu'il pensait. Il supposait sans doute qu'elle était inconstante, et qu'elle déplaçait son intérêt d'un homme à un autre pour un oui ou pour un non. Mais si elle lui disait la vérité, si elle lui avouait son amour alors qu'il ne l'aimait pas en retour, elle se sentirait pathétique. Qu'il s'engage à devenir son amant était une chose, mais qu'il découvre qu'elle l'aimait pourrait lui donner envie de prendre la poudre d'escampette.

— Comme je te l'ai dit, j'ai récemment découvert que la raison pour laquelle j'appréciais nos baisers à ce point, c'est parce que j'étais de plus en plus attiré.

— Eh bien, dit Jo en souriant. Je suis flattée. Moi aussi, j'étais de plus en plus attirée, alors, cette histoire d'amis amants serait arrivée de toute façon.

Stern n'en était pas sûr. Il voulait croire qu'en fin de compte, leur attirance les aurait poussés à remarquer l'évolution de leurs sentiments et à s'engager dans une relation sérieuse. Une relation qui aboutirait peut-être à un mariage.

— Alors, est-ce que nous allons coucher ensemble ce soir ?

Il perçut l'anxiété et la nervosité dans sa voix.

— Non. Ce soir, je veux que tu réfléchisses à tous les aspects de ton choix, et que tu me donnes ta réponse demain. Comme je l'ai dit, je veux une relation exclusive. Ça signifie que nous deviendrons un couple aux yeux de tous. De ma famille, et de la tienne. De nos amis respectifs. De tout le monde. Tu peux composer avec ça ?

— Oui. Ils trouveront ça étrange au début, mais je crois que tout le monde l'acceptera au final.

— Et si ce n'est pas le cas ?

Elle leva le menton.

— Ce que nous faisons ne regarde que nous, non ?

— Tu as raison.

Il se leva et l'entraîna avec lui.

— Allons prendre un bon chocolat chaud avant d'aller au lit.

Demain, tu pourras me donner ta réponse. Je ne veux pas que tu aies l'impression que je t'ai forcé la main.

— C'était mon idée, Stern.

— Peu importe. Je veux quand même que tu sois sûre de ton choix.

Tandis qu'il la guidait vers la cuisine, il comprit qu'il était important pour lui que Jo réfléchisse vraiment, car pour lui, leur futur était déjà tout tracé dans son esprit. Ils se fréquenteraient de manière exclusive pendant quelque temps puis, le moment venu, il lui ferait sa demande.

Il voulait qu'elle soit son épouse. Il la connaissait depuis toujours, elle faisait partie intégrante de sa vie, et il ne pouvait imaginer son avenir sans elle.

11

Le lendemain matin, Stern préparait le petit déjeuner. Si M. Richardson n'avait pas pu être présent pour allumer le feu hier, il avait apporté assez de provisions pour leur week-end.

Dans le chalet, l'une des pièces favorites de Stern était la cuisine. Elle était spacieuse, et digne d'un chef. Lorsqu'il avait acheté cet endroit, il avait fait remplacer les anciens équipements par de nouveaux en inox et des plans de travail en granite, ne conservant que les placards en chêne d'origine. Il avait aussi fait installer un îlot sur lequel on pouvait prendre ses repas et s'en servait également comme plan de travail additionnel.

Par ailleurs, en matière de décoration, il avait laissé Jo s'occuper de tout, depuis le carrelage au sol jusqu'aux crédences murales. Il avait ainsi voulu lui donner le sentiment que le chalet était autant à elle qu'à lui. A l'époque, il n'avait guère analysé cette décision, mais à présent, il ne pouvait s'empêcher de se poser des questions, comme pour d'autres décisions concernant Jo. Pas étonnant que sa famille ait soupçonné ses vrais sentiments bien avant lui.

Jo devait être réveillée et il attendait avec impatience qu'elle le rejoigne pour le petit déjeuner. Avait-elle réfléchi à sa demande, et fini par se raviser ? Il savait bien qu'en l'encourageant à réfléchir davantage, il prenait le risque qu'elle change d'avis. Mais il tenait à ce qu'elle soit sûre d'être prête à franchir une telle étape.

Hier soir, pendant qu'ils prenaient un chocolat chaud et des roulés à la cannelle, il lui avait relaté les derniers développements de l'enquête sur son arrière-grand-père, Raphel Westmoreland.

Quelques années plus tôt, la famille avait découvert que Raphel, qu'ils avaient toujours cru être fils unique, avait eu un frère jumeau, Reginald Scott Westmoreland, qui avait des racines à Atlanta. Raphel avait semblait-il quitté le nid familial à vingt-deux ans, devenant le mouton noir de la famille en s'enfuyant avec l'épouse du pasteur. Ses proches n'avaient plus jamais entendu parler de lui, et l'avaient supposé mort. Raphel avait traversé plusieurs Etats avant de finalement s'installer dans le Colorado.

Le passé de son arrière-grand-père était pour le moins haut en couleur ! Il avait connu plusieurs femmes au cours de ses pérégrinations. Tout le monde dans la famille était curieux d'en apprendre davantage à ce sujet, car la rumeur courait qu'il les avait épousées toutes les quatre.

Récemment, les Westmoreland avaient rencontré les descendants de Reginald, et avaient tissé des liens avec leurs cousins d'Atlanta. A présent, tout le monde était impatient de savoir s'il y avait d'autres cousins Westmoreland quelque part, fruits d'une union avec l'une des femmes que Raphel avait supposément épousées.

Rico, l'époux de Megan, la cousine de Stern, était le détective privé en charge de l'enquête. Quelques mois plus tôt, il avait découvert que Raphel avait eu un enfant dont il avait ignoré l'existence. Cet enfant avait été adopté par une femme dont le nom de famille était Outlaw. Rico enquêtait en ce moment sur la femme qui était peut-être la quatrième épouse de Raphel, Isabelle. Hier matin, la famille s'était réunie chez Dillon pour le petit déjeuner, afin que Rico leur fasse part de ses dernières avancées. Il leur avait annoncé qu'il essayait encore de rassembler des données sur la famille d'Isabelle, et qu'il comptait obtenir bientôt des informations sur les Outlaw. Jusqu'ici, il avait retracé leur parcours jusqu'à Little Rock, dans l'Arkansas, et la piste s'arrêtait là.

— Bonjour.

Stern leva les yeux de sa planche à découper, et regarda Jo. Elle avait de nouveau lâché ses cheveux, et portait une jolie robe pull qui flattait sa silhouette élancée. La nuance vert menthe lui donnait un air à la fois doux, féminin et sexy en diable. L'étoffe épousait ses hanches, moulait ses seins et soulignait sa taille, et le col bénitier dévoilait sa gorge. Au lieu de ses habituelles bottes, elle portait des ballerines de cuir. Elle était époustouflante. Magnifique. Sensuelle. La robe semblait être très facile à enfiler et à ôter. Et il ne verrait aucun inconvénient à ce qu'elle l'ôte tout de suite.

— Bonjour, Jo. Tu as bien dormi ? demanda-t-il, tentant de contrôler la bouffée de désir qui l'avait envahi.

— Oui. Comme j'ai fait une sieste pendant le trajet, j'ai cru que j'aurais du mal à trouver le sommeil, mais non. Je crois que je me suis endormie dès que j'ai posé la tête sur l'oreiller.

Cela voulait-il dire qu'elle n'avait pas réfléchi à sa requête ?

— Content de l'entendre. Je prépare une omelette aux légumes. Installe-toi au bar, c'est bientôt prêt.

— D'accord.

Il la regarda marcher, et nota comment l'étoffe de laine flattait son postérieur rebondi. Et quand elle s'installa sur le tabouret de bar, sa robe remonta et dévoila ses jambes fuselées. Il allait devoir s'habituer à la voir porter autre chose qu'un T-shirt et un jean.

— A propos de notre discussion d'hier soir, Stern...

Son ventre se noua.

— Oui ?

— J'ai bien réfléchi, et je n'ai pas changé d'avis.

Il poussa un lent soupir de soulagement.

— D'accord.

La cuisine fut plongée dans le silence pendant un instant.

— Tu as besoin d'aide ? demanda-t-elle enfin.

— Non.

Il se remit à émincer les poivrons.

C'était en général ainsi que cela se passait entre eux. Il se mettait aux fourneaux, parce qu'il aimait davantage cuisiner qu'elle. Elle lui demandait s'il avait besoin d'aide, et il déclinait. Rien n'avait changé. Mais en réalité, les choses *avaient* changé. A présent, l'air entre eux était chargé, explosif. Son désir se renforçait chaque fois qu'il posait les yeux sur elle. Il lui suffirait de traverser la pièce et de...

— Alors, qu'y a-t-il au petit déjeuner, en plus de l'omelette ?

— Comme d'habitude : pain perdu, fruits, jus d'orange et café.

— Tu peux ajouter quelque chose au menu ?

— Bien sûr. Quoi ?

— Toi.

Stern soutint son regard un long moment. Chaque cellule de son corps s'emplit d'un désir puissant qu'il n'avait jamais ressenti. Un feu ardent brûlait en lui, se répandant dans ses veines. C'était la première fois qu'une femme avait un tel effet sur lui. Il rassembla tous les légumes coupés dans un bol, qu'il rangea dans le réfrigérateur. Après s'être essuyé les mains, il traversa lentement la pièce pour la rejoindre.

— J'avais prévu un pique-nique pour plus tard aujourd'hui, et une soirée cinéma. J'avais même sélectionné quelques DVD.

S'arrêtant devant elle, il l'aida à descendre du tabouret.

— Je ne voulais pas te presser. Je voulais d'abord te courtiser.

— Ce n'est pas nécessaire, dit-elle, appuyant son corps contre le sien. Je sais ce que je veux. Jusqu'à hier, je me disais que tu étais inaccessible. Mais je me suis réveillée ce matin en sachant que je pouvais enfin avoir ce que je désire.

Même ses paroles l'excitaient. Sans plus attendre, il se pencha et déposa des baisers légers comme une plume autour de ses lèvres, avant de mordiller son oreille.

— Je crois qu'il est temps que nous allions dans la chambre, dit-il d'une voix rauque.

Et il la porta dans ses bras.

Jo se demandait comment Stern pouvait la porter avec autant de facilité. Blottie dans ses bras, l'oreille collée contre son torse, elle entendait les battements désordonnés de son cœur. Elle percevait son excitation, ce qui avait pour effet d'attiser la sienne.

Elle s'était levée ce matin plus heureuse que jamais depuis longtemps. Certes, Stern n'avait pas dit qu'il l'aimait, mais il avait affirmé qu'il la désirait, elle, sa meilleure amie, de la même façon qu'elle le désirait. C'était déjà un bon début.

Quand il la posa sur le lit, elle soutint sans ciller le regard du seul homme qui la connaissait mieux qu'elle-même. Le seul homme qui avait partagé ses joies et ses peines. Il avait été son protecteur, son confident, et, quand elle en avait eu besoin, son garde-fou. Il l'avait encouragée à suivre ses rêves et lui avait parfois épargné de courir à la catastrophe. Elle l'avait aimé en tant que meilleur ami — et c'était toujours le cas, en fait. Mais désormais, elle l'aimait aussi comme le seul homme qui pouvait lui donner le sentiment d'être complète.

Il avança vers le lit, posa un genou sur le matelas, et caressa tendrement sa joue.

— Dernière chance de changer d'avis, souffla-t-il à son oreille.

— Merci, mais je ne la saisirai pas, répondit-elle dans un murmure, sans le quitter des yeux.

— Tu as bien réfléchi, alors ?

— Beaucoup. J'ai envie de toi, murmura-t-elle.

— Moi aussi, j'ai envie de toi.

Il l'attira dans ses bras, et prit sa bouche avec une passion qui exacerba tous ses sens. La façon dont sa langue prenait d'assaut la sienne affola ses sens et lui arracha un profond gémissement.

Il recula, et elle sentit l'air frais sur sa peau quand il lui retira sa robe, et qu'elle se retrouva en simple string.

— Oh ! bon sang.

Stern sentit son ventre se nouer quand son regard parcourut le corps de Jo. *Dieu me vienne en aide.* Elle était parfaite. Un long cou gracile, des seins fermes, une peau magnifique, et un adorable ventre plat.

Puisque ce serait la première fois pour elle, il voulait être délicat. Il voulait prendre son temps, faire durer cet instant, l'emplir de douceur et de sérénité. Mais la voir presque nue, avec une minuscule bande de tissu pour seul vêtement, mettait à mal sa retenue. Il n'avait qu'une envie, la prendre vite et fort, mais il savait que c'était impossible. Il ne voulait surtout pas risquer de la brusquer ou de lui faire mal.

— Allonge-toi sur le dos et relève tes hanches, dit-il, s'efforçant de garder le contrôle de lui-même. Je veux t'enlever ton dernier vêtement.

Elle suivit ses instructions, et il fit glisser le string le long de ses hanches et de ses jambes. Ses doigts tremblèrent lorsqu'ils entrèrent en contact avec sa peau soyeuse. Une nouvelle décharge de désir le parcourut. Son sexe en érection appuyait contre la fermeture de son jean.

Elle était totalement nue, allongée devant lui. Jamais il n'avait vu de femme plus belle. Incapable de résister à la tentation plus longtemps, il se pencha et prit un téton dans sa bouche avide.

Il aspira, mordilla et lécha son mamelon jusqu'à ce qu'il soit rassasié, galvanisé par les gémissements de Jo. Ses mains dérivèrent lentement sur son corps, explorant sa taille, traçant des cercles autour de son nombril, et encore plus bas, vers l'essence de son désir.

Quand il atteignit le cœur de sa féminité, surprise, elle tenta de refermer les jambes sur lui.

— Laisse-moi faire, chérie, dit-il doucement, levant son visage de ses seins pour la regarder.

De ses deux mains, il lui écarta doucement les cuisses.

Elle gémit de plus belle quand il glissa deux doigts en elle. Il soutint son regard tout en la caressant, pour voir lire ses émotions sur son visage. Donner du plaisir à une femme n'avait jamais signifié autant pour lui, et il adorait la façon dont ses yeux se dilataient, la façon dont ses lèvres s'entrouvraient et laissaient échapper des gémissements essoufflés, la façon dont les flammes de la passion s'étendaient sur ses joues.

Ses doigts se mouvaient en elle, agiles et rapides. Quand il la sentit se contracter autour de lui, il approfondit ses caresses, jusqu'à ce qu'il soit au bord de l'explosion. Son parfum féminin l'excitait. Il devait goûter sa saveur. Il ne serait pas satisfait tant que sa langue ne se glisserait pas entre ses replis brûlants.

— Abandonne-toi au plaisir, murmura-t-il.

Puis, il baissa la tête et se glissa entre ses jambes. Elle se tendit, mais il agrippa ses hanches pour la maintenir en place, et posa les lèvres contre son sexe. Il fit tourner sa langue à l'intérieur d'elle, enivré par sa saveur et par le son haletant de sa voix.

— Stern !

Elle trembla sous sa bouche, mais il refusa de la lâcher. Il comptait faire de ce moment une suite de plaisirs sans fin. Une expérience qu'elle n'oublierait jamais.

Jo était convaincue qu'elle était en train de mourir, et que la bouche de Stern en était responsable. Toutes sortes de sensations la traversaient, mais elle les ressentait surtout à l'endroit où il avait posé sa bouche. Il continuait ses assauts, se servant de sa langue pour lui faire toutes sortes de choses indécentes.

Et elle adorait ça.

Elle ferma les yeux et leva les hanches, surprise par sa propre audace. Jamais elle n'aurait imaginé se comporter ainsi. C'était comme si Stern avait fait apparaître un côté sauvage et indompté en elle, comme si elle ne pouvait que... *s'abandonner au plaisir...* exactement comme il le lui avait suggéré.

Bientôt, elle ressentit une pression croissante au creux de son ventre, et des sensations encore plus érotiques là où il l'embrassait. Puis il fit quelque chose avec sa langue. Elle ignorait quoi au juste, mais elle en ressentit l'effet partout, jusqu'au cœur de son intimité. Elle se cambra, et sentit la pression exploser. Elle cria son nom, et tenta de s'accrocher à lui. C'était comme si cette sensation extrême s'était brisée en mille fragments, qui s'étaient éparpillés dans tout son corps.

— Stern..., murmura-t-elle, convaincue qu'elle était morte, mais d'une mort diablement agréable.

Si elle devait quitter ce monde, c'était ainsi qu'elle voulait le faire.

Même s'il avait retiré sa bouche, elle resta immobile. Elle était trop faible pour ouvrir les yeux. Elle dut même se forcer à respirer.

— Jo.

Dans les recoins les plus lointains de son esprit, elle entendit la voix de Stern. Avec toute la force qu'elle put rassembler, elle ouvrit les yeux, un par un. Puis, elle les écarquilla de surprise quand elle le vit retirer sa chemise.

Il ne pensait tout de même pas qu'elle était prête à quoi que ce soit après cette expérience ahurissante ? Elle aurait besoin de toute une journée pour s'en remettre. Peut-être deux. Voire trois. Elle était novice dans le domaine, mais Stern devait savoir qu'il était impossible qu'elle reprenne des forces aussi vite.

— Stern ? dit-elle quand elle l'entendit baisser la fermeture de son pantalon.

— Oui, trésor ?

— Je ne peux pas bouger.

Elle espérait qu'il comprendrait. Mais non, il continuait de se déshabiller, faisant maintenant glisser son jean sur ses jambes puis son caleçon. Et puis, soudain, il fut entièrement nu. Oh ! bon sang. Elle ouvrit de grands yeux pour s'assurer que ce qu'elle voyait devant elle était la réalité, et non une illusion.

Ce fut alors que quelque chose d'inattendu se produisit. Une sensation vibrante se répandit en elle. Ses tétons se durcirent, son ventre trembla, et son sexe commença à pulser. Une énergie nouvelle se répandit en elle, dont elle ignorait la source. Tout ce qu'elle savait, c'était que soudain, elle avait la force de bouger son corps. Elle se redressa sur ses genoux.

— Je croyais que tu ne pouvais pas bouger, dit-il, un doux sourire aux lèvres.

Il avait su que son corps reviendrait à la vie. Evidemment. Après tout, Stern était un expert en la matière. Il avait su qu'elle brûlerait de nouveau de désir, en un simple regard.

— Je voulais être sûre que mon imagination ne me jouait pas des tours, dit-elle.

Elle essayait désespérément de comprendre comment Stern allait pouvoir entrer en elle.

— Tout ira bien, fais-moi confiance, la rassura-t-il, comme s'il avait lu dans ses pensées.

Elle espérait qu'il disait vrai. Déjà, une onde de chaleur parcourait son corps alangui.

— Tu prends toujours la pilule ?

Elle soutint son regard.

— Oui.

Inutile de lui demander comment il était au courant. Il était allé chercher ses plaquettes à la pharmacie une fois ou deux, quand elle avait été trop mal en point pour le faire elle-même. Il savait aussi pourquoi le médecin la lui avait prescrite. Plus d'une fois, Stern lui avait tenu la main quand des crampes douloureuses l'avaient forcée à rester alitée.

— Je peux quand même utiliser un préservatif, offrit-il.

— Ce n'est pas nécessaire.

— Tu en es sûre ?

Elle était sûre de vouloir aller au bout, mais elle n'était toujours pas convaincue de pouvoir y arriver.

— Oui, j'en suis sûre.

Lorsqu'il avança lentement vers le lit, elle l'observa, à la fois fascinée et nerveuse. Il avait une démarche puissante, un corps majestueux. C'était sans conteste un vrai mâle dominant. Il avait un corps parfait — des abdominaux fermes, un torse large et puissant — mais ce qui retenait son attention, c'était son sexe en érection, niché dans une toison de boucles.

Qui aurait cru que Stern aurait ce genre d'effet sur elle un jour ? Elle s'était souvent demandé comment serait sa première fois, et avec qui. Jamais elle n'aurait pensé qu'il serait l'élu. C'était bien lui pourtant, et elle en était très heureuse, songea-t-elle en souriant.

Quand il atteignit le lit, elle s'agenouilla et lui tendit les bras. Et quand il l'attira contre son torse ferme, elle leva les yeux vers lui et fut rassurée.

Capturant sa bouche, il s'étendit sur le lit avec elle. Elle aurait dû être habituée à ses baisers maintenant, mais ce n'était pas le cas. Il l'embrassa profondément, totalement, comme s'il voulait prendre possession d'elle et marquer son territoire.

Il enfonça les doigts dans ses épaules. La sensation de ses seins pressés contre son torse était électrique. Chaque baiser de Stern était meilleur que le précédent. C'était comme si sa bouche avait été faite pour lui.

Il libéra ses lèvres pour embrasser sa joue et son cou. Bien vite, elle sentit ses mains dériver sur elle. Ses caresses sur sa cuisse étaient d'une pure sensualité. Elle ferma les yeux tandis qu'un plaisir intense montait en elle. Et quand sa bouche passa de son cou à ses seins, léchant, aspirant et mordillant ses tétons, un feu ardent s'embrasa au creux de son ventre.

Il glissa les mains entre ses jambes, lui arrachant un gémissement.

— J'ai envie de toi, Jo. J'ai envie de toi et tu es prête, murmura-t-il.

Il se plaça au-dessus d'elle sans la quitter des yeux. Ses mains enlacèrent les siennes de chaque côté de son visage. Et puis, enfin, elle sentit son sexe engorgé appuyer contre ses replis secrets. Le regard toujours rivé au sien, il se glissa lentement en elle, centimètre par centimètre, et, étonnamment, elle sentit ses muscles s'étirer pour s'ajuster à lui.

— J'y suis presque, murmura-t-il.

Les sensations se concentrèrent à l'endroit où leurs deux corps étaient unis. Elle se contracta autour de lui.

— Ah, bon sang, fit-il, se glissant puissamment en elle.

Elle retint son souffle, surprise.

— Ça va ? s'enquit-il.

Il était en elle. Jusqu'à la garde. Comment était-ce possible ?

— Oui, ça va, dit-elle, ravie.

Puis, il se mit à onduler, avec des mouvements lents et puissants qui l'excitèrent comme jamais auparavant. Ses va-et-vient attisaient son désir, créaient des besoins qu'elle n'avait jamais éprouvés, l'encourageaient à prendre tout ce qu'il lui offrait.

Ses coups de reins se firent plus longs, plus profonds, et elle serra ses muscles intimes encore plus fort. Il lâcha ses mains pour enserrer ses hanches, et accéléra la cadence, établissant un rythme qui faillit la faire exploser.

Elle agrippa le couvre-lit tandis qu'il ondulait toujours plus fort, toujours plus loin. Elle gémit tandis qu'un flot de sensations déferlait sur elle.

— Stern ! cria-t-elle en agrippant ses épaules et en levant ses hanches pour rencontrer les siennes. Encore et encore... puis il se cambra, rejeta la tête en arrière, et prononça son nom d'une voix rauque.

— Jo !

Elle sentit son corps s'atomiser en même temps que lui. Elle le saisit par les hanches pour le garder au creux de ses reins, et sentit sa semence se déverser en elle.

— Stern !

Tandis que leurs corps se figeaient, il lui donna un baiser, passionné et intime à la fois.

Jamais elle ne l'avait aimé autant qu'à cet instant.

12

Selon Stern, rien n'était plus parfait qu'un bon repas, un bon vin, et la compagnie d'une belle femme. Et ce soir, les trois conditions étaient réunies pour que sa soirée soit idéale. Le soleil se couchait sur les montagnes et les arbres, habillant les feuilles d'automne de touches d'or, de vermillon et d'orangé. Depuis la terrasse, la vue était splendide. Pittoresque. Fascinante.

Il contempla Jo. Comment pourrait-il la décrire ? Elle était belle. Renversante. Sexy. Oui, tout à fait sexy. Elle était assise sur une chaise, et admirait la vue tout en buvant son verre de vin. Elle portait une robe à l'imprimé cachemire. Il aimait particulièrement le décolleté cache-cœur qui flattait ses seins. Elle était aussi séduisante que ce matin dans la cuisine.

La partie inférieure de son corps réagit aussitôt au souvenir de cette matinée. Après avoir fait l'amour, ils s'étaient endormis, se réveillant juste avant midi pour avaler le petit déjeuner qu'ils n'avaient pas eu le temps de manger. Affamés, ils avaient dévoré les omelettes et le pain perdu, puis, ayant de nouveau très faim l'un de l'autre, ils étaient retournés au lit, et y étaient restés jusqu'à ce que leur estomac gronde de nouveau.

Ensuite, ils s'étaient levés, et avaient pris une douche ensemble. Stern avait fait griller quelques steaks pendant que Jo avait préparé la salade, choisi le vin, et préparé la table sur la terrasse. Comme le temps était légèrement frais, il avait allumé un feu dans le foyer qu'il avait construit dans la terrasse, pour les journées comme celle-ci. La chaleur des flammes leur permettait d'apprécier la vue sans avoir froid.

— Difficile de croire que ça fait déjà une semaine.

Il prit une gorgée de vin avant de demander :

— Une semaine ?

— Oui, depuis mon relooking.

En effet, cela faisait une semaine, et il n'oublierait sans doute jamais son entrée au Punch Bowl.

— En dehors du fait que Carmichael a téléphoné pour exiger le transfert de son dossier, tu n'as plus entendu parler de lui ?

— Non, et je n'attends pas de nouvelles. Il a découvert à ses dépens qu'il ne m'impressionnait pas. J'ai encore du mal à croire qu'il ait agi de cette façon.

Lui, au contraire, ne trouvait pas cela difficile à croire, surtout après ce que Sampson lui avait révélé à son sujet.

— Et moi ? Je t'impressionne ?

Elle lui sourit.

— Oui, tu m'impressionnes.

Il posa la main sur son bras, et savoura la sensation de sa peau douce.

— Tu m'impressionnes aussi.

L'espace d'un instant, il songea à lui dire qu'il l'aimait, mais il savait que c'était trop tôt. Il devait lui laisser du temps. Leur laisser du temps pour devenir un couple. Ils avaient souvent partagé des après-midi comme celui-ci. Mais ce soir, la situation était différente. Ils étaient officiellement amants. Et, un jour, ils deviendraient mari et femme.

— Merci d'avoir été patient avec moi aujourd'hui.

— Tu as dû me confondre avec quelqu'un d'autre, objecta-t-il avec un petit rire. Je ne me souviens pas avoir été patient. En fait, je t'ai pratiquement arraché ta robe.

Elle rit.

— C'est vrai. Tu me l'as ôtée avant même que je comprenne ce qui m'arrivait. Tu as des mains si agiles.

Stern songea à toutes les femmes qu'il avait connues au fil des ans. Son palmarès n'était pas aussi remarquable que ceux de Riley, Zane ou Derringer, aussi ne s'était-il jamais vraiment considéré comme un tombeur. Il avait surtout cherché à s'amuser. Il avait fréquenté des femmes, n'avait jamais menti sur ses intentions, et n'avait jamais éprouvé l'envie de se fixer.

Il avait apprécié son célibat, et le fait de n'avoir à rendre de comptes à personne. A dire vrai, il ne s'était guère réjoui quand les célibataires les plus endurcis de sa famille s'étaient tour à tour rangés.

Derringer avait été le premier, quelques années plus tôt. Il avait épousé Lucia, et s'épanouissait désormais dans les rôles de mari et de père. Riley allait convoler à la fin du mois, et Zane durant les vacances de Noël. Stern avait compris que Canyon se marie rapidement, puisqu'il était déjà père, mais pour les autres, il n'avait tout simplement pas saisi pourquoi ils avaient abandonné de leur plein gré leur statut de célibataire.

A présent, il comprenait.

Lorsque l'on était amoureux, tout le reste devenait secondaire, à côté de la femme que l'on désirait par-dessus tout. Grâce à son père, Jo était indépendante, et Stern avait toujours admiré ce trait de caractère chez elle. Mais il se demandait comment elle allait s'adapter, à présent qu'il était davantage que son meilleur ami. A présent qu'il voulait être plus que son amant. Comment verrait-elle le fait qu'il soit un mari potentiel ?

— Alors, quel film as-tu choisi ? demanda-t-elle, interrompant ses pensées.

Il leva les yeux. Elle s'était levée, et débarrassait la table. Il sentit son corps se tendre de désir. Pourquoi réagissait-il à chacun de ses mouvements ?

— Qu'est-ce que tu suggères ? Tu sais quel genre je préfère.

— Et tu sais quel genre je préfère, rétorqua-t-elle.

Oui, il savait. Une fois de temps en temps, il acceptait de regarder une comédie sentimentale pour lui faire plaisir, et s'endormait en général avant la fin.

— On pourrait jouer aux cartes, suggéra-t-il. Ou aux échecs.

— Nous y avons déjà joué la dernière fois. Pourquoi pas une partie de scrabble ? Ça fait longtemps que nous ne l'avons pas sorti.

— Je n'ai pas envie de faire travailler mon cerveau.

Une idée lui vint.

— Je connais un jeu, dont je suis certain que nous n'y avons pas joué depuis des années. D'habitude, il se joue en groupe, mais à deux, ça pourrait être intéressant aussi.

— Quel est ce jeu ?

— Jacques a dit.

Elle lui lança un regard incrédule.

— Jacques a dit ?

— Oui.

Elle sembla réfléchir à sa suggestion.

— Comment choisit-on celui qui sera Jacques ?

— A pile ou face, par exemple. Je te rappelle les règles : si tu es Jacques, et que tu arrives à me faire suivre un ordre qui n'est pas de Jacques, alors, je t'obéirai au doigt et à l'œil pour toute la soirée. Si tu échoues, c'est toi qui m'obéiras au doigt et à l'œil.

— Au doigt et à l'œil ? répéta-t-elle, dubitative.

— C'est ça.

Elle afficha un sourire nonchalant, comme si l'idée lui plaisait. A l'évidence, elle imaginait de multiples possibilités.

— Et de combien d'ordres au juste parlons-nous ?

— Pas plus de vingt.

Elle hocha lentement la tête.

— D'accord, je suis partante. Laisse-moi rapporter les assiettes dans la cuisine et je te retrouve dans le salon. Sois prêt.

Stern sourit. Il serait prêt, pour sûr.

Stern avait gagné à pile ou face, et Jo aurait cru que la pièce était pipée si elle ne l'avait pas lancée elle-même. En plus, Stern avait eu la courtoisie de la laisser choisir entre pile et face. Elle pouvait donc difficilement prétendre qu'il y avait eu tricherie.

Debout au centre du salon, elle attendait que Stern donne son premier ordre. Cela faisait des années qu'elle n'avait pas joué à ce jeu, et elle se demandait pourquoi Stern l'avait suggéré, même si elle-même avait une petite idée derrière la tête. En fait, avec Stern à quelques centimètres d'elle, un sourire satisfait aux lèvres, elle avait plus d'une idée.

— Bien, dit-il, souriant de plus belle. Tu n'as pas le droit de parler. Contente-toi de suivre les ordres, mais seulement s'ils viennent de Jacques.

— Je sais, oui.

— Bon, commençons. Jacques a dit : lève ta main droite.

Elle obéit.

— Baisse-la.

Elle resta immobile. S'il pensait la surprendre aussi facilement, il allait être déçu.

— Jacques a dit : baisse la main.

Elle baissa la main.

— Relève-la.

Certainement pas.

Il sourit, et elle lui rendit son sourire.

— Jacques a dit : tiens-toi sur une jambe.

Elle suivit son ordre.

— Jacques a dit tourne en rond.

Elle lui fit la grimace, car il n'était pas facile de réaliser cette consigne, et elle avait comme l'impression que Stern le savait. Néanmoins, elle s'exécuta.

— Jacques a dit : repose la jambe.

Volontiers.

— Remonte-la.

Elle ne bougea pas. Elle n'était pas sûre que Stern comptait les ordres, mais elle si. Jusqu'ici, il avait donné huit directives. Encore douze, et elle serait libre. Déjà, son esprit bourdonnait de toutes les choses qu'elle pourrait lui faire faire. Vernir ses ongles de pieds, par exemple.

— Jacques a dit : enlève tes vêtements.

Elle tourna vivement la tête vers lui, et se renfrogna. Elle s'était doutée qu'il mijotait quelque chose. Juste au moment où elle s'apprêtait à répondre, il prit la parole.

— Souviens-toi, si tu parles, je gagne.

Jo serra les lèvres, et se renfrogna de plus belle, songeant qu'il allait le payer cher. Quand elle serait déclarée gagnante et qu'il serait à sa merci, non seulement elle lui ferait vernir ses ongles, mais elle l'enverrait aussi chercher du bois de chauffage torse nu dans le froid.

— Jacques a dit qu'il n'a pas toute la journée, dit-il en souriant. Alors, je répète, Jacques a dit : enlève tes vêtements.

Le regard noir, elle descendit lentement la fermeture latérale de sa robe, puis la retira. Elle ne portait plus que ses sous-vêtements de dentelle couleur mandarine. Si l'intention de Stern était de la déshabiller, pourquoi n'avait-il pas suggéré un strip-poker ?

— Joli, commenta-t-il en détaillant sa silhouette.

Son regard incandescent fit naître une onde de chaleur en elle. A présent, elle était contente que les cousines et les belles-sœurs de Stern l'aient convaincue de se débarrasser de ses sous-vêtements de coton blanc et d'acheter des pièces plus féminines et colorées.

— Jacques a dit : enlève ton soutien-gorge et ton slip.

Après avoir retiré son soutien-gorge, elle fit glisser sa culotte de dentelle le long de ses jambes.

— Lèche-toi lentement la lèvre inférieure.

Elle faillit obéir, mais se ravisa juste à temps. C'était un jeu d'esprit, et elle devait rester concentrée sur ce que Stern disait, et non sur la façon dont il la regardait, alors qu'elle était devant lui, en tenue d'Eve. Elle ne s'était jamais sentie si exposée, si vulnérable. Même lorsqu'ils avaient fait l'amour tout à l'heure, elle était restée sous les draps, alors que lui avait déambulé nu dans la chambre sans la moindre gêne. Avait-il senti qu'elle était mal à l'aise à l'idée de montrer son corps ?

Stern prit une grande inspiration tandis le désir prenait sa poitrine en étau et faisait grandir son érection. Il n'avait jamais vu de femme plus belle. Pourtant, lorsqu'ils avaient fait l'amour, il avait senti qu'elle avait un problème avec le fait de montrer son corps.

Certes, il y avait cette minuscule cicatrice sur le côté de sa hanche, qu'elle s'était faite lors d'une chute en skate-board, à quatorze ans. Et puis, il y avait la cicatrice jumelle, causée par le même accident, près de sa taille. Elles se remarquaient à peine, à moins que l'on y fasse bien attention. Jo était loin de se douter qu'il la trouvait exquise. Parfaite en tout point. Il voulait lui montrer qu'il pourrait passer la journée à la contempler… même quand son corps était au comble de l'excitation.

— Viens près de moi.

Comme elle ne bougeait pas, il afficha un lent sourire.

— Jacques a dit : viens près de moi.

Lentement, elle avança vers lui. Quand elle s'arrêta à quelques centimètres, il ordonna :

— Jacques a dit : déshabille-moi.

Elle le regarda un long moment puis, enfin, lui ôta son pull. Elle détacha sa ceinture, et la jeta à terre. Ensuite, elle s'attaqua à son jean. Elle descendit lentement la fermeture Eclair, avant de s'agenouiller pour faire descendre le pantalon sur ses chevilles, en même temps que son caleçon.

Son visage était juste en face de son sexe dressé. Il n'avait pas prévu de lui donner l'ordre suivant, mais lorsqu'elle leva la tête vers lui, une lueur de désir et de curiosité mêlées dans le regard, il dit d'une voix rauque :

— Jacques a dit : goûte-le.

Elle lui adressa un sourire aguicheur. Puis, elle écarta les lèvres et le prit dans sa bouche. Il crut tomber à genoux de plaisir. Mais il tint bon, rejeta la tête en arrière et poussa un grondement guttural. Il agrippa ses cheveux tandis qu'elle le goûtait comme aucune femme ne l'avait fait avant elle. Sa curiosité la rendait hardie, audacieuse, et confiante, et la poussait à explorer chaque centimètre de son sexe avec sa langue.

Il était près, tout près de perdre le contrôle, et si elle continuait, leur jeu serait fini avant qu'il ait l'occasion d'émettre tous ses ordres. Il serra ses cheveux.

— Jo, arrête, supplia-t-il d'une voix rauque.

Quand elle continua son supplice, il se rappela ce qu'il devait dire.

— Jacques a dit : arrête.

Cette fois, elle retira sa bouche, et se releva avec un sourire satisfait. En son for intérieur, il rit. Elle savait exactement ce qu'elle faisait, la petite diablesse. Mais loin de lui l'idée de s'en plaindre.

Il l'étudia tandis qu'elle restait devant lui, attendant l'ordre suivant. Elle n'imaginait pas à quel point il l'aimait, à quel point il l'adorait. Il ferait tout ce qui était en son pouvoir pour qu'elle fasse partie de sa vie, pour toujours.

Il saisit une chaise près de la table et s'assit.

— Jacques a dit : assieds-toi sur moi.

Elle s'assit lentement, à califourchon sur ses cuisses. La chaleur de sa peau le brûlait, son parfum taquinait ses sens.

Il plongea son regard dans le sien.

— Jacques a dit : prends-moi en toi.

Aussitôt, elle leva les hanches et se décala légèrement. Il gémit quand il sentit son sexe engorgé entrer doucement en elle. Il lui restait un dernier ordre à donner, et il comptait le choisir avec soin. Peu lui importait qu'elle gagne la partie. Tout ce qui comptait, c'était qu'ils soient tous deux satisfaits.

Il lécha lentement le lobe de son oreille, et murmura :

— Jacques a dit : chevauche-moi fort.

Aussitôt, elle se mit à onduler des hanches. Il retint son souffle quand elle agrippa ses épaules et lui montra ce qu'elle était capable de faire avec son corps voluptueux.

Il enfouit son visage entre ses seins, puis saisit un téton entre ses lèvres. Il agrippa ses cuisses tandis qu'elle dansait sur lui, ses muscles internes le prenant en étau. Quand il sentit son corps exploser et qu'elle cria son nom, il resserra son étreinte, et laissa sa semence jaillir en elle.

— Jo !

Il lui donna un dernier coup de reins puissant tandis que les sensations le balayaient. Elle trembla dans ses bras, et il sut qu'il tremblait aussi. Tandis qu'ils reprenaient lentement leur respiration, il l'étreignit. Il avait besoin de la sentir tout contre lui, cœur contre cœur.

— Nous devrions continuer dans la chambre, tu ne crois pas ? susurra-t-il.

Elle rit, le visage blotti contre le sien.

— Tant que tu te souviens que pour le reste de la soirée, tu es à ma disposition.

Il prit une grande inspiration.

— Je n'ai aucun problème avec ça, trésor. Absolument aucun.

13

Si on lui avait posé la question, Jo aurait admis que sa vie ces dernières semaines avait été parfaite. Au chalet, Stern et elle avaient décidé de prendre une journée de plus et n'étaient rentrés que lundi soir. Ils étaient arrivés chez elle peu avant minuit.

Stern avait passé la nuit chez elle, et elle avait passé la nuit suivante chez lui. Ils s'étaient retrouvés presque chaque soir, sauf lorsque Stern était en voyage.

Elle aurait aussi admis que passer du statut de meilleurs amis à celui d'amis amants avait ses avantages. Avec Stern, elle pouvait être la Jo qu'elle avait toujours été. Et elle pouvait aussi explorer d'autres facettes de sa personnalité. Elle avait découvert qu'elle pouvait se montrer entreprenante et audacieuse. Parfois, Stern l'y encourageait de façon manifeste. Ce qu'elle appréciait beaucoup.

Difficile de croire que deux semaines s'étaient écoulées depuis leur décision de devenir amis amants. Ce soir, il l'emmenait à un gala de charité au profit de la recherche en cardiologie, et elle était heureuse d'être sa cavalière. Ils étaient allés dîner dehors quelques fois, avaient vu quelques films et quelques matchs de football américain, mais ce serait la première fois qu'ils apparaîtraient dans un événement public en tant que couple. Une idée qui la rendait un peu nerveuse.

Voilà pourquoi elle s'était regardée dans le miroir une douzaine de fois depuis tout à l'heure. Elle adorait sa robe, et trouvait qu'elle lui allait à ravir. Stern l'avait choisie et achetée tout spécialement pour elle. Elle avait été surprise et ravie lorsque l'immense boîte lui avait été livrée.

En découvrant son contenu, elle avait été ébahie. C'était une vraie robe de déesse. Le bas était bordé de perles d'argent, et la douce crêpe de soie blanche était d'une douceur exquise sur sa peau. Dire que Stern connaissait ses mensurations à la perfection !

Elle ne devrait pas être étonnée. Il aimait la toucher, et passait des heures à couvrir son corps de caresses. Et elle n'allait pas s'en plaindre. Son côté indépendant l'avait poussée à offrir de le rembourser pour la robe, mais Stern n'avait rien voulu entendre, et lui avait dit de la considérer comme un cadeau d'anniversaire en avance. Comme son anniversaire tombait le mois prochain, elle avait cédé.

Son cœur tressauta quand elle entendit sonner à la porte, et elle ne put s'empêcher de sourire. Après avoir regardé son reflet une dernière fois, elle saisit son sac sur la table et se dirigea vers la porte.

L'homme qu'elle aimait venait d'arriver.

— Jo est tout simplement époustouflante, Stern, commenta Aiden Westmoreland.

Stern approuva d'un signe de tête, sans quitter des yeux Jo, qui dansait sur la piste avec Derringer.

— Merci. Je suis bien de ton avis.

Lors d'un voyage d'affaires à Los Angeles, il avait remarqué la robe dans la vitrine d'une boutique de Beverly Hills. Il avait tout de suite pensé qu'elle était faite pour Jo.

— Alors, comment vas-tu, Aiden ?

Son cousin était devenu le plus jeune médecin de la famille, et avait décidé d'effectuer son internat dans un hôpital du Maine.

— Bien. Je suis juste débordé. J'avais bien besoin de revenir au bercail pour faire une pause.

— Ah oui ?

Stern but une gorgée de vin en observant son cousin. Il se souvenait de l'époque où Aiden, son jumeau Adrian, leur sœur Bailey et le frère de Stern, Bane, étaient la terreur de Denver.

— Donc, ton retour n'a rien à voir avec le fait que Jillian ait décidé de rentrer ce week-end elle aussi ?

Stern rit en son fort intérieur quand Aiden faillit s'étouffer avec son vin. Il lui donna quelques tapes dans le dos.

— Tu as avalé de travers, Aiden ?

Aiden le fusilla du regard.

— Tu avais besoin de me frapper si fort ?

— Oui, je me suis dit que ça allait te remettre les idées en place. J'espère que tu sais ce que tu fais avec Jill. Si tu la mènes en bateau, alors...

— Qu'est-ce que tu sais sur Jill et moi ?

— Juste ce que j'ai vu la dernière fois que tu étais en visite ici. Je montais Legend Boy ce matin-là, et tu devais emmener Jill à l'aéroport. Alors, imagine ma surprise quand je t'ai vu porter Jill hors de ta voiture pour l'emmener chez Gemma.

La maison de Gemma était vide, car celle-ci vivait désormais en Australie avec son mari.

— Ce n'est pas ce que tu crois, se défendit Aiden.

— Ce n'est pas à moi qu'il faut dire ça. Mais si je peux te donner un conseil, il vaut mieux pour toi que Pam et Dil ne découvrent pas ce que tu mijotes.

— Je l'aime.

— Alors, pourquoi te cacher ?

Aiden marqua un temps avant de répondre.

— Tu connais les projets de Pam pour sa petite sœur. Quand Jill aura fini sa médecine au printemps, Pam espère qu'elle...

— Que veut Jill ? coupa Stern.

Aiden réfléchit.

— Elle veut que nous soyons ensemble, mais elle ne veut pas décevoir Pam.

Stern haussa les épaules.

— D'une manière ou d'une autre, vous devriez vous expliquer et dire à tout le monde ce que vous ressentez.

— Comme tu as dit à tout le monde ce que tu ressens pour Jo, peut-être ? Il me semble que je ne t'ai pas vu crier quoi que ce soit sur les toits.

Les paroles d'Aiden lui firent l'effet d'une gifle, car son cousin disait vrai. Il n'avait dit à personne ce qu'il éprouvait vraiment pour Jo, pas même à la principale intéressée. Toutefois, la plupart de ses proches savaient sans doute qu'il était très amoureux. Malgré tout…

— Désolé, je n'aurais pas dû dire ça, s'excusa Aiden. Tout le monde dans la famille sait que tu es fou de Jo. Je suis de mauvaise humeur parce que je me suis disputé avec Jill tout à l'heure. Je veux aller trouver Pam et Dil et leur avouer la vérité, mais Jill est contre. Et ça me perturbe plus que tout. Je n'aime pas leur mentir, pourtant je le fais.

— On dirait que Jill et toi avez des décisions à prendre.

Et Stern aussi, apparemment.

Jo sortit des toilettes et heurta quelqu'un qui lui bloquait le passage.

— Mais qui voilà ? Ne serait-ce pas miss cambouis ? Sous votre robe de soirée, je suis sûr qu'il y a encore un peu de cette substance visqueuse quelque part sur votre corps.

Jo sentit la colère l'envahir. Ses mots insultants méritaient une bonne gifle, mais elle refusait de faire une scène ce soir comme elle l'avait fait au Punch Bowl. D'ailleurs, Walter Carmichael n'en valait pas la peine. Décidant de l'ignorer, elle tenta de passer son chemin. Mais il lui empoigna le bras avec force, et la tira brusquement vers lui.

— Vous m'avez humilié l'autre soir au Punch Bowl, et vous avez aussi menti sur votre relation avec Westmoreland. Meilleurs amis, mon œil. Il y a plus que ça entre vous, tout le monde peut le voir. Et je compte bien vous faire payer votre petit numéro d'allumeuse.

— Lâchez-moi tout de suite ou je vous arrache les yeux.

Il la lâcha aussitôt, et elle s'éloigna rapidement sans se retourner. Elle tenta de ne pas laisser sa fureur la dominer, mais Walter l'avait perturbée. Quand elle revint dans la salle de bal, Stern se dirigea vers elle.

— Ça va ? demanda-t-il d'une voix pleine de colère.

Elle étudia son expression.

— Oui, pourquoi ça n'irait pas ?

— Lucia a dit qu'un homme t'avait bousculée. J'ai pensé que c'était Carmichael, puisque je l'ai aperçu tout à l'heure. Qu'est-ce qu'il a dit ? Qu'est-ce qu'il te voulait ?

Elle songea à lui répéter la menace que Walter avait proférée, mais se ravisa. Cet homme n'était qu'un fanfaron, et elle ne voulait pas gâcher la soirée de Stern comme Walter avait tenté de gâcher la sienne. Et puis d'ailleurs, elle avait réglé le problème.

— Rien, je t'assure. En tout cas, rien qui vaille la peine d'être mentionné. Je l'ai fait taire. Tout va bien.

— Non, ça ne va pas. S'il t'a maltraitée, alors...

— J'ai réglé le problème, insista-t-elle. Je n'ai pas besoin que tu t'occupes de mes affaires.

Il l'observa longuement.

— Il ne t'est jamais venu à l'esprit que tes affaires sont aussi les miennes ? demanda-t-il doucement.

— Non, je ne pense pas que ça entre dans le cadre d'une relation amis amants, répondit Jo en fronçant les sourcils.

— Alors, nous devons peut-être discuter de ce que notre relation implique exactement.

Jo décela de la colère dans sa voix, et ne put s'expliquer pourquoi. Stern regrettait-il sa vie de séducteur ? Il n'en avait pas l'air, mais elle ne pouvait s'empêcher de s'interroger, surtout quand elle voyait les femmes se disputer son attention. Il n'avait jamais caché qu'il aimait séduire.

Elle devait l'admettre, elle était quelque peu contrariée de voir toutes ces inconnues tenter de lui faire des avances ce soir. Certaines étaient si effrontées que c'en était ridicule, allant jusqu'à l'approcher comme si Jo n'était pas là. Elles supposaient peut-être que Stern et elle étaient encore de simples amis mais, même lorsqu'il avait enlacé sa taille et qu'il l'avait présentée comme sa cavalière, la plupart lui avaient lancé un regard hautain comme pour lui dire : « Si tu crois pouvoir le garder dans tes filets, tu te fais des illusions. »

— Jo, as-tu écouté un mot de ce que j'ai dit ?

Honnêtement, non. Elle se souvenait juste qu'il avait parlé de ce que leur relation impliquait.

— Si tu penses que nous devons discuter, très bien. Mais

concernant Walter Carmichael, je me peux me débrouiller seule. Je n'ai pas besoin que tu me défendes.

Et elle tourna les talons.

Stern parvint à contrôler sa colère le reste de la soirée, mais il ne put s'empêcher de remarquer que l'atmosphère entre Jo et lui était désormais tendue. Elle avait à peine dit quelques mots sur le trajet de retour.

Dès que la porte se fut refermée derrière eux, il se lança.

— Qu'est-ce qui te tracasse, Jo ?

Elle se tourna vers lui. Ses yeux lançaient des éclairs.

— Rien, à part le fait que tu as des ex malpolies. Je n'ai jamais rencontré de femmes aussi peu respectueuses.

Il était très conscient que la jalousie avait guidé quelques-unes de ces jeunes femmes ce soir. Elles avaient cherché à la provoquer.

— J'espère que tu n'as pas laissé leur comportement t'atteindre. Quand j'ai vu comment elles agissaient, j'ai mis les choses au clair, non ?

— Oui, mais...

— Mais quoi ?

— Rien.

Il croisa les bras.

— Tu as beaucoup employé ce mot ce soir, tu ne crois pas ? Et je te connais. Quand tu dis : « rien », la plupart du temps, ça veut dire qu'il y a quelque chose. Alors, parle-moi.

Il l'attira contre lui.

— Dis-moi, insista-t-il.

Elle garda le silence un long moment.

— Avant, tu étais un bourreau des cœurs, dit-elle enfin. Tu collectionnais les aventures, et tu aimais séduire. A présent, tu es coincé avec moi. Ton ancien mode de vie doit te manquer.

Stern la dévisagea, conscient qu'elle n'avait aucune idée de ce qu'il avait dans la tête. Ce qu'elle venait de dire était loin d'être vrai. Alors, il était peut-être temps de lui avouer la vérité.

— Je t'aime, Jo.

Elle chassa ses paroles d'un geste de la main.

— Bien sûr que tu m'aimes, et que je t'aime, c'est pour ça que nous nous supportons depuis des années et que…

Il posa son index contre ses lèvres.

— Ecoute-moi une seconde. Je t'aime. Je t'aime comme un homme et une femme s'aiment.

Stern était certain que Jo serait tombée s'il ne l'avait pas tenue si fermement. Elle ouvrit de grands yeux et le dévisagea, bouche bée. Puis, elle secoua la tête.

— Non, tu ne peux pas m'aimer de cette façon.

— Pourquoi pas ?

— Parce que c'est moi qui t'aime de cette façon.

A présent, c'était au tour de Stern d'être sans voix. Il se décala de façon à ce qu'ils soient face à face et plongea son regard intense dans le sien.

— Es-tu en train de dire que tu es amoureuse de moi, de la même façon que je suis amoureux de toi ? demanda-t-il.

Elle haussa les épaules.

— Je ne sais pas. De quelle façon es-tu amoureux de moi ?

Il savait qu'elle n'avait pas posé cette question pour être drôle, mais parce qu'elle voulait vraiment connaître la réponse.

— Je suis amoureux de toi au point que je pense à toi tout le temps, même quand je suis au travail. Au point que je crois sentir ton odeur même quand tu n'es pas là. Je suis amoureux de toi au point qu'avant de m'endormir et dès que je me réveille, toutes mes pensées vont vers toi. Au point que coucher ensemble est devenu faire l'amour. Et au point que chaque fois que je suis en toi, je voudrais que nos deux corps ne fassent plus qu'un. Quoi qu'il advienne, je serai toujours là pour toi, même si je sais que tu peux te débrouiller seule. T'aimer me donne envie de prendre soin de toi, en toutes circonstances.

Jo était émue aux larmes.

— Je n'ai jamais entendu une déclaration d'amour aussi belle.

Elle déglutit.

— Quand l'as-tu su ?

— Pour être honnête avec toi, je l'ignore. Peut-être que je t'aime depuis toujours. Ma famille le pense, mais je n'ai appris leur opinion que récemment. Ton obsession pour Carmichael m'a fait prendre conscience de ce que tu représentais pour moi.

Elle se mordilla la lèvre.

— Je n'étais obsédée par Walter qu'à cause de toi. Je croyais avoir besoin de lui.

Il haussa un sourcil.

— Je ne comprends pas. Pourquoi avais-tu besoin de lui ?

Il se tendit, et elle enroula les bras autour de son cou.

— J'ai remarqué mon attirance pour toi au printemps, quand nous étions au chalet. C'était plus que de l'attirance, en fait. Je savais que j'étais tombée amoureuse de toi, et ça me faisait peur, parce que je n'avais jamais été attirée par un homme auparavant… et encore moins par toi. Tu étais mon meilleur ami, or je ne pouvais pas tomber amoureuse de mon meilleur ami. Alors, j'ai imaginé ce que je croyais être le plan parfait.

— Et quel était ce plan ?

— Tomber amoureuse de quelqu'un d'autre.

Il ne put réprimer un sourire.

— Je ne crois pas que cela fonctionne ainsi, Jo.

— C'est ce que j'ai découvert.

Il ne dit rien pendant un instant.

— Alors, es-tu en train de me dire que toute cette histoire avec Carmichael était un plan que tu as mis au point parce que tu étais amoureuse de moi, et que tu cherchais à lutter contre tes sentiments en essayant de tomber amoureuse d'un autre homme ?

— Oui. Ça semble fou, hein ?

Il eut un petit rire.

— Pas plus fou que le fait que j'ai nié être amoureux de toi, même quand Zane m'a affirmé que je l'étais.

— Il a fait ça ?

— Oui, plus d'une fois. Riley m'a dit la même chose. Toi et moi avons admis au chalet que nous étions attirés l'un par l'autre, mais ce que nous aurions dû faire, c'était nous avouer nos véritables sentiments.

— Oui, nous aurions dû. Alors, faisons-le maintenant. Stern, je t'aime. Tu es mon meilleur ami, mon amant, et mon âme sœur.

Il sourit.

— Et Jovonnie « Jo » Jones, je t'aime. Tu es ma meilleure amie, ma maîtresse, et mon âme sœur.

— Oh ! Stern, j'avais peur de te perdre à jamais si tu découvrais ce que j'éprouvais. Et avec tous tes frères et tes cousins qui se marient ces derniers temps, je craignais que tu tombes amoureux d'une femme qui te forcerait à prendre tes distances avec moi.

Il hocha la tête.

— Ça m'a traversé l'esprit, à moi aussi, quand tu semblais si obsédée par Carmichael. J'avais peur qu'il s'oppose à notre amitié, et je ne pouvais pas laisser cela se produire.

Tous deux gardèrent le silence pendant quelques instants, puis Stern reprit la parole.

— J'aurais aimé t'avouer mes sentiments plus tôt, mais peut-être que les choses sont arrivées comme elles le devaient pour nous.

Elle l'interrogea du regard.

— Tu veux dire, en passant par la phase amis amants ?

— Oui. Mais maintenant, nous savons la vérité. Ce qu'il faut que tu comprennes, c'est qu'aimer quelqu'un signifie tenir à cette personne, la réconforter, la protéger chaque fois qu'elle en a besoin. Je sais que tu es une championne de tir, de karaté et de tir à l'arc, mais ça ne m'empêche pas de vouloir veiller sur toi. De vouloir te protéger. Et lorsque j'ai envie de te protéger, fais-moi plaisir et laisse-moi faire, s'il te plaît.

Elle sourit.

— Entendu.

Il se pencha et l'embrassa avec une avidité et un désir impérieux qu'il ressentit dans tout son corps. Leur relation était différente, car désormais, ils connaissaient leurs sentiments l'un pour l'autre. Quand elle trembla entre ses bras, il resserra son étreinte autour de sa taille.

Quelques instants plus tard, il reprit son souffle avant de reprendre sa bouche pour un baiser plus fougueux encore. Puis, soudain, le besoin de lui faire l'amour fut farouche. Intense. Extrême. Puissant.

Il se leva du canapé, en la portant dans ses bras. Il comptait gagner la chambre à l'étage, mais il n'arriva pas plus loin que le mur près de l'escalier.

— Je ne peux pas aller plus loin, gémit-il en la plaquant contre le mur.

Il prit de nouveau ses lèvres, et posa ses mains partout sur son corps, avant de les glisser sous sa robe. Quand il l'avait vue dans la vitrine, il l'avait trouvée sexy, parfaite pour Joe, mais à présent, il avait hâte de l'ôter pour sentir le corps de Jo contre le sien. Il trouva enfin la fermeture au dos, et l'ouvrit d'une main experte. Puis, il fit rapidement tomber la robe à terre.

Il entendit Jo prendre une grande inspiration.

— Stern, tu peux ralentir ? Tu vas déchirer ma robe.

— Non, je ne peux pas ralentir, et ne t'inquiète pas, je t'en achèterai une autre.

Il se figea quand il vit ce qu'elle portait dessous. Un porte-jarretelles de dentelle sexy, avec un string assorti et des bas couture. Il était convaincu qu'il n'avait rien vu de plus sensuel de toute sa vie.

— Joli, dit-il dans un gémissement torturé.

— Je ne manquerai pas de dire à tes cousines et à tes belles-sœurs à quel point tu apprécies. Encore une chose qu'elles m'ont persuadée d'acheter quand nous avons fait les boutiques ensemble.

— Et je ne manquerai pas de leur demander de t'emmener faire les boutiques plus souvent. A présent, je vais me faire un plaisir de te retirer ces jolis sous-vêtements.

— Je crois que c'était l'idée.

En un rien de temps, Stern lui avait ôté jusqu'à son dernier vêtement. Pour ne pas être en reste, Jo le déshabilla aussi. Elle commença par sa veste de smoking, qu'elle fit glisser sur ses épaules, puis, étape par étape, lui retira chacun de ses vêtements.

— A présent, nous sommes à égalité.

— Si ça te rend heureuse, dit-il, la soulevant pour la plaquer de nouveau contre le mur.

Il sourit.

— J'adore entrer en toi.

Elle lui rendit son sourire.

— Et j'adore quand tu entres en moi.

Sur ce, il écarta ses jambes du genou avant de glisser son sexe engorgé entre ses replis moites, en ne s'arrêtant que lorsqu'il fut totalement en elle. Elle était étroite, juste ce qu'il fallait.

Quand il se mit à onduler en elle, elle enroula les jambes autour de lui. Son parfum le submergeait, le stimulait, et la sensation de sa peau douce contre la sienne exacerbait ses sens. Le bruit de ses gémissements attisait le feu de son désir.

Il tenta de ralentir le rythme, afin de faire durer le plaisir, mais elle contracta son sexe autour du sien, provoquant une déferlante de sensations. Il était tout près d'exploser, mais il refusait d'atteindre l'orgasme sans elle.

Il saisit un téton entre ses lèvres. Elle se cambra dans un arc parfait tout en criant de plaisir. Ses talons s'enfonçaient dans son dos, ses ongles labouraient son épaule, mais tout ce qu'il ressentait, c'était le plaisir exquis d'être en elle.

Et puis, elle cria son nom. Il lâcha alors son sein, et prit possession de ses lèvres, continuant de l'embrasser alors même qu'un orgasme le secouait.

Il ressentait plus que de l'amour pour elle. Il l'adorait, la chérissait de tout son cœur.

Quand il détacha lentement son corps du sien, ce fut pour la porter de nouveau dans ses bras.

— Il me semble que nous allions dans cette direction avant d'être distraits, dit-il en montant les marches.

— Se laisser distraire peut être une bonne chose, murmura-t-elle, déposant des baisers sur son torse.

Quand ils atteignirent la chambre, ils tombèrent sur le lit ensemble, avec la ferme intention de vivre une nuit inoubliable.

14

Jo regarda l'horloge et alla se servir une autre tasse de café. Il était près de 22 heures. Cela faisait bien longtemps qu'elle n'était pas restée aussi tard au bureau. Mais c'était la fin du mois, aussi avait-elle de nombreux documents à compléter. En regard des normes fédérales concernant le gaspillage inutile, les émissions de CO_2 et la surconsommation d'eau, les rapports à rédiger s'accumulaient. Elle avait l'impression d'en avoir davantage que le mois dernier. Wanda était restée jusqu'à 19 heures, mais elle avait dû partir pour aller dîner avec son ex-mari.

Jo s'étira puis avala une gorgée de café. Le breuvage n'était pas aussi bon que celui de Stern, mais il ferait l'affaire. Elle ne put s'empêcher de sourire à la pensée que son meilleur ami était devenu son amant. Depuis qu'ils s'étaient déclaré leur amour la semaine dernière, tout se mettait en place.

D'un commun accord, ils avaient décidé de ne faire aucun projet défini jusqu'au mariage de Riley et d'Alpha. Toute la famille Westmoreland était enthousiasmée par les futures noces, et de nombreux cousins étaient attendus pour l'occasion. Elle avait rencontré la plupart d'entre eux, lors de différentes réunions familiales, et se réjouissait de les revoir.

Dès qu'elle se rassit à son bureau, son téléphone sonna. Un sentiment d'excitation l'envahit lorsqu'elle vit que c'était Stern qui l'appelait. Canyon et lui étaient partis deux jours à Miami pour signer un contrat, et ne devaient revenir que demain dans la matinée.

— Bonsoir, dit-elle.

— Bonsoir, beauté.

— Tu ne dirais pas cela si tu me voyais, rétorqua-t-elle en souriant. Je suis encore au garage.

— Au garage ? Si tard ?

— J'ai des rapports à rendre, on ne plaisante pas avec les normes gouvernementales. Tu me manques, ajouta-t-elle.

— Tu me manques aussi. Mais devine quoi.

— Quoi ?

— Canyon et moi avons terminé notre mission, et nous rentrons plus tôt.

Elle se redressa.

— Plus tôt, c'est-à-dire ?

Elle l'entendit rire.

— Ce soir. Notre avion vient d'atterrir.

— Tu es de retour à Denver ? s'exclama-t-elle, ne pouvant contenir son excitation.

— Oui. Canyon est allé chercher la voiture. J'allais lui demander de me déposer chez toi, mais tu n'y seras pas.

Déjà, elle rangeait les documents en pile sur son bureau.

— Tu veux parier ? Je pars maintenant, alors je serai arrivée avant toi.

— Je ne veux pas m'interposer entre l'oncle Sam et toi.

— Ne t'inquiète pas, je finirai ces rapports demain.

Juste à cet instant, elle entendit un bruit sourd.

— Ne quitte pas, Stern. Je crois avoir entendu quelque chose.

— Attends ! Tu es toute seule ?

— Oui.

— Alors, ne bouge pas et appelle la police.

— Stern, je peux me débrouiller…

— Je sais, mais fais-moi plaisir. Canyon vient de se garer, nous arrivons. Nous sommes à moins de dix minutes.

Seulement à vol d'oiseau, songea-t-elle en poussant un soupir.

— L'alarme est branchée, fit-elle valoir. Ce n'est sans doute qu'un chat de gouttière qui s'est laissé enfermer. Ce ne serait pas la première fois.

— Je sais, mais je préfère vérifier par moi-même. La porte de ton bureau est-elle fermée à clé ?

— Non.

— Alors, enferme-toi à double tour et ne bouge pas.

Roulant des yeux, elle se leva juste au moment où la porte s'ouvrit à la volée.

— Walter ! s'exclama-t-elle.

Walter ?

Stern se figea. Il avait clairement entendu le nom qu'elle avait crié, mais il ne distinguait plus maintenant que des voix étouffées.

Puis, plus rien.

— Jo ? Que se passe-t-il ? Tu es encore là ?

Comme il n'eut pas de réponse, il raccrocha et appela aussitôt la police. Un agent décrocha immédiatement.

— Je voudrais signaler une entrée par effraction au garage Golden Wrench. Je parlais à la propriétaire quand un homme du nom de Walter Carmichael s'est introduit dans son bureau. Il a déjà agressé plusieurs femmes.

Un frisson glacé monta le long de sa colonne vertébrale quand il se rappela le bruit de la porte qui s'ouvrait avec fracas.

— Stern Westmoreland, dit-il quand l'agent lui demanda de s'identifier.

Après avoir raccroché, il lança un regard à Canyon. Dès que son frère vit son expression, il appuya sur l'accélérateur et fila sur l'autoroute.

— J'ai entendu. Nous y serons bientôt, dit Canyon. J'espère juste que nous arriverons au garage avant que Jo ne s'en prenne à lui. A l'évidence, il ne sait pas à qui il a affaire.

Stern sentit la colère le consumer.

— Oui, à l'évidence.

— Retirez vos sales pattes, Walter.

— Seulement quand je le voudrai. Et cela vous va bien d'employer le mot « sale », miss cambouis.

Jo prit une grande inspiration, et tenta de contrôler la rage qui menaçait de s'emparer d'elle. Sinon, elle craignait de lui briser tous les os. Elle en était tout à fait capable. Elle avait été si choquée de le voir qu'elle n'avait pas eu le réflexe de se défendre. Il avait fondu sur elle et l'avait violemment plaquée contre le bureau, envoyant son téléphone valser dans les airs. Stern était-il encore en ligne ? Avait-il entendu quelque chose ? Avait-il appelé la police ?

— Qu'est-ce que vous faites là, Walter ? Que voulez-vous ?

— Je vous avais prévenue que je vous ferais payer votre numéro d'allumeuse. Vous me devez une nuit, et je compte bien l'avoir. Et tant pis si je dois utiliser la force pour avoir mon dû !

Eh bien, elle était curieuse de voir ça. Pensait-il vraiment qu'il pouvait la violenter et s'en tirer impunément ?

— Vous êtes prêt à risquer votre réputation, votre travail, votre...

— Mon père s'occupera de vous, comme il l'a fait avec toutes les autres.

Jo déglutit.

— Quelles autres ?

— Toutes ces femmes qui ont essayé de porter plainte contre moi, comme si elles n'avaient pas aimé ce que je leur ai fait. Mais mon père a prouvé qu'elles avaient toutes un prix, comme vous, j'en suis sûr. Mon père allongera les billets. Comme toujours, pour calmer les choses.

Walter fit ensuite l'erreur de la lâcher puis hurla :

— Maintenant, retire tes vêtements !

Son contrôle d'elle-même ne tenait plus qu'à un fil. En songeant à ces autres femmes qui avaient été à sa merci, et au père de Walter qui avait acheté leur silence, elle fut réellement hors d'elle.

— Retirer mes vêtements ? Pour vous ? Jamais de la vie ! fulmina-t-elle.

Elle vit la rage briller dans ses yeux. Il semblait furieux qu'elle ait le toupet de se refuser à lui. Il avança vers elle en grimaçant.

— Pas de problème, je vais les enlever moi-même.

Elle remarqua qu'il n'avait aucune arme. Il croyait donc pouvoir la maîtriser à mains nues ?

— Arrêtez, Walter ! l'avertit-elle. Je ne veux pas vous faire de mal.

Il eut un rire dur.

— Tu ne peux pas me faire de mal, mais je compte bien t'en faire, moi.

Et il se jeta sur elle.

Canyon, Stern et une patrouille de police arrivèrent devant le Golden Wrench en même temps, et tous sortirent de leur véhicule en un éclair. Stern découvrir qu'un des policiers était l'adjoint Pete Higgins, le meilleur ami de Derringer.

Ils approchaient de l'entrée du bâtiment quand ils entendirent un cri glaçant… et masculin.

Canyon regarda Stern et eut un sourire ironique.

— On dirait que nous sommes arrivés trop tard.

— Ce salaud a eu ce qu'il méritait, marmonna Stern.

La serrure de la porte d'entrée avait été forcée au pied-de-biche. L'arme au poing, les deux policiers se glissèrent avec précaution à l'intérieur. Ignorant la consigne de rester à distance, Canyon et Stern les suivirent de près.

La porte du bureau de Jo était grande ouverte, et tenait à peine sur ses gonds. Quand ils entrèrent dans la pièce, ils découvrirent Walter Carmichael allongé par terre, tenant son aine et sanglotant comme un bébé. Jo, calme et posée, était assise à son bureau, en train de travailler sur ses rapports.

Elle leva les yeux et afficha un sourire aimable.

— Je n'ai pas bougé, comme Stern me l'a dit.

D'autres policiers arrivèrent, les dépositions furent prises et une ambulance vint chercher Walter. Alors qu'il était allongé sur la civière, toujours en train de pleurer, Stern alla vers lui.

— Vous ne saviez pas qu'en plus d'être ceinture noire de karaté, Jo est aussi championne de tir ? Vous avez de la chance qu'elle ne vous ait pas tiré dessus. C'est aussi une archère hors pair. Vous imaginez si elle s'était servie d'un arc et d'une flèche ?

Stern marqua une pause pour laisser à ses paroles le temps de faire leur effet, puis ajouta :

— Vous irez en prison pour ce que vous avez essayé de faire.

Juste au cas où l'argent de votre paternel vous permettrait de sortir, je vous suggère de ne jamais revenir dans le coin. Jo est du genre rancunière.

Quand Stern vit de la peur dans le regard de Walter Carmichael, il ne put réprimer un petit rire. Puis il alla rejoindre Jo, qui terminait de raconter ce qui s'était passé à Pete.

— Je peux la ramener maintenant ? demanda Stern.

— Encore une minute, dit Pete, l'air préoccupé. J'essaie de comprendre comment Carmichael a franchi votre système d'alarme.

— Avec l'aide de mon nouvel employé, expliqua Jo. Walter s'est vanté d'avoir payé Maceo Armstrong pour qu'il l'informe chaque fois que je restais travailler tard. Et il a ajouté un billet pour qu'il coupe un fil dans le système d'alarme.

Pete hocha la tête.

— Vous avez l'adresse d'Armstrong ?

— Oui, dans mon bureau.

— Bien. Allons la chercher.

Une heure plus tard, Stern et Jo étaient rentrés chez elle. Elle était sous la douche, et Stern dans la cuisine, en train de servir deux verres de vin. Il entra dans la chambre juste au moment où elle sortait de la salle de bains, vêtue d'un peignoir de velours.

— Tiens, tu as bien besoin de ça, dit-il en lui tendant un verre.

Elle prit une gorgée et sourit.

— Mmm, délicieux.

Elle s'assit sur le bord du lit.

— Walter n'a eu que ce qu'il méritait, tu sais.

Stern rit.

— Tu ne pourras jamais l'en convaincre. C'était pathétique de le voir pleurer.

Elle haussa les épaules.

— Je le répète, il l'a mérité. Quel culot de croire qu'il pouvait me violer sans que je fasse quoi que ce soit !

— Il ne pourra peut-être plus marcher, dit Stern, réjoui par cette idée. Ni avoir de rapports sexuels, ajouta-t-il, appréciant cette idée encore plus.

Il marqua un temps pour boire une gorgée de vin.

— J'espère que je ne te mettrai jamais en colère.

— Tu sais te défendre.

Oui, il savait se défendre, mais après une telle soirée, il était heureux qu'elle aussi sache se défendre.

— Je propose un toast, dit-il, levant son verre de vin.

— A quoi ?

— A qui, plutôt. A ton père, qui a eu la clairvoyance d'élever une fille capable de se débrouiller seule.

Jo sentit ses yeux s'embuer. Elle leva son verre et le fit tinter contre le sien.

— Et à toi, Stern. Merci d'être un homme qui me connaît à la perfection, et qui m'aime comme je suis. Merci d'être un homme qui me fait savoir que je peux être moi-même et exprimer mes désirs. Ça compte beaucoup pour moi.

Après avoir pris une gorgée de vin, elle posa son verre sur le chevet, et fit glisser son peignoir sur ses épaules.

— Je crois que tu sais ce que je veux à cet instant, murmura-t-elle.

Oui, il le savait et il désirait la même chose.

Sans plus attendre, il l'attira dans ses bras, et lui donna un baiser plein de fougue et de passion.

Épilogue

Dans l'église bondée, Jo était assise à côté de Stern, et avait sa main dans la sienne. Tous les invités étaient venus voir Riley et Alpha échanger leurs vœux. C'était une cérémonie magnifique que la mariée, organisatrice de mariages, avait supervisée avec l'aide des femmes de la famille. Un mariage digne d'un conte de fées. Le marié était extrêmement séduisant, et la mariée, d'une beauté prodigieuse.

Quand Jo s'était réveillée ce matin-là, le lit était vide. Elle avait retrouvé Stern dans le patio, en train de regarder le ciel tout en buvant son café. Elle avait noué son peignoir et l'avait rejoint.

Il s'était retourné et lui avait souri.

— Ça va ? avait-elle demandé.

C'était le dernier week-end de septembre, et le vent qui venait des montagnes était frais.

— Oui, je me disais que les Westmoreland étaient bénis, surtout les hommes. Ils ont eu la chance de trouver des femmes dignes d'être aimées d'un amour éternel. Je vois à quel point mes frères sont heureux avec leurs épouses et leurs familles, mais je n'avais jamais caressé l'idée de connaître le même bonheur. Désormais, je sais pourquoi.

Elle l'avait interrogé du regard.

— Pourquoi ?

— Parce que j'avais cette femme à mes côtés depuis le début. Tu étais ma meilleure amie, mon âme sœur, la femme de ma vie… la mère de mes enfants.

Des larmes lui avaient piqué les yeux.

— Qu'es-tu en train de dire, Stern ?

Il s'était tourné vers elle, et avait pris son visage dans ses mains.

— Que je t'aime, et que je veux t'épouser. Je veux que tu portes mon nom, et que tu sois toujours à mes côtés. Veux-tu m'épouser, Jo ?

Elle avait souri à travers ses larmes.

— Oui ! Oui ! Je veux t'épouser.

Des applaudissements sonores interrompirent ses pensées, la ramenant à l'instant présent. Le pasteur venait de déclarer Riley et Alpha mari et femme, et tout le monde était debout pour les applaudir et les acclamer. Riley porta son épouse dans ses bras et sortit de l'église. La cérémonie avait été superbe, et la réception qui suivrait le serait aussi, certainement.

Lui tenant toujours la main, Stern la conduisit à l'extérieur, où ils rejoignirent Canyon, son épouse Keisha et leur fils, Beau, ainsi que Zane et sa fiancée, Channing qui devaient être unis eux aussi dans quelques mois.

Jo et Stern n'avaient pas encore annoncé leurs fiançailles, préférant ne pas faire d'ombre à Riley et Alpha aujourd'hui.

Stern se pencha pour l'embrasser sur la joue.

— Que me vaut ce baiser ? demanda-t-elle.

— Le fait que tu sois toi.

— Oh.

Elle se mit sur la pointe des pieds et lui rendit sa faveur.

— En quel honneur, ce baiser ?

Elle afficha un sourire radieux.

— Parce que tu ne vois pas seulement ce que je suis à l'extérieur, mais que tu apprécies l'intérieur tout autant.

Il se pencha et murmura :

— Oh oui, j'apprécie l'intérieur, dit-il d'une voix sensuelle.

Elle était sûre que ses joues s'étaient empourprées.

— Viens, dit-il, serrant sa main dans la sienne. Allons nous joindre à mes cousins d'Atlanta qui discutent avec Dil et Ramsey. J'ai bien envie de demander à Thorn de nous construire deux motos.

— Excellente idée. Qui est cette jeune femme avec Thorn et sa femme, Tara ?

— C'est la sœur de Tara. Elle songe à quitter la Floride et à s'installer ici. Thorn et Tara veulent profiter de l'occasion pour la présenter à toute la famille.

Jo hocha la tête.

— Elle est très jolie.

— Viens, je vais te présenter.

Tandis qu'ils avançaient vers le groupe, Stern songea subitement à Walter Carmichael. Il était toujours en prison, en attente de procès. Malheureusement pour elle, la famille Carmichael avait subi un gros revers quand le juge avait refusé d'accorder à Walter une libération sous caution. Même l'argent du père de Walter n'avait pas suffi. Jo pensait que Walter avait une pathologie, et espérait qu'il se ferait soigner.

Maceo Armstrong aussi devrait payer le fait d'avoir été son complice. Le jeune homme avait avoué non seulement son implication dans l'agression de Jo mais aussi le fait qu'il volait des pièces détachées pour les revendre. Jo lui avait fait confiance, et avait été très déçue par sa duplicité.

A mi-chemin, Stern s'arrêta brusquement, la porta dans ses bras et la fit tournoyer.

— Tu es magnifique, et je t'aime, dit-il, avant de la reposer à terre.

Elle rit et reprit son souffle.

— Et je t'aime aussi.

Il se pencha vers elle.

— J'ai des projets pour toi plus tard, murmura-t-il.

Jo sourit à l'homme qui détenait son cœur.

— Moi aussi, j'ai des projets pour toi.